雎　鸠　棠　李　麦　诶　蜂　螓　菅
苻　苢　鼠　燕　䖝　木　松　蛾　茗
菜　荚　羊　棘　鹈　瓜　游　柅　鹝
葛　舫　廑　雉　蚕　黍　龙　椒　蒲
黄　鹊　白　饱　薇　鸡　茹　栩　蜉
鸟　鳌　芽　雁　藻　牛　蘬　稻　蝣
卷　草　鹿　萏　梓　蕡　栗　梁　鹈
耳　虫　雀　茶　竹　萧　笽　蒇　鸠
马　阜　唐　荠　蝤　艾　芍　楚　著
蚤　蚕　棣　狐　蛴　麻　药　芎　仓
桃　蕨　葭　榛　榆　荷　狼　芩　庚
兔　颀　蓬　苓　桧　虎　柳　杨　鸤
　　桐　柏　乌　苋　鸨　莠　漆　鹃
　　甘　　　桑　兰　舜　枢　鲤　蟬
　　　　　　　　　　　　　　鲛　螗

莱莎鸡蒉葵瓜韭苴鹋蠋果蠃蟓蛸蜡令

伊威宵行鳟蟋蟀鲮鸣鸠脊遂

鲎鲨鳢鳗嘉鱼鲞枸羑鳖鹤鲌蓤蔚

熊罴龇蜴鲛龟蜩螣螽贼蒿莞鹤鲍

桑扈鸳鸯女萝芹蝇蛋蓝鹜豕犯狱

豾猫苕堇杼柳枢罝鹭麇笋茆豕狐

樲郁枣梧桐雏鸰流离兔晨凤鹰鹭

鹳鹳鸢鹝桃虫龙卢犬象貉貊狸豺

台贝螗蠃蜼鸠荇菜葛黄鸟卷耳马

诗经风物图典

诗经风物图典编写组

人民日报出版社

出版前言

《诗经》是中国第一部诗歌总集，是我国诗歌的生命起点。它收集和保存了 305 首诗歌（另外有 6 篇有目无词的笙诗不包括在内），记载了先民的生活图景和喜怒哀乐，是了解先民生活的一部百科全书，是不可多得的宝贵典籍。弥漫淳朴气息的诗经时代，是农耕时代，也是歌唱时代。在大自然的露天课堂里，这些无名诗人，在平凡的劳动、情爱、征战、祭祀、宴饮中获得灵感。这些遥远时代留下来的诗篇，千姿百态，内容丰富多彩。

《诗经》里描写了诸多与先民生活息息相关的风物：卷耳、蒹葭、荇、荇菜、晨风、草虫、翟……这些古朴而温馨的名字，引领我们走进他们遥远而亲切的生活，触摸他们真诚的内心。先民把风物融入诗歌中，它的象征意义、比兴的效果，让其诗意大增，意境丰满，活化了诗歌，升华了诗歌。它们在诗词中表现出生命的色彩美、生机美、形象美，以及与大自然相处的和谐之美。这些反复吟唱的风物，在历史的长河中饱经沧桑，却并不褪色。

大自然赋予了这部古老的诗歌集太多的荣光，这部边缘泛黄的典籍里呼吸的男女居民其实离我们很近，余温尚存。不过，由于古今文化的隔阂，今人已经很难知道一些风物的古代文化含义了，因此，今人觉得读

《诗经》很难。探其原因，难就难在当今学科分科过细，学子们学文不学理，懂诗歌，背诵诗歌，头脑中却未必有具象和相关的通识知识，这实在是诗歌学习、理解和欣赏中的一件憾事。

说到阅读、理解、学习的憾事，《红楼梦》第17回的"大观园试才题对额"一段可以很好地说明。饱读四书五经的贾政不识草木，宝玉却热爱自然，熟识不少草木。贾政带着宝玉等人第一次去参观大观园时，只见许多异草：或有牵藤的，或有引蔓的，或垂山巅，或穿石隙，甚至垂檐绕柱，萦砌盘阶；或如翠带飘摇，或如金绳盘屈，或实若丹砂，或花如金桂，味芬气馥，非花香之可比。贾政不禁笑道："有趣！只是不大认识。"有的说："是薛荔藤萝。"政道："薛荔藤萝不得如此异香。"宝玉道："果然不是。这些之中也有藤萝薛荔，那香的是杜若蘅芜，那一种大约是清葛，这一种大约是茝兰，那一种是金簦草，这一种是玉蕗藤，红的自然是紫芸，绿的定是青芷。想来《离骚》《文选》等书上所有的那些异草……如今年深岁改，人不能识，故皆象形夺名，渐渐的唤差了，也是有的。"可见，隔绝于自然环境，不辨物候、不识鸟兽的诗歌阅读，脑海中缺少物象对应和基本释义的铺垫，不能算真正的理解和欣赏。

孔子教人学诗之法，说要"多识于鸟、兽、草、木之名"（《论语·阳货》）。虽然我国历朝历代注释解读《诗经》的文人著作众多，但多以言句释之，少有直观地以图画来解释其中风物的著作。加之世易时移，与《诗经》所处年代相比，里面的风物名称可能发生了改变：或古有今无；或古名今易；或因时代变迁，物种自身产生了进化；或因地域或方言不同，而使得名称有所变化。因此产生了许多错讹及误会，让读者徒然耗费精力而无所得。

为了帮助读者更好地理解、学习、欣赏《诗经》，我们根据各种风物在《诗经》原文中出现的顺序，翻阅了诸多资料，尽可能多方位考究其中出现的风物，审其形状，加以着色，辨之色相，进而呈现具体的物像。我们在日本弘化四年诸画工所绘关于《诗经》手绘图中，仔细辨别、筛选出195幅图，配以档案、训诂精要、博物通识，以飨读者。由于该版本画工所具有的年代及地域局限性，部分《诗经》中属于中国独有的植物或动物，在画中则为日本当地的同科植物或动物。这一类与《诗经》原文不同的图，我们一一增加了注释，帮助读者区分理解。

在编写过程中，我们参考了诸多先辈的经验，如三国时陆玑所著的《毛诗草木鸟兽虫鱼疏》、宋代朱熹的《诗集传》、明代李时珍的《本草纲目》、清代徐鼎的《毛诗名物图说》等。另外，考虑到阅读过程中，读者对诗歌中一些字的发音掌握有难度，我们增加了《诗经》的原文、注释、语音朗诵，以供大家阅读参考。

本书解说大部分从先贤之说，为方便读者理解或考据，我们保留了部分古籍中的原文。我们截取这部分原文并不代表其作者的考据或注释就是标准答案，这些原文仅供读者参考。由于《诗经》年代久远，诗集中又仅列其名，古今注释者也颇多分歧，辨识难度不小。加之时间仓促、水平有限，故难免有错漏之处，还望读者海涵。

在本书的出版过程中，有幸得到刘毅、孙季瑶同志的帮助，在此表示衷心感谢。

编者

目录

1. 雎鸠　　　　　　　003
2. 荇（xìng）菜　　004
3. 葛　　　　　　　007
4. 黄鸟　　　　　　008
5. 卷耳　　　　　　011
6. 马　　　　　　　012
7. 螽（zhōng）斯　015
8. 桃　　　　　　　016
9. 兔　　　　　　　019
10. 芣苢（fú yǐ）　020
11. 蒌（lóu）　　　023
12. 鲂（fáng）　　　024
13. 鹊　　　　　　　027
14. 蘩　　　　　　　028
15. 草虫　　　　　　031
16. 阜螽　　　　　　032
17. 蕨　　　　　　　035
18. 薇　　　　　　　036
19. 桐　　　　　　　039
20. 甘棠、杜　　　　040
21. 鼠　　　　　　　043
22. 羊　　　　　　　044
23. 梅　　　　　　　047
24. 麇（jūn）　　　 048
25. 白茅　　　　　　051
26. 鹿　　　　　　　052

27. 雀	055
28. 唐棣	056
29. 葭	059
30. 蓬	060
31. 柏	063
32. 李	064
33. 燕	067
34. 棘	068
35. 雉	071
36. 麃（páo）	072
37. 雁	075
38. 葑（fēng）	076
39. 荼（tú）	079
40. 荠	080
41. 狐	083
42. 榛	084
43. 苓	087
44. 乌	088
45. 桑	091
46. 麦	092
47. 蝱（méng）	095
48. 鹑	096
49. 蚕	099
50. 薇	100
51. 藻	103
52. 梓	104

53. 竹　107

54. 蝤蛴（qiú qí）　108

55. 榆　111

56. 桧（guì）　112

57. 芄（wán）兰　115

58. 谖（xuān）　116

59. 木瓜　119

60. 黍　120

61. 鸡　123

62. 牛　124

63. 蓷（tuī）　127

64. 萧　128

65. 艾　131

66. 麻　132

67. 荷　135

68. 虎　136

69. 鸨（bǎo）　139

70. 舜　140

71. 松　143

72. 游龙　144

73. 茹藘（rú lú）　147

74. 栗　148

75. 菅（jiān）　151

76. 勺药　152

77. 狼　155

78. 柳　156

79. 莐	159
80. 枢（shū）	160
81. 蓁（qín）	163
82. 蛾	164
83. 杻	167
84. 椒	168
85. 栩	171
86. 稻	172
87. 粱	175
88. 蔹（liǎn）	176
89. 楚	179
90. 芩（qín）	180
91. 杨	183
92. 漆	184
93. 鲤	187
94. 纻（zhù）	188
95. 菅（jiān）	191
96. 苕（tiáo）	192
97. 鹝（yì）	195
98. 蒲	196
99. 蜉蝣（fú yóu）	199
100. 鹈（tí）	200
101. 鸠（jiū）	203
102. 蓍（shī）	204
103. 仓庚	207
104. 鵙（jú）	208

105. 蜩（tiáo）、螗（táng）	211
106. 莱	212
107. 莎鸡	215
108. 薁（yù）	216
109. 葵	219
110. 瓜	220
111. 韭	223
112. 鸱鸮（chī xiāo）	224
113. 蠋（zhú）	227
114. 果臝（luǒ）	228
115. 蟏蛸（xiāo shāo）	231
116. 伊威	232
117. 宵行	235
118. 鳟（zūn）	236
119. 蟋蟀	239
120. 鲦（tiáo）	240
121. 蒿	243
122. 杞	244
123. 杞	247
124. 鸣鸠	248
125. 脊令	251
126. 鲿（cháng）	252
127. 鲨	255
128. 鳢（lǐ）	256
129. 鰋（yǎn）	259
130. 嘉鱼	260

131. 臺（tái）	263
132. 枸	264
133. 莪（é）	267
134. 鳖（biē）	268
135. 鹤	271
136. 鸻（xù）	272
137. 穀（gǔ）	275
138. 蓫（zhú）	276
139. 熊、罴（pí）	279
140. 虺（huǐ）	280
141. 蝎	283
142. 莜（qiáo）	284
143. 龟	287
144. 螟、螣、蟊、贼（míng tè máo zéi）	288
145. 葍（fú）	291
146. 莞（guān）	292
147. 蓼（liǎo）	295
148. 蔚	296
149. 桑扈（hù）	299
150. 鸳鸯	300
151. 女萝	303
152. 芹	304
153. 蝇	307
154. 虿（chài）	308
155. 蓝	311
156. 鹭	312

157. 豕、豝（bā）、豵（zōng）、豣（jiān） 315
158. 猫 316
159. 苕 319
160. 堇（jǐn） 320
161. 柞（zuò） 323
162. 栵（liè） 324
163. 柽（chēng） 327
164. 橐（tuó） 328
165. 鷖（yī） 331
166. 麇（yǎn） 332
167. 笋 335
168. 茆（máo） 336
169. 条 339
170. 驳 340
171. 檖 343
172. 郁 344
173. 枣 347
174. 梧桐 348
175. 雎（zhuī） 351
176. 鵁（jiāo） 352
177. 流离 355
178. 凫 356
179. 晨风 359
180. 鹰 360
181. 鹭 363
182. 鹳（guàn） 364

183. 翚（huī） 367

184. 鸢（yuān） 368

185. 鹑 371

186. 桃虫 372

187. 尨（máng）、卢、犬 375

188. 象 376

189. 貉、貆（huán） 379

190. 狸 380

191. 豹 383

192. 台 384

193. 贝 387

194. 蜂 388

195. 蜾蠃（guǒ luǒ） 391

莱莎鸡荬葵瓜韭鸥蝎果蠃蟓蛸
伊威宵行鳟蟋鲦蒿杞鸣鸠脊令
鳡鲨鳢鳇鱼臺枸莪鳖鲂穀遂蔚
熊罴虺蜴龟蜽螣蠡贼蒿莞蓼蔚
桑扈鸳鸯女萝芹蝇虿蓝鸷豕豺秋
豻猫茗董柞枥桱鼋鹥麋笋茆条骏
樅郁夾梧桐雏鹅流离鳧晨凤鹰鹭
鹳鸴鸢鹑桃虫龙卢犬象貉貆狸射
台贝螺蠃雎鸠荇菜葛黄鸟卷耳马

雎鸠 荇菜 葛 黄鸟 卷耳 马 螽 蕨 颜 斯 桃 兔
苤苢 荠 鲂 鹊 蘩 草 虫 阜 螽 薇 颜 桐 甘
棠 鼠 羊 梅 麕 白 茅 鹿 雀 唐 棣 葭 蓬 柏
李 燕 鹊 稚 鲍 雁 茑 茶 荠 狐 榛 苓 乌 桑
麦 木 瓜 黍 鸡 牛 薇 藻 梓 竹 蝤 莽 榆 苋
诶 木 瓜 黍 鸡 牛 萑 萧 艾 麻 荷 虎 鸨 苑 舜
蜂 松 游 龙 茹 藘 栗 菅 楚 芩 杨 漆 鲤 纻 枢
蟓 蛾 柽 椒 桐 稻 梁 薆 楚 芩 杨 漆 鲤 纻
菅 茗 鹛 蒲 蛴 蝣 鹌 鸠 蓍 仓 庚 鸨 蜩 蟾

雎鸠 關關 雎鳩在河之洲 周南關雎章

诗摘

诗经·周南·关雎：关关雎鸠，在河之洲。

训诂精要

福州府志：海鹘。
朱注：王雎。
本草纲目：鹗也。

档案 科目：鹰科
今名：鹗
别名：鱼鹰、吃鱼鹰、鱼雕、鱼鸿、鱼江鸟

博物通识

鹗是中型猛禽，体长51~65厘米，前额、头顶、枕部和头侧均为白色，有黑色贯眼纹，头顶为黑褐色纵纹，后颈部羽毛呈披针形。上体以黑褐色为主，下体以白色为主。一般栖息及活动于河流、湖泊、水库和海岸等水域，常常单独或成双活动，主要以各种鱼类为食，也捕食蛙类、蜥蜴、小鸟之类的活物。古时鹗曾广泛分布，但如今数量大为减少，已被列为国家二级保护动物。

郭璞《尔雅注》说鹗"雕类，今江东呼之为鹗，好在江渚山边食鱼"。《本草纲目》中记载："能入穴取食，故谓之下窟乌。翱翔水上，扇鱼令出，故曰沸波。"古人对神态威猛、目光锐利的鹗极为推崇，将目四顾形容为"鹗视"或者"鹗顾"，把推荐贤人称为"鹗荐"，汉朝末年的著名文学家孔融写的《荐祢衡表》中还用"鸷鸟累百，不如一鹗"来形容祢衡的才华出众。

雄鸟和雌鸟配对以后，常常比翼双飞，鸣声不断。因此《周南·关雎》里"关关雎鸠"之说，描述的就是雎鸠鸟雌雄和鸣的声音。

诗经风物图典

雎鸠

档案 科目：龙胆科
今名：荇菜
别名：水荷

博物通识

荇菜，根分为长短枝，长枝一般潜入水中，短枝则生长在长枝的结节处。叶片浮在水面上，夏天开花，花色为黄色，偶有白色花。叶的形状与生态颇似荷花，又被称为水荷，茎与叶可食用。

《周南·关雎》有"参差荇菜"，是以荇菜在水中摇摆晃动来形容想要追求爱情必然会有波折，意在鼓励君子去勇敢地追求爱情。

荇

参差荇菜 周南関雎章

诗摘

诗经·周南·关雎：参差荇菜，左右流之。

训诂精要

本草：荇，即莕也。
朱注：接余也。
尔雅翼：金莲子。
名物法言：翠带。

葛

葛之覃兮 周南葛覃章
旄丘之葛兮 邶风旄丘章
彼采葛兮 王风采葛章

诗摘

诗经·周南·葛覃：葛之覃兮，施于中谷，维叶萋萋。

诗经·邶风·旄丘：旄丘之葛兮，何诞之节兮。

诗经·王风·采葛：彼采葛兮，一日不见，如三月兮！

训诂精要

朱注：葛草，名蔓生，可为绤络者。

药谱：走根梅。

镇江府志：面葛。

药性奇方：葛藤根。

档案 科目:蝶形花科
今名:葛藤
别名:甘葛、野葛

博物通识

藤本植物,块根膨大,枝条上有黄色硬毛,花为蝶形花,花色紫红,是一种水土保持植物。

葛,自古就作为纤维植物使用,用来制作葛布。在棉花引进中国之前,葛布是重要的夏季服装材料,《周书》云"葛,小人得其叶以为羹,君子得其材以为绤绤,以为君子朝廷夏服",说明古代以葛为材料制作夏服。其嫩叶可食用。其纤维可以制鞋,古代称为"葛履"。

葛的块茎可制成葛粉供食用,葛藤与葛花可用作解酒。由于葛藤很长且易缠绕在其他树木或植物上,后世常用"葛藤"来形容事情复杂难辨,或者比喻某人说话啰唆且滔滔不绝。

档案 科目：雀科
今名：黄雀
别名：黄鸟、金雀、芦花黄雀

黄鸟

博物通识

《诗经》中的黄鸟，可以是黄雀，也可以是黄鹂，但《葛覃》等篇中的黄鸟应当做黄雀来解释，因为只有黄雀才有集群和迁徙的习性，"集于灌木"形象地描写了黄雀的特性。《尔雅义疏》也可证之。

黄雀体长11～12厘米，属小型鸟类。嘴短，翅膀上有醒目的黑色及黄色条纹。成体雄鸟的顶冠及颏黑色，头侧、腰及尾基部亮黄色。雌鸟毛色暗而多纵纹，顶冠和颏无黑色。黄雀是杂食鸟类，以植物性食物为主，也吃昆虫等小动物。栖息于林地、河谷树丛。有集群性，性活泼，飞行快，叫声清脆，是可供饲养的观赏鸟。

黄雀的分布非常广泛，欧亚大陆均可见，是一种常见的冬候鸟。成语"螳螂捕蝉，黄雀在后"中的黄雀应该就是本篇所说的黄雀，此成语出自《说苑·正谏》，其后被用来形容只顾眼前利益的人。

黄鸟

黄鸟于飞 周南葛覃章
睍睆黄鸟 邶风
黄鸟黄鸟 小雅
緜蛮黄鸟 小雅

诗摘

诗经·周南·葛覃：黄鸟于飞，集于灌木。
诗经·秦风·黄鸟：交交黄鸟，止于棘。
诗经·小雅·黄鸟：黄鸟黄鸟，无集于榖。
诗经·小雅·绵蛮：绵蛮黄鸟，止于丘阿。

训诂精要

扬子方言：鹂黄。
卓氏藻林：黄鹂留。
事物异名：菊衣。
花鸟争奇：天女。

卷耳 采采卷耳 周南卷耳章

诗摘

诗经·周南·卷耳：采采卷耳，不盈顷筐。

训诂精要

尔雅：檀菜，又名苓耳。

档案 科目：菊科
今名：苍耳
别名：耳珰草

博物通识

一年生草本植物，有短毛，叶片为三角状卵形，花冠为白色，果实有硬化总苞包被，外有稀疏的带钩苞刺。

卷耳①，今名苍耳。古时曾作为野菜食用，穷困人家采集它的嫩叶幼苗当作蔬菜，年岁歉收时也可作为充饥的食物。苍耳果实带倒刺，采取附着的方式传播，适应力强，现中国各地均有生长。

苍耳的果实形状如古代妇女的耳饰珠——耳珰，因此，又叫耳珰草。它的种子炒后，可去皮磨面，用来磨面或蒸熟食，是古代常用的食物。

苍耳又称"菞"，因生有倒刺，与蒺藜并称为恶草，常被用来比喻小人；而蕙、兰等香草常被用来比喻君子。

① 诗中卷耳今名为苍耳，左图中为球序卷耳，应为图画作者错误。

档案　科目：马科
　　　　今名：马
　　　　别名：驹、飞黄、骥

博物通识

马古今同名，马是由野马驯化而来，中国古代驯养野马的历史可追溯至公元前3000年，由此可见诗经时代已经有驯养的马。

马是一种大型家畜，体长1.5～2.5米。头面狭长，耳小而直立，前额较阔，颈部长且生有长鬃毛。躯干长，四肢强健。马尾有集束长毛，状如拂尘，能动。毛色多变，性情温驯，动作敏捷。可用于乘骑、车驾、役用、农耕或竞技等。

《诗经》中其他有关马的称谓还有很多，下面列举数例：
驹，指小马；骄，指高七尺以上的马；黄，指黄马；㹦，骊白杂毛的马；骊，黑马；白颠：额头有白毛的马；骐，青黑色花纹的马；皇，毛色黄白的马；驳，毛色红白的马；骆，黑鬣的白马；骓，苍白杂毛的马；雒，黑身白鬣的马，等等。

训诂精要

诗经·大雅·绵：古公亶父，来朝走马。
诗经·大雅·卷阿：君子之马，既闲且驰。
诗经·大雅·抑：修尔车马，弓矢戎兵。
诗经·大雅·云汉：趣马师氏，膳夫左右。
诗经·大雅·崧高：王遣申伯，路车乘马。
诗经·大雅·韩奕：其赠维何？乘马路车。
诗经·周颂·有客：有客有客，亦白其马。
诗经·鲁颂·駉：駉駉牡马，在坰之野。
诗经·鲁颂·泮水：鲁侯戾止，其马蹻蹻。
淮南子：龙虫。
抱朴子：三公。
清异录：四足仙人。
名物法言：君耳。

馬

我馬虺隤 周南卷耳章
言秣其馬 周南漢广章 朱傳無註

诗摘

诗经·周南·卷耳：陟彼崔嵬，我马虺隤。
诗经·周南·汉广：之子于归，言秣其马。
诗经·邶风·干旄：素丝纰之，良马四之。
诗经·邶风·载驰：驱马悠悠，言至于漕。
诗经·郑风·叔于田：叔适野，巷无服马。
诗经·郑风·大叔于田：叔于田，乘乘马。
诗经·唐风·山有枢：子有车马，弗驰弗驱。
诗经·秦风·车邻：有车邻邻，有马白颠。
诗经·陈风·株林：驾我乘马，说于株野。
诗经·豳风·东山：之子于归，皇驳其马。
诗经·小雅·四牡：四牡騑騑，六辔如濡。
诗经·小雅·皇皇者华：我马维驹，啴啴骆马。
诗经·小雅·车攻：我车既攻，我马既同。
诗经·小雅·吉日：吉日庚午，既差我马。
诗经·小雅·十月之交：聚子内史，蹶维趣马。
诗经·小雅·鸳鸯：乘马在厩，秣之摧之。
诗经·小雅·采菽：虽无予之？路车乘马。
诗经·小雅·角弓：老马反为驹，不顾其后。

螽斯

螽斯羽诜诜兮
周南螽斯章

诗摘

诗经·周南·螽斯：螽斯羽，诜诜兮。
诗经·豳风·七月：五月斯螽动股，六月莎鸡振羽。

训诂精要

通雅：蜇螽。
诗疏：舂箕。
事物绀珠：蜇螽。
泉州府志：草马。
朱注：螽斯，蝗属。

档案　科目：螽斯科
　　　　今名：绿螽斯
　　　　别名：绿螽、蚣蝑、舂黍

博物通识

螽斯和斯螽名字不同，却是同一生物，《毛诗集解》里写道"或言螽斯，或言斯螽，其义一也"。由于螽斯可振翅发声，应属于螽斯科的昆虫，故认为是绿螽斯。

绿螽斯体绿色，体长4～5厘米，触角细长，约30节以上，触角长度超过体长。雄虫的前翅上有发声器，发音时以右前翅上的刮器摩擦左前翅上的音锉，即《豳风·七月》中所说的"动股"作声。农田、丛林草间多见，杂食性，是农业害虫。

桃

档案 科目：蔷薇科
　　　　今名：桃
　　　　别名：无

博物通识

落叶灌木或小乔木，叶片为卵状披针形至长椭圆状披针形，叶片边缘有细锯齿。花单生，花色为粉红色。

桃花花期很短，古人的诗词中常常以桃花来比喻短暂的时光。《红楼梦》中林黛玉葬的花就是桃花。桃花颜色华丽，"桃之夭夭，灼灼其华"仅仅几个字便彰显出桃花的妩媚与风流。

桃木常被民间用以辟邪，而且古来有之。用桃木制成桃符钉在门上的风俗在宋代仍很流行，近代逐渐演化成了贴春联。传说中，桃木制成宝剑可以克制邪物。

桃花在诗经时代至汉唐时代的形象尚属正面，自宋代以后，其形象开始逐渐滑落，明朝时桃花已经成为妖冶放荡的代表，在文人乃至一般人眼中，桃花已经是负面词语了。

诗摘

诗经·周南·桃夭：桃之夭夭，灼灼其华。
诗经·召南·何彼襛矣：何彼襛矣？华如桃李。
诗经·魏风·园有桃：园有桃，其实之肴。
诗经·大雅·抑：投我以桃，报之以李。

训诂精要

行厨集：仙木。
尺牍双鱼：仙乡。
汝南圃史：寿星桃。
广东新语：菊桃。

兔

肃肃兔罝 周南兔罝章
有兔爰爰 王风兔爰章
相彼投兔 小雅小弁章
躍躍毚兔 小雅巧言章
有兔斯首 小雅瓠叶章

诗摘

诗经·周南·兔罝：肃肃兔罝，椓之丁丁。
诗经·王风·兔爰：有兔爰爰，雉离于罗。
诗经·小雅·小弁：相彼投兔，尚或先之。
诗经·小雅·瓠叶：有兔斯首，炮之燔之。

训诂精要

清异录：菊道人。
通雅：朴朔。

档案	科目：兔科
	今名：草兔
	别名：欧兔、野兔

| 博物通识 | 草兔（左图所画为白兔）体长约50厘米，身体背面呈黄褐色至褐色，腹部为白色，耳尖为黑色，尾上部为黑色，两侧及下部为白色。栖息于低洼地、草甸、田野、树林、草丛或灌木丛中，通常清晨或夜间活动，活动范围不离巢穴附近，通常以植物为食，主要食用草类。繁殖力极强，每年3～4窝，一窝约3崽，幼崽产下时有毛且已睁眼，幼崽1个月便可独立生活。兔肉可食，皮、毛均可利用，草兔繁殖力强，过度繁殖会对农林业有害，若不加以控制，很快就会造成生态灾害。 |

苤苢

档案 科目：车前科
今名：车前草
别名：牛舌菜、车辘轳草

博物通识 两年或多年生草本植物，常见于山野及路旁，具须根。叶根生，具长柄。花茎高为12～50厘米，具棱角，有疏毛，花色为淡绿色。

嫩叶可食，有些地区用作饲料；全草与种子都可入药，能利尿、清热、止咳。

直至清代还有穷人以车前草为食，朝鲜地区以车前草嫩叶煮食更是普遍的风俗。

芣苢

采采芣苢 周南芣苢篇章

诗摘

诗经·周南·芣苢：采采芣苢，薄言采之。

训诂精要

朱注：车前也。
五福全书：车钱子。
南宁府志：穿钱。
世事通考：鲫鱼草。
简便方：野甜菜。

诗摘

诗经·周南·汉广：翘翘错薪，言刈其蒌。

训诂精要

朱注：蒌，蒌蒿也。
花史左编：蒿菜花。

档案 科目：菊科
今名：蒌蒿
别名：芦蒿、水艾

博物通识 多年生草本植物，植株有淡淡香气，近根部半木质化，常见于低海拔河岸及沼泽地，林中、山坡和道路旁也偶有生长。

蒌蒿自古就是蒿类中最可口的野菜，嫩芽香脆可口，叶片为蔬菜，可食用。《救荒本草》称之为"蒿蒿"。

《周南·汉广》中"翘翘错薪，言刈其蒌"，意为在许多的植物之中，只要最美味的蒌蒿，本意是夸赞自己喜欢的女子是最出众的。

诗经风物图典

鲂

| **档案** | 科目：鲤科
今名：鲂
别名：三角鲂、乌鳊、边花鱼、法罗鱼 |

博物通识　鲂的名字从古到今都没有变化，有些书将鲂注释为鳊鱼其实不对，《本草纲目》对此进行了纠正。

鲂属淡水鱼类，背部黑色带青，腹部淡白色，鳞片边缘有小黑点，鳍色为深灰色。体形扁，呈菱形，头小，口小，吻短，眼大。主要食物是水生植物、淡水壳菜及小虾，栖息于水体中下层，广泛分布于江河湖泊中。肉味鲜美，在淡水经济鱼类中具有较高价值，可养殖。

鲂

鲂鱼赪尾 周南汝坟章

必河之鲂 陈风衡门章

诗摘

诗经·周南·汝坟：鲂鱼赪尾，王室如燬。

诗经·齐风·敝笱：敝笱在梁，其鱼鲂鳏。

诗经·陈风·衡门：岂其食鱼，必河之鲂？

诗经·豳风·九罭：九罭之鱼鳟鲂。

诗经·小雅·鱼丽：鱼丽于罶，鲂鳢。

诗经·小雅·采绿：其钓维何？维鲂及鱮。

诗经·大雅·韩奕：鲂鱮甫甫，麀鹿噳噳。

训诂精要

说文：赤尾鱼。

南宁府志：青鳊。

盛京通志：扁花。

杜诗集：缩项鳊。

鹊　维鹊有巢　召南鹊巢章
鸠之疆疆　鄘风鹑之奔奔章
防有鹊巢　陈风防有鹊巢章

诗摘

诗经·召南·鹊巢：维鹊有巢，维鸠居之。

诗经·鄘风·鹑之奔奔：鹊之奔奔，鹑之疆疆。

诗经·陈风·防有鹊巢：防有鹊巢，邛有旨苕。

训诂精要

禽经：灵散。

清异录：喜奈何。

通雅：翅鹊。

档案
科目：鸦科
今名：喜鹊
别名：鹊、客鹊、飞驳鸟、干鹊、神女

博物通识

喜鹊是鸦科的中型鸟类，体长45～50厘米。典型的黑白色鸟类，其头部、颈部、胸部、背部、腰部均为黑色，略显蓝紫色金属光泽；肩羽、上下腹均为洁白色；飞羽和尾羽为近黑色的墨绿色，带灰绿色的金属光泽。嘴、脚均为黑色。

喜鹊善筑巢，属杂食性益鸟，夏季以昆虫为食，其他季节也食用植物的果子和种子。此种鸟类喜与人类共处，常居于人类居住区的高树上。古时分布极广，尤以沿海地区常见。但近年来由于各种原因，其种群数量急剧减少，某些地区已将喜鹊列为重点保护鸟类。

中国民间将喜鹊作为吉祥的象征。关于它有很多优美的神话传说。在传说中，每年七月初七这一天，喜鹊飞上天河搭桥，让牛郎织女相会。画鹊兆喜的风俗在中国民间大为流行，品种也有多样：如两只鹊儿面对面叫"喜相逢"；双鹊中加一枚古钱叫"喜在眼前"；一只獾和一只鹊在树上树下对望叫"欢天喜地"。流传最广的，则是鹊登梅枝报喜图，又叫"喜上眉梢"。

蘩

档案　科目：菊科
　　　　今名：白蒿
　　　　别名：大籽蒿

博物通识　一年或两年生草本植物，茎单一且直立，有灰白色柔毛。花托有白色毛，雌花20~30朵，雄花80~120朵，均为管状花。蒿有许多种，春季时据外形尚能辨认不同，到秋季枝叶干枯，外形不易区分，皆通称蒿。中国地域辽阔，各地对蒿的命名并不一致，以"白蒿"为例，《中国植物志》中又名白蒿的植物就有几十种。白蒿植物含有多种脂类物质，可入药，也可充作牲畜饲料。古代常采集白蒿用于祭祀，《召南·采蘩》中采集"蘩"即为了祭祀。

诗摘

诗经·召南·采蘩：于以采蘩？于沼于沚。

诗经·豳风·七月：春日迟迟，采蘩祁祁。

训诂精要

朱注：白蒿也。

尔雅：皤蒿。

草虫

喓喓草虫 召南草虫章

趯趯阜螽 小雅出车章

诗摘

诗经·召南·草虫：喓喓草虫，趯趯阜螽。

诗经·小雅·出车：喓喓草虫，趯趯阜螽。

训诂精要

尔雅：草螽。

郭璞注：常羊。

档案　科目：螽斯科
　　　　今名：草螽
　　　　别名：常羊、鸣螽

博物通识　草虫即草螽，螽斯科的昆虫，常见于中国及日本等地。躯体呈绿色或淡褐色，体长约6厘米，头部呈圆锥形，有鞭状触角，细长，超过体长，无单眼。前后翅均发达，前翅比腹部长两倍，右前翅有透明的发音镜。前足胫节上有听音器。常见于庄稼、草或灌木上，杂食性，对农作物有危害。

草虫

档案　科目：蝗科
　　　　今名：中华稻蝗
　　　　别名：蚂蚱

博物通识

蟲在古代是山东地区飞蝗的代称，秦汉之后逐渐称之为蝗。古代将蝗虫和螽斯都归于蟲类，现代则都属于直翅目，分为蝗科与螽斯科。阜螽、蝝均属一物，今以中华稻蝗释之。

成虫中雌虫体形比雄虫大，雌体长约4厘米，雄体约3厘米；全身绿色或黄绿色，左右各侧有暗褐色纵纹，从复眼向后，直到前胸背板的后缘。体分头、胸、腹三部分。主要危害水稻、玉米、高粱、麦类、甘蔗和豆类等多种农作物。对作物的害处是以成虫咬食叶片，咬断茎秆和幼芽。水稻被害叶片成缺刻，严重时稻叶被吃光，穗颈和乳熟的谷粒也会被咬坏。

中国3000年间有史料可查的蝗灾就有数百起，防治方法一般有捕杀和药杀，也有用鸡、鸭等生物灭杀方法。蝗作为鸡鸭饲料，则属于高蛋白优质饲料。

诗摘

诗经·召南·草虫：喓喓草虫，趯趯阜螽。

诗经·小雅·出车：喓喓草虫，趯趯阜螽。

训诂精要

朱传：阜螽，蠜也。

蕨　言采其蕨 召南草虫章
山有蕨薇 小雅四月章

诗摘

诗经·召南·草虫：陟彼南山，言采其蕨
诗经·小雅·四月：山有蕨薇，隰有杞桋。

训诂精要

广东新语：拳菜。
救荒野谱：萁菜。
事林广记：紫玉簪。

档案 科目：蕨科
今名：蕨
别名：拳头菜、猫爪、龙头菜

博物通识 大型多年生草本。土生。根状茎长而粗壮，横卧地下，表面被棕色茸毛。

蕨菜在我国各地均有生长，春天长出的嫩叶，清香可口，有"山珍之王"的美称。根状茎富含淀粉，其营养价值不亚于藕粉，不但可食用，也可做酿酒的原料。药用有去暴热和利水湿等功效。蕨叶未展开时嫩叶、叶柄均可入菜，自古即做蔬菜，为诗经时代很受欢迎的一种野菜。

该物种为中国植物图谱数据库收录的有毒植物，人食用过量则会提高癌症的发病率。

蘋

档案　科目：苹科
　　　　今名：田字草
　　　　别名：四叶草、四叶苹

博物通识

多年生挺水（根茎在水下，叶子在水上）蕨类植物。根茎横生泥中。春季出叶，有细长的叶柄，柄上生4片小叶，排成十字状，外形像田字，故名田字草。

产于中国长江以南的各个省区，北达华北和辽宁，西北至新疆的北部。世界温带、热带地区也有分布。

当有水时，叶柄没于水中，叶片浮于水面。人工栽培时，可作为池塘等水面绿化植物，也可在室内栽培供观赏。作为野菜食用时，采嫩茎叶洗净，炒食或做汤。

田字草全草都可入药，用于清热、利水、解毒、止血。

蘋　于以采蘋　召南

蘋草

诗摘

　诗经·召南·采蘋：于以采蘋？南涧之滨。

训诂精要

　本草纲目：田字草，又名四叶菜。
　左传：蘋，蘩也。

桐

椅桐梓漆，爰伐琴瑟。邶风定之方中章

其桐其椅。小雅湛露章

诗摘

诗经·鄘风·定之方中：椅桐梓漆，爰伐琴瑟。

诗经·小雅·湛露：其桐其椅，其实离离。

训诂精要

埤雅：花桐。

事物绀珠：荣桐。

清异录：小义。

档案 科目：玄参科
今名：泡桐
别名：水桐、喇叭花

博物通识

我们一般所称的"桐"，多指梧桐、泡桐、野桐、山桐、油桐等。《诗经》中的桐，依句意，可能是泡桐或梧桐。《定之方中》中可理解为泡桐。

泡桐为落叶乔木，树皮灰色、灰褐色或灰黑色，幼时平滑，老时纵裂。假二杈分枝。单叶，对生，叶大，卵形，全缘或有浅裂，具长柄，柄上有茸毛。花大，淡紫色或白色。泡桐喜光，较耐阴。喜温暖气候，耐寒性不强。泡桐属的树种都是原产于中国的。泡桐木材纹理通直，结构均匀，不挠不裂，易于加工。气干容重轻。隔潮性好。不易变形。声学性好，共鸣性强。不易燃烧，油漆染色良好。可供建筑、家具、人造板和乐器等用材。桐材的纤维素含量高、材色较浅，是造纸的好原料。

桐

甘棠、杜

档案
科目：蔷薇科
今名：棠梨
别名：土梨、野梨子、灰梨

博物通识

落叶乔木，高 4~10 米。树皮灰褐色，纵裂；幼枝黑褐色，被绒毛，有时具刺。

棠梨，是一种野梨，处处山林都有。比梨树小，叶边都有锯齿。二月开白花，霜后可吃。棠梨树与梨嫁接最好。有甜、酸，红、白两种。白色的为白棠，即甘棠，又简称"棠"或者"堂"。《诗经·召南》中有写到此物。果实为红色者是赤棠，简称"杜"，《国风·唐风》中有所提及。

它的叶味微苦，嫩时烘熟，用水淘净后，可加油、盐调食，或蒸晒后当茶。它的花也可烘熟吃，或晒干磨面做烧饼充饥。

甘棠 蔽芾甘棠 召南甘棠章

有杕之杜 唐风杕杜章 小雅杕杜章
唐风有杕之杜章

诗摘

诗经·召南·甘棠：蔽芾甘棠，勿翦勿伐。

诗经·唐风·杕杜：有杕之杜，其叶湑湑。

诗经·唐风·有杕之杜：有杕之杜，生于道左。

诗经·小雅·杕杜：有杕之杜，有睆其实。

训诂精要

典籍便览：杜梨。

训蒙字会：山梨红。

闽书南产志：加冬梨。

诗经小识：海红子。

鼠

誰謂鼠無牙 召南行露章
相鼠有體 鄘風相鼠章
碩鼠々々 無食我黍 魏風碩鼠章
穹窒熏鼠 豳風七月章
鳥鼠攸去 小雅斯干章

诗摘

诗经·召南·行露：谁谓鼠无牙？何以穿我墉？
诗经·鄘风·相鼠：相鼠有皮，人而无仪。
诗经·豳风·七月：穹窒熏鼠，塞向墐户。
诗经·小雅·斯干：风雨攸除，鸟鼠攸去。

训诂精要

名物法言：夜虫。

档案 科目：鼠科
今名：褐家鼠
别名：沟鼠、老鼠

博物通识

鼠的种类很多，单称鼠有泛指之意，但结合诗意有穿墙凿壁之能，故应为常见的家鼠。

家鼠是啮齿目鼠科，大家鼠属和小家鼠属中的一些种类的通称。因这些种类主要栖居在城镇、乡村，与人关系密切，故名家鼠。头较小，吻短，耳圆形，明显地露出被毛外。上门齿后缘有一极显著的月形缺刻，为其主要特征。

家鼠的主要危害有盗取食物、咬坏衣物、传播鼠疫，对人类危害极大。北方家鼠一般会在仓库中建窝，盗取粮食。将装粮食的袋子咬漏，把食物藏在它的窝中。

在中国古代文化中，鼠一直是贬义词，如"鼠辈""贼眉鼠眼"等。

鼠

档案

科目：牛科
今名：山羊
别名：青羊、野羊

博物通识

羊在古代就是一种很重要的家畜。羊和羊皮在我国古代贸易中就有着重要的地位。春秋时代秦国的著名宰相百里奚，就是用五张羊皮换回来的。羊饲养历史悠久，早在夏商时代就有养羊的文字记载。山羊具有繁殖率高、适应性强、易管理等特点。山羊头长额宽，鼻直嘴齐，眼大耳长。颌下有须，俗称"山羊胡子"。山羊勇敢活泼，敏捷机智，喜欢登高，善于游走，属活泼型小反刍动物，爱角斗。由于山羊会食用草根及幼树根，因此对环境破坏极大。山羊可分为产肉、乳及毛皮等三种用途，分别有不同的优良品种，山羊毛绒是毛纺工业原料之一。

在古代，羊被视为高贵的食物。《水浒传》中就曾记载因为店家没上羊肉而被李逵认为是看不起他。

羊

羔羊弑胖犍羖 羔羊之皮 召南羔
羚条韭幽风七 羊章
月章 与我馊羊 小雅宾
献羔祭韭 之 小雅甫
既有肥羜 田章
胖羊羵首 小雅伐木
小雅楚之 先生如达 民章
笔章 取羝以軷 大雅生
俾出童羖 小雅宾之 誰謂爾無羊 民章
初筵章 小雅無羊章

诗摘

诗经·召南·羔羊：羔羊之皮，素丝五紽。

诗经·王风·君子于役：日之夕矣，羊牛下来。

诗经·豳风·七月：朋酒斯飨，曰杀羔羊。

诗经·小雅·无羊：谁谓尔无羊？三百维群。

诗经·小雅·楚茨：济济跄跄，絜尔牛羊。

诗经·小雅·甫田：以我齐明，与我牺羊。

诗经·大雅·生民：诞寘之隘巷，牛羊腓字之。

诗经·大雅·行苇：敦彼行苇，牛羊勿践履。

诗经·周颂·我将：我将我享，维羊维牛。

诗经·周颂·丝衣：自堂徂基，自羊徂牛。

训诂精要

述异记：胡髯郎。

中华古今注：髯须参军。

通雅：羵根。

朱注：小曰羔，大曰羊。

梅　標有梅　召南標有梅章
　　墓門有梅　陳風墓門章
　　其子在梅　曹風鳲鳩章

诗摘

诗经·召南·摽有梅：摽有梅，其实七兮。
诗经·陈风·墓门：墓门有梅，有鸮萃止。
诗经·曹风·鳲鸠：鳲鸠在桑，其子在梅。
诗经·小雅·四月：山有嘉卉，侯栗侯梅。

训诂精要

故事白眉：百花魁。
典籍便览：清友、清容、鹤膝枝。
名物法言：罗浮仙。
事物绀珠：香雪。
花历百咏：冰柟。

档案　科目：蔷薇科
　　　　今名：梅

博物通识　梅树是落叶乔木，原产于中国，核果球形或椭圆形，外果实为核果，近球形。6—8月左右果熟时多变黄色或黄绿色，亦有品种为红色和绿色等；味酸可食用，可用来做梅干、梅酱、话梅、酸梅汤、梅酒等，亦可入药。

在中国的中药古籍《金匮要略》中，就有一个名为"乌梅丸"的处方。这个处方是将没有成熟的梅子蒸熟后晾干、制成丸，具有解热、镇咳和驱虫的功效。日本的"梅肉汁"就是在这个处方的基础上研制出来的，对于治疗腹泻和消化不良非常有效。比梅肉汁容易制作的是梅干。江户时代中期以后，用紫苏的叶子将梅干染色的食用方法开始在日本民间广为流行。

《召南·摽有梅》描述了女子看到梅子逐渐成熟，联想到年华逝去，流露出渴望爱情的想法。

梅

麕

档案
科目：鹿科
今名：獐
别名：牙獐、獐子

博物通识

獐是小型鹿科动物，体长约1米，肩高约0.6米，重约15千克。体棕黄色，腹部白色或淡黄色。雌雄均无角。雄性上犬齿发达，外露形成"獠牙"，故名牙獐。尾短而不显。多栖于芦滩、旷野等地。独居或成对活动。性温和，行动敏捷。善跳跃，能游泳。以青草为食。5月前后产崽，每胎4~6只。分布于中国长江中下游和东南沿海各省。现存数量不多，为中国二类保护动物。

獐不结大群，独居或成双活动，最多3~5只在一起。行动时常为蹿跳式，迅速。獐生性胆子小，两耳直立，感觉灵敏，善于隐藏，也善游泳，人难以近身。

诗摘

诗经·召南·野有死麇：野有死麇，白茅包之。

训诂精要

朱注：麇，獐也。鹿属，无角。

诗摘

诗经·召南·野有死麕：野有死麕，白茅包之。
诗经·豳风·七月：昼尔于茅。
诗经·小雅·白华：白华菅兮，白茅束兮。

训诂精要

本草蒙筌：过山龙。
品字笺：茅紫。
医学入门：茅笋。

档案　科目：禾本科
　　　　今名：白茅
　　　　别名：荑、茅针、茅根

博物通识

多年生草本，具粗壮的长根状茎。秆直立，高30～80厘米，具1～3节，节无毛。

白茅在古代是纯洁、忠贞的象征，常用来垫托或者包裹祭品，《召南·野有死麕》中年轻的猎人用白茅包裹猎获的野鹿来讨好心上人；《史记·孝武本纪》中也记载了站在白茅上的将军受印的过程。

白茅分布于辽宁、河北、山西、山东、陕西、新疆等北方地区；生于低山带平原河岸草地、沙质草甸、荒漠与海滨。也分布于非洲北部、土耳其、伊拉克、伊朗、中亚、高加索及地中海区域。

初生的茅为"荑"，白而柔，因此，常用来形容纤纤玉手，称"柔荑"。由于白茅的叶片不易腐烂，常被古人用作搭盖屋顶的材料，即为茅屋。

档案 科目：鹿科
今名：梅花鹿
别名：花鹿

博物通识

鹿有野生及家养之分，鹿有多种，最常见的是梅花鹿。《诗经》中的"麀"单指母鹿。梅花鹿为中型鹿科动物，体长 125～145 厘米，尾长 12～13 厘米，肩高 70～95 厘米，体重 70～100 千克。毛色夏季为栗红色，有许多白斑，状似梅花；冬季为烟褐色，白斑不显著。颈部有鬣毛。雄性第二年起生角，每年增加一叉，五岁后分四叉止，长达 30～66 厘米，雌性无角。

梅花鹿群居性不强，雄鹿往往是独自生活，活动时间集中在早晨和黄昏，生活区域随着季节的变化而改变，春季多在半阴坡，夏、秋季迁到阴坡的林缘地带，冬季则喜欢在温暖的阳坡，主要以水果、草本植物、树芽、农作物为食。种群主要分布在俄罗斯东部、日本和中国。是中国国家一级保护动物。皮可制革，鹿茸、鹿胎、鹿脯、鹿鞭、鹿尾、鹿肾、鹿骨、鹿髓等可供药用，肉可食，目前已经大量人工饲养。

鹿

鹿鹿攸伏 大雅·桑柔章
牲牲其鹿 大雅·小弁章
鹿斯之奔 小雅·小弁章
麀鹿濯濯 大雅·灵台章
呦呦鹿鸣 小雅·鹿鸣章
町畽鹿场 豳风·东山章
野有死鹿 召南·野有死麕章

诗摘

诗经·召南·野有死麕：林有朴樕，野有死鹿。
诗经·豳风·东山：町畽鹿场，熠耀宵行。
诗经·小雅·鹿鸣：呦呦鹿鸣，食野之苹。
诗经·小雅·吉日：兽之所同，麀鹿麌麌。
诗经·小雅·小弁：鹿斯之奔，维足伎伎。
诗经·大雅·灵台：王在灵囿，麀鹿攸伏。
诗经·大雅·桑柔：瞻彼中林，牲牲其鹿。
诗经·大雅·韩奕：鲂鱮甫甫，麀鹿噳噳。

训诂精要

抱朴子：西王母。
事物异名录：华山道士。
清异录：角仙。
尔雅疏：解角兽。
朱注：鹿，兽名，有角。

雀　谁谓雀无角 召南行路章

诗摘

诗经·召南·行露：谁谓雀无角！何以穿我屋？

训诂精要

清异录：青喜。
大仓州志：家宾。
事物绀珠：奸雀。
本草纲目：雀。

档案 科目:雀科
今名:树麻雀
别名:霍雀、瓦雀、琉雀、家雀、老家贼、只只、嘉宾、照夜、麻谷、南麻雀、禾雀、宾雀

博物通识 麻雀通常指树麻雀这一鸟种,也泛指麻雀属的所有鸟类。小型留鸟,体长 13～15 厘米,雌雄同色,显著特征为黑色喉部、白色脸颊上具黑斑、栗色头部。树麻雀主要居住在有人活动的区域,包括山地、平原、丘陵、草原、沼泽和农田区等。性喜成群,除繁殖期外,均成群活动。在繁殖季节大量捕食昆虫,有益于农业,但谷物收获季节会对农业造成一定危害。

成语"麻雀虽小,五脏俱全"出自钱钟书的《围城》,比喻事物体积或规模虽小,具备的内容却很齐全。

唐棣

档案 科目：蔷薇科
今名：唐棣
别名：枎栘

博物通识 小乔木，高 3～5 米，稀达 15 米，枝条稀疏；小枝细长，圆柱形，无毛或近于无毛，紫褐色或黑褐色，疏生长，圆形表皮气孔。花瓣白色，浆果为蓝黑色。

唐棣果实清香甜美，风味独特，除做食品以外，也是酿酒、制造高级饮品和保健药品的理想原料。嫩叶可制茶或提取天然色素。也是不可多得的园林绿化树种，也可作为观赏树木。花穗下垂，花瓣细长，白色而有芳香。树皮可供药用。

唐棣　唐棣之華，偏其反而。豈不爾思，室是遠而。

山有苞棣　秦風晨風章

诗摘

诗经·召南·何彼襛矣：何彼襛矣？唐棣之华。

诗经·郑风·山有扶苏：山有扶苏，隰有荷华。

诗经·秦风·晨风：山有苞棣，隰有树檖。

训诂精要

毛诗：奥李也。

尔雅·释木：唐棣，栘也。

诗摘

诗经·召南·驺虞：彼茁者葭，壹发五豝，吁嗟乎驺虞！

诗经·卫风·硕人：葭菼揭揭，庶姜孽孽，庶士有朅。

诗经·秦风·蒹葭：蒹葭苍苍，白露为霜。

训诂精要

朱注：葭，芦也，亦名苇。

琅琊代醉：蒲芦。

训蒙字会：苇子草。

档案 科目：禾本科
今名：芦苇
别名：苇、芦、芦笋

博物通识 多年生水生或湿生的高大禾草，根状茎十分发达。秆直立，高1～3米，直径1～4厘米，具20多节，基部和上部的节间较短，最长节间位于下部第4～6节，长20～25厘米。

生长在灌溉沟渠旁、河堤沼泽地等，常形成苇塘。世界各地均有生长，芦叶、芦花、芦茎、芦根、芦笋均可入药。芦茎、芦根还可以用于造纸行业，以及生物制剂。经过加工的芦茎还可以做成工艺品。古时，人们用芦苇制扫把。芦苇是湿地环境中生长的主要植物之一。

初生的芦苇为"葭"，开花前为"芦"，结实后为"苇"。因此，葭、芦、苇以及蒹葭都指芦苇。

由于芦苇的叶、叶鞘、茎、根状茎和不定根都有通气组织，所以它在净化污水方面起到重要的作用。中国从古代就用芦苇编制"苇席"铺炕、盖房或搭建临时建筑。古代各国都有用芦苇的空茎制造的乐器——芦笛，芦苇茎内的薄膜做笛子的笛膜使用。芦苇穗可以做扫帚，花絮可以充填枕头。

蓬

档案 科目：菊科
今名：飞蓬
别名：野葵花

博物通识 菊科飞蓬属，一年生或多年生草本。本属植物约250种，原产北美；我国近30种，南北各省都有分布。叶互生、全缘或有齿缺。叶匙形或披针形，头状花序异性，放射状。边花雌性、多列、舌状；盘花两性、管状、结实，与边花异色。总苞片狭长，顶端和边缘干膜质。花期夏季。

在中国文学里，"飞蓬"一词有"野外飘零、身不由己"的象征意义，蕴含着无奈、哀愁与悲叹。李白在送别杜甫时慨叹"飞蓬各自远，且尽手中杯"。《卫风·伯兮》中的飞蓬所指的就是干枯后根断遇风飞旋的蓬草。

蓬草惯性向横蔓生，但若生长在麻园中，因黄麻棵棵挺直，蓬草为了阳光和露水，会依附黄麻挺直向上生长，所以说"蓬生麻中，不扶而直"，荀子以蓬草依附黄麻而生，来说明环境对人的影响。

蓬

彼茁者蓬 同上

首如飞蓬 卫风伯兮章

诗摘

诗经·召南·驺虞：彼茁者蓬，壹发五豵，吁嗟乎驺虞！

诗经·卫风·伯兮：自伯之东，首如飞蓬。

训诂精要

朱注：蓬，草名，其华如柳丝聚而飞如乱发也。

柏

泛彼柏舟 邶风柏舟章
如松柏之茂 小雅天保章
新甫之柏 鲁颂閟宫章
松柏丸丸 商颂殷武章

诗摘

诗经·邶风·柏舟：泛彼柏舟，亦泛其流。
诗经·鄘风·柏舟：泛彼柏舟，在彼中河。
诗经·小雅·天保：如松柏之茂，无不尔或承。
诗经·小雅·頍弁：茑与女萝，施于松柏。
诗经·鲁颂·閟宫：徂来之松，新甫之柏。
诗经·商颂·殷武：陟彼景山，松柏丸丸。

训诂精要

书叙指南：刚柏。
续博物志：鬼廷。
名物法言：参天。

档案 科目：柏科
今名：侧柏
别名：黄柏、香柏、扁柏、香树

博物通识

侧柏是乔木，高达20余米，胸径1米；树皮薄，浅灰褐色，纵裂成条片；枝条向上伸展或斜展，幼树树冠呈卵状尖塔形，老树树冠则为广圆形；生鳞叶的小枝细，向上直展或斜展，扁平，排成一平面。

侧柏是中国应用最广泛的园林绿化树种之一，自古以来就常栽植于寺庙、陵墓和庭园中。如在北京天坛，大片的侧柏和桧柏为皇穹宇、祈年殿的汉白玉栏杆以及青砖石路进行强烈的烘托，充分地突出了主体建筑，明确地表达了主题思想。此地大片的侧柏营造出了肃静清幽的气氛，而祈年殿、皇穹宇及天桥等在建筑形式上、色彩上与柏墙相互呼应，巧妙地表达了"大地与天通灵"的主题。

侧柏耐旱，常为阳坡造林树种，也是常见的庭园绿化树种，木材可供建筑和家具等使用。叶和枝入药，可收敛止血、利尿健胃、解毒散瘀；种子有安神、滋补强壮之效。

档案 科目：蔷薇科
今名：李
别名：李子、嘉庆子、玉皇李、山李子

博物通识

落叶小乔木或灌木；分枝较多；顶芽常缺，腋芽单生，卵圆形，有数枚覆瓦状排列鳞片，花白色。

李属植物种类繁多，且性状优良，是中国重要的观花、观叶、观果植物，可应用于园林植物造景、盆栽观赏或作为果树栽植等。该属为温带的重要果树之一，除生食外，还可做李脯、李干或酿成果酒和制成罐头。早春开鲜艳的花朵，也是优良的蜜源植物。木材可做家具等物。

李属植物树型千姿百态，花色清雅，博得了人们的赞赏，是花中精品。不仅如此，其叶、花、果也有着一定的经济价值。作为树桩盆景，李属植物自古以来就以盆景形式被广泛利用。李属植物的叶、花、果都具有很高的药用价值，如李的核仁、叶、根、花、树胶都可药用。

不过，李果不熟透不能吃，也不可多吃。孙思邈说："不可多食，令人虚。"《滇南本草》载："不可多食，损伤脾胃。"

李

华如桃李 召南何彼襛矣章

丘中有李 王风丘中有麻章

北山有李 小雅南山有臺章

诗摘

诗经·召南·何彼襛矣:何彼襛矣?华如桃李。

诗经·王风·丘中有麻:丘中有李,彼留之子。

诗经·小雅·南山有臺:南山有杞,北山有李。

诗经·大雅·抑:投我以桃,报之以李。

训诂精要

汝南圃史:木子。

事物异名:朱宝。

行厨集:玉华。

燕

燕々于飛
邶風燕々章

诗摘

诗经·邶风·燕燕：燕燕于飞，差池其羽。
诗经·商颂·玄鸟：天命玄鸟，降而生商。

训诂精要

事物异名：社君。
卓氏藻林：玄乙。
训蒙字会：拙燕。

档案 科目：燕科
今名：家燕
别名：观音燕、燕子、拙燕

博物通识

燕是燕科多种鸟的通称，古时玄鸟的初始形象类似燕子。《诗经》中燕出现的次数不少，但只有《邶风·燕燕》中的燕是鸟名，其他均不是鸟名。燕是小型夏候鸟，体长15～19厘米。上体钢蓝色；胸偏红而具一道蓝色胸带，腹白；尾甚长，分叉，近端处具白色斑点。嘴和脚均为黑色。

巢多置于人类房舍内外墙壁上、屋椽下或横梁上，甚至在悬吊着的电灯头上筑巢。筑巢时雌雄亲鸟轮流从江河、湖泊、沼泽、水田、池塘等水域岸边衔取泥、麻、线和枯草茎、草根，再混以唾液，形成小泥丸，然后再用嘴从巢的基部逐渐向上整齐而紧密地堆砌在一起，形成一个非常坚固的外壳。然后用3～5天的时间衔取干枯的细草茎和草根，再用唾液将它们黏铺于巢底，形成一个干燥而舒适的内垫，最后再垫以柔软的植物纤维、头发和鸟类羽毛。

家燕是我国人民最熟知和最常见的一种夏候鸟，分布广，数量大，深受人们喜爱，自古以来，我国就有保护家燕的习俗和传统，认为家燕来家筑窝会带来幸运。

作为保健品存在的燕窝是金丝燕的巢，金丝燕属于雨燕科，又称官燕，与本篇的燕科并不相同。

棘

档案　科目：鼠李科
　　　　今名：酸枣
　　　　别名：野枣、山枣、葛针

博物通识

灌木，高达10余米；树皮褐色或灰褐色；有长枝，短枝和无芽小枝（新枝）比长枝光滑，紫红色或灰褐色，呈"之"字形曲折。《说文》云"大者枣，小者棘"，可见古人认为枣和棘是同一物种。一般认为，枣是先民从酸枣林中选育而成的，在分类上，两者可视为同种。《诗经》中常出现"棘""园有棘"的语句，可以看出棘已经被人工种植了。

中医典籍《神农本草经》中记载，酸枣可以"安五脏，轻身延年"，具有很大的药用价值。酸枣作为中药应用已有2000多年的历史。酸枣肉则具有很好的开胃健脾、生津止渴、消食止滞的疗效。

棘

吹彼棘心 邶风凯风章　园有棘 魏风园有桃章　集于苞棘 唐风

鸨羽章　葛生蒙棘 唐风葛生章　止于棘 小雅青蝇章　其子在棘 秦风黄鸟章

鸤鸠章　墓门有棘 陈风墓门章　言抽其棘 小雅楚茨章

诗摘

诗经·邶风·凯风：凯风自南，吹彼棘心。

诗经·魏风·园有桃：园有桃，其实之食。

诗经·唐风·鸨羽：肃肃鸨翼，集于苞棘。

诗经·唐风·葛生：葛生蒙棘，蔹蔓于域。

诗经·秦风·黄鸟：交交黄鸟，止于棘。

诗经·陈风·墓门：墓门有棘，斧以斯之。

诗经·曹风·鸤鸠：鸤鸠在桑，其子在棘。

诗经·小雅·楚茨：楚楚者茨，言抽其棘。

诗经·小雅·青蝇：营营青蝇，止于棘。

训诂精要

村家方：山大枣。

云南通志：猩猩果。

雉

雄雉于飞 邶风雄雉章
有嘒雉鸣 邶风匏有苦叶章
雉离于罗 王风兔爰章
雉之朝雊 小雅小弁章

诗摘

诗经·邶风·雄雉：雄雉于飞，泄泄其羽。
诗经·邶风·匏有苦叶：有浽济盈，有嘒雉鸣。
诗经·邶风·简兮：左手执籥，右手秉翟。
诗经·王风·兔爰：有兔爰爰，雉离于罗。
诗经·小雅·小弁：雉之朝雊，尚求其雌。

训诂精要

典籍便览：原禽。
事物异名：良游。
事物绀珠：锦衣。
朱注：雉，野鸡也。

档案 科目：雉科
今名：环颈雉
别名：雉鸡、野鸡、山鸡、项圈野鸡、野山鸡、七彩山鸡

博物通识 雉，是一种大型鸟类，体长58～90厘米。雄鸟头部具黑色光泽，有显眼的耳羽簇，宽大的眼周裸皮呈鲜红色。有些亚种有白色颈圈。身体披金挂彩，满身点缀着发光羽毛，从墨绿色至铜色至金色；两翼灰色，尾长而尖，褐色并带黑色横纹。雌鸟形小而色暗淡，周身密布浅褐色斑纹。被赶时迅速起飞，飞行快，声音大。生活于低山、丘陵、农田、沼泽、林缘处的低矮灌木或草丛中。属杂食性鸟类，以谷物、浆果、种子、昆虫为食。善走，不会远飞，毛可做装饰品。今数量已大为减少。

雉与翟为同一物种，《说文解字》有"翟，山雉尾长者"的说法。另一种说法见《毛诗》"翟，雉羽也"，也就是说翟代指雉鸡的羽毛，尤其是价值最高的尾羽。

档案 科目：葫芦科
今名：葫芦
别名：瓢葫芦

博物通识

一年生攀缘草本；茎、枝具沟纹，被黏质长柔毛，老后渐脱落，变近无毛。

葫芦是世界上最古老的作物之一，中国考古在浙江余姚河姆渡遗址发现了7000年前的葫芦及种子，是目前世界上关于葫芦的最早发现。

葫芦在中国古代有许多记载，其名称也有多种叫法，"瓠""匏""壶""甘瓠""壶卢""蒲卢"均指葫芦。"壶""卢"本为两种盛酒盛饭的器皿，因葫芦的形状和用途都与之相似，所以人们便将"壶""卢"合成为一词，作为这种植物的名称。而"葫芦"则是俗写，并不符合原意。只是后来人们约定俗成地写作"葫芦"，一直延续至今。

古人视葫芦为求吉护身、避邪祛祟的吉祥物。葫芦与仙道的关系非常密切。《列仙传》上的铁拐先生、尹喜、安期生、费长房这些传说中的神话人物，总是与葫芦为伍的，后来葫芦成为成仙得道的标志之一。由于"葫芦"与"福禄"音相近，它又是富贵的象征，代表长寿吉祥，民间以彩葫芦做佩饰，就是基于这种观念。另外因葫芦藤蔓绵延，结子繁盛，它又被视为祈求子孙万代的吉祥物。

匏

匏有苦叶 邶风 匏有苦叶章
酌之用匏 大雅 公刘章

诗摘

诗经·邶风·匏有苦叶：匏有苦叶，济有深涉。
诗经·大雅·公刘：执豕于牢，酌之用匏。

训诂精要

乡药本草：苦瓢。
朱注：匏，瓠也，苦者不可食，可配以渡水而已。

雁

雝雝鸣雁 邶风匏有苦叶章
弋凫与雁 郑风女曰鸡鸣章
鸿雁于飞 小雅鸿雁章

诗摘

诗经·邶风·匏有苦叶：雝雝鸣雁，旭日始旦。

诗经·郑风·大叔于田：两服上襄，两骖雁行。

诗经·郑风·女曰鸡鸣：将翱将翔，弋凫与雁。

训诂精要

尔雅：野鹅。

清异录：福德长。

事物异名：霜信。

行厨集：候雁。

朱注：雁，鸟名，似鹅，畏寒，秋南春北。

档案 科目：鸭科
今名：豆雁
别名：大雁、鸿、东方豆雁、西伯利亚豆雁、普通大雁、麦鹅

博物通识 豆雁是雁属中体形大、个体重的鸟类。飞行时双翼拍打用力，振翅频率高。脖子较长。腿位于身体的中心支点，行走自如。有扁平的喙，边缘锯齿状，有助于过滤食物。有迁徙的习性，迁飞距离也较远。喜群居，飞行时呈有序的队列，有"一"字形、"人"字形等。为一夫一妻制，雌雄共同参与雏鸟的养育。

主要栖息于开阔平原草地、沼泽、水库、江河、湖泊及沿海海岸和附近农田地区。性喜集群，除繁殖期外，常成群活动。特别是迁徙季节，常集成数十、数百甚至上千只的大群。

豆雁性机警，怕人，夜宿时会有一只或多只雁警卫，如有异动便以鸣声示警。豆雁主要以植物性食物为食。繁殖季节主要以苔藓、地衣、植物嫩芽、嫩叶以及芦苇和一些小灌木为食物，也吃植物果实与种子和少量动物性食物。

雁是大型候鸟，每年秋季奋力飞回故巢的景象，常常引起游子思乡怀亲和羁旅伤感之情，因此诗人常常借雁抒情。如李清照《一剪梅》中有"雁字回时，月满西楼"。

档案 科目：十字花科
　　　 今名：芜菁
　　　 别名：诸葛菜、大头菜、盘菜

博物通识

两年生草本，高达90厘米。块根肉质呈白色或黄色，球形、扁圆形或长椭圆形，须根多生于块根下的直根上。

据李时珍《本草纲目》记载，芜菁出自"西番吐谷浑"，一说是张骞通西域时传入。但在《邶风·谷风》中，即有"采葑采菲，无以下体"的记载，其中"葑"即芜菁，说明芜菁在我国出现很早。《后汉书·桓帝纪》记载："永兴二年六月（154）蝗灾为害，诏令所伤郡国种芜菁以助人食。"传说诸葛亮行军时，部队所驻之处，命士兵种此以为军食，因此四川及湖北江陵一带称其为"诸葛菜"。唐代大文学家韩愈有"黄黄芜菁花，桃李事已退"的诗句，由此可见，芜菁在中国的种植历史已相当悠久。

芜菁与萝卜同属十字花科，萝卜部分品种跟芜菁的形状很相似，都是圆球状，所以有些人就会将其混淆。但两种植物还是有其区别的。芜菁为芸薹属，萝卜则是萝卜属，且小颗芜菁的肉质较为硬，水分较少，芜菁成熟后肉质较为松软，所以可作为主食加以食用。萝卜成熟后脆嫩多汁。不过两者在药用价值跟食用价值上都十分接近。

葑

采葑采菲 邶风·谷风
爱采葑矣 鄘风·桑中
采葑采葑 唐风·采苓

诗摘

诗经·邶风·谷风：采葑采菲，无以下体？
诗经·唐风·采苓：采葑采葑，首阳之东。
诗经·鄘风·桑中：爰采葑矣？沬之东矣。

训诂精要

月令广义：四时菜。
乡药本草：禾菜。
通雅：冥精。
事物异名：葑菜。
朱注：葑，蔓菁也。

诗摘

诗经·邶风·谷风：谁谓荼苦，其甘如荠。

诗经·豳风·七月：采荼薪樗，食我农夫。

诗经·大雅·绵：周原膴膴，堇荼如饴。

诗经·周颂·良耜：其笠伊纠，其镈斯赵，以薅荼蓼。

训诂精要

松江府志：苦马。

名物法言：苦荬。

档案 科目：菊科
今名：苦苣菜
别名：苦菜、游冬、野苦马、天香菜

博物通识 多年生草本，高 30～100 厘米，根状茎横卧斜生。民间俗称苦菜，味感甘中略带苦，可炒食或凉拌。

《本草纲目》有记载："苦菜，即苦荬也。家栽者呼为苦苣，实一物也。春初生苗，有赤茎、白茎两种，其茎中空而肥，折之有白汁出。叶似花萝卜菜叶，而色绿带碧，上叶抱茎，梢叶似鹤嘴，每叶分叉，撺挺如穿叶状。开黄花，如初绽野菊。一花结子一丛，如茼蒿及鹤虱子，花罢则收敛。子上有白毛茸茸，随风飘扬，落处即生。"

档案 科目：十字花科
今名：荠
别名：荠菜、菱角菜、净肠草

博物通识

一年或两年生草本，高 10～50 厘米，无毛、有单毛或分叉毛；茎直立，单一或从下部分枝。

荠自古就是有名的野菜，《尔雅》言："荠之为菜最甘，故称其甘如荠。"肠胃太油腻了，可以吃荠菜清理肠胃，所以又叫净肠草。

生在山坡、田边及路旁。药食两用植物，具有很高的药用价值。有利尿、止血、清热、明目、消积功效；茎叶做蔬菜食用；种子含油 20%～30%，属干性油，供制油漆及肥皂用。

荠菜是野菜中的珍品。以其嫩茎叶做蔬菜食用，其味清香鲜美，含有多种氨基酸，其中谷氨酸的作用和味精相同。荠菜吃法也很多，荤素烹调均可，如清炒、煮汤、凉拌。荠菜饺子、荠菜馄饨、荠菜包子、做春饼及荠菜豆腐羹等，清香可口，营养丰富，是人们喜食的野菜。荠菜糊古称"百岁羹"，老人常食既防病又延年。

荠 其甘如荠 邶风谷风草

诗摘

诗经·邶风·谷风：谁谓荼苦，其甘如荠。

训诂精要

救荒本草：荠菜儿。
古今医统：公爹菜。
乡药本草：那耳。
食物本草：野菜。

狐

莫赤匪狐 邶风北 有狐绥绥 卫风有 雄狐绥绥 齐
邶风旄丘章 有芃者狐 小雅何草不黄章
南山章

诗摘

诗经·邶风·旄丘：狐裘蒙戎，匪车不东。
诗经·邶风·北风：莫赤匪狐，莫黑匪乌。
诗经·卫风·有狐：有狐绥绥，在彼淇梁。
诗经·齐风·南山：南山崔崔，雄狐绥绥。
诗经·秦风·终南：君子至止，锦衣狐裘。
诗经·桧风·羔裘：羔裘逍遥，狐裘以朝。
诗经·豳风·七月：取彼狐狸，为公子裘。
诗经·小雅·都人士：彼都人士，狐裘黄黄。
诗经·小雅·何草不黄：有芃者狐，率彼幽草。

训诂精要

抱朴子：城阳公。
朱注：狐，兽名。似犬，黄赤色。

档案 科目：犬科
今名：狐
别名：狐狸、草狐

博物通识

狐古今同名，中型犬科动物，体长约70厘米，尾长约45厘米。毛色变化较大，一般为褐色、黄褐色或灰褐色，耳背黑色或黑褐色，尾尖白色。尾基部有一小孔，能分泌恶臭。

狐是人们熟悉的一类动物，中外小说和寓言在谈到它们的时候大都赋予其离奇怪诞的色彩。在蒲松龄所著的《聊斋志异》一书中，更有千年老狐修炼成狐仙的故事。

狐的脸短而微凹，五官清秀而干净，乍一看去确实有蛊惑人心的媚态，因而民间把善于卖弄风情的女人比喻为狐狸精。汉语里也有"狐媚"这个词。

狐非常机灵，犬科动物大都是以奔走速度来获取猎物的，唯有狐会埋伏等待或使用声东击西等计谋来捕食老鼠、兔子等小动物。人类铺设的陷阱几乎对狐不起作用，狐总能将陷阱里充当诱饵的食物取走而自己从陷阱里成功脱逃。有的狐在遇到人类威胁时还会装死。

狐在古代视为狡猾的象征，略带有贬义，如"狐假虎威""城狐社鼠""狐疑"等。

榛

档案
科目：桦木科
今名：榛
别名：无

博物通识

灌木或小乔木，高 1～7 米；树皮灰色；枝条暗灰色，无毛，小枝黄褐色，密被短柔毛兼被疏生的长柔毛。叶的轮廓为矩圆形或宽倒卵形，长 4～13 厘米，宽 2.5～10 厘米。

我国榛树果实的采集和利用已有悠久的历史。在陕西省半坡村新石器时代遗址中，发现了大量的已经碳化了的榛果和果壳，说明距今五六千年前人类就已经采集榛子为食了。

铁岭流人戴梓，曾是清朝康熙年间皇帝的南书房重臣，是中国历史上少见的兵器科学家。由于他发明了"连珠炮"而得罪了西洋传教士南怀仁，被诬陷为"私通东洋"，流放到了铁岭。在铁岭，戴梓艰难地生活了 35 年，被迫以卖字画为生。史料记载他"常冬夜拥败絮卧冷炕，凌晨踢冰入山拾榛子以疗饥"。

榛子大致分为两大种：小榛子（包括毛榛子和平榛子）和进口大榛子。小榛子的口感较好，香味醇正；毛榛子的根部略向外鼓出，呈圆弧形，果仁甘醇芳香；平榛子的根部则较为平滑，果仁香甜；大榛子多是从土耳其或美国进口的，色泽好、个头大，但味道比较淡。由于榛子中含有丰富的油脂，胆功能严重不良者，平时应该少吃。

榛

山有榛 邶风简兮章
树之榛栗 鄘风定之方中章
其子在榛 曹风鸤鸠章

诗摘

诗经·邶风·简兮：山有榛，隰有苓。
诗经·鄘风·定之方中：树之榛栗，椅桐梓漆。
诗经·曹风·鸤鸠：鸤鸠在桑，其子在榛。
诗经·小雅·青蝇：营营青蝇，止于榛。
诗经·大雅·旱麓：瞻彼旱麓，榛楛济济。

训诂精要

名物法言：任城果。
通雅：蓁栗。

苓　隰有苓 邶风简兮章
采苓采苓 唐风采苓章

诗摘

诗经·邶风·简兮：山有榛，隰有苓。
诗经·唐风·采苓：采苓采苓，首阳之巅。

训诂精要

辍耕录：偷蜜珊瑚。
种杏仙方：主人。

档案 科目：豆科
今名：甘草
别名：甜草根、红甘草

博物通识

多年生草本，根与根状茎粗壮，直径1～3厘米，外皮褐色，里面淡黄色。具甜味。茎直立，多分枝，高30～120厘米，密被鳞片状腺点、刺毛状腺体及白色或褐色的茸毛。

甘草多生长在干旱、半干旱的沙土、沙漠边缘和黄土丘陵地带，在引黄灌区的田野和河滩地里也易于繁殖。

山西居民常采甘草嫩芽和面蒸食，《诗经》中采苓可能也是作为蔬菜食用。《邶风·简兮》中的苓生在隰，隰为潮湿的地方，与甘草喜旱地不符。这个苓可能做"莲"字解，《李善注》云"诗传曰'苓'，古莲字也"，以备一说。

甘草具有补脾益气、清热解毒、祛痰止咳、缓急止痛、调和诸药之功效。

乌

档案 科目：鸦科
今名：大嘴乌鸦
别名：巨嘴鸦、老鸦、老鸹

博物通识

我国有多种乌鸦，常见的有大嘴乌鸦和白颈鸦。又《本草纲目》中有"乌鸦大嘴而性贪鸷"；《诗传名物集览》中记载"鸦，慈乌，其项白，人亦不恶之；纯黑而恶声者，谓之老鸦，即此诗之乌"，结合诗意，言其"黑"且不祥者解为大嘴乌鸦。

大嘴乌鸦是雀形目鸟类中体形最大的几个物种之一，成年的大嘴乌鸦体长可达50厘米左右。大嘴乌鸦雌雄同形同色，通身漆黑，除头顶、后颈和颈侧之外的其他部分羽毛，带有些许金属光泽。大嘴乌鸦是杂食性鸟类，对生活环境不挑剔，无论山区平原均可见到，喜结群活动于城市、郊区等环境。大嘴乌鸦主要以蝗虫、金龟甲、金针虫、蝼蛄、蛴螬等昆虫、昆虫幼虫和蛹为食，也吃雏鸟、鸟卵、鼠类、腐肉、动物尸体以及植物叶、芽、果实、种子和农作物种子等。

由于乌鸦有食腐的特性，所以古代战场经常能看到乌鸦的身影，因此被古人视为不祥之物。《楚辞·天问》中描述了后羿射日的情节，其中三足金乌的原型就是乌鸦，此故事在《淮南子》中也有记载。

诗摘

诗经·邶风·北风：莫赤匪狐，莫黑匪乌。

诗经·小雅·正月：瞻乌爰止，于谁之屋？

训诂精要

古今注：孝鸟。

典籍便览：哺公鸟。

禽经：大嘴鸟。

诗摘

诗经·鄘风·桑中：期我乎桑中，要我乎上宫。
诗经·鄘风·定之方中：降观于桑，卜云其吉。
诗经·卫风·氓：桑之未落，其叶沃若。
诗经·郑风·将仲子：无折我树桑。
诗经·魏风·汾沮洳：彼汾一方，言采其桑。
诗经·魏风·十亩之间：十亩之间兮，桑者闲闲兮。
诗经·唐风·鸨羽：肃肃鸨行，集于苞桑。
诗经·秦风·车邻：阪有桑，隰有杨。
诗经·秦风·黄鸟：交交黄鸟，止于桑。
诗经·曹风·鸤鸠：鸤鸠在桑，其子七兮。
诗经·豳风·七月：遵彼微行，爰求柔桑。
诗经·豳风·鸱鸮：彻彼桑土，绸缪牖户。
诗经·小雅·东山：蜎蜎者蠋，烝在桑野。
诗经·小雅·南山有台：南山有桑，北山有杨。
诗经·小雅·黄鸟：黄鸟黄鸟，无集于桑。
诗经·小雅·小弁：维桑与梓，必恭敬止。
诗经·小雅·隰桑：隰桑有阿，其叶有难。
诗经·大雅·桑柔：菀彼桑柔，其下侯旬。
诗经·大雅·白华：樵彼桑薪，卬烘于煁。
诗经·鲁颂·泮水：食我桑黮，怀我好音。

训诂精要
名物法言：高庭树。
事物绀珠：神木。

档案 科目：桑科
今名：桑
别名：无

博物通识

乔木或为灌木，高3～10米或更高，胸径可达50厘米，树皮厚，灰色，具不规则浅纵裂，冬芽红褐色，卵形。花腋生。果卵状椭圆形，长1～2.5厘米，成熟时红色或暗紫色。

桑原产中国中部和北部。中国东北至西南各省区，西北直至新疆均有栽培。叶为桑蚕饲料。木材可制器具，枝条可编箩筐，桑皮可做造纸原料，桑葚可供食用、酿酒，叶、果和根皮可入药。

桑是《诗经》中出现次数最多的植物，也是古时民宅附近最普遍的植物，"桑梓"一词便成为故乡的代名词。

《卫风·氓》讲了一个悲情故事，其中的"桑"指代故事的主人公，也就是那位女子。她刚嫁过去时，如"桑之未落，其叶沃若"，美貌如花备受宠爱；待到三年之后，"桑之落矣，其黄而陨"，原本幸福的婚姻却宣告破裂，她孤身回了娘家。

麦

档案
科目：禾本科
今名：小麦
别名：来、牟

博物通识

一年或两年生植物，秆直立，丛生，具6～7节，高60～100厘米。叶鞘松弛包茎，叶片长披针形。穗状花序直立，长5～10厘米（芒除外），宽1～1.5厘米；小穗含3～9小花，上部者不发育。

小麦是新石器时代的人类对其野生植物进行驯化的产物，栽培历史已有1万年以上。考古人员在距今有2800多年的西周中期遗址中发现了一批小麦碳化的小麦颗粒，颗粒形状依旧保存完好。说明至少在西周中期，小麦已经在周代国都镐京周围开始规模化种植。麦在《诗经》中出现频率不低，"来"与"牟"一起出现有两篇。《广雅》中说"来"是小麦，"牟"是大麦。

小麦的颖果是人类的主食之一，磨成面粉后可制作面包、馒头、饼干、面条等食物；发酵后可制成啤酒、酒精、白酒（如伏特加），或生质燃料。

麦

爰采麦 鄘风采
芃芃其麦 鄘风载驰
中章
章

诗摘

诗经·鄘风·桑中：爰采麦矣？沫之北矣。

诗经·鄘风·载驰：我行其野，芃芃其麦。

诗经·魏风·硕鼠：硕鼠硕鼠，无食我麦！

诗经·大雅·生民：麻麦幪幪，瓜瓞唪唪。

训诂精要

朱注：谷名，秋种夏熟者，古名。

蝱　言采其蝱鄘载
　　　　风驰

诗摘

诗经·鄘风·载驰：陟彼阿丘，言采其蝱。

训诂精要

药性奇方：空菜。

朱注：贝母也。

档案 科目：百合科
今名：川贝母
别名：川贝、勤母、空草

博物通识

多年生草本，植株长 15～50 厘米。鳞茎由两枚鳞片组成，直径 1～1.5 厘米。叶对生，叶片条形至条状披针形，花通常单朵，紫色至黄绿色，每花有叶状苞片，苞片狭长，花药近基着，蒴果长棱上有狭翅。5—7 月开花，8—10 月结果。

因其形状得名，《本草经集注》说"形似聚贝子"，故名贝母。通常生于林中、灌丛下、草地或河滩、山谷等湿地或岩缝中。明末清初时，依照用药习惯分为川贝和浙贝母。川贝母是药材"川贝"的主要来源之一，是润肺止咳的名贵中药材。川贝母花紫色，浙贝母花淡黄色，颜色与姿态均可观。

档案　科目：雉科
　　　　今名：鹌鹑
　　　　别名：赤喉鹑、红面鹌鹑、罗群、鹑鸟、宛鹑、奔鹑

博物通识

鹑在《诗经》里分别指鹌鹑和金雕两种鸟类，结合诗意，本条的两篇中的"鹑"应做鹌鹑解。《本草纲目·集解》里说"鹑大如鸡雏，头细而无尾，毛有斑点，甚肥"，与鹌鹑的形态十分相似。

常见的野生鹌鹑有两种，一种名叫西方鹌鹑，一种名叫日本鹌鹑，西方鹌鹑仅在新疆北部活动，国内最常见的仍是日本鹌鹑。鹌鹑是一种古老的鸟类，分布极广，品种繁多。春秋战国时代，"鹑"被列为六禽之一，成为筵席珍肴。到了唐、宋以后，对它的生态和生活习性已有不少描述记载。鹌鹑的早期驯养不是为了食用，而是为了赛斗、赛鸣。唐、宋时期赛鹑在皇宫和民间都非常盛行。到了明代，人们逐步发现其药用价值。清朝康熙年间贡生陈面麟著有《鹌鹑谱》，书中对44个鹌鹑优良品种的特征、特性分别做了叙述。对饲养各法如养法、洗法、饲法、斗法、调法、笼法、杀法以及37种宜忌等均有详细记载。

鹑

鹑之奔奔，鹊彊彊之
鄘风鹑之奔奔章
有县鹑兮
魏风伐檀章

诗摘

诗经·鄘风·鹑之奔奔：鹑之奔奔，鹊之彊彊。
诗经·魏风·伐檀：胡瞻尔庭有县鹑兮？

训诂精要

禽经注：鹑。
朱注：鹑，鹌属也。

诗摘

诗经·豳风·七月：蚕月条桑，取彼斧斨。

诗经·大雅·瞻卬：妇无公事，休其蚕织。

训诂精要

事物绀珠：龙精。

名物法言：马头娘。

档案 科目：蚕蛾科
今名：桑蚕
别名：家蚕、孕丝虫、蠋

博物通识

桑蚕起源于中国。由古代栖息于桑树的原始蚕驯化而来，形态和习性与今天的野桑蚕十分相似。人类最初可能是从桑林中采集原始野生蚕茧取丝利用；随着人类的定居和对蚕丝用途的进一步了解而试行在室内养蚕。经过长期的培育和选择，野生蚕才逐渐驯化成为家蚕。

蚕的经济价值在于蚕丝，蚕丝是主要的纺织原料之一。中国是最早利用蚕丝的国家。古史上有伏羲"化蚕"、嫘祖"教民养蚕"的传说，又说黄帝元妃西陵氏为"先蚕"，即最早养蚕的人。新石器时代的考古表明，公元前2750年更早，今浙江吴兴钱山漾地区的先民已利用蚕丝织成绢片、丝带和丝线。公元前13世纪，桑、蚕、丝、帛等名称已见于甲骨卜辞。蚕丝和大麻、苎麻，以及后来的棉花，为中国人主要的衣着原料。

薇

档案 科目：豆科
今名：野豌豆
别名：大巢菜

博物通识

多年生草本，高 30～100 厘米。根茎匍匐，茎柔细斜升或攀缘，具棱，疏被柔毛。花为红色、粉红或紫色。

野豌豆茎枝细软，适口性较好。可为牧草，亦用于蔬菜。种子含油。叶及花果药用有清热、消炎解毒之效。植株秀美、花色艳丽，可做观赏花卉。

唐朝诗人王绩在《野望》中写道"相顾无相识，长歌怀采薇"，这里的采薇指的就是野豌豆，典故来自伯夷叔齐，两人在商朝灭亡后不愿臣服周武王，遁入首阳山以采薇度日，最后饿死。古代以"采薇"来指代隐居生活。

薇　言采其薇 同上
采薇采薇 小雅采薇章

诗摘

诗经·召南·草虫：陟彼南山，言采其薇。

诗经·小雅·采薇：采薇采薇，薇亦作止。

训诂精要

朱注：薇似蕨，有芒而味苦，山间人食之谓之迷蕨。

尔雅：垂水。

山东通志：笔管菜。

诗摘

诗经·召南·采蘋：于以采藻？于彼行潦。

诗经·小雅·鱼藻：鱼在在藻，有颁其首。

诗经·鲁颂·泮水：思乐泮水，薄采其藻。

训诂精要

朱注：藻，聚藻也。

本草纲目：聚藻，又名牛尾蕰。

档案 科目：杉叶藻科
今名：杉叶藻
别名：无

博物通识

多年生水生草本，全株光滑无毛。茎直立，多节，常带紫红色，高8～150厘米，上部不分枝，下部合轴分枝，有匍匐白色或棕色肉质根茎，节上生多数纤细棕色须根，生于泥中。

除群生在海拔40～5000米的池沼、湖泊、溪流、江河两岸等浅水外，稻田内等水湿处也有生长。全草细嫩、柔软，产量较高，适于做猪、禽类及草食性鱼类的饲料。

从《鲁颂·泮水》中可推知，杉叶藻在诗经时代被作为祭祀用品。古代荒年时，也有穷人捞取杉叶藻食用充饥。

藻也象征柔顺和贞洁，周代女子祭祀时献藻为贡品，以示女德。古代三品以上的官服均绣有藻，以示廉洁。由于水藻有避火灾的意义，故而常在屋梁上雕刻藻绘。

梓

档案 科目：紫葳科
今名：梓
别名：花楸、水桐、臭梧桐、黄花楸、木角豆

博物通识 落叶乔木，一般高6米，最高可达15米。树冠伞形，主干通直平滑，呈暗灰色或者灰褐色，嫩枝具稀疏柔毛。

梓树树体端正，冠幅开展，叶大荫浓，春夏黄花满树，秋冬荚果悬挂，是具有一定观赏价值的树种。可做行道树、绿化树种。嫩叶可食，根皮或树皮、果实、木材、树叶均可入药剂，木材亦可做家具。因此，自古以来以梓为良木，《书经》中称名篇为"梓才"，《礼记》中指名匠为"梓人"。在中国传统文化中，梓树与桑树并称，为家乡的代名词，即"桑梓"。梓树自古就是造琴的良材，常以梓木制琴底，以桐木制琴身，故有"桐天梓地"之说。古代印刷书籍多用梓木制成，所以刻印书籍称为"付梓"。

梓

椅桐梓漆，爰伐琴瑟。鄘风定之方中章

维桑与梓 小雅小弁章

诗摘

诗经·小雅·小弁：维桑与梓，必恭敬止。

诗经·鄘风·定之方中：椅桐梓漆，爰伐琴桑。

训诂精要

说文：梓，楸也。

竹

绿竹猗猗 衞風淇澳
章

诗摘

诗经·卫风·淇奥：瞻彼淇奥，绿竹猗猗。

诗经·小雅·斯干：如竹苞矣，如松茂矣。

诗经·卫风·竹竿：籊籊竹竿，以钓于淇。

训诂精要

正字通：寒玉。

广东新语：华草。

档案 科目：禾本科
今名：竹
别名：竹子

博物通识 多年生禾本科竹亚科植物，茎为木质，竹叶呈狭披针形，先端渐尖，基部钝形，叶柄长约5毫米；叶面深绿色，质薄而较脆。竹笋长10～30厘米，成年竹通体碧绿，节数一般在10～15节之间。

竹在庭院中，是不可缺少的点缀假山水榭的植物。由于竹子生长快，竹子也可制作工艺品、乐器等。竹也常用于建造棚架、作为建材及扫帚、桌、椅等日用品。竹也可以编制笋筐、背篓、菜篮、席子等。

竹的造型正直挺拔，历代文人皆喜竹，常用来比喻君子，是"岁寒三友"之一。竹在中华文化中的地位十分重要，与竹相关的俗语、习俗、成语皆不少，如"势如破竹""竹报平安""青梅竹马"等。

蟠蛴

档案 科目：天牛科
今名：星天牛
别名：蝎、蛀虫、食木虫、木蠹虫

博物通识

蟠蛴是木蠹虫，郭璞注为"在木中"。蟠蛴古名通蝎，但不是钳蝎科的蝎子。木蠹虫是星天牛的幼虫，此处我们以常见的星天牛释之。

星天牛体翅黑色，每鞘翅有多个白点。它体长50毫米，头宽20毫米。体色为亮黑色；前胸背板左右各有一枚白点；翅鞘散生许多白点，白点大小个体差异颇大。

星天牛是我国林业主要的蛀干害虫，其寄主范围广、食性杂、破坏性大、防治难度高。星天牛能危害杨树、柳树、榆树、法国梧桐、枣树、板栗等多种树木，也是紫薇、悬铃木、柑橘的主要害虫。

星天牛的幼虫还是一味中药，可治疗热病。

诗摘

诗经·卫风·硕人：领如蝤蛴，齿如瓠犀。

训诂精要

朱注：蝤蛴，木虫之白而长者。

榆 隰有榆 唐风山有枢 争卜

诗摘

诗经·唐风·山有枢：山有枢，隰有榆。

训诂精要

大仓州志：梩榆。
通雅：钴天榆。
清异录：义祖。
函史：榄牛树。
朱注：榆，白枌也。

档案 科目：榆科
今名：白榆
别名：家榆、榆钱、春榆

博物通识

落叶乔木，高达 25 米，胸径 1 米，在干瘠之地长成灌木状；幼树树皮平滑，灰褐色或浅灰色，大树之皮暗灰色，不规则深纵裂，粗糙。叶椭圆状卵形、长卵形、椭圆状披针形或卵状披针形。

榆树树干通直，树形高大，绿荫较浓，适应性强，生长快。在干瘠、严寒之地常呈灌木状，有用作绿篱者。

榆树的果称"榆钱"。秦观的词"舞困榆钱自落，秋千外、绿水桥平"，描写的就是串串榆钱随风起舞的景色。

岁荒时农民常采果实充饥，除蒸食外还可酿酒；老熟果实可制酱。嫩叶用热水蒸过，调以油盐可以充作蔬菜。榆皮刮去表面硬皮，取中间柔软嫩皮，剁碎晒干后可磨面，也是荒年重要的食物来源。古时于祭祀土地神处，常种植榆树作为标识。中国北方民众常在宅院四周种榆树，除了可提供用材、备荒之外，还取"年年有余"之意。

榆，古称"白枌"，即白榆。榆树的树冠展开呈扇形，树荫下可以乘凉，古人常牵马在榆树下休息，《东门之枌》描写的就是这样的情形。

桧

档案 科目：柏科
今名：圆柏
别名：刺柏、柏树、桧、桧柏

博物通识

常绿乔木，高达20米，胸径达3.5米；树皮深灰色，纵裂，成条片开裂；幼树的枝条通常斜上伸展，形成尖塔形树冠，老则下部大枝平展，形成广圆形的树冠；树皮灰褐色，纵裂，裂成不规则的薄片脱落。

在汉语中，某些源自"会"的字有会合、集合之意，如"绘"表示各种颜色合在一起，"荟"表示草多聚在一起，"烩"表示多种食物合在一起烹饪，"桧"则表示"其为柏叶松身"的树。

中国古来多配植于庙宇陵墓做墓道树或柏林，古庭院、古寺庙等风景名胜区多有千年古柏，各具幽趣。还可以做桩景、盆景材料。

桧

桧楫松舟 卫风竹竿三章

诗摘

诗经·卫风·竹竿：淇水滺滺，桧楫松舟。

训诂精要

事物绀珠：刺柏。
通雅：百叶仙人。
训蒙字会：桧松。
名物法言：圆柏。

芄蘭

芄蘭之支
衛風芄蘭章

诗摘

诗经·卫风·芄兰：芄兰之支，童子佩觿。

训诂精要

千金方：苦丸。
本草纲目拾遗：斫合子。
救荒本草：半角菜。
朱注：芄兰，一名萝藦。

档案 科目：萝藦科
今名：萝藦
别名：白环藤、羊角、斑风藤、哈喇瓢

博物通识 多年生草质藤本，长达8米，具乳汁；茎圆柱状，下部木质化，上部较柔韧，表面淡绿色，有纵条纹，幼时密被短柔毛，老时被毛渐脱落。

萝藦最早出现在《唐本草》，陆玑在《诗疏》中也说芄兰是萝藦。生长于林边荒地、山脚、河边、路旁灌木丛中。

萝藦三四月开花，果实如羊角，内有多数种子，种子上有毛茸茸的像棉花的白毛，以布包之可做针插，故萝藦在北方也叫"婆婆针线包"。

芄兰

档案 科目：百合科
　　　 今名：萱草
　　　 别名：忘忧草、宜男草

博物通识　多年生草本，根状茎粗短，具肉质纤维根，多数膨大呈窄长纺锤形。叶基生成丛，条状披针形，长30~60厘米，宽约2.5厘米，背面被白粉。夏季开橘黄色花。

萱草在中国有几千年栽培历史，萱草又名谖草，谖就是忘的意思。最早文字记载见之于《诗经·卫风·伯兮》："焉得谖草？言树之背。"朱熹注曰："谖草，令人忘忧；背，北堂也。" 北堂即代表母亲之意。古时候当游子要远行时，就会先在北堂种萱草，希望减轻母亲对孩子的思念，忘却烦忧。萱草又名"宜男草"，《风土记》云"妊妇佩其草则生男"，故称此名。

诗摘

诗经·卫风·伯兮：焉得谖草？言树之背。

训诂精要

说文：藼也。

本州释名：忘忧。

木瓜 投我以木瓜 卫风木瓜章

诗摘

诗经·卫风·木瓜：投我以木瓜，报之以琼琚。

训诂精要

秘传花镜：铁脚梨。

尔雅：楙木。

档案　科目：蔷薇科
　　　　今名：木瓜
　　　　别名：榠楂、木李、海棠、光皮木瓜

博物通识　灌木或小乔木，高达 5～10 米，树皮呈片状脱落。叶片椭圆卵形或椭圆长圆形，稀倒卵形，边缘有刺芒状尖锐锯齿。花单生于叶腋，花梗短粗，花色为淡粉红色；果实长椭圆形，暗黄色，木质，味芳香。

《诗经》提及的木瓜，果实是长椭圆形，成熟后表皮为黄色。味道酸涩，一般用来蒸食或制药。现在市场上常见的木瓜是番木瓜，《诗经》中的木瓜不是番木瓜。

木瓜树姿优美，花簇集中，花量大，花色美，常被作为观赏树种，或作为盆景在庭院或园林中栽培。

木瓜入药有解酒、去痰、顺气、止痢之效。木材坚硬可做床柱用。

档案　科目：禾本科
　　　　今名：黍
　　　　别名：黄米、糜子、稷

博物通识　一年生草本植物，叶线形，籽实淡黄色，去皮后称黄米，比小米稍大，煮熟后有黏性。黍是中国最早用于耕作的植物之一。我国古代用黍百颗排列起来，取其长度作为一尺的标准，叫黍尺。

黍有红、白、黄、黑几个品种。白黍米黏性次于糯米，红黍米黏性最强，可以煮粥。可以包粽子吃。

内蒙古敖汉旗作为世界小米起源地已被世界认可。在内蒙古赤峰的一处新石器时代早期村落遗址，研究团队通过浮选法发现了1400余粒碳化小米，在中国、加拿大和日本的测验结果一致显示：它们距今已有7000多年。由此推断，中国北方的土地是所有黍的"祖籍"。

诗摘

诗经·王风·黍离：彼黍离离，彼稷之苗。

诗经·曹风·下泉：芃芃黍苗，阴雨膏之。

诗经·小雅·楚茨：我蓺黍稷，我黍与与。

诗经·小雅·信南山：疆场翼翼，黍稷或或。

诗经·小雅·甫田：黍稷薿薿，攸介攸止。

诗经·小雅·大田：以其骍黑，与其黍稷。

诗经·周颂·良耜：荼蓼朽止，黍稷茂止。

训诂精要

正字通：穄穈。

事物异名：芑合。

鶏

鶏棲于塒 王风君子于役章

女曰鶏鳴 郑风女曰鶏鳴章

鶏鳴喈喈 郑风风雨章

鶏既鳴矣 齐风鶏鳴章

诗摘

诗经·王风·君子于役：鸡栖于埘，日之夕矣。

诗经·郑风·女曰鸡鸣：女曰：鸡鸣，士曰：昧旦。

诗经·郑风·风雨：风雨凄凄，鸡鸣喈喈。

诗经·齐风·鸡鸣：鸡既鸣矣，朝既盈矣。

训诂精要

名物法言：戴冠郎。

事物异名：德禽。

行厨集：司晨郎。

档案 科目：雉科
今名：鸡
别名：无

博物通识 我国是世界上最早驯养鸡的国家，至少有4000多年的历史。在湖北、江西、山东、河南、甘肃等省都发现有4000多年前的鸡骨或陶鸡。

鸡为杂食性，主要吃植物果实、种子、草籽及昆虫等。鸡全身都是宝，尤其是鸡蛋，已经成为现代人不可缺少的食材之一。

牛

档案 科目：牛科
今名：黄牛
别名：丑牛

博物通识 黄牛体长 1.5～2 米，体重约 250 千克，头部略粗重，角形不一。体质粗壮，结构紧凑，肌肉发达，四肢强健，蹄质坚实。

黄牛适应能力强，耐粗饲，放牧性能好。在农区主要做役用，半农半牧区役乳兼用，牧区则乳肉兼用。肉可供食用，皮可以制革。中国古代非常重视农业，因此能用于农耕的牛很被看重，历朝历代都曾有禁止杀牛的法令。牛在古代曾作为祭品中的大礼，以牛、羊、猪为三牲，合称"太牢"，若没有牛就只能叫"少牢"，所以也有把牛叫作"太牢"的。牛肉在古代被认为是最好的肉食，羊肉则次之，猪肉比羊肉更差一等，这一点在许多古典小说中也有体现。一般把脾气犟的人形容为牛脾气，但现代改为以牛来夸奖那些很厉害的人。

牛 觢觢 誰謂爾無牛九十其犉 小雅·無羊 我車我牛 小雅·黍苗
羊牛下來 王風·君子于役章 誰謂爾無羊 小雅·無羊章
羊牛下來 王風·君子于役章 䎶爾牛羊 小雅·楚茨章 維羊維牛
頌我將章 自羊徂牛 周頌·絲衣章 殺時犉牡 周頌·良耜章
白牡騂剛 魯頌·閟宮章

诗摘

诗经·王风·君子于役：日之夕矣，羊牛下来。

诗经·小雅·无羊：谁谓尔无羊？九十其犉。

诗经·小雅·楚茨：济济跄跄，䎶尔牛羊。

诗经·小雅·黍苗：我任我辇，我车我牛。

诗经·大雅·生民：诞寊之隘巷，牛羊腓字之。

诗经·大雅·行苇：敦彼行苇，牛羊勿践履。

诗经·周颂·我将：我将我享，维羊维牛。

诗经·周颂·丝衣：自堂徂基，自羊徂牛。

训诂精要

清异录：黄毛菩萨。

抱朴子：书生。

蓷 中谷有蓷 王风中谷有蓷章

诗摘

诗经·王风·中谷有蓷：中谷有蓷，暵其干矣。

训诂精要

医宗粹言：千层塔。

通雅：茺。

朱注：蓷，今益母草也。

档案 科目：唇形科
今名：益母草
别名：益母艾、红花艾、野天麻

博物通识 益母草是一年生或两年生草本，主根上密生须根。茎直立，通常高 30 ~ 120 厘米。夏季开花。

其干燥地上部分为常用中药，生于山野荒地、田埂、草地等处，生用或熬膏用，在夏季生长茂盛，花未全开时采摘。

益母草有利尿消肿、收缩子宫的作用，是历代医家用来治疗妇科病的良药。

蓷

萧

档案 科目：菊科
今名：牛尾蒿
别名：荻蒿、艾蒿、水蒿、米蒿

博物通识

半灌木状草本。主根木质，稍粗长，垂直，侧根多；根状茎粗短，有营养枝。

牛尾蒿适口性不良，为低等饲用植物。春季幼嫩时牛、羊稍吃，夏秋季不吃，秋霜后及冬季缺草时家畜采食。山区群众常在秋季刈割混有牛尾蒿的野草，于冬春季枯草期补饲牛、马等大家畜。

因为牛尾蒿具根茎，为石质山坡地薄层土壤的地被植物，有利于水土保持。此外，可做烧柴。

牛尾蒿见载于《植物名实图考》十二卷："牛尾蒿，初生时与蒌蒿同。唯一茎旁生横枝，秋时枝上发短叶横斜欹舞，如短尾随风，故俗呼以状名之。"

古人常采牛尾蒿用来祭祀，与黍稷一起烧掉。目的是以主粮加上牛尾蒿的香气来表达敬神的心意。因此，《诗经》中多次提及。

萧

彼采萧兮 王风采葛章
蓼彼萧斯 小雅蓼萧章
取萧祭脂 大雅生民章
采萧获菽 小雅小明章

诗摘

诗经·王风·采葛：彼采萧兮，一日不见，如三秋兮！

诗经·小雅·蓼萧：蓼彼萧斯，零露湑兮。

诗经·小雅·小明：岁聿云莫，采萧获菽。

诗经·大雅·生民：载谋载惟，取萧祭脂。

训诂精要

朱注：萧，荻也。

艾　彼采艾兮　王风采葛章

诗摘

诗经·王风·采葛：彼采艾兮！一日不见，如三岁兮！

训诂精要

朱注：艾，蒿属，干之可灸。

档案 科目：菊科
今名：艾草
别名：冰台、香艾、灸草、艾绒

博物通识

多年生草本或略成半灌木状植物，植株有浓烈香气。主根明显，略粗长，直径达1.5厘米，侧根多；常有横卧地下根状茎及营养枝。花冠狭管状，紫色。

艾草可作为食物来源，在中国南方传统食品中，有一种糍粑就是用艾草作为主要原料做成的。用清明前后鲜嫩的艾草和糯米粉和在一起，包上花生、芝麻及白糖等馅料（部分地区会加上绿豆蓉），再将之蒸熟即可。在广东，当地人在冬季和春季采摘鲜嫩的艾草叶子和芽，做蔬菜食用。

每至端午节之际，人们总是将艾草置于家中以"避邪"。艾草自古以来就有灸百病的作用，此方法中医界至今仍在使用。

麻

档案 科目：大麻科
今名：大麻
别名：胡麻、野麻

博物通识 一年生直立草本，高1～3米，枝具纵沟槽，密生灰白色贴伏毛。叶掌状全裂，裂片披针形或线状披针形，雄花黄绿色，雌花绿色。大麻茎皮纤维长而坚韧，可用以织麻布或纺线，制绳索，编织渔网和造纸。

大麻五六月开花，大麻花雌雄异株，雄株称"枲麻"，雌株称"苴麻"。7月结种子，种子可以取油用于涂料。大麻能使人产生幻觉，在中国古代，人民就了解大麻的这种特征。《神农本草经》记载"多食，人见鬼，狂走"，就描写了大麻的这种迷幻性。华佗制造的麻沸散里面就有大麻的提取物。

麻

丘中有麻 王风丘中有麻章

蓺麻如之何 齐风南山章

不绩其麻 陈风东门之枌章

可以沤麻 陈风东门之池章

麻麦幪幪 大雅生民章

诗摘

诗经·王风·丘中有麻：丘中有麻，彼留子嗟。

诗经·齐风·南山：蓺麻如之何？衡从其亩。

诗经·陈风·东门之枌：不绩其麻，市也婆娑。

诗经·陈风·东门之池：东门之池，可以沤麻。

诗经·大雅·生民：麻麦幪幪，瓜瓞唪唪。

训诂精要

群芳谱：好麻。

救荒本草：山丝苗。

本经逢原：线麻。

荷華　隰有荷華　鄭風山有扶蘇章

苢蒲與荷　有蒲菡萏　陳風澤陂章

诗摘

诗经·郑风·山有扶苏：山有扶苏，隰有荷华。

诗经·陈风·泽陂：彼泽之陂，有蒲与荷。

训诂精要

河间府志：水蓬花。

通雅：龙鸿。

事物绀珠：水红花。

朱注：荷华，芙蕖也。

档案 科目：莲科
今名：荷
别名：莲花、水芙蓉、水芝

博物通识 多年水生植物。根茎（藕）肥大多节，横生于水底泥中。叶，盾状圆形，表面深绿色，有蜡质白粉。叶柄圆柱形，密生倒刺。花单生于花梗顶端、高托水面之上，有单瓣、复瓣、重瓣及重台等花形；花色有白、粉、深红、淡紫色或间色等变化。

"荷"被称为植物的"活化石"，是被子植物中起源最早的植物之一。《周书》载有"薮泽已竭，既莲掘藕"。可见，当时的野生荷花已经开始作为食用蔬菜了。到了春秋时期，人们将荷花各部分分别定了专名。我国最早的字典，汉初时的《尔雅》就记有："荷，芙蕖，其茎茄，其叶蕸，其本蔤，其华菡萏，其实莲，其根藕，其中的，的中薏。"

在碧水翠叶的衬托下，荷花格外清纯与脱尘，故唐代大诗人李白有诗赞曰："清水出芙蓉，天然去雕饰。"荷花"出淤泥而不染，濯清涟而不妖"，常用来比喻不与世俗同流合污的君子。

档案 科目：猫科
今名：虎
别名：老虎、大虫、扁担花

虎

博物通识

现代虎的祖先是一种叫作"中国古猫"的小型食肉类动物，大约是在距今 300 万年的更新世以后在地球上出现的。

虎的体态雄伟，毛色绮丽，头圆，吻宽，眼大，嘴边长着白色间有黑色的硬须。全身底色橙黄，腹面及四肢内侧为白色，背面有双行的黑色纵纹，尾上约有 10 个黑环，眼上方有一个白色区，故有"吊睛白额虎"之称，前额的黑纹颇似汉字中的"王"字，更显得异常威武，因此被誉为"山中之王"或"兽中之王"。

《风俗通》曰："虎者阳物，百兽之长也。"古人一直将虎看成非常强大的猛兽，常以虎来比喻勇猛的人。《大雅·常武》中"进厥虎臣"的虎臣就是指冲锋在前的猛士，虓虎则是指咆哮的老虎。《三国志》的作者陈寿评价三国时期的猛将吕布就是用的"虓虎之勇"。

中国虎文化源远流长，它很早就成为中国的图腾之一。古代调兵遣将的兵符上面就用青铜或黄金刻上一只老虎，称为虎符。

虎

有力如虎 邶风简兮章
檀裼暴虎 郑风大叔于田章
不敢暴虎 小雅小旻章

诗摘

诗经·邶风·简兮：有力如虎，执辔如组。
诗经·郑风·大叔于田：袒裼暴虎，献于公所。
诗经·小雅·小旻：不敢暴虎，不敢冯河。
诗经·小雅·巷伯：取彼谮人，投畀豺虎。
诗经·小雅·何草不黄：匪兕匪虎，率彼旷野。
诗经·大雅·韩奕：有熊有罴，有猫有虎。
诗经·大雅·常武：进厥虎臣，阚如虓虎。

训诂精要

说文：兽君。
虎苑：斑寅将军。
事物异名：啸风子。
肘后：大虫。

鸨

肃々鸨羽 唐风鸨羽章

诗摘

诗经·唐风·鸨羽：肃肃鸨羽，集于苞栩。

训诂精要

正字通：鸿豹。

朱注：鸨，鸟名，似雁而大，无后趾。

档案 科目：鸨科
今名：大鸨
别名：独豹

博物通识 鸨是地球上最大的飞行鸟类之一，体长可达1米，重可达10千克。雄鸟和雌鸟的体形相差十分悬殊，是现生鸟类中雌雄体重差别最大的种类。雄鸟体形粗壮，颈长而粗，腿粗而强，脚上有3个粗大的趾，很适于奔走。头和颈都是灰色，后颈的基部至胸前两侧有宽的棕栗色横带，形成半圆的领圈。上体为淡棕色，并具有细的黑色横斑，形成斑驳的保护色，在沙漠中不易被天敌发现。下体为灰白色，两翅的覆羽均为白色，在翅上形成大的白斑，同黑色的飞羽形成鲜明对比，飞翔时极为醒目。雄鸟下颏的两侧还生有细长而突出的白色羽簇，状如胡须，所以又被牧民称为羊须鸨。雌鸟体形较小，体长不足50厘米，体重不到4千克，喉侧也无胡须状物，常被称为石鸨。

大鸨是草原鸟类，栖息于广阔草原半荒漠地带及农田草地，通常成群一起活动。它十分善于奔跑，比骏马还快，大鸨的鸣管已退化，不能鸣叫。大鸨既吃野草，又吃甲虫、蝗虫、毛虫等各种昆虫。

我国曾有较多的大鸨，但由于近年来草原沙化、过度放牧和过度捕猎，使之数量大减，目前总数估计不足1000只，已被列为世界濒危鸟类。

档案　科目：锦葵科
　　　　今名：木槿
　　　　别名：木棉、荆条、朝开暮落花

博物通识

落叶灌木，小枝密被黄褐色星状毛，叶卵状三角形至菱形，钟形花为淡紫色。

自古多栽种于庭院或做围篱。花有玫瑰红、粉红、蓝紫、白、蓝等色，甚为美丽。可惜"来如急电尤因驻，去似惊鸿不可收"，早上开花傍晚即凋谢，所以有"槿花不见夕，一日一回新"之说。舜即"瞬"，得于"仅荣一瞬"之意，唐诗云"世事方看木槿荣"，说明木槿花虽美却易凋谢。木槿全株花期较长，长达四个月。

江西、湖南一带民众采摘白木槿花以煮羹。木槿花制药可以"活风"。采嫩叶制茶，其饮茶效果与一般茶叶正好相反，有助于睡眠。

舜

颜如舜华 郑风有女同车章

诗摘

诗经·郑风·有女同车：有女同车，颜如舜华。

训诂精要

通雅：日给。
正字通：爱老。
事物异名：朝华。
通志略：朝生暮落。
朱注：舜，木槿也。

松

松舟 衛風竹竿章
如松茂矣 小雅斯干章
徂徠之松 魯頌閟宮章
松桷有舄 魯頌閟宮章
松柏丸丸 商頌殷武章
如松柏之茂 小雅天保章

诗摘

诗经·卫风·竹竿：淇水滺滺，桧楫松舟。
诗经·小雅·斯干：如竹苞矣，如松茂矣。
诗经·鲁颂·閟宫：徂来之松，新甫之柏。
诗经·商颂·殷武：陟彼景山，松柏丸丸。
诗经·小雅·天保：如松柏之茂，无不尔或承。

训诂精要

事物异名：十八公。
事物绀珠：木中仙。
群芳谱：苍颜叟。
广东新语：髯翁。

档案 科目:松科
今名:油松
别名:短叶松、短叶马尾松、红皮松

博物通识 乔木,高达 25 米,胸径可达 1 米以上;树皮灰褐色或褐灰色,裂成不规则较厚的鳞状块片。

油松树干挺拔苍劲,茁壮生长,四季常春,不畏风雪严寒。独立的个体姿态非常优美,人们习惯把生长在岩石峭壁上的称为"望人松"。

在《诗经》和中国其他文学作品中,松是常客。例如《唐诗三百首》中,出现最多的植物就是松,共计 25 次。

全世界共有 80 种松树,种类繁多,中国境内有 22 种及 10 个变种,形态相近辨别十分困难。以此推论,《诗经》中的松应为华北地区松树的泛称。

游龙

档案
科目：蓼科
今名：红蓼
别名：红草、大红蓼、狗尾巴花

博物通识

一年生草本。茎直立，粗壮，高1～2米，上部多分枝。叶宽卵形、宽椭圆形或卵状披针形。

按郑康成的说法，被称为游龙是因为"枝叶之放纵也"。意即红蓼的茎叶在水边四处蔓生，如同红色游龙。红蓼在湖岸常见，是重要的湿地植物，开花时花海尤其美观。红蓼是绿化、美化庭院的优良草本植物。红蓼的茎、叶、花适于观赏，可以将它种植在庭院、墙根、水沟旁点缀人们不涉足的角落。红蓼室内简易水养亦可。截取一段枝，插在花瓶里，加上水，几天后它就能自行生根，在水中生长。放在窗台或是桌上，既增加室内湿度，又具观赏价值。

红蓼的花语是立志或思念。古代诗人们的诗作中常有红蓼出现，如白居易诗"秋波红蓼水，夕照青芜岸"。

游龙

隰有游龙 郑风山有扶苏章

诗摘

诗经·郑风·山有扶苏：山有乔松，隰有游龙。

训诂精要

事物绀珠：水红花。
通雅：龙鸿。
淮南通志：屈龙。
河间府志：水蓬花。
朱注：红草也，一名马蓼。

茹藘

茹藘在阪 郑风东门之章

缟衣茹藘 郑风出其东门章

诗摘

诗经·郑风·东门之墠：东门之墠，茹藘在阪。

诗经·郑风·出其东门：缟衣茹藘，聊可与娱。

训诂精要

吕字笺：地红。

村家方：古邑道松。

朱注：茹藘，茅蒐也。

档案 科目：茜草科
今名：茜草
别名：血茜草、血见愁、地苏木

博物通识 草质攀缘藤木，长通常 1.5 ~ 3.5 米；根状茎和其节上的须根均红色；叶 4 片轮生。浆果近球形，呈黑色或紫黑色。

在很长的一段时期，古人所穿的红色衣裳都是由茜草染成的，茜草为人类最早使用的红色染料之一。如直接用以染制，只能染得浅黄色，而加入媒染剂则可染得赤、绛等多种红色调。茜草所染不是红花那种鲜艳的真红，而是比较暗的土红，被称为土耳其红。《诗经》中说的"缟衣茹藘"就是说用茜草染成的红色佩巾。

茜草早在商周的时候就已经是主要的红色染料。在出土的大量丝织品文物中，茜草染色占了相当大的比重。《神农本草经》中记载茜草能治女子的隐疾，有"活血祛瘀"的功效。

茹藘

档案 科目：壳斗科
今名：栗
别名：板栗、魁栗、毛栗、风栗

博物通识

板栗原生于北半球温带地区，大部分板栗树高20~40米，为落叶乔木，只有少数是灌木。各种板栗树都结有可食用的坚果，单叶、椭圆或长椭圆状。

根据《诗经》的记载，可知栗的栽培历史至少有2500多年。西汉司马迁在《史记》的《货殖列传》中就有"燕、秦千树栗……此其人皆与千户侯等"的明确记载。

栗子富含淀粉及其他营养成分，或蒸或炒都香甜可口，自古即为重要的食物。如《清异录》所言："晋王尝穷追汴军，粮运不济，蒸栗为食。军子遂呼栗为河东饭。"

栗

樹之榛栗 鄘風定之方中章
東門之栗 鄭風東門之墠章
隰有栗 唐風山有樞章
侯栗侯梅 小雅四月章

诗摘

诗经·鄘风·定之方中：树之榛栗，椅桐梓漆。
诗经·郑风·东门之墠：东门之栗，有践家室。
诗经·唐风·山有枢：山有漆，隰有栗。
诗经·秦风·车邻：阪有漆，隰有栗。
诗经·小雅·四月：山有嘉卉，侯栗侯梅。

训诂精要

事物异名：天台道果。
清异录：河东饭。
尺牍双鱼：员栗。

蘭　方秉蘭兮
　　　　鄭風
　　　　溱洧

诗摘

诗经·郑风·溱洧：士与女，方秉蕳兮。

训诂精要

本草洞诠：醒头草。
楚辞：秋兰。
本草必读：不老草。
通雅：省头香。
花鸟争奇：幽谷客。
本草汇：建兰。

档案　科目：菊科
　　　　今名：佩兰
　　　　别名：鸡骨香

博物通识　多年生草本，高 40 ~ 100 厘米。根茎横走，淡红褐色。茎直立，绿色或红紫色，基部茎达 0.5 厘米，分枝少或仅在茎顶有伞房状花序分枝。

古人所说的"兰"，指的是佩兰，有学者释为泽兰（多生在泽边，故名之）。植物学的泽兰属种类甚多，佩兰最符合描述。现代药典中所说的"泽兰"是指毛叶地瓜儿苗，民间别名甚多，如地笋、地参，属于唇形科地笋属，二者不可混淆。佩兰煎水沐浴，古时即有此风俗。古时佩兰又被称为"醒头草"。将佩兰置于枕芯做内枕，可起到芳香行散、开窍提神之功效。

中国民间端午节佩香囊的习俗极为古老，马王堆汉墓出土的文物中就有内装佩兰的香囊。将佩兰放入香囊内佩戴，具有芳香化浊辟秽的功效。

勺药

档案 科目：芍药科
今名：芍药
别名：花相、将离、离草、没骨花

博物通识

多年生草本。块根由根茎下方生出，肉质，粗壮，呈纺锤形或长柱形。芍药花瓣呈倒卵形，花盘为浅杯状。

芍药花大色艳，观赏性佳，和牡丹搭配可在视觉效果上延长花期，因此常和牡丹搭配种植。芍药的根鲜脆多汁，可供药用。

芍药被人们誉为"花仙"和"花相"，且被列为"十大名花"之一，又被称为"五月花神"，因自古就作为爱情之花，现已被尊为七夕节的代表花卉。另外，"憨湘云醉眠芍药茵"被誉为《红楼梦》中经典情景之一。

芍药又名"别离草"，古人在送别时常以芍药花相赠。芍药还有"花中宰相"的美誉，与"花中皇后"牡丹各领风骚。

芍药

赠之以芍药 郑风溱洧

诗摘

诗经·郑风·溱洧：伊其相谑，赠之以勺药。

训诂精要

尺牍双鱼：吐锦。
典籍便览：娇客。
辍耕录：锦绣根。

狼

并驱从两狼 写齐风于之还章

狼跋其胡 豳风狼跋章

诗摘

诗经·齐风·还：并驱从两狼兮，揖我谓我臧兮。

诗经·豳风·狼跋：狼跋其胡，载疐其尾。

训诂精要

抱朴子：当路君。
宣室志：沧浪君。

档案 科目：犬科
今名：狼
别名：青狼、灰狼、毛狗

博物通识 外形似家犬。吻较尖，两耳直立，裸露无毛。尾毛蓬松但不卷曲。无拇趾和踵垫。爪粗钝，不能弯缩。额部和头顶灰白有黑色，上下唇黑色。体色多灰黄，但个体变异较大，有棕灰黄、棕灰或淡棕黄色等。体背及体侧长毛尖多为黑色，额部耳廓及背中央毛色较暗。腹部及四肢内侧灰白色。尾色与体色相同。

狼多喜群居，常追逐猎食。栖息于森林、沙漠、山地、寒带草原、针叶林、草地。夜间活动多，嗅觉敏锐，听觉很好。机警，多疑，善奔跑，耐力强。狼属于食肉动物，主要以鹿、羚羊、兔为食，也食用昆虫、老鼠等，能耐饥。

狼在中国古代一直是作为贬义存在，如"鹰视狼顾""狼狈为奸"等。

档案 科目：杨柳科
今名：垂柳
别名：垂杨柳

博物通识

乔木，高达 12～18 米，树冠开展而疏散。树皮灰黑色，不规则开裂；枝细，下垂，淡褐黄色、淡褐色或带紫色，无毛。芽线形，先端急尖。叶狭披针形或线状披针形。

古代常以"杨柳"称柳，如《小雅·采薇》之"杨柳依依"。柳叶狭长青绿，枝条长软下垂，有别于长柄叶阔的杨树。

柳树枝条细长，生长迅速，自古以来深受人民热爱。最宜配植在水边，如桥头、池畔、河流、湖泊等水系沿岸处。与桃花间植可形成桃红柳绿之景，是江南园林春景的特色配植方式之一。木材可供制家具；枝条可编筐；树皮含鞣质，可提制栲胶。叶可做羊饲料。

柳

折柳樊圃 齐风东方未明章

菀彼柳斯 小雅小弁章

有菀者柳 小雅菀柳章

杨柳依依 小雅采薇章

诗摘

诗经·齐风·东方未明:折柳樊圃,狂夫瞿瞿。

诗经·小雅·采薇:昔我往矣,杨柳依依。

诗经·小雅·小弁:菀彼柳斯,鸣蜩嘒嘒。

诗经·小雅·菀柳:有菀者柳,不尚息焉。

训诂精要

事物绀珠:绿乡。

清异录:义孙。

名物法言:抱烟。

朱注:柳,杨之下垂者。

诗摘

诗经·齐风·甫田：无田甫田，维莠骄骄。

诗经·小雅·大田：既坚既好，不稂不莠。

训诂精要

朱注：莠，害苗之草也。

档案 科目：禾本科
今名：狗尾草
别名：毛毛狗

博物通识 一年生。根为须状，高大植株具支持根。秆直立或基部膝曲，高 10～100 厘米，基部径达 3～7 毫米。叶片扁平，长三角状狭披针形或线状披针形。

狗尾草俗称毛毛狗，生于荒野、道旁、庄稼地，为旱地作物常见的一种杂草。

狗尾草古名"莠"，《尔雅翼》云："莠者，害稼之草也。""莠"在幼年时形似禾稼，苗叶及花穗都形似小米，因此孔子曰："恶莠，恐其乱苗也。"所以《齐风·甫田》里才有描述田地太广，农民除草不及，遍地杂草的情形。

因莠为恶物，不得体与不好的话就被称为"莠言"。后人将莠引喻为人不成才，没有出息。

档案 科目：榆科
今名：刺榆
别名：无

博物通识

落叶小乔木，高可达 15 米，或呈灌木状；树皮深灰色或褐灰色，不规则的条状深裂；小枝灰褐色或紫褐色，被灰白色短柔毛，具粗而硬的棘刺；叶椭圆形或椭圆状矩圆形，稀倒卵状椭圆形。

枢即今之刺榆，刺榆在全世界只有一种，其枝条有刺，叶形如榆，故名。嫩叶用水煮过可当作蔬菜，味美胜过白榆。幼树枝叶茂密，又有棘刺，耐修剪，故常栽植为绿篱，作为庭院与耕地的屏障。老株砍伐后，木材呈淡褐色，质地致密，可制作锄柄、犁具、刀柄等，茎皮纤维可制绳及织袋。

《齐民要术》提道："凡种榆者，宜种刺榆、梜榆两者，利为多。"榆类在古代是重要的造林树种，此处的梜榆是指白榆，由此可见古代刺榆不但常见，而且和白榆一样都是重要的经济树种，只是后世并未大量栽种。

枢 山有枢 唐风山有枢章

诗摘

诗经·唐风·山有枢：山有枢，隰有榆。

训诂精要

朱注：枢，今刺榆也。

螓

螓首蛾眉 卫风硕人章

诗摘

诗经·卫风·硕人：齿如瓠犀，螓首蛾眉。

训诂精要

朱注：螓，如蝉而小，其额广而方正。

蠀

档案 科目：蝉科
今名：宽头宁蝉
别名：无

博物通识 史料记载，蠀是一种宽头体小绿色的蝉。《本草纲目》认为是麦蛰，即雨春蝉。但雨春蝉是中体形的蝉，而且头胸部为深褐色，也有黑色的，与绿色的描述不符。因此综合考虑，应解为宁蝉属的宽头宁蝉。
宽头宁蝉体绿褐色或褐色，被白色短毛。头宽，腹部长于头胸部。单眼橘黄色，复眼褐色。前后翅透明，无斑纹。腹部褐色，各节后缘黑褐色。曾有学者在湖南、四川采集到该物种标本。
古人认为蝉饮露而生，因此常用来比喻隐士。实际上蝉的幼虫吸取植物根部的汁液，成虫也以植物汁液为食，是一种害虫。

蛾

档案 科目：蚕蛾科
今名：蚕蛾
别名：原蚕蛾、晚蚕蛾

博物通识

桑蚕是完全变态昆虫，一生经过卵、幼虫、蛹、成虫四个形态上和生理机能上完全不同的发育阶段。

蛾的幼虫期就是常见的家蚕，以桑叶等为食，化蛹期能吐丝结茧，破茧后即成虫。

蛾的寿命很短，不进食，也很少飞行，雄蛾交配后不久即死去，雌蛾产卵后也很快死去。

中国养蚕业的历史十分悠久，蚕丝织成的丝绸是我国最知名的商品之一，很早以前就远销东南亚、中东、欧洲等地。蚕除了蚕丝之外，蚕蛹和蚕蛾也可入药，古代贵族视蚕蛹和蚕蛾为贵重补品。

蛾 螓首蛾眉 卫风硕人章

诗摘

诗经·卫风·硕人：齿如瓠犀，螓首蛾眉。

训诂精要

尔雅：蛾罗。

郭璞注：蚕蛾。

朱注：蛾，蚕蛾也。

杻

隰有杻 唐风山有枢章 北山有杻 小雅终南章

诗摘

诗经·唐风·山有枢：山有栲，隰有杻。

诗经·小雅·南山有臺：南山有栲，北山有杻。

训诂精要

品字笺：女桢。

档案 科目：椴树科
别名：大叶椴

博物通识
乔木，高20米，树皮灰色，直裂；小枝近秃净，顶芽无毛或有微毛。叶卵圆形。

本植物属温带树种，春天开花季节，绿叶扶疏，满树白花，"细蕊正白盖树"。古代官方庭院常栽种，名为"万岁树"，欧洲及美洲采用为行道树。

古代，椴树嫩叶常用以饲牛，木材仅供雕刻和制作器具，有时也用于制造弓弩。树皮纤维坚韧，可制作绳索和编制器物，谓之"椴麻"，为北方重要树种。《山海经》也提到"英山多杻"，英山位于今陕西华县，杻即椴树。

椴树种类很多，诗经时代分布于华北一带的该属植物，如蒙椴、华椴等均可能为《诗经》中的"杻"。

档案　科目：芸香科
　　　　今名：花椒
　　　　别名：大椒、秦椒、蜀椒

博物通识　落叶小乔木，高 3～7 米；枝有短刺。叶有小叶 5～13 片，小叶对生，卵形至椭圆形。果紫红色。

《诗经》包括西周时期的民间诗歌，说明中国人民于 2000 至 3000 年前已经利用花椒了。花椒树结实累累，是子孙繁衍的象征，故《唐风·椒聊》称："椒聊之实，蕃衍盈升。"班固《西都赋》也说"后宫则有掖庭椒房，后妃之室"，意思是皇帝的妃嫔用花椒泥涂墙壁，谓之椒房，希望皇子们能像花椒树一样旺盛。

《诗经》里的椒，也有可能是指野花椒、刺花椒等。诗经时代，不同地区可能使用不同种的花椒，也有可能数种花椒混在一起使用。

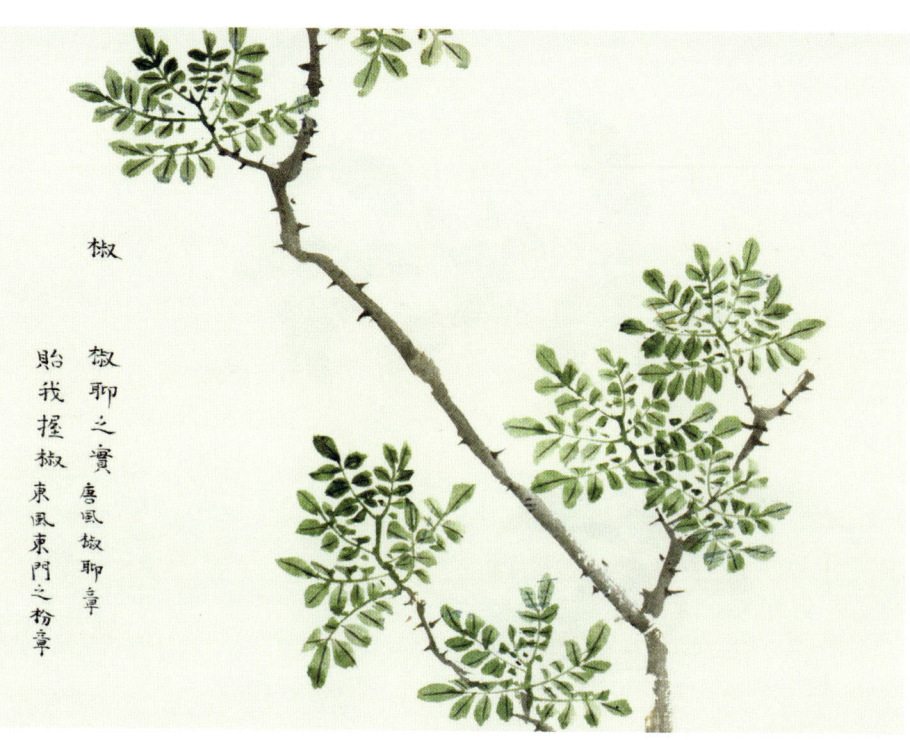

椒

椒聊之實 唐风椒聊之章
貽我握椒 東风東門之枌章

诗摘

诗经·唐风·椒聊：椒聊之实，蕃衍盈升。

诗经·陈风·东门之枌：视尔如荍，贻我握椒。

训诂精要

书叙指南：房椒。

八闽通志：青椒。

栩

集于苞栩 唐风鸨羽章
宛丘之栩 陈风东门章 小雅四牡章

诗摘

诗经·唐风·鸨羽：肃肃鸨羽，集于苞栩。
诗经·陈风·东门之枌：东门之枌，宛丘之栩。
诗经·小雅·黄鸟：黄鸟黄鸟，无集于栩。

训诂精要

通雅：橡栗。
物理小识：黄栗。
品字笺：皂栗。

档案 科目：壳斗科
今名：麻栎
别名：栎、橡碗树

博物通识

落叶乔木，高达 30 米，胸径达 1 米，树皮深灰褐色，深纵裂。叶片形态多样，通常为长椭圆状披针形。坚果卵形或椭圆形。花期为 3—4 月，果期为当年 9—10 月。

栩在《尔雅》中被称为"杼"，《图经》说："柞栎""杼""栩"均为橡栎类之通名。《诗经》提到的栩应该不止一种，古代植物分类不如现代精细，因此当时分布于华北一带的栎属都有可能是"栩"。

麻栎等栎类树种木质坚硬，用途很多，是制作器具的优良材料。木质耐摩擦，古人用来制车毂，华北用为砻齿，砻是一种去壳的农具。树干切段后，是栽培香菇的最佳材料。麻栎也可放养柞蚕，果实称为"橡"，坚果外的壳斗可供染色用。

栩

档案 科目：禾本科
今名：稻
别名：糯、粳

博物通识

一年生禾本科植物，高约 1.2 米，叶长而扁，圆锥花序由许多小穗组成。所结籽实即稻谷，去壳后称大米或米。

中国是世界上水稻栽培历史最悠久的国家，据浙江余姚河姆渡发掘考证，早在六七千年以前，这里就已种植水稻。进入 21 世纪以来，最新的一系列考古发现巩固了这一结论。"稌"是稻的又称。

稻米脱壳后就是常见的大米，可制作米饭、面条、糕点或酿酒，还可制作甜品及饮料。古代没有糨糊和胶水，通常用稻米或糯米煮出的米浆当作普通黏合剂。

古代五谷之中价值最高者为稻和粱，其次为黍、稷。祭祀用酒也以稻米为尊，"凡酒，以稻为上，黍次之，禾又次之"。

稻　不能蓺稻粱　唐风鸨羽章
十月穫稻　豳风七月章

诗摘

诗经·唐风·鸨羽：不能蓺稻粱。
诗经·豳风·七月：十月获稻。
诗经·小雅·甫田：黍稷稻粱。
诗经·小雅·白华：滮彼稻田。
诗经·周颂·丰年：丰年多黍多稌。

训诂精要

朱注：南方所食稻米也，水生而色白者也。

梁

诗摘

诗经·唐风·鸨羽：王事靡盬，不能蓺稻粱。

诗经·小雅·黄鸟：无集于桑，无啄我粱。

诗经·小雅·小宛：交交桑扈，率场啄粟。

诗经·小雅·甫田：黍稷稻粱，农夫之庆。

训诂精要

朱注：梁，粟也。

档案 科目：禾本科
今名：小米
别名：粟米、黄米

博物通识

一年生禾本植物。须根粗大。秆粗壮，直立，高 0.1 ~ 1 米或更高。叶片长披针形或线状披针形。圆锥花序呈圆柱状或近纺锤状，通常下垂；小穗椭圆形或近圆球形，黄色、橘红色或紫色。与狗尾草同属狗尾草属，据说是由狗尾巴草驯化而来的。

小米原产于中国北方黄河流域，有七八千年的栽培历史。小米是中国古代的主要粮食作物，所以夏代和商代属于"粟文化"。粟生长耐旱，品种繁多，俗称"粟有五彩"，有白、红、黄、黑、橙、紫的小米。中国最早的酒也是用小米酿造的。粟适合在干旱而缺乏灌溉的地区生长，有农谚说："只有青山干死竹，未见地里旱死粟。"

《周书》有云："凡禾，麦居东方，黍居南方，稻居中央，粟居西方，菽居北方。"

蔹

档案
科目：葡萄科
今名：乌蔹莓
别名：五爪龙

博物通识

多年生草质藤本。茎紫绿色，有卷须，与叶对生。掌状复叶，通常有5片小叶组成，排列成乌趾状，别称"五爪龙"。边缘均有圆齿状锯齿。浆果球形，熟时紫黑色。花期为5月。生于山坡、路边的灌木丛中或疏林中。

葛与蔹均为蔓生植物，葛依附于其他植物上，而蔹却蔓生于地表。《唐风·葛生》中，作者以葛与蔹的对比，来形容失去了丈夫的寡妇，通篇没有华丽的辞藻，却展现出了对亡者的深深悼念和怀念之情。

果实成熟后与野葡萄颇为相似，但不可食用。全草可入药。

蔹

蔹蔓于野

——唐风葛生章

诗摘

诗经·唐风·葛生：葛生蒙楚，蔹蔓于野。

训诂精要

朱注：蔹草，叶盛而细。

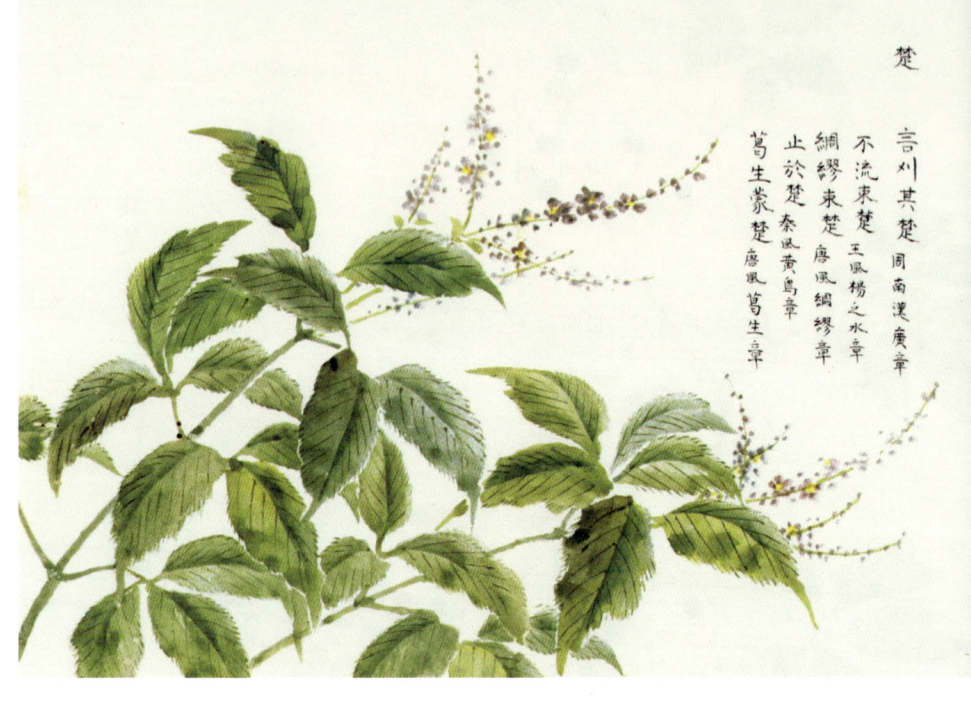

诗摘

诗经·周南·汉广：翘翘错薪，言刈其楚。

诗经·王风·扬之水：扬之水，不流束楚。

诗经·唐风·绸缪：绸缪束楚，三星在户。

诗经·唐风·葛生：葛生蒙楚，蔹蔓于野。

诗经·秦风·黄鸟：交交黄鸟，止于楚。

训诂精要

盛京通志：铁荆条。

药性要略大全：金镜花。

档案 科目：马鞭草科
今名：黄荆
别名：布荆

博物通识 灌木或小乔木；小枝四棱形，密生灰白色茸毛。掌状复叶，小叶片长圆状披针形至披针形。花色为淡紫色。核果近球形。花期为4—6月，果期为7—10月。

黄荆俗有"千年锯不得板，万年架不得桥"的说法。此外，《大雅·旱麓》中"榛楛济济"之"楛"也被考证为黄荆。《图经》云：楚"有赤青二种，青者荆，赤者楛"，绿色为荆，红褐色为楛，二者实为不同地区的同一树种。

黄荆的枝条在古代常被用来作刑具，廉颇负荆请罪的"荆"就是黄荆。古代妇女家贫，以黄荆枝条充作发钗，即"荆钗"，由此产生了对妻子的谦称"拙荆"。

楚

档案 科目：禾本科
别名：芩草

博物通识

多年生高草类，有发达的地面匍匐茎，具密或疏疣毛，少数无毛。

芩的解释历来诸多分歧，本书以蔓苇释之。蔓苇于近水处生长，外形颇似芦苇，可做牧草，牛、鹿等动物较为喜食。由于并无食用及药用价值，因此历代《诗经》注释者均不重视此植物，《尔雅》中也没有相关记载。

芩可谓是《诗经》中最没有存在感的植物。

苹

食野之苹

小雅鹿鸣章

诗摘

诗经·小雅·鹿鸣：呦呦鹿鸣，食野之苹。

训诂精要

毛诗注：香草也。

杨

隰有杨 秦风车邻章
东门之杨 陈风东门之杨章
泛泛杨舟 小雅菁菁者莪章
北山有杨 小雅南山有台章

诗摘

诗经・秦风・车邻：阪有桑，隰有杨。
诗经・陈风・东门之杨：东门之杨，其叶牂牂。
诗经・小雅・南山有台：南山有桑，北山有杨。
诗经・小雅・菁菁者莪：泛泛杨舟，载沉载浮。

训诂精要

朱注：柳之扬起者也。
尔雅：蒲柳。

档案 科目：杨柳科
今名：蒲柳
别名：无

博物通识 落叶乔木，叶二型，短枝的叶卵形至狭卵形，长枝的叶较大，心形。

关于《诗经》中所指的杨，有许多不同的意见。《尔雅·释木》与《诗草木今释》都主张此杨应为"蒲柳"。但根据《毛诗名物图说》的意见及《秦风·车邻》的描述"隰有杨"，生长在低凹湿地且枝条扬起者为杨，枝条下垂者为柳，明显与柳有所区别。而《小雅·南山有台》有"北山有杨"，可见也有旱地的品种。

《小雅·菁菁者莪》中的"杨舟"可能就是指白杨，因为白杨树形高大且树干粗壮。

杨

档案 科目：漆树科
今名：漆树
别名：大木漆、小木漆、山漆、植苴、瞎妮子

博物通识

落叶乔木，高达 20 米。树皮灰白色，粗糙，呈不规则纵裂，小枝粗壮。奇数羽状复叶互生，常螺旋状排列。花黄绿色。核果肾形或椭圆形，花期为 5—6 月，果期为 7—10 月。漆液乳白色，遇空气后呈褐色、紫红色，以至黑色；竹木器物上漆后可耐久并增加光泽。其果实可取蜡制烛，种子油可制油墨和肥皂等。农历六七月间是采漆的季节，首先以刀斧斜割树皮，再以竹管接之以收集漆液，加工制造成漆器。

器物上漆后不易腐朽，使得漆器成为古代一项主要的贡品。《尚书》记载兖州进贡的物品有漆器和蚕丝，豫州则是漆器和麻丝。可见漆器的身价不凡。

《诗经》中，漆和楸、桐、梓并提，同为重要的树种。《史记·货殖列传》云"陈夏千亩漆，与千户侯等"，可见当时已有大面积栽种的现象。漆树木材通直且耐腐，可制作家具；树叶秋天变红，十分艳丽，因此也是观赏树木。

漆 山有漆 唐风山有枢章

诗摘

诗经·鄘风·定之方中：椅桐梓漆，爰伐琴瑟。

诗经·唐风·山有枢：山有漆，隰有栗。

诗经·秦风·车邻：阪有漆，隰有栗。

训诂精要

辍耕录：续命筒。

鲤　必河之鲤　陈风衡门章

诗摘

诗经·陈风·衡门：岂其食鱼，必河之鲤？

诗经·小雅·鱼丽：鱼丽于罶，鲿鲤。

诗经·小雅·六月：饮御诸友，炰鳖脍鲤。

诗经·周颂·潜：有鳣有鲔，鲦鲿鰋鲤。

训诂精要

行厨集：文鲤。

事物绀珠：龙公子。

尔雅：赤骥。

档案 科目：鲤科
今名：鲤鱼
别名：红鱼、赤鲤鱼、鲤拐子

博物通识 鲤及鲤鱼，古今名一致。淡水鱼，属于底栖杂食性鱼类，荤素兼食。饵谱广泛，吻骨发达，常拱泥摄食。鲤鱼又是低等变温动物，体温随水温变化而变化，无须靠消耗能量以维持恒定体温，所以需摄食总量并不大。同时鲤鱼与多数淡水鱼一样属于无胃鱼种，且肠道细短，新陈代谢速度快，故摄食习性为少吃勤食。

《神农本草经》列之为上品，南北朝的陶弘景说：鲤鱼为诸鱼之长，为食品上味。

《陈风·衡门》云"岂其取妻，必齐之姜；岂其食鱼，必河之鲤"，将鲤鱼与婚姻相联系，后世因以"鱼水合欢"祝福美满姻缘。古人用鱼形木板做信封（藏书之函），用于传递书信，因此在古诗文中，鲤鱼又是友情、爱情的象征。

档案 科目：荨麻科
今名：苎麻
别名：野麻、野苎麻、青麻、白麻

博物通识

亚灌木或灌木，高 0.5 ~ 1.5 米；叶互生；叶片草质，通常圆卵形或宽卵形。瘦果近球形。花期为 8—10 月。

苎麻是中国古代重要的纤维作物之一[①]，新石器时代长江中下游一些地方就已有种植。考古出土年代最早的是浙江钱山漾新石器时代遗址出土的苎麻布和细麻绳，距今已有 4700 余年。

本植物在欧美有"中国丝草"（Chinese silk plant）之称，与葛藤、大麻同为诗经时代最普遍的衣着原料，后传布于世界各地。

使用苎麻制作衣料时，先要剥皮再以水清洗，使其柔韧后洗出纤维，这个过程称为"沤纻"，然后才可用来织布。《陈风·东门之池》所说的三种植物，就都必须经过浸水的步骤。

苎麻叶加面粉或米粉可制成各种糕饼，根去皮后也是一种救荒食物。

①右图为大叶苎麻

纻 可以沤纻 陈风东门之池章

诗摘

诗经·陈风·东门之池：东门之池，可以沤纻。

训诂精要

朱注：纻，麻属。

诗摘

诗经·陈风·东门之池：东门之池，可以沤菅。

诗经·小雅·白华：白华菅兮，白茅束兮。

训诂精要

尔雅：一名白华，又名野菅。

档案 科目：禾本科
今名：芒草
别名：莽草、白微

菅

博物通识

多年生草本，直立，粗壮，分枝。茎高1~2米，四棱形。叶阔卵圆形。

芒草可提供黄褐色染料，芒草叶子取材容易，古代曾经使用它来染色。

芒草的茎部细长，古代用来制作草席。芒草茎秆用水浸泡，可制成绳索及草鞋；茎秆还可用于构筑篱笆，茎叶可以搭屋。

芒草常多茎挺立，深秋开花，花穗纷披，遥望如荻。花序初开时为粉红色，完全成熟时转为白色，故称"白华"（白花）。

芒草繁殖力强，到处可见，常入侵农田，农人视之为杂草，必须经常清除。文人用之以比喻践踏人命，即"草菅人命"。菅、荻、芦苇三种植物形态类似，自古诗人文士常混淆不清。

苕

档案 科目：豆科
今名：紫云英
别名：翘摇、红花草

博物通识 两年生草本，多分枝，匍匐，高10～30厘米。奇数羽状复叶，卵形。花色为紫红色或橙黄色。荚果线状长圆形；种子肾形，栗褐色。本篇所言之"苕"与《小雅·苕之华》中的"苕"不同。《毛传》云："苕，草也。"《诗疏》云："苕，苕饶也，幽州人谓之翘饶。""苕饶"夏天才由土中冒出，茎细长，叶可生食，如小豆藿。因此，"苕"应为紫云英，包括其形态类似的其他豆科植物，这些种子在药材上称为"沙苑子"，《神农本草经》将之列为上品。

紫云英嫩叶古时供食用，亦可为优质绿肥、动物饲料以及蜜源植物，广为世界各地采用。

苕　邛有旨苕
陳風防有鵲巢章

诗摘

诗经·陈风·防有鹊巢：防有鹊巢，邛有旨苕。

训诂精要

毛传：苕，草也。

诗疏：苕，苕饶也，幽州人谓之翘饶。

诗摘

诗经·陈风·防有鹊巢：中唐有甓，邛有旨鹝。

训诂精要

草木考：锦竹。

档案 科目：兰科
今名：绶草
别名：无

博物通识

多年生草本，植株高 13～30 厘米。根数条，指状，肉质，簇生于茎基部。茎较短，近基部生 2～5 枚叶。叶片宽线形或宽线状披针形，极罕为狭长圆形。花小，紫红色、粉红色或白色。花期为 7—8 月。

鹝原为鸟名，又称绶鸟。《尔雅·释草》解为小草，说《诗经》之"鹝"，"有杂色，似绶"，即花在花茎上如旋梯拾级而上，犹如披覆彩带。陆玑《诗疏》也说："鹝，五色做绶文，故曰绶草。"说明"鹝"在《陈风》》中应解为绶草。

常生于山坡林下、灌丛下、草地或河滩沼泽草甸、时令性湿地中。花形小巧玲珑，颜色鲜艳美丽。

绶草全草可入药，有滋阴益气、凉血解毒之功效。

蒲

档案 科目：香蒲科
今名：香蒲
别名：东方香蒲

博物通识

《王风·扬之水》中的"蒲"或解为杨柳科的蒲柳或旱柳，"不流束薪"和"不流束楚"中的"薪"和"楚"都为炊薪之用，对比之下"束蒲"也可理解为捆起来的蒲柳，蒲柳为灌木，为薪材之用。但其他各篇的"蒲"与水泽、鱼类、荷花有关，应解为香蒲。多年生水生或沼生草本。根状茎乳白色。地上茎粗壮，向上渐细，高1.3～2米。叶片条形。小坚果椭圆形至长椭圆形。种子褐色。花果期5—8月。生于湖泊、池塘、沟渠、沼泽及河流缓流带。

香蒲是湿地重要指标作物，果实细小有长毛，会随风飘散，极易散播。各地池塘、河边都有成片生长，极具观赏价值。

古代诸侯祭祀时使用的坐席，底部便是用较粗的香蒲叶铺垫加厚，上面则用较细的莞草编织。寻常百姓家也常采收香蒲制作"蒲席"，《九怀尊嘉》中就讲道："抽蒲兮陈坐"，船中的坐席就是用香蒲编成的。

蒲

有蒲與荷 陳風澤陂章

依于其蒲 小雅魚藻章

诗摘

诗经·陈风·泽陂：彼泽之陂，有蒲与荷。

诗经·小雅·鱼藻：鱼在在藻，依于其蒲。

诗经·大雅·韩奕：其蔌维何？维笋及蒲。

训诂精要

朱注：蒲，水草，可为席。

蜉蝣

蜉蝣之羽　蜉蝣掘阅

曹风蜉蝣章

诗摘

诗经·曹风·蜉蝣：蜉蝣之羽，衣裳楚楚。

训诂精要

朱注：蜉蝣，渠略也，朝生夕死。

档案 科目：蜉蝣科
今名：蜉蝣
别名：渠略、蜉蝤

博物通识
蜉蝣古今同名，体形较小或中等，细长，体壁柔软。头部小，触角短，刚毛状。复眼发达。

幼虫水生，生活在淡水湖或溪流中。春夏两季，从午后至傍晚，常有成群的雄虫进行"婚飞"，雌虫独自飞入群中与雄虫配对。产卵于水中。成虫不进食，寿命短，一般只活几小时至数天，所以有"朝生暮死"的说法。蜉蝣成虫在其短暂的一生中只负责交配及繁衍后代的任务。

《曹风·蜉蝣》是诗人借漂亮而短命的蜉蝣来讽刺时事，表达朝不保夕的忧心。

蜉蝣

鹈

档案 科目：鹈鹕科
今名：斑嘴鹈鹕
别名：花嘴鹈鹕、塘鹅、犁鹕、逃河、淘河、淘鹅

博物通识
斑嘴鹈鹕体长为134～156厘米，体重5千克以上。嘴长而粗，呈粉红的肉色，上下嘴的边缘具有一排蓝黑色的斑点。虹膜为白色或淡黄色，具有不明显的褐色。喉囊的颜色为紫色，脚为黑褐色。夏季的羽毛上体为淡银灰色，后颈的羽毛为淡褐色；下体的羽毛为白色。冬季头部、颈部、背部的羽毛为白色，腰部、下背、两胁和尾下覆羽也是白色。翅膀和尾羽为褐色，下体均为淡褐色。

栖息于沿海海岸、江河、湖泊和沼泽地带。单独或成小群生活。善游泳，飞翔力亦强，两翅扇动缓慢而有力，亦常在水面上空翱翔。主要以鱼类为食，也吃蛙、甲壳类、蜥蜴、蛇等。

鹈　维鹈在梁　曹风候人章

诗摘

诗经·曹风·侯人：维鹈在梁，不濡其翼。

训诂精要

事物绀珠：突鹕。

尔雅注：洿泽。

乡药本草：沙月鸟。

诗摘

诗经·召南·鹊巢：维鹊有巢，维鸠居之。

训诂精要

南宁府志：真珠鸠。

名物法言：清鸿。

档案 科目：隼科
今名：红脚隼
别名：西红脚隼、青燕子、青鹰、红腿鹞子

博物通识

体小约30厘米的灰色隼类。雄鸟臀部棕色。雌鸟上体偏褐色，头顶棕红，下体具稀疏的黑色纵纹。眼区近黑，颏、眼下斑块及领环偏白。两翼及尾灰色，尾下具横斑。翼下覆羽褐色。

栖息于低山疏林、林缘、山脚平原和丘陵地区的沼泽、草地、荒野、河流、山谷和农田等开阔地区，特别是有稀疏树木的平原和低山、丘陵等地区较为常见。通常单独活动。主要以蝗虫、蚱蜢、蝼蛄、蠡斯、金龟子、蟋蟀、叩头虫等昆虫为食，也吃小鸟、蜥蜴、石龙子、蛙和鼠类等小型脊椎动物。由于数量急剧减少，目前红脚隼已被列为世界濒危物种及中国国家二级保护动物。

红脚隼有侵占其他鸟类巢穴的习性，《普通动物学》及《脊椎动物学》中都曾提到红脚隼因自己不善筑巢便有侵占喜鹊巢穴的习性，有时甚至与喜鹊争噪数日。因此自古就有"鸠占鹊巢"之说。

档案 科目：菊科
今名：蓍草
别名：千叶蓍、欧蓍、锯草

博物通识

多年生草本。茎直立，高 35~100 厘米。叶无柄，中部叶矩圆形。瘦果矩圆状楔形。花果期为 7—9 月。

蓍草为古时占筮时所用推算工具，古人常用蓍草和龟甲占卜凶吉。《周礼·春官·筮人》云："凡国之大事，先筮而后卜。"用龟甲做材料的为"卜"，用蓍草为材料的为"筮"。

《易纬·乾凿度》引《古经》说："蓍生地，于殷凋殒一千岁。一百岁方生四十九茎，足承天地数，五百岁形渐干实，七百岁无枝叶也，九百岁色紫如铁色，一千岁上有紫气，下有灵龙神龟伏于下。"《说文解字》也说蓍草"生千岁（才）三百茎"。《博物志》也说："蓍一千年长三百茎，植株够老，所以知凶吉。"因此古人取六十茎以上，且长满六尺的蓍草，用之于卜卦。这些传说无疑给蓍草罩上了一层神秘的外衣。

蓍

蓍

浸彼苞蓍 曹风下泉章

诗摘

诗经·曹风·下泉：冽彼下泉，浸彼苞蓍。

训诂精要

琅琊代醉：聚雪。

名物法言：龟籍。

类书纂要：灵草。

朱注：蓍，筮草也。

仓庚

有鸣仓庚 幽风七月章 仓庚于飞 幽风

仓庚喈喈 小雅

诗摘

诗经·邶风·凯风：睍睆黄鸟，载好其音。
诗经·豳风·七月：春日载阳，有鸣仓庚。
诗经·豳风·东山：仓庚于飞，熠耀其羽。
诗经·小雅·出车：仓庚喈喈，采蘩祁祁。

训诂精要

朱注：仓庚，黄鹂也。
朱注：王雎。
本草纲目：鹂也。

档案　科目：黄鹂科
　　　　今名：黑枕黄鹂
　　　　别名：黄鹂、黄莺、黄鸟、金衣公子

仓庚

博物通识　黑枕黄鹂是黄鹂科的中型鸟类，体长23～27厘米，在我国有广泛的分布。过眼纹及颈背黑色，飞羽多为黑色。雄鸟飞羽多为黑色，余部艳黄色。雌鸟色较暗淡，背橄榄黄色。鸟嘴粉红色，脚近灰黑色。

黑枕黄鹂常活动于低山、丘陵、河谷、农田和小型林地，尤喜天然栎树林和杨树林，常单独或成对活动。外形亮丽，声音清脆婉转，可供饲养为观赏鸟。以蝗虫、蚱蜢等昆虫为食，是一种益鸟，也吃少量植物的花、果实和种子。

《邶风·凯风》中的黄鸟应解为黄鹂，因黄鹂善鸣，且诗中有"在浚之下"，浚在今河南省北部，是黄鹂的分布区，春天常能看到成对的黄鹂边鸣边飞。

鵙

档案　科目：伯劳科
　　　　今名：棕背伯劳
　　　　别名：桂来姆、黄伯劳、长尾伯劳

博物通识　鵙即今之伯劳，诗中是泛指，今以常见的棕背伯劳释之。

棕背伯劳又称海南鵙，是中型鸟类，体长23～28厘米。额、眼纹、两翼及尾黑色，翼有一白色斑；头顶及颈背灰色或灰黑色；背、腰及体侧红褐；颏、喉、胸及腹中心部位白色。头及背部黑色的扩展随亚种而有不同。

栖息于低山丘陵和山脚平原，常见于林旁、农田、果园、河谷及路旁的乔木和灌木。性情凶猛，主要以昆虫类食物为主，也捕杀小鸟、蛙和啮齿动物，甚至攻击比自己体形大的鸟类如鹧鸪，有时也吃植物种子。棕背伯劳的叫声婉转动听，有时还会模仿其他鸟的叫声，如红嘴相思鸟和黄鹂等。但伯劳鸟生性怕人，警惕性强，不易驯养。

诗摘

诗经·豳风·七月：七月鸣鵙，八月载绩。

训诂精要

通雅：鶪鵙。
春秋：博赵。
诗疏：博劳。
尔雅：伯劳也。

螗

五月鸣蜩 豳风七月章

鸣蜩嘒嘒 小雅小弁章

如蜩如螗 大雅荡章

诗摘

诗经·豳风·七月：四月秀葽，五月鸣蜩。

诗经·小雅·小弁：菀彼柳斯，鸣蜩嘒嘒。

诗经·大雅·荡：如蜩如螗，如沸如羹。

训诂精要

典籍便览：玄虫。

名物法言：齐如。

本草纲目：蚱蝉。

档案 科目：蝉科
今名：蚱蝉
别名：马蜩、齐女、知了、螗蜩、蝒

博物通识

蜩即蝉，有多种，体大者古称马蜩，即今之"马知了"，学名蚱蝉。蜩与螗同名一物，同释为蚱蝉。

体长50～55毫米，体长圆形，黑色有光泽，头部前缘及头顶各有一块黄褐色斑，"X"隆起明显，呈红褐色。单眼3个，触角鬓状。前后翅透明，雄蝉有发声器。多生活在柳树、杨树、槐树、法国梧桐树、板栗树、李树、桃、苹果树、梨树等树木上，以刺吸式口器吸食植物汁液。危害树木，是林木的害虫。

档案 科目：藜科
今名：藜
别名：灰菜、落藜

莱

博物通识

一年生草本，高 30～150 厘米。茎直立，粗壮，具条棱及绿色或紫红色色条。叶片菱状卵形至宽披针形。果皮与种子贴生。花果期为 5—10 月。分布遍及全球温带及热带，我国各地均产。生于路旁、荒地及田间，为很难除掉的杂草。

幼苗可做蔬菜用，茎叶可喂家畜。全草又可入药，能止泻痢、止痒，可治痢疾腹泻；配合野菊花煎汤外洗，治皮肤湿毒及周身发痒。

中国植物图谱数据库收录的有毒植物，人服用后可造成"藜日光过敏性皮炎"，故服后应尽量减少日光照射。

《小雅·十月之交》中用"田卒污莱"等句形容田地里长满了杂草，这是上位者不为人民考虑、抓人去做苦力的缘故啊。

莱

北山有莱 小雅南山有臺章

诗摘

诗经·小雅·南山有臺：南山有臺，北山有莱。

诗经·小雅·十月之交：彻我墙屋，田卒污莱。

训诂精要

朱注：莱，草名，叶香可食。

莎雞二種　六月莎雞振羽　豳風七月章

诗摘

诗经·豳风·七月：五月斯螽动股，六月莎鸡振羽。

训诂精要

陆玑疏：天鸡。

古今注：纺纬。

档案　科目：螽斯科
　　　　今名：纺织娘
　　　　别名：纺丝、络纬、梭鸡、聒聒

博物通识　体长50～70毫米，体色有绿色和褐色两种，其体形很像一个侧扁的豆荚。头较小，前胸背侧片基部多为黑色，前翅发达，翅长一般为腹部长度的两倍。雄虫的翅脉近于网状，有两片透明的发声器，其触须细长如丝状，黄褐色，可长达80毫米，后腿长而大，健壮有力，弹跳力很强。

雄性的前肢摩擦能发出声音，每到夏秋季的晚上，常在野外草丛中发出"沙沙"或"轧织、轧织"的声音，犹如织女在试纺车，因而被人们取名为"纺织娘"。民间常捉入笼中饲养，喂之南瓜花或丝瓜花。

纺织娘为植食性昆虫，喜食南瓜、丝瓜的花瓣，它也吃桑叶、柿树叶、核桃树叶、杨树叶等，也吃其他昆虫，有一定的危害性，因而它属于害虫之列。

蔹

档案　科目：葡萄科
　　　　今名：蘡薁
　　　　别名：酸藤、山葡萄、野葡萄、蛇葡萄

博物通识

木质藤本。小枝圆柱形，有棱纹。叶长圆卵形。花药黄色，椭圆形。果实球形，成熟时紫红色。花期为4—8月，果期为6—10月。

据《唐本草》记载，薁即俗称的野葡萄或山葡萄。生于山谷林中、灌木丛、沟边或田埂。

《七月》中的"郁"为郁李，果实如樱桃，成熟时为红色，酸甜可口。薁的浆果为紫红色，亦可采食。二者在农历六月同时成熟，都是古代常见的野果，因此《诗经》将其并列。可酿酒，亦可入药做滋补品。茎的纤维可做绳索。

薁　六月食郁及薁

薁　幽风七月章

诗摘

诗经·豳风·七月：六月食郁及薁，七月亨葵及菽。

训诂精要

通雅：樱薁。

山东通志：烟虆。

朱注：薁，蘡薁也。

葵　七月烹葵及菽　豳风七月章

诗摘

诗经·豳风·七月：六月食郁及薁，七月亨葵及菽。

训诂精要

授时通考：滑葵。

采取月令：阿郁。

档案 科目：锦葵科
今名：冬葵
别名：葵菜、冬寒菜、薪菜

博物通识 一年生草本，高1米；不分枝，茎被柔毛。叶圆形，边缘具细锯齿。花小，白色。果扁球形；种子肾形，暗黑色。花期为6—9月。嫩梢、嫩叶可做蔬菜，茎叶皆入药。汉桓宽《盐铁论·散不足》曰："春鹅秋鸧，冬葵温韭。"晋张华《博物志》卷四曰："人食冬葵为狗所啮，疮不差或致死。"明李时珍《本草纲目·草五·葵》曰："六七月种者为秋葵，八九月种者为冬葵。"清吴其濬《植物名实图考·蔬一·冬葵》曰："冬葵，《本经》上品，为百菜之主，江西、湖南皆种之。"《农药通诀》说："葵为百菜之王，备四时之馔。"

冬葵以幼苗或嫩茎叶供食，可炒食、做汤、做馅，柔滑味美、清香。老叶可晒干制粉，与面粉一起蒸食。

档案 科目：葫芦科
今名：甜瓜
别名：甘瓜、香瓜、白兰瓜

博物通识 一年生匍匐或攀缘草本；茎、枝有棱。叶片厚纸质，近圆形或肾形。花冠黄色。果实通常为球形或长椭圆形，果肉白色、黄色或绿色，有香甜味；种子污白色或黄白色，卵形或长圆形。

甜瓜为中国最早利用为果品的瓜类，《诗经》等古籍多有之。贾思勰《齐民要术》将之称为小瓜，以别于古已有之的冬瓜（大瓜）。因本种栽培悠久，品种繁多，果实形状、色泽、大小和味道也因品种而异，园艺上分为数十个品系，例如普通香瓜、哈密瓜、白兰瓜等均属不同的品系。该种果实为盛夏的重要水果。

《绵》和《生民》中的瓜，应为瓜类统称，其余几篇都是甜瓜。由于苦瓜在诗经时代尚未传入中国，所以肯定不会指苦瓜。

瓜

七月食瓜 豳风七月章
疆埸有瓜 小雅信南山章
瓜瓞唪唪 大雅生民章
绵绵瓜瓞 大雅绵章

诗摘

诗经·豳风·七月：七月食瓜，八月断壶。
诗经·豳风·东山：有敦瓜苦，烝在栗薪。
诗经·小雅·信南山：中田有庐，疆埸有瓜。
诗经·大雅·绵：绵绵瓜瓞，民之初生。
诗经·大雅·生民：麻麦幪幪，瓜瓞唪唪。

训诂精要

闽书：黄瓟瓜。
名物法言：蜜桶。
盛京通志：香瓜。
朱注：大曰瓜，小曰瓞。

韭

献羔祭韭 幽风七月章

壶

诗摘

诗经·豳风·七月：四之日其蚤，献羔祭韭。

训诂精要

草木考：懒人菜。
蔬食谱：钟乳草。
朱注：韭菜。

档案 科目:百合科
今名:韭菜
别名:山韭、扁菜、懒人菜、起阳草

博物通识

多年生草本,高 20~45 厘米。为弦线根的须根系,没有主侧根。茎分为营养茎和花茎,鳞茎近圆柱形。叶片簇生叶短缩茎上,叶片呈扁平带状,可分为宽叶和窄叶。花冠白色。

至少在 2000 年以前,韭菜在中国就已经是蔬菜,这一点从《汉书》"冬种葱韭菜茹"中可得到印证。由杜甫诗"夜雨剪春韭"和苏东坡诗"青蒿黄韭试春盘"可得知,唐宋时代韭菜已经是常见蔬菜。

韭菜属于百合科多年生宿根蔬菜,适应性强,抗寒耐热,中国各地到处都有栽培。南方不少地区可常年生产,北方冬季地上部分虽然枯死,地下部分进入休眠,春天表土解冻后萌发生长。

农人种植韭菜,"一种而久""一岁三四割",所以谓之韭(久)菜。韭也是象形字,下面的一横代表地,上面的非代表可以连续割剪的菜蔬。

叶、花葶和花均做蔬菜食用;种子等可入药。韭菜虽然对人体有很多好处,但也不是多多益善。《本草纲目》就曾记载:"韭菜多食则神昏目暗,酒后尤忌。"

鸱鸮

档案 科目：鸱鸮科
今名：斑头鸺鹠
别名：小猫头鹰、横纹鸺鹠

博物通识

俗称小猫头鹰，留鸟。体小而遍具棕褐色横斑，斑头鸺鹠因羽毛上饰有许多条纹，所以又名横纹鸺鹠，是我国鸺鹠类中体形最大的。

除了朱熹注之外，《毛诗品物图考》里也认为"鸱鸮众说纷纷，鸺鹠之说可以"，《本草纲目》里也记载"毛色如鸱，头目亦如猫，其声如休留休留，故名鸺鹠"。

生活在低山、丘陵或平原的疏林中，也出现于村寨及农田附近的树木上。多单个或成对活动，不甚畏光，可在白天飞行或猎食。主要以蝗虫、甲虫、螳螂、蝉、蟋蟀、蚂蚁、蜻蜓、毛虫等各种昆虫和幼虫为食，也吃鼠类、小鸟、蚯蚓、蛙和蜥蜴等动物。对农林业有益，是国家二级保护动物。

诗摘

诗经·豳风·鸱鸮：鸱鸮鸱鸮，既取我子，无毁我室。

训诂精要

朱注：鸱鸮，鸺鹠。

诗摘

诗经·豳风·东山：蜎蜎者蠋，烝在桑野。

训诂精要

尔雅：乌蠋。

朱注：蠋，桑虫如蚕者也。

档案 科目：蚕蛾科
今名：野桑蚕
别名：芋虫、乌蠋

博物通识 雌体长 15.5～25 毫米，雄体长 12～18 毫米，翅展 35～46 毫米，雄蛾小。全体灰褐色。触角暗褐色羽毛状。前翅上具有深褐色斑纹。后翅棕褐色。幼虫体形如蚕，体棕红色或棕褐色。

幼虫食叶危害扶桑、桑、柞、榕、栀木、构树等。被害叶片轻则成缺刻，重则叶片、嫩梢被吃光，影响林木的生长。

果臝

档案 科目：葫芦科
今名：栝楼
别名：无

博物通识

攀缘藤本，长达10米；块根圆柱状，粗大肥厚，富含淀粉，淡黄褐色。茎较粗，多分枝。叶片纸质，轮廓近圆形。花冠白色。果实椭圆形或圆形，成熟时黄褐色或橙黄色；种子卵状椭圆形，淡黄褐色。花期为5—8月，果期为8—10月。

常生于山坡林下、灌木丛中、草地和村旁田边。

栝楼在古代一般可食用和药用，通常以块根为食。除食用外，中医以果实入药。

《豳风·东山》所言"果臝之实，亦施于宇"，描写了栝楼结了果实，藤蔓爬在屋檐上，形容房屋久不住人形成的荒废景象。

果蓏　果蓏之實，豳風東山章

诗摘

诗经·豳风·东山：果蓏之实，亦施于宇。

训诂精要

八闽通志：新罗葛。
林家方：鼠真瓜。
乡药本草：鼠瓜。
杨升庵文集：甘瓜。
朱注：果蓏，栝楼也。

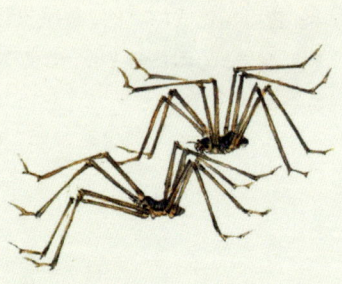

蟏蛸 蟏蛸在户 豳风东山章

诗摘

诗经·豳风·东山：伊威在室，蟏蛸在户。

训诂精要

古今注：长踦。
郭璞注：喜子。
诗疏：喜母。
朱注：蟏蛸，小蜘蛛也。

档案 科目：蟏蛸科
今名：前齿蟏蛸
别名：喜母、喜子、喜蛛

博物通识 蟏蛸古今同名，有多种，今以前齿蟏蛸释之。全体黑褐色，雌蛛较大，长 9 ~ 15 毫米。背甲褐色或棕黑色，螯肢与背甲色同。步足细长，为体长的 3 倍，淡黄褐色，有刺。雄蛛体长 6 ~ 12 毫米。在稻田、林间灌木丛中布网，在棉田或其他旱田也能见到。

蟏蛸

伊威

档案 科目：鼠妇科
今名：粗糙鼠妇
别名：蟠、鼠负、委黍、鼠姑、地虱、潮虫、西瓜虫

博物通识 体椭圆形或长椭圆形，较平扁，背部稍隆，体躯不能卷曲成球形。鼠妇是甲壳动物中适应陆地生活的类群之一，通常生活于潮湿、腐殖质丰富的地方，如潮湿处的石块下、腐烂的木料下、树洞中、潮湿的草丛和苔藓丛中、庭院的水缸下、花盆下以及室内的阴湿处。杂食性，食枯叶、枯草、绿色植物、菌孢子等。

据《本草纲目》记载，鼠妇性酸、凉，有平喘、利尿、解毒、止痛、镇静的作用。另外，鼠妇的养殖可应用于畜禽饲料。

伊威 伊威在室 豳风东山章

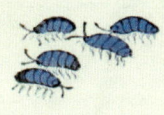

诗摘

诗经·豳风·东山：伊威在室，蟏蛸在户。

训诂精要

本草纲目：鼠妇。

镇江府志：蒲鞢虫。

朱注：伊威，鼠妇也，室不扫，则有之。

宵行

熠燿宵行 豳风东山章

诗摘

诗经·豳风·东山：町畽鹿场，熠耀宵行。

训诂精要

尔雅：萤火。

朱注：宵行，虫名，夜行，喉下有光如萤。

档案 科目：萤科
今名：萤火虫
别名：磷、丹鸟、夜光、夜照、景天、耀夜、宵烛、照磷

博物通识 宵行是萤火虫的幼虫，故以萤火虫释之。

萤火虫体长 0.8 厘米左右，身形扁平细长，头较小，体壁和鞘翅较柔软，头部被较大的前胸盖板盖住。雄虫触角较长，有 11 节，呈扁平丝或锯齿状；腹部可见腹板 6~7 节，末端有发光器，可发出荧光；雄虫大多有翅。雌虫无翅，身体比雄虫大，不能飞翔，但荧光比雄虫亮。

萤火虫对生活环境要求极高。近年来由于自然环境遭到破坏，我们已经很难再看到田间壮观的萤火虫飞舞的景象了。所以，萤火虫的生存情况也是当地自然环境是否优良的风向标。

宵行

鱒

档案 科目：鲤科
今名：赤眼鳟
别名：红眼、鳟条、马郎、红眼棒

博物通识 鳟古今同名，我国仅有一种赤眼鳟，以此释之。

赤眼鳟体色与草鱼略似，背部青灰色，腹部浅黄色和银白色。体长，前段略呈圆筒形，后部侧扁，腹部圆。头小，圆锥形，吻圆钝，下颌有两对短须。眼在头的前半部，较大，侧上位。生殖时，眼上缘有一块红斑，故得名。

赤眼鳟生活于江河流速较缓的流域或湖泊等静水体的中上层或中下层，是杂食性鱼类，主食水草，也吃小鱼和软体动物等。生长慢，但适应性强，是重要的经济鱼类。

鳟 九罭之鱼鳟鲂 豳风九罭章

诗摘

诗经·豳风·九罭：九罭之鱼鳟鲂。

训诂精要

典籍便览：赤眼鳟。

朱注：鳟似鲩而鳞细，眼赤。

蟋蟀 蟋蟀在堂 唐风蟋蟀章
十月蟋蟀入我床下 豳风七月章

诗摘

诗经·唐风·蟋蟀：蟋蟀在堂，岁聿其莫。
诗经·豳风·七月：十月蟋蟀入我床下。

训诂精要

典籍便览：趣织。
古今注：吟蛩。
朱注：蟋蟀，似蝗而小，正黑，有光泽如漆。

档案 科目：蟋蟀科
今名：中华蟋蟀
别名：促织、蛐蛐、将军、夜鸣虫

博物通识 体长大于 3 毫米；体色变化较大，多为黄褐色至黑褐色，或为绿色、黄色等；体色均一者较少，多数为杂色。身体不具鳞片。头圆，胸宽，触角细长。咀嚼式口器。有的大颚发达，强于咬斗。体形多呈圆桶状，有粗壮的后腿，以及比身体还要长的细丝状触角。

蟋蟀生性孤僻，一般的情况都是独立生活，一旦碰到一起，就会咬斗起来。当两只雄虫相遇时，先是竖翅鸣叫一番，以壮声威，然后即头对头，各自张开钳子似的大口互相对咬，也用足踢，常可进退滚打多个回合。

蟋蟀具穴居性，常在地下、地面或砖石缝中活动，危害植物根、茎、叶、种子和果实等，多于夜间取食，咬食植物近地面的柔嫩部分，造成缺苗，是农业害虫。

斗蟋蟀是中国古代雅俗共赏的一种娱乐活动，从唐朝天宝年间开始养斗蟋蟀，兴于宋，盛于明清。

档案 科目：鲤科
今名：白鲦
别名：白条、参鱼、鲷子鱼、蓝刀

博物通识

鲦即白鲦，是我国淡水小型经济鱼类之一，为江河湖泊中常见的小型鱼类。

体长一般10厘米左右，体背部青灰色，腹部银白色，尾鳍边缘灰黑色。体长形，侧扁，背部平直，几乎呈一直线，腹部圆弧状较为流畅。生活于水体中上层，冬季潜藏于深水层，常群集于沿岸水面游泳觅食，行动迅速。杂食性，以水生昆虫、植物碎片、枝角类和藻类为食，偶尔也吃小鱼。有食用价值，也可做大鱼的饵料。

鲦

鲦 鲿 鳢 鲤 周颂潜章

诗摘

诗经·周颂·潜：有鳣有鲔，鲦鲿鳢鲤。

训诂精要

正字通：鲦条鱼。
典籍便览：鲦鱼。
朱注：鲦，白鲦也。

蒿　食野之蒿
小雅鹿鸣章

诗摘

诗经·小雅·鹿鸣：呦呦鹿鸣，食野之蒿。

训诂精要

朱注：蒿，青蒿也。

档案 科目：菊科
今名：青蒿
别名：草蒿、廪蒿、香蒿、苹蒿、黑蒿、苦蒿

博物通识

一年生草本，植株有香气。主根单一，垂直，侧根少。茎单生，高30～150厘米。叶两面青绿色或淡绿色，中部叶长圆形、长圆状卵形或椭圆形；花淡黄色。瘦果长圆形至椭圆形。花果期为6—9月。

农历二月，即春初时生苗，茎叶均为深青色，故而称为"青蒿"。古人采集供为野蔬，鹿类等野生动物也喜食。

青蒿古名"菣"，意为"治疗疟疾之草"。古代中医使用数种不同的蒿草以"青蒿"入药，从1593年出版李时珍《本草纲目》至1975年的近400年的历史中，青蒿一直被尊为正品。

沈括《梦溪笔谈》说："青蒿一类，自有二种，一种黄色，一种青色。"黄色者即为黄花蒿，植株色绿带淡黄，气味辛臭；青色者为青蒿，枝叶揉之极香。屠呦呦获得诺贝尔奖的贡献就是提取了青蒿素。

档案 科目：茄科
今名：枸杞
别名：茨实

博物通识

多分枝灌木，高 0.5～1 米；枝条细弱，弓状弯曲或俯垂，淡灰色。叶纸质，单叶互生或 2～4 枚簇生，卵形、卵状菱形、长椭圆形、卵状披针形。花色为淡紫色。浆果红色，卵状。种子扁肾脏形，黄色。花果期为 6—11 月。

苗和嫩叶可做蔬菜或代茶饮，苏东坡称枸杞苗为"仙苗"及"仙草"。果实早已成为民间重要药材，据说有补肾、益阳之效。古人还认为久服枸杞能令白发变黑且延年益寿、返老还童。一年四季，叶、花、果实、根都是食品及药材。另外，据说道家瑶池金母手中的"西王母杖"就是用枸杞根制成的。

《诗经》中有三杞。《将仲子》里的"杞"是柳树类；《南山有臺》里的"杞"是枸骨；《四牡》里的"杞"则是枸杞；《秦风·终南》里的"纪"为通假字，也是枸杞。

从《诗经》中可以看出，枸杞很早就被古人所利用，比如《北山》中就提到去山上采枸杞，作者由此引申开去，对上司分配差事不公平的现象进行了抨击。

杞

集于苞杞 小雅四牡章

言采其杞 小雅杕杜章

诗摘

诗经·秦风·终南：终南何有？有纪有堂。

诗经·小雅·四牡：载飞载止，集于苞杞。

诗经·小雅·杕杜：陟彼北山，言采其杞。

诗经·小雅·四月：山有蕨薇，隰有杞桋。

诗经·小雅·北山：陟彼北山，言采其杞。

训诂精要

救荒本草：地仙苗。

种杏仙方：镇香草。

诗摘

诗经·小雅·南山有臺：南山有杞，北山有李。

诗经·小雅·湛露：湛湛露斯，在彼杞棘。

训诂精要

本草汇言：枸骨刺。

通雅：猫头刺。

先醒斋笔记：猫儿残。

档案 科目：冬青科
今名：枸骨
别名：猫儿刺、老虎刺

博物通识

常绿灌木或小乔木，高 0.6～3 米；小枝粗壮。叶片厚革质，四角状长圆形或卵形。花色为淡黄色。果球形，成熟时鲜红色。花期为 4—5 月，果期为 10—12 月。

生于山坡、丘陵等灌木丛中、疏林中以及路边、溪旁和村舍附近。

杞在《诗经》中各指不同的植物，除了杞柳、枸杞外还包括枸骨。《朱传》说："杞树如樗，一名狗骨。"陆玑《诗疏》也说："杞，一名狗骨，山材也。"上述文中之狗骨即枸骨。

枸骨木材软而韧，可充为黄杨木材，制作各种器具及雕刻品，农家用其为耕牛鼻栓，应为诗经时代黄河流域常见的植物。树皮枝叶可供药用，有滋阴清热之效用。种子药名"十大功劳子"，中医用来补肝肾及止血。叶革质且光滑，耐修剪，果色艳丽，常作为观赏之用，也可植为绿篱。

鸣鸠

档案 科目：鸠鸽科
今名：山斑鸠
别名：山鸠、金背鸠、金背斑鸠、麒麟斑、麒麟鸠、雉鸠、棕背斑鸠、东方斑鸠、绿斑鸠、山鸽子、花翼、大花鸽、大花斑

博物通识 山斑鸠是中等体形（28～36厘米）的偏粉色斑鸠，成年个体体重260～400克，起飞时带有高频"噗噗"声。颈侧具明显黑白色条纹的块状斑。上体的深色扇贝斑纹体羽羽缘棕色，腰灰，尾羽近黑，尾稍浅灰。下体多偏粉色，脚红色。

成对或单独活动，多在开阔农耕区、村庄及房前屋后、寺院周围，或小沟渠附近，取食于地面。食物多为带颗谷类，如高粱谷、粟谷、秫秫谷，也食用一些樟树籽核、初生螺蛳等。

《诗经》中的鸠很多，所指各有不同。《氓》中的鸠应为斑鸠，因斑鸠喜栖于桑，食其桑葚，与诗意相合。《小宛》中的鸣鸠，一般也认为是斑鸠。

《卫风·氓》中的"于嗟鸠兮，无食桑葚"是用拟人化的方式劝说斑鸠不要急着吃桑葚，其意实为劝说热恋中的女子不要急于嫁过去，而是应该多了解多观察对方的品性。

鸣鸠

宛彼鸣鸠 小雅小宛章

诗摘

诗经·卫风·氓：于嗟鸠兮，无食桑葚。

诗经·小雅·小宛：宛彼鸣鸠，翰飞戾天。

训诂精要

朱注：鸣鸠，斑鸠也。

毛传：似山鹊而小，短尾，青黑，茶褐色，多声。

脊令

脊令在原 小雅常棣章

题彼脊令 小雅小宛章

诗摘

诗经·小雅·常棣：脊令在原，兄弟急难。

诗经·小雅·小宛：题彼脊令，载飞载鸣。

训诂精要

陆玑疏：连钱。

朱注：脊令，雝渠水鸟也。

档案 科目：鹡鸰科
今名：白鹡鸰
别名：白颤儿、白面鸟、白颊鹡鸰、眼纹鹡鸰

博物通识

鹡鸰是鹡鸰科鸟类的通称。

白鹡鸰体形较小，体长 16~20 厘米。前额和脸颊白色，头顶和后颈黑色。体羽上体灰色，下体白，两翼及尾黑白相间。冬季头后、颈背及胸具黑色斑纹但不如繁殖期扩展。黑色的多少随亚种而异。

栖于地上或岩石上，有时也栖于小灌木或树上，多在水边或水域附近的草地、农田、荒坡或路边活动，或是在地上慢步行走，或是跑动捕食。遇人则斜着起飞，边飞边鸣。飞行姿势呈波浪式，有时也较长时间地站在一个地方，尾不住地上下摆动。

白鹡鸰是益鸟，主要以昆虫为食。此外也吃蜘蛛等无脊椎动物，偶尔也吃植物种子、浆果等植物性食物。

《禽经》中说"鹡鸰友悌"，即同一窝的鸟喜欢在一起飞鸣，被古人认为是兄弟情深的象征。因此《小雅·常棣》中也有类似的描述。

诗经风物图典

档案 科目：鲿科
今名：黄颡鱼
别名：黄鲿鱼、黄骨鱼、黄颊鱼、黄石公

博物通识 黄颡鱼属淡水鱼，体长 123～143 毫米，腹面平，体后半部稍侧扁，头大且扁平。吻圆钝，口裂大，下位，上颌稍长于下颌。眼小，侧位，眼间隔稍隆起。须 4 对。体背部黑褐色，体侧黄色，并有 3 块断续的黑色条纹，腹部淡黄色，各鳍灰黑色。

黄颡鱼是肉食性为主的杂食性鱼类。觅食活动一般在夜间进行，食物包括小鱼、虾、各种陆生和水生昆虫（特别是摇蚊幼虫）、小型软体动物和其他水生无脊椎动物。有时也捕食小型鱼类。其食性随环境和季节变化而有所差异，在春夏季节常吞食其他鱼的鱼卵。

分布于长江、黄河、珠江及黑龙江、辽宁等地。

鲿

鳟

魚麗于罶鰋鯊 小雅魚麗章

诗摘

诗经·小雅·鱼丽：鱼丽于罶鲿鲨。

诗经·周颂·潜：有鳣有鲔，鲦鲿鰋鲤。

训诂精要

盛京通志：昂思。

朱注：鲿，杨也，今黄颊鱼是也。

鲨

鱼丽于罶鲿鲨 小雅鱼丽章

诗摘

诗经·小雅·鱼丽：鱼丽于罶，鲿鲨。

训诂精要

正字通：小沙鱼。

宁波府志：新妇臂。

典籍便览：重唇。

朱注：鲨，鮀也。鱼狭而小，常张口吹沙，故又名吹沙。

档案 科目：鰕虎鱼科
今名：刺鰕虎鱼
别名：鲨、鮀、沙沟鱼、光鱼、油光鱼

博物通识 鲨即今之刺鰕虎鱼。体长约10厘米，头部大而长。吻长，前端钝圆，正中有一隆突。眼中等大，呈背侧位。口大，略呈斜形。下颌稍短。体上部灰褐色，下部较淡。体侧有不明显的暗斑5～6个。
广泛分布于黄海、东海沿岸。夏秋季节喜集聚在河口附近和海湾的浅水滩。栖于沿海及河流中。多居于水的下层。以小虾、小鱼等为食。
《小雅·鱼丽》是一首宴会诗，列举了多种鱼，以表现宴席的丰盛，侧面夸赞举办宴会的主人。

鲨

鳢

档案 科目：鳢科
今名：乌鳢
别名：黑鱼、乌鱼、才鱼、黑鳢、文鱼

博物通识

古代学者认为"鳢即鲩也"，《本草纲目》认为此说法有误，应该是乌鳢。

乌鳢形呈长棒状。头部扁平，头大，口裂大。吻部圆形。口内齿牙丛生。偶鳍皆小，背鳍和臀鳍特长，尾鳍圆形。体色背部灰绿色，腹部灰白，体侧有做"八"字形排列的显明黑色条纹。头部有三对向后伸出的条纹。乌鳢是底栖性鱼类，通常栖息于水草丛生、底泥细软的静水或微流水中，遍布于湖泊、江河、水库、池塘等水域内。时常潜于水底，以摆动其胸鳍来维持身体平衡。

乌鳢为一种凶猛的肉食性鱼类，且较为贪食。成鱼以鲫鱼、鲦条、赤眼鳟、泥鳅及各种幼鱼和青蛙为捕食对象。

乌鳢肉质细嫩，口味鲜美，且营养价值颇高，是人们喜爱的上乘菜肴。

鳢 正字通
音里
魚麗于罶鲂鳢 小雅魚麗章

诗摘

诗经·小雅·鱼丽：鱼丽于罶，鲂鳢。

训诂精要

典籍便览：鳄。

事类全书：乌鲤鱼。

广东新语：七星鱼。

南宁府志：斑鱼。

正字通：鲛鲤。

鳑

鱼丽于罶鳑鲤 小雅鱼丽章

诗摘

诗经·小雅·鱼丽：鱼丽于罶，鳑鲤。

诗经·周颂·潜：有鳣有鲔，鲦鲿鳑鲤。

训诂精要

事物异名：慈鱼。

乡药本草：未由弃。

朱注：鳑，鲇也。

档案 科目：鲇科
今名：鲇鱼
别名：鲶鱼、土鲶

博物通识 据《埤雅》记载："诗曰：鲦鲿鰋鲤。先鲦后鲿，先鰋后鲤者，鲿大于鲦，鲤大于鰋。"由此可知，鰋或小于鲤，或与鲤大小接近，否则无法一同落入"罶"中，罶即竹笼。故以鲇鱼释之。

鲇鱼的显著特征是周身无鳞，身体表面多黏液，头扁口阔，上下颌有四根胡须，上背较黑，腹面白色尾圆而短，不分叉，背鳍小，臀鳍与尾鳍相连。

鲇鱼生活在江河、湖泊、水库的中下层，多栖息在水草丛生、水流缓慢的低层。白天多隐蔽，晚间则十分活跃，习惯于游至浅水处觅食。秋后潜居于深水或污泥中越冬。为肉食性底栖鱼类，经常伏身于水草丛生的水底，等候小鱼接近时张口吞食，也食虾类和水生昆虫。在很脏的水里生存得更好，长得很快。

嘉鱼

档案
科目：鲤科
今名：卷口鱼
别名：老鼠鱼、鼠头鱼、鲱鱼、丙穴鱼

博物通识

有人认为嘉鱼泛指好鱼，但据《本草纲目》记载，嘉鱼应为丙穴鱼。而丙穴到底在哪儿说法不一，朱熹认为是在沔南，李时珍则认为在汉中勉县北，任豫《益州记》则记载"嘉鱼蜀郡处处有之。状似鲤，而鳞细如鳟"。综上所述，嘉鱼应解为一种鱼的名称，即今之卷口鱼。

卷口鱼体前部略呈圆筒状，后部侧扁。头小，圆锥状。吻显著地向前突出。口下位。须两对。体背棕黑，腹部白，鳞片中央有黑灰斑，偶鳍略橙黄，其他鳍灰白。分布于珠江水系及中国台湾。

卷口鱼属于定居性鱼类，喜欢生活于河床宽阔、流速大、江中多深潭、水质清澈的石底深水河段以及通泉水的石洞中；以淡水壳菜和蚬科类为主要食物，也吃一些淡水海绵、藻类及有机碎屑、水生昆虫、水蚯蚓等。

卷口鱼肉质嫩滑鲜美，肉味极佳，古今驰名，被誉称为珠江四大名贵河鲜（鲈、嘉、鳜、鲩）之一。

唐代诗人杜甫流寓蜀中，在当地吃到了这种鱼，从而写下了"鱼知丙穴由来美"的诗句。

嘉鱼　南有嘉鱼 小雅南有嘉鱼章

诗摘

诗经·小雅·南有嘉鱼：南有嘉鱼，烝然罩罩。

训诂精要

通雅：寐鱼。

朱注：嘉鱼，鲤质，鳟鲫肌，出于沔南之丙穴。

臺

南山有臺 小雅南山有臺章

诗摘

诗经·小雅·南山有臺：南山有臺，北山有莱。
诗经·小雅·都人士：彼都人士，臺笠缁撮。

训诂精要

朱注：臺，又名夫须，即莎草也。

档案 科目:莎草科
今名:薹
别名:莎随、小三棱、地贯草

博物通识 多年生草本,具匍匐枝及根状茎,秆粗壮,扁三棱状,叶革质。

薹是莎草的一种,茎秆"皮坚细滑致",可制作斗笠,即《小雅·都人士》里提到的"薹笠";又可制作蓑衣,耕作时为避雨之用。战国时大夫文种曾对勾践进言:"古者蓄蓑笠以备患。"用蓄蓑笠备雨来比喻存储物资备患。

除了制作蓑衣和蓑笠之外,莎草的茎叶也可入药,有行气开郁、祛风止痒、宽胸利痰的功效。

枸

档案　科目：鼠李科
　　　　今名：枳椇
　　　　别名：拐枣、鸡爪子

博物通识

落叶乔木，小枝红褐色，有锈色毛。叶互生，阔卵形至卵状椭圆形。花绿色。

枳椇一名"木蜜"，一般水果的食用部分是果皮、果肉或者种子，但本植物的食用部分却是花梗发育而成的果梗。枳椇的花梗于花后肥大成肉质，大如指，食之甘美如饴。特别是经霜过后，甜味更佳，俗称"拐枣"或"栾字梨"。

根据《周礼》记载，女子相见互赠礼物，其中就有枳椇，枳椇和榛子、枣子、栗子都是古代重要的干果。

枳椇的种子可做药用，有解酒的功效。木材淡紫色，硬度适中，纹理美观，容易加工成器具、家具等。本树种树姿美丽，老时更有姿态，可为庭院树。

在《小雅·南山有臺》中，"枸"被用来比喻具有美德的贤人君子，其他植物也与此类似。

枸

南山有枸 小雅南山有臺章

诗摘

诗经·小雅·南山有臺：南山有枸，北山有楰。

训诂精要

礼记注：石李。
康熙字典：白石李。
正字通：曲枝果。
食物本草：金鸡爪。
古今注：枳椇子。

莪

菁菁者莪 小雅菁莪章
蓼蓼者莪 小雅蓼莪章

诗摘

诗经·小雅·菁菁者莪：菁菁者莪，在彼中阿。
诗经·小雅·蓼莪：蓼蓼者莪，匪莪伊蒿。

训诂精要

朱注：莪，萝蒿也。

档案 科目：十字花科
今名：播娘蒿
别名：大蒜芥、米米蒿、麦蒿

博物通识

一年生草本，高 20 ~ 80 厘米。茎直立，分枝多，常于下部成淡紫色。叶为 3 回羽状深裂，末端裂片条形或长圆形。花瓣黄色，长圆状倒卵形。花期为 4—5 月。生于山坡、田野及农田。

古时"莪"常被作为野菜食用，味道甚好。因此《小雅·菁菁者莪》中用"莪"做比，形容女子偶遇的君子一表人才；而《小雅·蓼莪》的作者因为痛失养育父母之机会，悲怨地将自己比成无用的杂草，而不是有用的"莪"。

鳖

档案
科目：鳖科
今名：鳖
别名：中华鳖、甲鱼、团鱼、老鳖、脚鱼、王八

博物通识
鳖外形似龟，呈椭圆形。通常背际和四肢呈暗绿色，有的背面浅褐色，腹面白里透红。其头像龟，背腹甲有柔软的外膜。肢各生五爪。头颈和四肢可以伸缩。有的巨鳖可达一米以上。雌性通常比雄性大一倍。

鳖是变温动物，水、陆两栖，用肺呼吸。喜生活在江河、湖泊、池塘中。常浮到水面，伸出吻尖进行呼吸，也常在陆地活动晒背。10℃~12℃时，鳖进入冬眠。春季水温上升到15℃左右时，从冬眠中逐渐苏醒并开始摄食。

鳖是以动物性饵料为主的杂食性动物，喜食鱼、虾、贝、昆虫及动物内脏和尸体。动物性料缺乏时，也需吃青草、瓜类和粮食等植物性饵料，性贪食，饵料不足时，常自相残食。

鳖的营养价值高，含丰富的优质动物蛋白质，其壳为名贵中药材。

《小雅·六月》及《大雅·韩奕》中都提到了"炰鳖"，即烹制甲鱼，结合上下文，可见当时这属于相当高的宴席规格。

鳖龟

炰鳖脍鲤 小雅六月章
炰鳖鲜鱼 大雅韩奕章

诗摘

诗经·小雅·六月：饮御诸友，炰鳖脍鲤。
诗经·大雅·韩奕：其殽维何？炰鳖鲜鱼。

训诂精要

台湾府志：甲鱼。
临桂杂识：脚鱼。
名物法言：绿衣郎。

鹤

鹤鸣于九皋 小雅鹤鸣章
有鹤在林 小雅白华章

诗摘

诗经·小雅·鹤鸣：鹤鸣于九皋，声闻于野。

诗经·小雅·白华：有鹙在梁，有鹤在林。

训诂精要

典籍便览：九皋君。

名物法言：还丹使。

群芳谱：仙客。

采兰杂志：蓬莱羽士。

朱注：鹤，鸟名。长颈，竦身，高脚，顶赤，身白，颈尾黑。

档案 科目:鹤科
今名:丹顶鹤
别名:仙鹤

博物通识

鹤是鹤科鸟类的泛指,大型涉禽,形似鹭和鹳,我国常见的鹤有九种,以最珍贵的丹顶鹤释之。

体长120~160厘米,体羽几乎全为纯白色。头顶裸出部分鲜红色;眼先、脸颊、喉及颈侧黑色。自耳羽有宽白色带延伸至颈背,体羽余部白色,仅次级飞羽及长而下悬的三级飞羽黑色。

栖息于开阔平原、沼泽、湖泊、海滩及近水滩涂。成对或结小群,迁徙时集大群,日行性,性机警,活动或休息时均有只鹤做哨兵。主要是以鱼、虾、水生昆虫、软体动物、蝌蚪及水生植物的叶、茎、块根、球茎、果实等为食。丹顶鹤是国家一级保护动物,世界濒危物种之一。

丹顶鹤象征幸福、吉祥、长寿和忠贞,在各国的文学和美术作品中屡有出现。殷商时代的墓葬中,就有鹤的形象出现。春秋战国时期的青铜器中,鹤体造型的礼器就已出现。道教中丹顶鹤飘逸的形象已成为长寿、成仙的象征,如龟鹤延年等。明代官服的补子中鹤为文官的最高象征。

另外,鹤顶红并不是丹顶鹤的头顶血,而是砒霜的代称。

鲢

档案　科目：鲤科
　　　　今名：鲢鱼
　　　　别名：白鲢、鲢子

博物通识

鲢即鲢，古今一致。体侧扁而稍高，腹部狭窄，腹棱自胸鳍直达肛门。头大，吻短，钝圆，口宽。眼小，位于头侧中轴之下。体被小圆鳞。尾鳍深叉状。体背侧面暗灰色，下侧银白色，各鳍淡灰色。

鲢鱼分布广泛，从黑龙江流域到珠江流域均有分布。鲢鱼终生以浮游生物为食，在鱼苗阶段主要吃浮游动物，长达 1.5 厘米以上时逐渐转为吃浮游植物，并喜吃草鱼的粪便和投放的鸡粪、牛粪。亦吃豆浆、豆渣粉、麸皮和米糠等。

鲢鱼是古时常见的鱼类，《大雅·韩奕》与《小雅·采绿》均提到此鱼。而《齐风·敝笱》则是用鱼来讽刺不守妇道的文姜，同时还有对鲁公无能的鄙薄。

鱮

其鱼鲂鱮 齐风敝笱章

维鲂及鱮 小雅采绿章

诗摘

诗经·齐风·敝笱：敝笱在梁，其鱼鲂鱮。

诗经·小雅·采绿：其钓维何？维鲂及鱮。

诗经·大雅·韩奕：鲂鱮甫甫，麀鹿噳噳。

训诂精要

八闽通志：莲鱼。

尔雅翼：鱼婢。

朱注：鱮似鲂，厚而头大，或谓之鲢。

福州府志：白连。

诗摘

诗经·小雅·鹤鸣：爰有树檀，其下维穀。

诗经·小雅·黄鸟：黄鸟黄鸟，无集于穀。

训诂精要

毛诗名物图说：穀皮纸。

救荒本草：楮桃树。

通雅：扁穀。

档案 科目：桑科
　　　 今名：构树
　　　 别名：鹿枨树、沙纸树、谷木、谷浆树

博物通识

落叶乔木，高 10~20 米，树皮呈暗灰色。叶广卵形至长椭圆状卵形。聚花果成熟时橙红色，外果皮壳质。花期为 4—5 月，果期为 6—7 月。

古称"楮""榖"，后转成"构"。《酉阳杂俎》所说："构，田废久必生。"在林间隙地和开阔地经常可见构树丛生。

民间有采构树叶饲鹿者，因此被称为"鹿枨树"。构树的树皮，自古就是著名的造纸原料，古之楮纸即今之宣纸，由构树皮制作。太平洋群岛原住民曾以构树皮制作传统服装，和江南人绩构皮为布有异曲同工之妙。乳汁可为糊料，加工后可制成金漆。木材轻软，自古即为常用薪材。

《小雅·黄鸟》中"黄鸟黄鸟，无集于榖"，描写作者看到喜欢偷吃粮食的黄鸟落到自家树上感到心忧，隐喻身为外乡人被欺负时的无奈心情。

榖

档案 科目：蓼科
今名：羊蹄
别名：牛舌头、野菠菜、羊蹄叶

博物通识

多年生草本。茎直立，高 50～100 厘米。基生叶长圆形或披针状长圆形。花色为淡绿色。瘦果宽卵形。花期为 5—6 月，果期为 6—7 月。

古称"牛颓"或"秃菜"，《诗经》《神农本草经》均列有本植物，可见与国人关系悠久。由于羊蹄的味道并不好吃，被古人视为"恶草"。但在饥荒年头里，穷人为了活命也顾不上味道如何，只要能充饥即可，因此《诗经》中才有"言采其蓫"的描写。

根部可入药，叶可以用来擦拭石质器皿。《小雅·我行其野》中列举了三种野菜，分别是"樗""蓫""葍"，这三种植物在古代均被列为恶木或恶草。

遂

言采其蓬 小雅我行其野章

诗摘

诗经·小雅·我行其野：我行其野，言采其蓬。

训诂精要

品字笺：蓬。
外科全书：仙掌。
邵武府志：野菩莲。
正字通：半奚。

熊羆

维熊维羆 小雅斯干章
熊羆是裘 小雅大东章
有熊有羆 大雅韩奕章

诗摘

诗经·小雅·斯干：吉梦维何？维熊维羆。
诗经·小雅·大东：舟人之子，熊罴是裘。
诗经·大雅·韩奕：有熊有罴，有猫有虎。

训诂精要

名物法言：鲧化。
事物绀珠：子路。
广异记：六雄将军。

档案 科目：熊科
今名：黑熊
别名：狗熊、黑瞎子、猪熊、狗驼子

博物通识

熊古今同名，我国常见的是黑熊。罴，即棕熊，比黑熊大。

黑熊体重40～200千克，肩高1.2～1.9米。身体粗壮，头部宽圆，吻较短。鼻端裸露；眼小；耳长10～12厘米，除胸部有一明显的倒"人"字形白色或黄色斑，全身被着富有光泽的漆黑色毛。

黑熊是一种森林性动物，活动范围广泛。黑熊的嗅觉和听觉很灵敏，顺风可闻到500米以外的气味，能听到300步以外的脚步声。但视觉差，故有"黑瞎子"之称。黑熊是标准的杂食性动物，而且以植物性食物为主。所吃的食物类别繁杂，包括各种植物的芽、叶、茎、根、果实，以及菇类、虾、蟹、鱼类、无脊椎动物、鸟类、啮齿类动物和腐肉，也会挖掘蚁窝和蜂巢。

中国古代常以熊罴来形容力气大的人。

熊、罴

档案 科目：蝮蛇科
今名：蝮蛇
别名：草上飞、土公蛇、土锦

博物通识

虺即蝮蛇，体长 60～70 厘米，头略呈三角形，颈细，体粗，尾短，末端尖细。瞳孔直立椭圆形。头背棕黑，体背两侧各有一排黑褐色圆斑，腹面灰色，具黑白斑点。常栖于平原、丘陵、低山区或田野溪沟乱石堆下、草丛、水沟、坟堆、灌木丛及田野中。弯曲成盘状或波状。捕食鼠、蛙、小型蜥蜴、鸟、昆虫等。蝮蛇的繁殖、取食、活动等都受温度的制约，低于 10 ℃时蝮蛇几乎不捕食；5 ℃以下进入冬眠；20 ℃～25 ℃为捕食高峰；30 ℃以上进蛇洞栖息，一般不捕食。夜间活动频繁。

蝮蛇蛇毒中含有血液循环毒，如果咬伤后 4 小时内未得到有效治疗则会因心力衰竭或休克而死亡。蝮蛇可入药，制成蛇酒、蛇粉等。

古人一般将蛇视为"恶"物，常用来比喻坏人，带贬义。

虺

維虺維蛇 小雅斯干二章

胡為虺蜴 小雅正月章

诗摘

诗经·小雅·斯干：维熊维罴，维虺维蛇。

诗经·小雅·正月：哀今之人，胡为虺蜴？

训诂精要

郭璞注：蝮蛇。

本草拾遗：虺蛇。

书类纂要：地扁蛇。

朱注：虺，蛇属，细颈大头。

诗摘

诗经·小雅·正月：哀今之人，胡为虺蜴？

训诂精要

事物绀珠：五步蛇。
本草纲目：石龙子。
蛇谱：四足蛇。
朱注：蜴，螈也。

档案 科目：石龙子科
今名：石龙子
别名：四脚蛇、山龙子、石龙蜥、猪婆蛇

蜴

博物通识

古人常常认为虺与蜴是一种生物，现今则认为是两种。蜴为蜥蜴，古代常将其与壁虎弄混淆。

石龙子体长20～32厘米，周身被有覆瓦状排列的角质细鳞，鳞片质薄光滑。吻端圆凸，鼻孔1对；眼分列于头部两侧，眼间距宽，有瞬膜；舌短，稍分叉。体背面黏土色；鳞片周缘淡灰色，因而呈现网状斑纹。四肢发达，前肢5趾，后肢5趾，趾端均有钩爪。尾细长，末端尖锐，易断，断后能再生。

多生活于低海拔山区和平原耕作区的草丛、乱石堆中。有些种类则树栖或营若干程度的水栖生活。以昆虫和类似昆虫的小型无脊椎动物为食。卵生或卵胎生。有冬眠习性，夏季晨昏活动，秋季全天活动。

蜥蜴在古人看来也是有毒生物，因此与蝮蛇一道并列，成了比喻小人的牺牲品。《小雅·正月》中就是这样，作者借蝮蛇与蜥蜴来比喻那些阴险恶毒的小人。

荍

档案 科目：锦葵科
今名：锦葵
别名：荆葵、钱葵、棋盘花

博物通识

两年生或多年生直立草本植物，高 50～90 厘米，分枝多。叶圆心形或肾形。花紫红色或白色。果扁圆形；种子黑褐色，肾形。花期为 5—10 月。

荍为锦葵应无疑义，《尔雅·释草》曰："荍，蚍衃。"陆玑《诗疏》云："荍，一名荆葵。"《尔雅翼》进一步明确："荍，荆葵也……一名锦葵。"《植物名实图考》收载丁卷三蔬类，云："锦葵……今荆葵也，似葵紫色……小草多华少叶，叶又翘起……华紫绿色，可食，微苦。按花亦有白色者，逐节舒葩，人或谓之硅节花。"

古代有时充作蔬菜，但微有苦味，不是经常取用的蔬菜。《陈风·东门之枌》中"视尔如荍"，用以形容女子容颜娇艳如锦葵，用法如同现代的"梨花带雨"。《群芳谱》将锦葵列在"花谱"而非"蔬谱"。

荍

视尔如荍

陈风东门之枌章

诗摘

诗经·陈风·东门之枌：视尔如荍，贻我握椒。

训诂精要

朱注：荍，芘芣也。

龜

我龜既厭 小雅小旻章
元龜象齒 魯頌泮水章

诗摘

诗经·小雅·小旻：我龟既厌，不我告犹。
诗经·大雅·绵：爰始爰谋，爰契我龟。
诗经·大雅·文王有声：维龟正之，武王成之。
诗经·鲁颂·泮水：元龟象齿，大赂南金。

训诂精要

清异录：灵寿。
典籍便览：神使。
福州府志：黑衣督乡。

档案 科目：海龟科
今名：蠵龟
别名：红海龟、灵蠵、灵龟

博物通识

龟有多种，《诗经》中的龟是用于占卜的。据郭璞《尔雅注》记载"涪陵郡出大龟，甲可以卜，俗呼为灵龟，即今蟕蠵龟，一名灵蠵"。本文采用蠵龟学习之。

蠵龟体形较大，体长100～200厘米。背甲红棕色，腹甲橘黄色。头宽大，头背鳞片对称排列，前额鳞两对，嘴钩状。背甲呈心形，末端尖狭而隆起。四肢呈鳍状。主要栖息于温水海域，特别是大陆一带，经常出没于珊瑚礁中，也进入海湾、河口、咸水湖等地。以鱼、虾、蟹、软体动物及藻类为食。近年来由于滥捕滥杀，数量急剧减少。为国家二级保护动物。

龟在古代常被视为长寿的象征，龟甲又可用来占卜。《小雅·小旻》中的"我龟既厌，不我告犹"即指龟甲占卜。

螟、螣、蟊、贼

博物通识

螟、螣、蟊、贼是四种危害苗种的害虫，分别是粟灰螟（螟）、中华稻蝗（螣）、华北蝼蛄（蟊）、粘虫（贼）。中华稻蝗之前已经介绍过，不再赘述。

粟灰螟年生1～3代，第一代幼虫集中危害春谷苗期，造成枯心；第二代幼虫主要危害春谷穗期和夏谷苗期；第三代幼虫主要危害夏谷穗期和晚播夏谷苗期。在北方主要危害谷子，有时也危害穈黍和狗尾草、谷莠子等禾本科作物和杂草。当谷子与玉米混播或与玉米、高粱间作时，玉米、高粱等也受其危害。

华北蝼蛄，是一种杂食性害虫，能危害多种花卉、果木及林木，与多种球根和块茎植物，主要咬食植物的地下部分。成虫和若虫咬食植物的幼苗根和嫩茎，由于成虫和若虫在土下开掘隧道，使苗根和上面分离，造成幼苗干枯死亡，致使苗床缺苗断垄。

粘虫一年繁殖多代，属迁飞性害虫，寄生于麦、稻、粟、玉米等禾谷类粮食作物及棉花、豆类、蔬菜等16科百种以上植物。幼虫食叶，大发生时可将作物叶片全部食光，造成严重损失。因其群聚性、迁飞性、杂食性、暴食性，成为全国性重要农业害虫。古人常用这些毫无益处的田间害虫来比喻坏人和小人。

螟螣蟊贼

去其螟螣及其蟊贼
小雅大田章

档案

科目：螟蛾科
今名：粟灰螟
别名：钻心虫、蛀心虫

科目：蝼蛄科
今名：华北蝼蛄
别名：梧鼠、蝼蝈、天蝼、土狗

科目：夜蛾科
今名：粘虫
别名：子方、五色虫、夜盗虫

训诂精要

朱注：食心曰螟，食叶曰螣，食根曰蟊，食节曰贼。皆害苗之虫也。

诗摘

诗经·小雅·大田：去其螟螣，及其蟊贼。

葍

言采其葍 小雅我行其野章

诗摘

诗经·小雅·我行其野：我行其野，言采其葍。

训诂精要

尔雅·释草：葍，藑茅。

朱注：葍，恶菜也。

档案 科目：旋花科
今名：旋花
别名：筋根花、鼓子花、篱打碗

博物通识

多年生草本，全株无毛。茎缠绕，有棱，多分枝。叶片3裂，呈椭圆状箭形或戟形。花生叶腋，漏斗形。蒴果球形。花期为5—7月，果期为7—8月。生于路旁、溪边草丛、农田边及山坡林缘。

旋花属于常见的野草，由于吃多了会头晕腹痛，因此被古人视为"恶草"。但饥荒年间，穷苦人家常采集旋花的根蒸食以充饥。

郭璞注："营，华有赤者为蕾。蕾、营，一种耳。"邢昺疏："花白者即名营，花赤者别名蕾茅。"《楚辞·离骚》中就有描写："索蕾茅以筳篿兮，命灵氛为余占之。"

《小雅·我行其野》中，作者以旋花等恶草比喻不知好歹的丈夫，哭诉自己的悲惨遭遇，读来令人同情。

莞

档案 科目：莎草科
今名：莞
别名：无

博物通识

匍匐根状茎粗壮，具许多须根。秆高大，圆柱状，高 1～2 米。叶片线形。小坚果倒卵形或椭圆形。花果期为 6—9 月。生长在湖边、水边、浅水塘、沼泽地或湿地草丛中。

北方有栽培做观赏植物之用。由于茎秆足够坚韧，更多的用途是编织草席，或用来捆绑物品。

古称"苻蓠"或"浣蒲"。《小雅·斯干》中"下莞上簟"说的是宫室中的草席，上层用较耐磨的竹席，下层用较精细的莞席。古人常以莞编草席，也有君王用莞席来标榜自己生活简朴。

莞

下莞上簟 小雅斯干章

诗摘

诗经·小雅·斯干：下莞上簟，乃安斯寝。

训诂精要

朱注：莞，蒲席也。

蓼

以薅荼蓼 周颂良耜章

予又集于蓼 周颂小毖章

诗摘

诗经·周颂·良耜：其镈斯赵，以薅荼蓼。

诗经·周颂·小毖：未堪家多难，予又集于蓼。

训诂精要

朱注：蓼，水草一物。

档案 科目：蓼科
　　　　今名：水蓼
　　　　别名：辣蓼、虞蓼、泽蓼、辛菜、蓼芽菜

博物通识

一年生草本，高 20～80 厘米，直立或下部伏地。茎红紫色，且具须根。叶互生，披针形或椭圆状披针形。穗状花序腋生或顶生，淡绿色或淡红色。瘦果卵形，扁平。花期 7—8 月。生长于湿地、水边或水中。水蓼味辛，为五辛之一（五辛指古代的五种调味料，分别是葱、蒜、韭、蓼、芥）。古人采集蓼当作蔬菜和调味料，种子可入药。故《礼记》中提到烹鸡豚鱼鳖，都要把蓼塞入腹中，起到一个调味的作用。做羹和脍的时候，也要与蓼一同食用。后世饮食中可以取代辛辣味的调味料太多，因此水蓼就没有人用了，只有酿酒的人才会用到水蓼的汁液。

水蓼的分布很广，几乎全世界各洲的水塘、沼岸中均可见。

蔚

档案
科目：菊科
今名：牡蒿
别名：水辣菜

博物通识

多年生草本；植株有香气。主根稍明显，侧根多，常有块根；根状茎稍粗短，常有若干条营养枝。茎单生或少数，高50～130厘米。叶纸质，基生叶与茎下部叶倒卵形或宽匙形，苞片叶长椭圆形、椭圆形、披针形或线状披针形。花果期7—10月。常见于林缘、林中空地、疏林、旷野、灌木丛、丘陵、山坡、路旁等。

蒿属植物一般均可食用，古人常采为菜蔬，但牡蒿嫩叶虽可食用，却带有苦味，常在荒年时由穷苦人家采摘来充饥。虽然牡蒿味中带苦，但鹿却特别喜欢食用。《本草纲目》言："鹿食九草，此其一也。"牡蒿全草可入药，也可充作家畜饲料。

《小雅·蓼莪》中作者以牡蒿与莪蒿做对比，自怨自艾地贬低自己，方能稍稍减轻没能奉养父母的悲伤之情。

蔚

匪莪伊蔚 小雅蓼莪章

诗摘

诗经·小雅·蓼莪：蓼蓼者莪，匪莪伊蔚。

训诂精要

本草纲目：马先蒿。

本草蒙筌：虎麻茺蔚。

朱注：蔚，牡菣也。

桑扈

交交桑扈 小雅小宛章
交交桑扈有莺其羽 小雅桑扈章

诗摘

诗经·小雅·小宛：交交桑扈，率场啄粟。
诗经·小雅·桑扈：交交桑扈，有莺其羽。

训诂精要

卓氏藻林：青嘴鸟。
本草纲目：蜡嘴鸟。
苏州府志：戴毛鹰。
朱注：桑扈，俗呼青嘴。

档案 科目：雀科
今名：黑尾蜡嘴雀
别名：蜡嘴、小桑嘴、皂儿、灰儿、中华蜡嘴雀

桑扈

博物通识

黑尾蜡嘴雀是中型雀类，体长约 17 厘米，属较为敦实的雀鸟。黄色的嘴硕大而端黑。繁殖期雄鸟外形极似有黑色头罩的大型灰雀，体灰，两翼近黑色。雌鸟似雄鸟，但头部黑色少。幼鸟似雌鸟，但褐色较重。虹膜为褐色；嘴深黄色，顶端黑色；脚粉褐色。

栖息于低山和山脚平原地带的阔叶林、针阔叶混交林、次生林和人工林中，也出现于林缘疏林、河谷、果园、城市公园以及农田地边和庭院中的树上。主要以种子、果实、草籽、嫩叶、嫩芽等植物性食物为食，也吃部分昆虫。

生性活泼而大胆，不甚怕人。鸣声高亢、悠扬而婉转，很远即能听到。常被驯养为观赏鸟。

由于桑扈的叫声动听，毛色美丽，因此在《小雅·桑扈》中被作者用来比喻君子。虽然两者并没有直接的联系，但是却有一种内在的精神共通性。这也是古代诗歌中只能意会无法言传的精妙部分。

鸳鸯

档案
科目：鸭科
今名：鸳鸯
别名：中国官鸭、乌仁哈钦、官鸭、匹鸟、邓木鸟

博物通识

鸳鸯古今同名，为中型游禽，体长38～45厘米，是经常出现在中国古代文学作品和神话传说中的鸟类。鸳指雄鸟，鸯指雌鸟。鸳鸯雌雄异色，雄鸟外表极为艳丽，最具特色的是最后一枚三级飞羽特化，形成面积很大树立于背部的帆状结构，为耀眼的橘红色，这是鸳鸯的一个显著特征。

鸳鸯一般生活在针叶和阔叶混交林及附近的溪流、沼泽、芦苇塘和湖泊等处，喜欢成群活动，一般有二十多只，有时也同其他野鸭混在一起。鸳鸯生性机警，极善隐蔽，飞行的本领也很强，很难捕捉。

鸳鸯是杂食性的动物，食物包括植物的根、茎、叶、种子，还有蚊子、石蝇、蠹斯、蝗虫、甲虫等各种昆虫和幼虫，以及小鱼、蛙、虾、蜗牛、蜘蛛等动物。食物的种类常随季节和栖息地的不同而有所变化。

在中国古代文化中，鸳鸯最早时被比作兄弟，直到唐代才逐渐被比喻为夫妻。"鸳鸯戏水"也是民间常见的绘画题材。鸳鸯在人们心目中是忠贞爱情的象征，但实际上，鸳鸯并不总是成对生活，配偶也不是终生不变，这只是人们的一种美好愿望和向往。

鸳鸯
小雅鸳鸯章 鸳鸯在梁 小雅白华章

诗摘

诗经·小雅·鸳鸯：鸳鸯于飞，毕之罗之。
诗经·小雅·白华：鸳鸯在梁，戢其左翼。

训诂精要

事物异名：文禽。
通雅：节木鸟。
朱注：鸳鸯，匹鸟也。

诗摘

诗经·小雅·頍弁：茑与女萝，施于松柏。

训诂精要

药性奇方：松上藤。
秘传花镜：藤萝。

档案 科目：松萝科
今名：松萝
别名：长松萝、松上寄生

博物通识

地衣类植物，全体呈线状，长可达 100 厘米左右。基部着生于树皮上，下垂。不分枝，密生细小而短的侧枝，长 1 厘米左右。全体灰绿色，外皮质粗松，中心质坚密。
《诗经》历代注释者中，有认为女萝是菟丝子的，但目前主流见解认为两者并不相同。《广雅》及《本草纲目》皆认为女萝是松萝。女萝与菟丝子的不同之处在于，菟丝子是吸取寄生植物的汁液存活，而松萝则依靠光合作用。
松萝没有坚硬的枝条，需要依附其他的植物，多附生在松树上，成丝状下垂。《小雅·頍弁》用茑与女萝这两种植物来比喻互相依存的兄弟或者亲戚关系。

档案　科目：伞形科
　　　　今名：水芹
　　　　别名：水英、牛草、楚葵、刀芹、蜀芹、芹菜

博物通识　多年生水生草本植物，高15～80厘米，茎直立或基部匍匐。叶片轮廓三角形。花瓣白色，倒卵形。果实近于四角状椭圆形或筒状长圆形。花期6—7月，果期8—9月。世界各地均有种植，原产于亚洲东部。中国自古即有食用，两千多年前的《吕氏春秋》中称"菜之美者，云梦之芹"，说的是云梦泽的水芹是菜中的上品。云梦泽的位置在湖北省中东部地区，是上古时期的一大片水泽，现已不复存在。

水芹中黄酮、硒和膳食纤维含量较高，蔗糖含量较低，属于一种优质的保健蔬菜。其嫩茎及叶柄质鲜嫩，清香爽口，可生拌或炒食。

《诗经》中的芹，也是作为菜蔬出场的。《采菽》和《泮水》中都提到了采芹，可见在诗经时代，水芹就已经是常见的蔬菜了。

芹

言采其芹 小雅采菽章
薄采其芹 鲁颂泮水章

诗摘

诗经·小雅·采菽：觱沸槛泉，言采其芹。
诗经·鲁颂·泮水：思乐泮水，薄采其芹。

训诂精要

说文：芹，楚葵也。
朱注：芹，水草可食。
本草：白芹。

苍蝇　苍蝇之声 齐风鸡鸣章　营营青蝇 小雅青蝇章

诗摘

诗经·齐风·鸡鸣：匪鸡则鸣，苍蝇之声。
诗经·小雅·青蝇：营营青蝇，止于樊。

训诂精要

事物绀珠：欧阳憎。
名物法言：附骥。
尔雅：蝇丑扇。

档案 科目：蝇科
今名：舍蝇
别名：苍蝇、中国家蝇

博物通识 体形小到中型，触角短，仅3节，末节末端有节鞭或末节背面有一根羽状刚毛，称触角芒。复眼2只，单眼3只。口器为舐吸式。前翅膜质，用来飞翔。后翅退化为平衡棒，隐于前翅基部的翅瓣下。

苍蝇的食性非常复杂，属于杂食性蝇类，可以取食各种物质，人的食物、人和畜禽的分泌物和排泄物、厨房残渣和其他垃圾以及植物的液汁等。家蝇饱食之后，间隔很短时间，即可排粪。由于排粪频繁，失水较多，又促使它频繁取食，因而它在孳生物上边吃边拉，造成严重污染。

《齐风·鸡鸣》是一首描述妻子催丈夫起床上朝的闺趣诗。妻子说公鸡打鸣了，到了该上朝的时候了，丈夫却回答"匪鸡则鸣，苍蝇之声"，意即那不是鸡叫，是苍蝇的嗡嗡声。简单的几个字，就描绘出了一幅有趣的画面。

蝇

| 档案 | 科目：钳蝎科
今名：蝎
别名：杜伯、全虫、主簿虫、虿尾虫 |

| 博物通识 | 蝎体长 13～175 毫米，体细长，尾部为环节形，末端有一毒刺。有 6 对附肢。第一对附肢为螯肢，较小，用以撕开猎物。第二对附肢为须肢，较大，末端两节坚硬，呈钳状，水平地伸向前方，用作感觉器官及用以攫住猎物。后四对为步足，末端呈钳状。

蝎完全为肉食性，一般取食无脊椎动物，如蜘蛛、蟋蟀、小蜈蚣、多种昆虫的幼虫和若虫，甚至是小型壁虎。大多数蝎不会主动蜇人，除非受到威胁或骚扰。

《小雅·都人士》中以蝎尾来形容女子的卷发末端上翘，可以说是十分生动了。但被评价者可能不会太高兴，因为蝎有毒，在古代是被贬低的物种，故有"蛇蝎心肠"之说。

诗摘

诗经·小雅·都人士：彼君子女，卷发如虿。

训诂精要

诗疏：杜白。
名物法言：蜴蜥。
朱注：虿，螫虫也。

藍

终朝采藍 小雅采綠亭

诗摘

诗经·小雅·采绿：终朝采蓝，不盈一襜。

训诂精要

江南通志：染青草。
农圃六书：青秧。
天工开物：茶蓝。
物理小识：蓼靛。
朱注：染草也。

档案 科目：蓼科
今名：蓼蓝
别名：靛青

博物通识

一年生草本。茎直立，通常分枝，高50～80厘米。叶卵形或宽椭圆形，干后呈暗蓝绿色。花为穗状淡红色。瘦果宽卵形。花期为8—9月，果期为9—10月。

明代宋应星所著《天工开物·蓝淀》中说："凡蓝五种，皆可为淀。"五种蓝即菘蓝、蓼蓝、马蓝、吴蓝、苋蓝。《诗经》及《周礼》中的记述说明我国在周代即有用野生蓼蓝进行印染的方法，只不过蓼蓝汁液印染出来的蓝色较浅。到春秋战国时期，有了发酵法，可以用预先制成的蓝泥（含有蓝靛）染青色，所以有"青，取之于蓝而青于蓝"（《荀子·劝学篇》）的说法。

菘蓝和蓼蓝都是古代制造蓝靛的最主要原料之一。由于菘蓝中含有的菘蓝甙比蓼蓝中含有的靛甙更容易水解，所以在古代，菘蓝制靛比蓼蓝等其他蓝草更为普及，明代之前有的典籍甚至有"蓼蓝不堪为靛"之说。

公元6世纪时，《齐民要术》中已经记载了用蓝草制取蓝靛的工艺方法，乃是世界首创。现如今，西南少数民族地区制造靛蓝仍旧广泛使用蓼蓝。

鹲

档案 科目：鹳科
今名：大秃鹳
别名：扶老

博物通识

体形硕大约110厘米的黑白色鹳。嘴形大。两翼、背及尾黑色，下体及领环白色，裸出的头部及喉部粉红，颈裸露部分黄色，头顶具白色绒羽。虹膜为蓝灰色；嘴为灰色；脚为深褐色。

常在湖边、水塘、水淹平原、沼泽、干旱河床、林中水塘与溪流，以及稻田中活动。有时也出现在海岸红树林、草地和退潮后的泥泞平坦地上活动和觅食。主要以鱼、蛙、爬行类、软体动物、蟹、甲壳类、蝗虫、蚱蜢、蜥蜴、啮齿类、雏鸟和昆虫等动物性食物为食。偶尔吃动物尸体。

大秃鹳现已在我国境内绝迹。

《小雅·白华》是一首怨妇诗，诗中以丑陋的鹜与美丽的鹤做对比。"有鹜在梁，有鹤在林"，梁是屋顶的梁木，意为丑陋的鸟占据了家里的重要地位，而美丽的鹤却只能待在野外的林地中，表达了作者对丈夫另结新欢后抛弃旧妻的怨恨。

鹥　有鹥在梁　小雅白华章

诗摘

诗经·小雅·白华：有鹥在梁，有鹤在林。

训诂精要

扬州府志：青鹳。

朱注：鹥，秃鹙也。

豝
豵
豕

壹发五豝　壹发五豵　召南驺
言私其豵　献豜于公　虞章
发彼小豝　豵
执豕牢千　小雅吉
有豕白蹢　大雅公刘
　小雅渐渐之石章

诗摘

诗经·小雅·渐渐之石：有豕白蹢，烝涉波矣。

诗经·小雅·吉日：发彼小豝，殪此大兕。

诗经·豳风·七月：言私其豵，献豜于公。

诗经·大雅·公刘：执豕于牢，酌之用匏。

训诂精要

礼记曲礼：腯肥

承平旧纂：鲁津伯

幽怪录：乌将军

事物异名：勃贺

朱注：豕，猪也；豝，牝豕也；豵，一岁曰豵，小豕也；豜，三岁豕。

档案　科目：猪科
　　　　今名：猪
　　　　别名：豚、豯

博物通识

豕、豝、豵、豜均为与猪有关的称谓，豕即猪；豝指母猪；豵指小猪；豜指大猪。猪有家猪和野猪，根据诗意不同，指代的对象也不同。《小雅·渐渐之石》中是在野外遇到的猪，应解为野猪；而《大雅·公刘》中从圈里抓的自然是家猪。

家猪是野猪被人类驯化后所形成的亚种，獠牙较野猪短，是主要家畜之一。属杂食类哺乳动物。身体肥壮，四肢短小，鼻子口吻较长，体肥肢短，性温驯，适应力强，繁殖快。

古代经常用猪代表财富和生育，代表女性。在中国早期氏族的畜牧经济中，猪不像牛、羊、狗那样适合游牧迁徙。因此很多讲肉食的字，偏旁为"牛"或"羊"而极少有"豕"。

随着种植业的发展、居住地的稳定和猪的驯化，很多和猪有关的字产生出来，比如"家"（房子底下有猪。豕，意思就是猪）、"圂"（意思是厕所，即厕所通猪圈）。

猫

档案 科目：猫科
今名：山猫
别名：野猫、沙漠斑猫、土狸子

博物通识

猞猁体形似猫而远大于猫，体粗壮，尾极短，通常不及头体长的四分之一。四肢粗长而矫健。耳尖生有黑色耸立簇毛。两颊具下垂的长毛。上体浅棕、土黄棕、浅灰褐或麻褐色，或为灰白而间杂浅棕色；腹面浅白、黄白或沙黄色。尾端呈黑色。

生活在森林灌木丛地带，密林及山岩上较常见。喜独居，长于攀爬及游泳，耐饥性强，可在一处静卧几日，不畏严寒，以鼠类、野兔等为食，也捕食小野猪和小鹿等。

《大雅·韩奕》中以"有熊有罴，有猫有虎"来形容野兽众多。古代猎兽除了吃肉之外主要是为了毛皮。

貓

有貓有虎 大雅 韓奕章

诗摘

诗经·大雅·韩奕：有熊有罴，有猫有虎。

训诂精要

事物异名：玉狻猊。
故事成语考：家豹。
朱注：猫，似虎而浅毛。

苕　苕之华芸其黄矣　小雅苕之华

诗摘

诗经·小雅·苕之华：苕之华，芸其黄矣。

训诂精要

尔雅：凌霄。

朱注：苕，菱苕也。

档案 科目：紫葳科
今名：凌霄花
别名：五爪龙、红花倒水莲、倒挂金钟、上树龙、藤萝花

博物通识 攀缘藤本；茎木质，以气生根攀附于他物之上。叶对生，为奇数羽状复叶。花冠内面鲜红色，外面橙黄色。蒴果顶端钝。花期5—8月。

凌霄为著名的园林花卉之一。其花朵漏斗形，大红或金黄，色彩鲜艳。花开时枝梢仍然继续蔓延生长，且新梢次第开花，所以花期较长。

藤本植物喜攀缘，是庭院中绿化的优良植物，用细竹支架可以编成各种图案，非常实用美观。也可通过整修制成悬垂盆景，或供装饰窗台、晾台等用。

《小雅·苕之华》中作者以凌霄花的美丽与污浊又绝望的人世相比，用排比等形式表现出"人可以食，鲜可以饱"的可悲世情，反映了周代残酷的社会现实和人民的苦难生活。

菫

档案 科目：毛茛科
今名：紫花地丁

博物通识

多年生草本，无地上茎，高 4~14 厘米，果期高可达 20 余厘米。根状茎短。叶片下部呈三角状卵形或狭卵形，上部较长，呈长圆形、狭卵状披针形或长圆状卵形。花色为紫堇色或淡紫色。蒴果长圆形。花果期 4 月中下旬至 9 月。生于田间、荒地、山坡草丛、林缘或灌木丛中。在庭院较湿润处常形成小群落。

紫花地丁花期早且集中，植株低矮、生长整齐、株丛紧密、返青早、观赏性高、适应性强，适合作为花径或与其他早春花卉构成花丛。可用于窗台、书桌、台架等室内布置，也可制作成盆景。嫩叶可以做野菜食用，全草可入药。

《大雅·绵》中对菫和荼这两种带苦味的菜进行了夸张的描述，说"周原膴膴，菫荼如饴"，意即周的土地非常肥沃，就算是菫和荼这两种带苦味的蔬菜，都变得和饴糖一样甜了。

诗摘

诗经·大雅·绵：周原膴膴，堇荼如饴。

训诂精要

说文：堇，堇草也。根如荠，叶如细柳，蒸食之甘。

柞

柞其柞薪　小雅·车舝章

维柞之枝　小雅·采菽章

柞棫拔矣　大雅·绵章

瑟彼柞棫　大雅·旱麓章

柞棫其拔　大雅·皇矣章

诗摘

诗经·小雅·车舝：陟彼高冈，析其柞薪
诗经·小雅·采菽：维柞之枝，其叶蓬蓬
诗经·大雅·绵：柞棫拔矣，行道兑矣
诗经·大雅·棫朴：芃芃棫朴，薪之槱之
诗经·大雅·旱麓：瑟彼柞棫，民所燎矣
诗经·大雅·皇矣：帝省其山，柞棫斯拔
诗经·周颂·载芟：载芟载柞，其耕泽泽

训诂精要

本草新编：柘木。
江阴县志：直脚黄杨。
朱注：柞栎也。枝长叶盛，丛生，有刺。

档案 科目：大风子科
今名：柞木
别名：凿子树、蒙子树、葫芦刺、红心刺

博物通识

常绿大灌木或小乔木，高4～15米；树皮棕灰色；枝条近无毛或有疏短毛。叶菱状椭圆形至卵状椭圆形，边缘有锯齿。花小，花梗极短。浆果黑色，球形。花期春季，果期冬季。

柞木材质坚实，纹理细密，材色棕红，供家具、农具等用；叶、刺供药用；种子含油；树形优美，供庭院美化和观赏等用；又为蜜源植物。

柞在古人看来是十分有用的树木，因此常用作正面的比喻。如《小雅·采菽》中，以柞木茂盛的枝叶来比喻繁荣昌盛的国家；在《小雅·车舝》中诗人以山上的柞木来比喻想念的娇妻；在《大雅·旱麓》中以柞木茂密来比喻人民生活富足。

栩

档案 科目：壳斗科
今名：茅栗
别名：无

博物通识

小乔木或灌木状，通常高 2～5 米。叶倒卵状椭圆形或兼有长圆形的叶。壳斗外壁密生锐刺。花期 5—7 月，果期 9—11 月。坚果含淀粉，可生、熟食和酿酒；壳斗和树皮含鞣质可作丝绸的黑色染料；木材坚硬耐用，可制作农具和家具；苗可作板栗的砧木。茅栗为中国三大食用栗之一，其他两种分别为板栗和锥栗。

《大雅·皇矣》中的"修之平之，其灌其栩"描述了周太王在岐山下创建家园的事迹，意为砍掉了灌和栩，平整土地开垦良田。

栩 其灌其栩 大雅皇矣章

诗摘

诗经·大雅·皇矣：修之平之，其灌其栩。

训诂精要

尔雅：叶如榆木，理坚韧而赤，可为车辕。

说文：柞栩，栎也。

檉

其檉其椐 大雅皇矣章

诗摘

诗经·大雅·皇矣：启之辟之，其柽其椐。

训诂精要

闽书：西河柳。

锦囊秘录：西湖柳。

王会新编：雨师柳。

朱注：柽，河柳也，似杨，赤色，生河边。

档案　科目：柽柳科
　　　　今名：柽柳
　　　　别名：垂丝柳、西河柳、西湖柳、红柳、阴柳

博物通识　乔木或灌木，高 3～8 米；老枝直立，暗褐红色，光亮，幼枝稠密细弱，常展开而下垂，红紫色或暗紫红色，有光泽；嫩枝繁密纤细，悬垂。叶鲜绿色。花瓣粉红色。花期 4—9 月。喜生于河流冲积平原，如海滨、滩头、潮湿盐碱地和沙荒地。

适于温带海滨河畔等处湿润盐碱地、沙荒地造林之用。材质密而重，可作薪炭柴，亦可作农具用材。其细枝柔韧耐磨，多用来编筐，坚实耐用；其枝亦可编耢和农具柄把。

其枝叶纤细悬垂，婀娜可爱，一年开花 3 次，鲜绿粉红花相映成趣，多栽于庭院、公园等处作观赏用。

古人认为柽柳不能食用也没有经济价值，一般作柴薪之用，所以《大雅·皇矣》中才说"启之辟之，其柽其椐"，也就是开荒之时要去掉柽柳这样无用的杂木。

鼍

档案 科目：鼍科
今名：扬子鳄
别名：土龙、鼍龙

博物通识

扬子鳄身长1～2米，头部扁平，吻突出，四肢粗短，前肢5趾，后肢4趾，趾间有蹼，爬行和游泳都很敏捷。尾长而侧扁，粗壮有力，在水里能推动身体前进，又是攻击和自卫的武器。

扬子鳄喜欢栖息在湖泊、沼泽的滩地或丘陵山涧长满乱草蓬蒿的潮湿地带，以鱼、虾、软体动物及昆虫为食。

扬子鳄是一种古老的爬行动物，在地球上生活了两亿年。在扬子鳄身上，至今还能找到恐龙等爬行动物的特征，因此，人们称扬子鳄为"活化石"。古人称扬子鳄为"猪婆龙"，肉供食用，皮可制革，极为珍贵。

《大雅·灵台》所言"鼍鼓逢逢"中的鼍鼓就是用鼍的皮蒙制的鼓，敲起来嘭嘭作响。

鼍

鼍鼓逢逢 大雅灵台章

诗摘

诗经·大雅·灵台：鼍鼓逢逢。矇瞍奏公。

训诂精要

本经逢原：鼍鱼。

朱注：鼍，似蜥蜴，长丈余，皮可冒鼓。

鹥

凫鹥在泾 大雅凫鹥章

诗摘

诗经·大雅·凫鹥：凫鹥在泾，公尸在燕来宁。

训诂精要

列子：沤鸟。

扬州府志：白鸥。

潜确类：闲客。

禽经：信鸟。

朱注：鹥，鸥也。

档案 科目：鸥科
今名：红嘴鸥
别名：黑头鸥、水鸽子

博物通识

鹥即鸥，鸥是鸥科鸟类的通称。鸥科是人们最熟悉的鸟类之一，在沿海和内陆水域活动，分布遍及全球。栖息于沿海及内陆湖泊、河流。成群活动。善游泳，不能潜水。以鱼、虾、水生昆虫、软体动物等为食。《大雅·凫鹥》中描述了古时祭祀的场景，以野鸭和鸥怡然自得的姿态来形容公尸的举止从容。所谓公尸即古代祭祀中代替被祭者的活人，一般由死者的孙子担任。祭祀仪式以公尸为对象，公尸也会在仪式上品尝祭品。《礼记·曾子问》中说："祭，成事者必用尸，尸必孙。"

鹥

档案 科目：桑科
今名：山桑
别名：崖桑、刺叶桑

博物通识

小乔木或灌木，枝条粗细中等，树皮灰褐或紫褐。叶卵形或心形，叶面粗糙，叶色浓绿。花色暗黄。花果成熟时红色至紫黑色。花期3—4月，果期4—5月。

《尔雅·释木》："檿桑，山桑。"因此本书中"檿"作山桑解。

山桑的桑叶可饲养家蚕，桑葚可生食或酿酒，树皮可作造纸材料。桑木坚韧，古代多用以制弓和车辕。

《周礼·考工记·弓人》曰："凡取干之道七：柘为上，檿桑次之。"也就是说，制弓的木头最好是用柘木，其次用檿桑。郭璞也说："似桑，材中作弓及车辕。"

《大雅·皇矣》中的"攘之剔之，其檿其柘"，意思是对有用的桑树和柘树要修剪枝条，让它更好地生长。

檿 其檿其柘 大雅皇矣章

诗摘

诗经·大雅·皇矣：攘之剔之，其檿其柘。

训诂精要

朱注：檿，山桑也。

笋

维笋及蒲 大雅韩奕章

诗摘

诗经·大雅·韩奕：其蔌维何？维笋及蒲。

训诂精要

事物异名：龙孙。
笋谱：子笋。
事物绀珠：杨妃指。
朱注：笋，竹萌也。

档案 科目：禾本科
今名：笋
别名：竹笋

博物通识

笋是竹子初从土里长出的嫩竹，味道鲜美可口，营养丰富，可供食用。顾名思义，春天破土而出的是"春笋"；夏秋时节收获的叫"夏笋"；冬季藏在土中的便是"冬笋"。

笋在我国自古被当作"菜中珍品"，不但味鲜，多种维生素和胡萝卜素含量比大白菜高一倍多，而且竹笋的蛋白质比较优良，为优良的保健蔬菜。

《大雅·韩奕》中以笋、蒲与鳖、鱼作比，来夸赞为韩侯送行的宴会之大、菜品之丰、格调之高。可见在周代，笋就经常作为美味的菜蔬在高级宴会上出现了。

茆

档案　科目：睡莲科
　　　　今名：莼菜
　　　　别名：水葵、莼、马蹄菜、湖菜

博物通识

多年生水生草本；根状茎具叶及匍匐枝。叶椭圆状矩圆形。花色为暗紫色。坚果矩圆卵形；种子卵形。花期6月，果期10—11月。

莼菜多生于池塘湖沼之中，是珍贵的野生水生蔬菜，含有酸性多糖、蛋白质、氨基酸、维生素、组胺和微量元素等，其应用价值集中于医用价值和食用价值。

《晋书·张翰传》中记载了张翰在洛阳为官时，因为思念家乡的莼菜和鲈鱼而辞官归乡的故事。后人常用"莼羹鲈脍"为辞官归乡的典故。

莼菜之味美令人难忘，历来文人常在诗词中引述，如苏轼有"若问三吴胜事，不唯千里莼羹"；白居易《偶吟》中有"犹有鲈鱼莼菜兴，来春或拟往江东"；元稹《酬友封话旧叙怀十二韵》有"莼菜银丝嫩，鲈鱼雪片肥"句，不胜枚举。

诗摘

诗经·鲁颂·泮水：思乐泮水，薄采其茆。

训诂精要

福州府志：紫蓴。

正字通：油蓴。

朱注：茆，凫葵也。

楸

诗摘

诗经·周南·关雎：关关雎鸠，在河之洲。
诗经·秦风·终南：终南何有？有条有梅。
诗经·周南·汝坟：遵彼汝坟，伐其条枚。
诗经·大雅·旱麓：莫莫葛藟，施于条枚。

训诂精要

说文：条，小枝也。
尔雅·释木：柚条。
埤雅：柚似橙而大于橘，一名条。

档案 科目：紫葳科
今名：灰楸
别名：川楸

博物通识
乔木，高达25米；叶厚纸质，卵形或三角状心形。花冠淡红色至淡紫色。蒴果细圆柱形，下垂，长55~80厘米。花期3—5月，果期6—11月。

常栽培作庭院观赏树、行道树；木材细致，为优良的建筑、家具用材树种；嫩叶、花供蔬食，叶可喂猪；果入药，利尿；根皮治皮肤病；皮、叶浸液作农药，可治稻螟、飞虱。

楸树因为材质优良，在古代便是较有价值的树种，且枝干高直、姿态优美，因此古人常以其比喻君子。《秦风·终南》中便被作者用以比喻高贵的君王。《周南·汝坟》之条有解为"枝条"者，但解为山楸亦可。

驳

档案 科目：樟科
今名：鹿皮斑木姜子
别名：无

博物通识

常绿乔木，高 8~15 米，胸径 30~40 厘米；树皮灰色，呈小鳞片状剥落，脱落后呈鹿皮斑痕。叶互生，呈倒卵状椭圆形或倒卵状披针形。果近球形。花期 8—9 月，果期翌年夏季。

有人认为驳是一种凶猛的兽类，但与上下文联系来看，下一章有"山有苞棣，隰有树檖"，这些都是山隰之木，而且"隰"为较低的湿地，也不适合食肉类猛兽栖息，显然"驳"不应该是兽类。《传》曰："驳马，梓榆也。"指的是树皮青白斑驳，远看像马的树种。从对树皮的描述中得知，以鹿皮斑木姜子最为接近。

此种木材稍坚硬，可供建筑、器具、乐器等用。相比其他的树种，此树用途不广，因此不受古人重视，多为柴薪之用，因此在诗词中也很少能见到它的身影。

駁

隰有六駁 秦风晨风章

诗摘

诗经·秦风·晨风：山有苞栎，隰有六驳。

训诂精要

朱注：驳，梓榆也，其青皮白如驳。

陆玑疏：驳马，梓榆，其树皮青白驳荦，遥似马，故谓之。

诗摘

诗经·秦风·晨风：山有苞棣，隰有树檖。

训诂精要

郭璞：杨檖。

陆机疏：赤罗。

孔颖达：檖，今人谓之杨檖，实如梨。再一名，鹿梨、鼠梨。

朱注：檖，赤罗也，实似梨而小，可食。

档案 科目：蔷薇科
今名：豆梨
别名：鼠梨

博物通识 乔木，高 5～8 米。叶片宽卵形至卵形，长椭卵形。花瓣卵形，白色。梨果球形，有细长果梗。花期 4 月，果期 8—9 月。豆梨的果实极小，到了成熟时果径也仅有 1 厘米左右，形似小豆子，故名。木材坚硬，供制作粗细家具及雕刻图章用，亦可作嫁接用砧木。根、叶、果均可入药。《秦风·晨风》中"山有苞棣，隰有树檖"，说的是不管棣还是檖，都能各得其所，而作者却被思念的人所遗忘，由此心情抑郁。

郁

档案 科目：蔷薇科
　　　今名：郁李
　　　别名：爵梅、秧李

博物通识

灌木，高 1 ~ 1.5 米。小枝灰褐色，嫩枝绿色或绿褐色。叶片卵形或卵状披针形，花 1 ~ 3 朵，簇生，花瓣白色或粉红色，倒卵状椭圆形。核果近球形，深红色，直径约 1 厘米。

郁李是花果俱美的观赏花木，适于群植，宜配植在阶前、屋旁、山岩坡上，或点缀于林缘、草坪周围，也可作花径、花篱栽培之用。种子可入药。

郁李的果实个头与樱桃相似，味道酸甜可口，与"薁"同为野生水果，古人常采作蔬菜食用，《豳风·七月》中即描述了当时的情形。

郁

六月食郁 豳风七月章

诗摘

诗经·豳风·七月：六月食郁及薁，七月亨葵及菽。

训诂精要

草木考：雀李。

致富奇书：玉蝶花。

本草：郁李。

枣　八月剥枣 豳风七月章

诗摘

诗经·豳风·七月：八月剥枣，十月获稻。

训诂精要

行厨集：赤心。

名物法言：鸡心。

档案 科目：鼠李科
今名：枣
别名：枣子、大枣

博物通识 落叶小乔木，高达10余米；树皮褐色或灰褐色。叶纸质，卵形，卵状椭圆形，或卵状矩圆形。花黄绿色。核果矩圆形或长卵圆形，成熟时红色，后变红紫色，中果皮肉质，厚，味甜。花期5—7月，果期8—9月。枣可以制成蜜枣、红枣、熏枣、黑枣、酒枣及牙枣等蜜饯和果脯，还可以做枣泥、枣面、枣酒、枣醋等，为食品工业原料。树可供雕刻，制车、造船、做乐器。

枣原产于中国，《诗经》有"八月剥枣"之说，《礼记》有"枣栗饴蜜以甘之"，《战国策》中记载"北有枣栗之利……足食于民"，说明很早的时候我国古人就以枣为食。

梧桐

档案
科目：梧桐科
今名：梧桐
别名：青桐、桐麻

博物通识

落叶乔木，高达15～20米；树干挺直；树皮绿色或灰绿色。叶掌状，裂缺如花。夏季开花，雌雄同株，花小，淡黄绿色，圆锥花序顶生，盛开时显得鲜艳而明亮。

梧桐为普通的行道树及庭院绿化观赏树。中国梧桐也是一种优美的观赏植物，点缀于庭院、宅前，也种作行道树。木材较软，宜做乐器，古琴常为梧桐木所制。

梧桐有青桐、碧梧、青玉、庭梧之名称。关于对梧桐树的描绘，最早可见于《大雅·卷阿》，这是传说中"梧桐引凤凰"的最早记载。古人认为梧桐品性高雅纯洁，因此有"凤凰非梧桐不栖"的说法。

在唐宋诗词中，梧桐作离情别恨的意象和寓意是最多的。如白居易《长恨歌》中"春风桃李花开日，秋雨梧桐叶落时"，即是将今昔相对比，展现出一幅凄凉的景象。

梧桐 梧桐生矣 大雅卷阿章

诗摘

诗经·大雅·卷阿：梧桐生矣，于彼朝阳。

训诂精要

典籍便览：碧梧。
物理小识：青梧桐。

诗摘

诗经·小雅·四牡：翩翩者鵻，载飞载下。

诗经·小雅·南有嘉鱼：翩翩者鵻，烝然来思。

训诂精要

大仓州志：青鸠。

广东新语：橄榄鵻。

朱注：鹁鸠也。

档案　科目：鸠鸽科
　　　　今名：火斑鸠
　　　　别名：红鸠、红斑鸠、斑甲、红咖追、火鸪鹪

博物通识

成年红鸠体长20~30厘米，是鸠鸽科中体形较小的一种。成年雄鸟颈部为青灰色，颈后有黑色颈环，翅膀、胸腹和肩背为红褐色，胸腹部羽毛颜色浅于肩背部。成年雌鸟全身灰褐色，与灰斑鸠类似，且体形比雄鸟略小，腿部为深褐色。

栖息于开阔的平原、田野、村庄、果园和山麓疏林及宅旁竹林地带，也出现于低山丘陵和林缘地带。主要以植物浆果、种子和果实为食，也吃稻谷、玉米、荞麦、小麦、高粱、油菜籽等农作物种子，有时也吃白蚁、蛹和昆虫等动物性食物。

火斑鸠常成对或成群活动，因此《小雅·四牡》中作者才会说"翩翩者鵻，载飞载下"，联系上下文，他所抱怨的是连鸟儿都能团聚，而他却要为了工作奔波。即便是相隔几千年，读来仍有似曾相识之感。

档案 科目：雉科
今名：白冠长尾雉
别名：无

博物通识

白冠长尾雉①体形比环颈雉略大，体长不计尾羽60～70厘米，若计入尾羽则雄性体长可达1.5米左右。多在地形复杂、起伏不平的阔叶林、针阔叶混交林，以及灌木丛和箭竹混杂的林缘陡峭斜坡上，单独或集成小群活动。白冠长尾雉为杂食性，以植物性食物为主。主要是以树果、树叶、野草为主要食物。

白冠长尾雉属中国特有鸟种，18世纪曾输出到欧美。据史料记载，历史上白冠长尾雉广泛分布于中国的河北、甘肃、陕西及西南、华南等地，是一种分布区域较多的地方性留鸟。但近年来由于过度捕杀及环境恶化，数量急剧减少，已被列为国家二级重点保护鸟类。

白冠长尾雉的尾羽称为"雉翎"，也是京剧中的一种道具，亦称翎子、雉尾。雉翎的制作要求活雉所取之翎为上品，死雉之翎则灵活性差。

①图中所画为日本特有的铜长尾雉，与白冠长尾雉头颈部羽色不同。

诗摘

诗经·小雅·车舝：依彼平林，有集维鷮。

训诂精要

朱注：鷮，雉也，尾长，肉甚美。

流離　流離之子　邶風旄丘章

诗摘

诗经·邶风·旄丘：琐兮尾兮，流离之子。
诗经·陈风·墓门：墓门有梅，有鸮萃止。
诗经·大雅·瞻卬：懿厥哲妇，为枭为鸱。
诗经·鲁颂·泮水：翩彼飞鸮，集于泮林。

训诂精要

山堂肆考：福鸟。
福州府志：猫猿。
训蒙字会：秃角。
本草纲目：鸱。

档案 科目：鸱鸮
今名：长尾林鸮
别名：猫头鹰、乌尔塔—苏乌勒图、夜猫子

博物通识

长尾林鸮俗名猫头鹰，是中大型夜行性猛禽。体长45～54厘米，体重452～842克。头部较圆，没有耳簇羽，面盘显著，为灰白色。体羽大多为浅灰色或灰褐色，有暗褐色条纹。尾羽较长，稍呈圆形，具显著的横斑和白色端斑。虹膜暗褐色，嘴黄色，爪脚褐色。

栖息于山地针叶林、针阔叶混交林和阔叶林中，特别是阔叶林和针阔叶混交林中较多见。主要以田鼠、棕背鼠、黑线姬鼠等为食，也吃昆虫、蛙、鸟、兔，以及松鸡科的一些大型鸟类。

中国古代把猫头鹰当作恶鸟，有"报丧鸟"的别称，可能与它是夜行鸟类有关，且叫声阴森凄凉，令人更觉恐怖。但在西方，猫头鹰却被视为智慧的象征。

人们现在已经认识到了猫头鹰在捕鼠方面的本领，一只猫头鹰一年可以吃掉一千多只老鼠，是鸟类中的冠军，也是人类保护粮食的好帮手。但由于森林砍伐及栖息地被破坏，猫头鹰的数量逐年减少，现已被列入世界濒危野生动物名录。

档案 科目：鸭科
今名：绿头鸭
别名：野鸭、大头绿、蒲鸭

博物通识

中等体形，约58厘米，为家鸭的野型。雄鸟头及颈深绿色带光泽，白色颈环使头与栗色胸隔开。雌鸟褐色斑驳，有深色的贯眼纹。较雌针尾鸭尾短而钝；较雌赤膀鸭体大且翼上图纹不同。虹膜褐色；嘴黄色；脚橘黄。

主要栖息于水生植物丰富的湖泊、河流、池塘、沼泽等水域中；除繁殖期外常成群活动。杂食性鸟类，主要以野生植物的叶、芽、茎、水藻和种子等植物性食物为食。也吃软体动物、甲壳类、水生昆虫等动物性食物。

绿头鸭具有一定的药用价值。据《本草纲目》记载，其肉甘凉、无毒、补中益气、平胃消食。绿头鸭的营养成分比家鸭高，其水分含量比家鸭低得多，粗蛋白含量则高于家鸭。

凫

式凫与雁 邶风女曰鸡鸣章

凫鹥在泾 大雅

诗摘

诗经·郑风·女曰鸡鸣：将翱将翔，弋凫与雁。

诗经·大雅·凫鹥：凫鹥在泾，公尸来燕来宁。

训诂精要

采兰杂志：少乡。

行厨集：水凫。

泉州府志：匹居。

朱注：凫，水鸟，如鸭，青色，背上有文。

晨风　鴥彼晨风　秦风晨风章

诗摘

诗经·秦风·晨风：鴥彼晨风，郁彼北林。

训诂精要

朱注：晨风，鹯鸟也。

档案 科目：隼科
今名：燕隼
别名：青条子、蚂蚱鹰、青尖、土鹘、儿隼、虫鹞

博物通识

体长约30厘米，黑白色隼。上体为暗蓝灰色，有一个细细的白色眉纹，颊部有一个垂直向下的黑色髭纹。翼长，腿及臀棕色，上体深灰，胸乳白而具黑色纵纹。飞翔时翅膀狭长而尖，像镰刀一样，翼下为白色，密布有黑褐色的横斑。翅膀折合时，翅尖几乎到达尾羽的端部，看上去很像燕子，因而得名。雌鸟体形比雄鸟大。

栖息于有稀疏树木生长的开阔平原、旷野、耕地、海岸、疏林和林缘地带。主要以麻雀、山雀等雀形目小鸟为食，偶尔捕捉蝙蝠，更大量地捕食蜻蜓、蟋蟀、蝗虫、天牛、金龟子等昆虫，其中大多为害虫。主要在空中捕食，甚至能捕捉飞行速度极快的家燕和雨燕等。燕隼属国家二级保护动物。

《秦风·晨风》中以"晨风"来比喻想念的君子，连晨风都回家了，他却还不回来，作者由此想到也许他已经将自己忘掉了。

晨风

档案　科目：鹰科
　　　　今名：苍鹰
　　　　别名：鸡鹰、大鹰、牙鹰、鹞鹰、鹰、元鹰

博物通识

体长约56厘米而强健的鹰。无冠羽或喉中线，具白色的宽眉纹。下体白色上具粉褐色横斑，上体青灰。耳羽黑色。尾灰褐色，具3～5道黑褐色横斑。肛周和尾下覆羽白色，有少许褐色横斑。雌性成鸟羽色与雄鸟相似，但较暗，体形较大。

栖息于不同海拔高度的针叶林、混交林和阔叶林等森林地带，也见于平原和丘陵地带的疏林和小块林内，是森林中肉食性猛禽。视觉敏锐，善于飞翔。白天活动。性甚机警，亦善隐藏。通常单独活动。

中国古代很早就开始驯化鹰作为狩猎的帮手，也有用于观赏用途。如苏轼的名篇《江城子·密州出猎》中写到"左牵黄，右擎苍"，其中的"苍"说的就是苍鹰。《大雅·大明》中的"时维鹰扬"描写的则是姜太公辅佐武王伐纣的事，以武王语气夸奖姜太公如同雄鹰一样威武。

鹰　時維鷹揚　大雅大明章

诗摘

诗经·大雅·大明：维师尚父，时维鹰扬。

训诂精要

文选西京赋：迅羽。
事物绀珠：猛鸷。
广博物志：凌霄郎君。
急就章注：来鸠。

鹭

值其鹭羽　陈风宛丘章
振鹭于飞　周颂振鹭章
振振鹭于下　鲁颂有駜章

诗摘

诗经·陈风·宛丘：无冬无夏，值其鹭羽。
诗经·周颂·振鹭：振鹭于飞，于彼西雍。
诗经·鲁颂·有駜：振振鹭，鹭于下。

训诂精要

典籍便览：洁鹭。
正字通：带丝禽。
秘传花镜：昆朋。
本草必读：白鹤子。
朱注：鹭，今鹭鸶。

档案 科目：鹭科
今名：白鹭
别名：小白鹭、白鹭鸶、白翎鸶

鹭

博物通识 为中等体形的白色鹭。体形纤瘦。夏羽的成鸟繁殖时纯白色，颈背着生两条狭长而软的矛状羽，状若双辫，称辫羽；肩和胸着生蓑羽，冬羽时蓑羽常全部脱落；虹膜黄色；脸部裸露皮肤黄绿，于繁殖期为淡粉色；嘴黑色；腿及脚黑色，趾黄色。

通常出现于平地至低海拔之溪流、水田、鱼塘、沼泽、河口、沙洲地带。以各种小鱼、黄鳝、泥鳅、蛙、虾、水蛭、蜻蜓幼虫、蝼蛄、蟋蟀、蚂蚁、蛴螬、鞘翅目及鳞翅目幼虫、水生昆虫等动物性食物为食，也吃少量谷物等植物性食物。

白鹭的羽色洁白，姿态优美，因此为古人所喜，常以之比喻尊贵的客人，如《周颂·振鹭》。另外，白鹭的羽毛在古代也是舞者所执的舞具，《陈风·宛丘》及《鲁颂·有駜》中都提到了这一点。

鹳

档案
科目：鹳科
今名：白鹳
别名：西方白鹳

博物通识

鹳是鹳科鸟类的通称，中国境内目前常见的是东方白鹳。体长 110～128 厘米，体重 3.9～4.5 千克，翼宽大约 2.22 米。嘴基较厚，往尖端逐渐变细。体羽包括尾在内主要为白色。翅上大覆羽、初级覆羽、初级飞羽和次级飞羽黑色，具绿色或紫色光泽。嘴黑色；虹膜粉红色，外圈黑色；眼睑和喉朱红色；脚红色。

主要栖息于开阔而偏僻的平原、草地和沼泽地带，特别是有稀疏树木生长的河流、湖泊、水塘及水渠岸边和沼泽地上。主要以鱼为食。也吃蛙、小型啮齿类、蛇、蜥蜴、软体动物、蜗牛、节肢动物、甲壳类、环节动物、昆虫和昆虫幼虫，以及雏鸟等其他动物性食物。

《豳风·东山》是一首征夫归家诗，作者被征去服兵役三年，如今终于可以回家了。"鹳鸣于垤，妇叹于室"，到了家门口，看到白鹳在土丘上飞翔，家里的妻子还在叹气，作者由此联想到了刚刚成婚的日子。全诗到此为止，并没有描写进家后的场景，给我们留下了无尽的遐想。

鹳

鹳鸣于垤 豳风东山章

诗摘

诗经·豳风·东山：鹳鸣于垤，妇叹于室。

训诂精要

泉州府志：鸟尾鹳。
陆疏广要：鹳鹳。
毛诗疏：鹳雀。
朱注：鹳，水鸟，似鹤者也。

翬

如翬斯飛 小雅斯干章

诗摘

诗经·小雅·斯干：如鸟斯革，如翬斯飞。

训诂精要

朱注：翬，雉也。

档案 科目：雉科
今名：绿尾虹雉
别名：贝母鸡、鹰鸡、火炭鸡、羊鸡

博物通识

翚指五彩的雉，即虹雉。和、鸾也是虹雉的古称，雄曰鸾，雌曰和。

大型鸡类。体长58～82厘米，体重692～1400克。雄鸟头顶有一簇青铜色至红铜色的羽冠。上体羽多呈紫铜、蓝绿等色，具金属光泽；下背及腰部羽白色。飞羽黑褐具绿缘，尾羽蓝绿色。下体黑色，嘴角灰色，脚黄灰色。雌鸟体羽暗褐色，背白色，飞羽及尾羽具褐色横斑。

栖息在高山草甸的绿尾虹雉是中国的特产种类，常成对或小群活动。绿尾虹雉是典型的植食性鸟类，主要以植物的嫩叶、花蕾、嫩枝、幼芽、嫩茎、细根、球茎、果实和种子等为食。因特别爱刨食贝母的根茎，而被称为贝母鸡。

因羽毛颜色五彩斑斓且肉味鲜美，因此古人颇为喜爱虹雉，常以其做褒义词来比喻其他人或物。《小雅·斯干》中"如翚斯飞"指的就是宫殿的飞檐如同虹雉那样美丽轻盈。

鸢

档案 科目：鹰科
今名：黑耳鸢
别名：麻鹰、黑鸢

博物通识

体形略大，约65厘米，深褐色猛禽。尾略分叉，飞行时初级飞羽基部具明显的浅色次端斑纹。似黑鸢但耳羽黑色，体形较大，翼上斑块较白。虹膜褐色；嘴灰色；蜡膜蓝灰；脚灰色。

栖息于开阔平原、草地、荒原和低山丘陵地带，也常在城郊、村屯、田野、港湾、湖泊上空活动。主要以小鸟、鼠类、蛇、蛙、鱼、野兔、蜥蜴和昆虫等动物性食物为食，偶尔也吃家禽和腐尸。

鸢喜飞在高空，利用超强的视力寻找猎物，古人常以其作比。《小雅·四月》中作者一肚子苦闷无处倾诉，说自己"匪鹑匪鸢，翰飞戾天"，不是能飞上高空的鸟，也不是能潜入水底的鱼，无法逃离这桎梏。《大雅·旱麓》的"鸢飞戾天，鱼跃于渊"则说的是鸟能飞在天上，鱼能在水中跳跃，比喻君王贤良，能让人才各得其所各尽所能。

鸢

匪鹑匪鸢 小雅四月章

鸢飞戾天 大雅旱麓章

诗摘

诗经·小雅·四月：匪鹑匪鸢，翰飞戾天。

诗经·大雅·旱麓：鸢飞戾天，鱼跃于渊。

训诂精要

清异录：痴伯子。

事物异名：戾天。

朱注：鸢，鸷鸟也，其飞上薄云汉。

鵰

诗摘

诗经·小雅·四月：匪鹑匪鸢，翰飞戾天。

训诂精要

清异录：黑漫天。
训蒙字会：皂鹰。
鹰鹘方：愁雷。
说文：鹑，雕也。

档案 科目：鹰科
今名：金雕
别名：鹫雕、金鹫、黑翅雕、洁白雕

博物通识 体长 85～100 厘米，浓褐色雕，成鸟的翼展平均超过 2.3 米。头具金色羽冠，嘴巨大。飞行时腰部白色明显可见。尾长而圆，两翼呈浅 V 形。与白肩雕的区别在于肩部无白色。亚成鸟翼具白色斑纹，尾基部白色。虹膜褐色；嘴灰色；脚黄色。

金雕生活在草原、荒漠、河谷，特别是高山针叶林中，最高达到海拔 4000 米以上。常单独或成对活动，飞行迅速，盘旋于高空，叫声响亮。主要捕食大型鸟类和中小型兽类，有时也捕食家畜和家禽，狼、豺等中型食肉兽。

经过训练的金雕，可以长时间追逐猎物。但它的负重能力很差，无法将猎物整个带走，一般是将猎物的内脏吃掉，再将剩下的部分分批带回巢穴。

桃虫

档案
科目：鹪鹩科
今名：鹪鹩
别名：桃雀、巧妇、蒙鸠、桑飞

博物通识

鹪鹩体长约86毫米，两性相似。上体棕褐色，下背至尾以及两翅满布黑褐色横斑，眉纹浅棕白色，头侧浅褐，而杂以棕白色细纹。下体浅棕褐色，自胸以下亦杂以黑褐色横斑。虹膜褐色；嘴褐色；脚褐色。

栖息于灌木丛中，夏天3900米高的山顶也能见到，冬季迁到平原和丘陵地带。生性活泼，见人临近就隐匿起来。栖止时，常从低枝逐渐跃向高枝。鸣声清脆响亮。终年取食毒蛾、螟蛾、天牛、小蠹、象甲、蟒象等农林害虫，为农林益鸟。

《周颂·小毖》中说桃虫最后能变成大鸟，是古人的错误认识。

桃虫

肇允彼桃虫
周颂小毖章

诗摘

诗经·周颂·小毖:肇允彼桃虫,拼飞维鸟。

训诂精要

广东新语::相思仔。
扬子法言::鹪鹩。
秘传花镜::巧匠。
朱注::桃虫,鹪鹩,小鸟也。

诗摘

诗经·召南·野有死麕：无感我帨兮，无使尨也吠。
诗经·齐风·卢令：卢令令，其人美且仁。
诗经·小雅·巧言：跃跃毚兔，遇犬获之。

训诂精要

桐阴旧话：守门使。
事物绀珠：义畜。
朱注：尨，狗也。卢，田犬。

档案 科目：犬科
　　　　今名：家狗
　　　　别名：犬、地羊

博物通识

尨、卢、犬均指狗。狗是由狼驯化而来的，据科学家推测，驯养时间约在4万年前。在考古遗址中发现的狗骨化石，最早可追溯至1万年前。

家狗耳短，直立或下垂，听觉、嗅觉灵敏，犬齿锐利，舌长而薄，有散热功能。前肢5趾，后肢4趾，有钩爪，尾上卷或下垂，体表无汗腺。性机警，易于训练。按用途分为牧羊犬、猎犬、警犬、玩赏犬、陪伴犬等。

狗与马、牛、羊、猪、鸡并称"六畜"。在中国文化中，狗属于十二生肖之一，排在十二生肖中的第十一位。

狗在古代的语境中有一定的正面意义，也可作为贬义，如"狼心狗肺""狗仗人势"等；同时犬也是一种谦称，如"犬子"等。

尨、卢、犬

档案 科目：象科
今名：亚洲象
别名：大象、印度象、野象、老象

博物通识

诗中说的象均指象牙，象分为亚洲象和非洲象。历史上亚洲象曾广布于中国长江以南及河南中南部、南亚和东南亚地区。

亚洲象高2～4米，重量3～5吨，是现今亚洲体形最大的陆上哺乳动物，雌象的体形较雄性小。亚洲象的象鼻几乎与人类的手指一样灵活。雄性的亚洲象长有象牙，而雌象即使有象牙亦不是太突出，也有一定比例的雄性不长象牙。亚洲象的耳朵比较小、较圆，前脚有5只脚趾，后脚有4只脚趾，头骨有两个突起，背脊拱起。性情温和，比较容易驯服。

主要栖息于亚洲南部热带雨林及林间的沟谷、山坡、草原、竹林及宽阔地带。群居，每群数头至数十头不等。在早、晚及夜间，亚洲象会外出觅食，它们主要食用竹笋、嫩叶、野芭蕉和棕叶芦等。亚洲象也会吃农作物如香蕉和甘蔗。象可供役用或观赏，象牙是珍贵的雕刻材料。象为国家一级重点保护动物。

象在中国古代也是比较少见的动物，三国时期蜀国征南蛮，许多士兵都是第一次看到大象；曹冲称象的故事也广为流传；唐宋时期有土人进贡大象的记录；明初征云南时，大象也出现在抵抗明军的战阵之中。

象

象

象之挢也。鄘风君子佩其象挢 偕老章

象弭鱼服 小雅采薇章 魏风葛屦章

元龟象齿 鲁颂泮水章

诗摘

诗经·鄘风·君子偕老：玉之瑱也，象之挢也。

诗经·魏风·葛屦：宛然左辟，佩其象挢。

诗经·小雅·采薇：四牡翼翼，象弭鱼服。

诗经·鲁颂·泮水：元龟象齿，大赂南金。

训诂精要

异苑：大客。

典籍便览：封兽。

清异录：钝公子。

事物异名：长鼻将军。

貆

有縣貆兮 魏風伐檀章

诗摘

诗经·魏风·伐檀：不狩不猎，胡瞻尔庭有县貆兮？
诗经·豳风·七月：一之日于貉，取彼狐狸。

训诂精要

训蒙字会：睡貉子。
朱注：貆，貉之类。

档案 科目：犬科
今名：貉
别名：狗獾、金毛獾

博物通识

体形小，腿不成比例的短，外形似狐。具有像北美浣熊一样的明显面纹。前额和鼻吻部白色，眼周黑色。颊部覆有蓬松的长毛，形成环状领；背的前部有一交叉形图案；胸部、腿和足暗褐色。体态一般矮粗，尾长小于头体长的33%，且覆有蓬松的毛。背部和尾部的毛尖黑色；背毛浅棕灰色，混有黑色毛尖。

生活在平原、丘陵及部分山地、河谷、草原及靠近河川、溪流、湖沼附近的丛林中。穴居，洞穴多露天，常利用其他动物废弃的旧穴，或营巢于石隙、树洞中。一般夜间活动，单独或5~6只集群活动。行动不如豺、虎敏捷，性较温驯，叫声低沉，能攀树及游水。冬季虽不冬眠，但常待在洞中睡眠不出。杂食性，以小动物如啮齿类、小鸟、鱼、蛙、蛇、虾、蟹、昆虫等为食，也吃浆果、真菌、根茎、种子等植物性食物。

貉是重要的皮毛兽，其皮毛是制作裘衣的主要材料。

由于毛皮珍贵，且针毛可制画笔，因此古人将貉视为珍贵的猎物，貉也因此遭到了大量的捕杀。《魏风·伐檀》和《豳风·七月》中都提到了貉，其表达的意义也颇为相似，都是讽刺上位者不劳而获，劳动者辛苦打猎得来的猎物却要送给他们。

狸

档案
科目：猫科
今名：豹猫
别名：狸、狸猫、山狸、石虎

博物通识

体形和家猫相仿，但更加纤细，腿更长，体重 1.5～5 千克。南方种的毛色基调是淡褐色或浅黄色，而北方的毛基色显得更灰且周身有深色的斑点。一般由头到肩有 4 条主条纹。耳大而尖，耳后黑色，带有白斑点。两条明显的黑色条纹从眼角内侧一直延伸到耳基部。内侧眼角到鼻部有一条白色条纹，鼻吻部白色。尾有环纹，至黑色尾尖。

可见于茂密的次生林、被采伐地区、人工林和农业区，以及人类居住地附近。捕食小型脊椎动物，如野兔、鸟类、爬行类、两栖类、鱼类、啮齿类，偶尔也吃腐肉。夜行性，独居，善于攀爬和游泳。常可见成对活动。

中文的狸仅指狸猫，也就是豹猫。狐狸只是习惯性称呼，应该称为狐。

狸的皮不算特别珍贵，但仍旧是制造大衣、皮领、皮袄、手套的良好材料。《豳风·七月》中说"取彼狐狸，为公子裘"，是指猎取狐与狸的皮，为公子做裘衣。公子应是指豳部落的贵人之子，他可以不劳而获，便可得到珍贵的裘衣。而为他制衣的贫民却"无衣无褐"。

狸

取彼狐狸 豳风七月章

诗摘

诗经·豳风·七月：取彼狐狸，为公子裘。

训诂精要

八闽通志：果子狸。

尔雅注：貀狸。

典籍便览：文狸。

貀

投畀豺虎 小雅巷伯章

诗摘

诗经·小雅·巷伯：取彼谮人，投畀豺虎。

训诂精要

名物法言：祭兽。

八闽通志：豺犬。

说文：豺狼之属。

郭注：脚似狗，贪残之，兽也。

档案 科目：犬科
今名：豺
别名：红狼、豺狗、亚洲野狗、马狼、马彪

博物通识

大小似犬而小于狼，体长 85～130 厘米，体重 15～32 千克。吻较狼短而头较宽，耳短而圆，身躯较狼为短。四肢较短，尾比狼略长，但不超过体长的一半，其毛长而密，略似狐尾。背毛红棕色，毛尖黑色，腹毛较浅淡。下臼齿每侧仅 2 颗。
栖息于山地、丘陵、森林或热带丛林中，比狼小但战斗力比狼强，常结群行动。豺好群居，善于围猎，偶尔也吃一些甘蔗、玉米等植物性食物，但主要以各种动物性食物为食。属国家二级重点保护野生动物。豺在古代属于恶兽，用于形容人时多为贬义，如"豺狼当道"等。《小雅·巷伯》中以豺虎都不吃来贬低那些进谗言的小人。

台

档案 科目：鲀科
今名：弓斑东方鲀
别名：河豚、鯸鲐、河鲀

博物通识

台即河鲀，俗称"河豚"，硬骨鱼纲鲀科鱼类的统称。河鲀体呈圆筒形，有气囊，遇到危险时会吸气膨胀，一般体长在25～35厘米。无鳞或有小刺。全体椭圆形，前部钝圆，尾部渐细。吻短，圆钝；口小。背鳍位置很靠后，与臀鳍相对；无腹鳍；尾鳍后端平截。体背灰褐，体侧稍带黄褐，腹面白色。

河鲀的食性杂，以鱼、虾、蟹、贝壳类为食，亦食昆虫幼虫、枝角类、桡足类以及高等植物的叶片和丝状藻类。

河鲀的内脏、鱼子、血液等均含有剧毒，若处理不当食用可致人死亡。

医药工业从河豚肝脏等处提取河豚毒素供药用，对神经痛和痉挛有一定疗效。皮可制胶，肝可制河豚肝油，精巢可制鱼精蛋白，骨可制鱼粉。

鲐 黄耇台背 大雅行苇章

诗摘

诗经·大雅·行苇：黄耇台背，以引以翼。

诗经·鲁颂·閟宫：黄发台背，寿胥与试。

训诂精要

雨航杂录：黄驹。

闽书：鹕夷。

八闽通志：豚鱼。

朱注：台，鲐也。

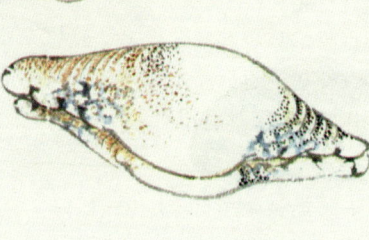

贝

成是贝锦 小雅巷伯章

贝胄朱綅 鲁颂閟宫章

锡我百朋 小雅菁莪章

诗摘

诗经·小雅·巷伯：萋兮斐兮，成是贝锦。

诗经·鲁颂·閟宫：公徒三万，贝胄朱綅。

诗经·小雅·菁菁者莪：既见君子，锡我百朋。

训诂精要

埤雅：贝以其背用，故谓之贝。

食货志：有十朋五贝，皆用为货，各有多少，两贝为朋，故直二百一十六。

朱注：古者货贝，五贝为朋。

档案 科目：宝螺科
今名：黄宝螺
别名：货贝

博物通识

朱熹《诗集传》里说贝"文彩似锦，古者货贝，五贝为朋"，"朋"是贝壳货币的单位，但这个朋到底是多少贝还没有一个确定的数值，一般认为5个或10个为一串，两串为一朋。

《诗经》中的贝其实是泛指，目前考古发现的古贝壳货币的样式很多，但最有名的还是宝螺科的货贝。这种货贝的特点是有齿，外形美观、体积小、方便携带。

贝币的流行起于中原地区，于公元前2世纪左右逐渐被金属货币取代，先秦时期贝仍具有货币的作用，但同时也作为饰品存在。我国某些少数民族地区直到明末清初还在使用贝壳当作货币。

蜂

档案
科目：胡蜂科
今名：大黄蜂
别名：马蜂、黄蜂

博物通识

头部前后略平，大型复眼位于头上部两侧，呈肾形，胸部近似圆柱形，端部略细，胸部分3节，每节生有1对足，中、后胸上各生有1对膜质的翅，即为前、后翅。成虫3对足均灵活有力，有抓捕昆虫、辅助取食、修筑蜂巢之用。雌蜂腹部末端有能伸缩的蜇针，可排出毒液，故仅雌蜂蜇人。

黄蜂属群体性昆虫，每群均由蜂王、工蜂和雄蜂组成。

《周颂·小毖》是周成王自我警醒的诗，"莫予荓蜂，自求辛螫"指的是，黄蜂虽然小，但蜇人很痛，比喻小事不理也会酿成大祸。

诗摘

诗经·周颂·小毖：莫予荓蜂，自求辛螫。

训诂精要

秘方集验：百花精。

石药尔雅：百卉花醴。

朱注：蜂，小物而有毒。

螺蠃

螟蛉有子螺蠃负之 小雅小宛章

诗摘

诗经·小雅·小宛：螟蛉有子，螺蠃负之。

训诂精要

朱注：螺蠃，土蜂也，似蜂而细腰。

档案 科目：蜾蠃科
今名：蜾蠃蜂
别名：土蜂、细腰蜂、蒲卢

博物通识

《诗经》中认为蜾蠃把螟蛉的幼虫当自己的后代，这种看法实际上是错误的。《尔雅翼》说"大为粮也"，《本草纲目》说"自有卵……寄在虫身……子大食之而出"，都确认了蜾蠃是以螟蛉之子为粮，寄生并最终取而代之。

蜾蠃是细腰蜂，体长约 15 毫米；头部略窄于胸部，额部呈黑色；前胸背板黑色，覆有白色短毛；中胸背板全黑色；翅呈深褐色，带紫色光泽；腹部黑色，覆有白色短毛。主要食物是稻螟蛉、稻纵卷叶螟、玉米螟、棉金刚钻、棉红铃虫、棉铃虫等多种鳞翅目的幼虫。

蜾蠃在竹筒、墙缝里衔泥做窝。在产卵季节里，它像老鹰叼小鸡一样把虫子抓到窝内，然后在窝内产一个卵，随即将口封好。孵化出的幼虫就把螟虫当食物吃掉，最后化蛹，羽化，从窝内飞出。

蜾蠃每天能吃掉 100 多只害虫，因此它是一种对农林有益的蜂类。

诗经风物图典

蜾蠃

图书在版编目（ＣＩＰ）数据

诗经风物图典/诗经风物图典编写组编著．－－北京：
人民日报出版社，2018.7

ISBN 978-7-5115-5608-0

Ⅰ．①诗…Ⅱ．①诗…Ⅲ．①《诗经》—诗歌研究
Ⅳ．① I207.222

中国版本图书馆 CIP 数据核字 (2018) 第 171911 号

书　　名：诗经风物图典
作　　者：诗经风物图典编写组

出 版 人：董　伟
责任编辑：王慧蓉
书籍设计：潘焰荣

出版发行：人民日报出版社
社　　址：北京金台西路 2 号
邮政编码：100733
发行热线：（010）65369509　65369527　65369846　65363528
邮购热线：（010）65369530　65363527
编辑热线：（010）65369533
网　　址：www.peopledailypress.com
经　　销：新华书店
印　　刷：北京盛通印刷股份有限公司

开　　本：880×1230mm　1/32
字　　数：300 千
印　　张：12.875
印　　次：2018 年 11 月第 1 版　2018 年 11 月第 1 次印刷

书　　号：ISBN 978-7-5115-5608-0
定　　价：168.00 元（全二册）

诗经风物图典——原文及注释

诗经风物图典编写组

人民日报出版社

目录

国风·周南

1 关雎 / 一
2 葛覃 / 一
3 卷耳 / 二
4 樛木 / 三
5 螽斯 / 三
6 桃夭 / 四
7 兔罝 / 四
8 芣苢 / 五
9 汉广 / 五
10 汝坟 / 六
11 麟之趾 / 六

国风·召南

12 鹊巢 / 七
13 采蘩 / 七
14 草虫 / 八
15 采蘋 / 八
16 甘棠 / 九
17 行露 / 九
18 羔羊 / 十
19 殷其雷 / 十
20 摽有梅 / 一一
21 小星 / 一一
22 江有汜 / 一一
23 野有死麕 / 一二
24 何彼襛矣 / 一二
25 驺虞 / 一三

国风·邶风

26　柏舟 / 一四
27　绿衣 / 一五
28　燕燕 / 一五
29　日月 / 一六
30　终风 / 一六
31　击鼓 / 一七
32　凯风 / 一八
33　雄雉 / 一八
34　匏有苦叶 / 一九
35　谷风 / 二〇
36　式微 / 二一
37　旄丘 / 二二
38　简兮 / 二二
39　泉水 / 二三
40　北门 / 二四
41　北风 / 二五
42　静女 / 二五
43　新台 / 二六
44　二子乘舟 / 二六

国风·鄘风

45　柏舟 / 二七
46　墙有茨 / 二七
47　君子偕老 / 二八
48　桑中 / 二九
49　鹑之奔奔 / 二九
50　定之方中 / 三〇
51　蝃蝀 / 三〇
52　相鼠 / 三一
53　干旄 / 三一
54　载驰 / 三二

国风·卫风

55　淇奥 / 三四
56　考槃 / 三五
57　硕人 / 三五
58　氓 / 三六
59　竹竿 / 三八
60　芄兰 / 三九
61　河广 / 三九
62　伯兮 / 三九
63　有狐 / 四〇
64　木瓜 / 四〇

国风·王风

65　黍离 / 四一
66　君子于役 / 四一
67　君子阳阳 / 四二
68　扬之水 / 四二
69　中谷有蓷 / 四三
70　兔爰 / 四三
71　葛藟 / 四四
72　采葛 / 四四
73　大车 / 四五
74　丘中有麻 / 四五

国风·郑风

75	缁衣	四七
76	将仲子	四七
77	叔于田	四八
78	大叔于田	四八
79	清人	四九
80	羔裘	五〇
81	遵大路	五〇
82	女曰鸡鸣	五一
83	有女同车	五一
84	山有扶苏	五二
85	萚兮	五二
86	狡童	五三
87	褰裳	五三
88	丰	五三
89	东门之墠	五四
90	风雨	五四
91	子衿	五五
92	扬之水	五五
93	出其东门	五六
94	野有蔓草	五六
95	溱洧	五六

国风·齐风

96	鸡鸣	五八
97	还	五八
98	著	五九
99	东方之日	五九
100	东方未明	五九
101	南山	六〇
102	甫田	六一
103	卢令	六一
104	敝笱	六二
105	载驱	六二
106	猗嗟	六三

国风·魏风

107 葛屦 / 六四
108 汾沮洳 / 六四
109 园有桃 / 六五
110 陟岵 / 六五
111 十亩之间 / 六六
112 伐檀 / 六六
113 硕鼠 / 六七

国风·唐风

114 蟋蟀 / 六九
115 山有枢 / 六九
116 扬之水 / 七〇
117 椒聊 / 七一
118 绸缪 / 七一
119 杕杜 / 七二
120 羔裘 / 七二
121 鸨羽 / 七二
122 无衣 / 七三
123 有杕之杜 / 七四
124 葛生 / 七四
125 采苓 / 七五

国风·秦风

126　车邻 / 七六
127　驷驖 / 七六
128　小戎 / 七七
129　蒹葭 / 七八
130　终南 / 七九
131　黄鸟 / 八〇
132　晨风 / 八〇
133　无衣 / 八一
134　渭阳 / 八一
135　权舆 / 八二

国风·陈风

136　宛丘 / 八三
137　东门之枌 / 八三
138　衡门 / 八四
139　东门之池 / 八四
140　东门之杨 / 八五
141　墓门 / 八五
142　防有鹊巢 / 八六
143　月出 / 八六
144　株林 / 八七
145　泽陂 / 八七

国风·桧风

146 羔裘 / 八八
147 素冠 / 八八
148 隰有苌楚 / 八九
149 匪风 / 八九

国风·曹风

150 蜉蝣 / 九一
151 候人 / 九一
152 鸤鸠 / 九二
153 下泉 / 九二

国风·豳风

154 七月 / 九四
155 鸱鸮 / 九七
156 东山 / 九七
157 破斧 / 九八
158 伐柯 / 九九
159 九罭 / 九九
160 狼跋 / 一〇〇

雅·小雅

161 鹿鸣 / 一〇一
162 四牡 / 一〇一
163 皇皇者华 / 一〇二
164 常棣 / 一〇三
165 伐木 / 一〇四
166 天保 / 一〇五
167 采薇 / 一〇六
168 出车 / 一〇八
169 杕杜 / 一〇九
170 鱼丽 / 一一〇
171 南有嘉鱼 / 一一一
172 南山有臺 / 一一一
173 蓼萧 / 一一二
174 湛露 / 一一三
175 彤弓 / 一一四
176 菁菁者莪 / 一一四
177 六月 / 一一五
178 采芑 / 一一六
179 车攻 / 一一八
180 吉日 / 一一九
181 鸿雁 / 一二〇
182 庭燎 / 一二〇
183 沔水 / 一二一
184 鹤鸣 / 一二二

185	祈父 / 一二二	210	信南山 / 一五四
186	白驹 / 一二三	211	甫田 / 一五五
187	黄鸟 / 一二三	212	大田 / 一五六
188	我行其野 / 一二四	213	瞻彼洛矣 / 一五七
189	斯干 / 一二五	214	裳裳者华 / 一五八
190	无羊 / 一二六	215	桑扈 / 一五九
191	节南山 / 一二八	216	鸳鸯 / 一五九
192	正月 / 一二九	217	頍弁 / 一六〇
193	十月之交 / 一三二	218	车辖 / 一六一
194	雨无正 / 一三三	219	青蝇 / 一六一
195	小旻 / 一三五	220	宾之初筵 / 一六二
196	小宛 / 一三六	221	鱼藻 / 一六四
197	小弁 / 一三七	222	采菽 / 一六四
198	巧言 / 一四〇	223	角弓 / 一六五
199	何人斯 / 一四一	224	菀柳 / 一六七
200	巷伯 / 一四二	225	都人士 / 一六七
201	谷风 / 一四三	226	采绿 / 一六八
202	蓼莪 / 一四四	227	黍苗 / 一六九
203	大东 / 一四五	228	隰桑 / 一六九
204	四月 / 一四七	229	白华 / 一七〇
205	北山 / 一四八	230	绵蛮 / 一七一
206	无将大车 / 一四九	231	瓠叶 / 一七一
207	小明 / 一四九	232	渐渐之石 / 一七二
208	鼓钟 / 一五一	233	苕之华 一七二
209	楚茨 / 一五一	234	何草不黄 / 一七三

雅·大雅

235　文王 / 一七四
236　大明 / 一七六
237　绵 / 一七八
238　棫朴 / 一八〇
239　旱麓 / 一八〇
240　思齐 / 一八一
241　皇矣 / 一八二
242　灵台 / 一八五
243　下武 / 一八六
244　文王有声 / 一八七
245　生民 / 一八八
246　行苇 / 一九〇
247　既醉 / 一九二
248　凫鹥 / 一九三
249　假乐 / 一九四
250　公刘 / 一九四
251　泂酌 / 一九六
252　卷阿 / 一九七
253　民劳 / 一九八
254　板 / 一九九
255　荡 / 二〇一
256　抑 / 二〇三
257　桑柔 / 二〇六
258　云汉 / 二〇九
259　崧高 / 二一一
260　烝民 / 二一四
261　韩奕 / 二一五
262　江汉 / 二一七
263　常武 / 二一九
264　瞻卬 / 二二〇
265　召旻 / 二二二

颂·周颂

266　清庙 / 二二四
267　维天之命 / 二二四
268　维清 / 二二五
269　烈文 / 二二五
270　天作 / 二二六
271　昊天有成命 / 二二六
272　我将 / 二二六
273　时迈 / 二二七
274　执竞 / 二二八
275　思文 / 二二八
276　臣工 / 二二九
277　噫嘻 / 二二九
278　振鹭 / 二三〇
279　丰年 / 二三〇
280　有瞽 / 二三一
281　潜 / 二三一
282　雍 / 二三二
283　载见 / 二三二
284　有客 / 二三三
285　武 / 二三四
286　闵予小子 / 二三四
287　访落 / 二三五
288　敬之 / 二三五
289　小毖 / 二三六
290　载芟 / 二三六
291　良耜 / 二三七
292　丝衣 / 二三八
293　酌 / 二三九
294　桓 / 二三九
295　赉 / 二三九
296　般 / 二四〇

颂·鲁颂

297 驹 / 二四一
298 有驱 / 二四二
299 泮水 / 二四二
300 閟宫 / 二四四

颂·商颂

301 那 / 二四九
302 烈祖 / 二四九
303 玄鸟 / 二五〇
304 长发 / 二五一
305 殷武 / 二五三

国风·周南

扫码听朗诵

1　关雎

关关雎鸠，在河之洲。窈窕淑女，君子好逑。
参差荇菜，左右流之。窈窕淑女，寤寐求之。
求之不得，寤寐思服。悠哉悠哉，辗转反侧。
参差荇菜，左右采之。窈窕淑女，琴瑟友之。
参差荇菜，左右芼之。窈窕淑女，钟鼓乐之。

注释　关关：象声词，雌雄二鸟相互应和的叫声。雎鸠（jū jiū）：一种水鸟名。
洲：水中陆地。
窈窕（yǎo tiǎo）淑女：贤良美好的女子。窈窕，身材体态美好的样子。
好逑（qiú）：好的配偶。逑，"仇"的假借字，匹配。
参差（cēn cī）：长短不齐的样子。
荇（xìng）菜：水草类植物。
左右流之：时而向左、时而向右地择取荇菜。
寤寐（wù mèi）：醒和睡。寤，醒觉。寐，入睡。
思服：思念。服，想。
悠哉（yōu zāi）悠哉：忧思不绝。
辗转反侧：翻覆不能入眠。
琴瑟友之：弹琴鼓瑟来亲近她。
芼（mào）：择取，挑选。
钟鼓乐之：用钟奏乐来使她快乐。

2　葛覃

葛之覃兮，施于中谷，维叶萋萋。黄鸟于飞，集于灌木，其鸣喈喈。
葛之覃兮，施于中谷，维叶莫莫。是刈是濩，为絺为绤，服之无斁。
言告师氏，言告言归。薄污我私，薄浣我衣。害浣害否，归宁父母。

一

注释　葛：多年生草本植物。覃（tán）：本指延长之意，此指蔓生之藤。
　　　施（yì）：蔓延。中谷：山谷中。
　　　维：发语助词，无义。萋萋：茂盛貌。
　　　于飞，即飞。
　　　集：聚集。
　　　喈喈（jiē）：鸟鸣声。
　　　莫莫：茂盛貌。
　　　刈（yì）：斩，割。濩（huò）：煮。此指将葛放在水中煮。
　　　绤（chī）：细的葛纤维织的布。绤（xì）：粗的葛纤维织的布。
　　　斁（yì）：厌。
　　　归：本指出嫁，亦可指回娘家。
　　　薄：语助词。污（wù）：洗去污垢。私：贴身内衣。
　　　浣（huàn）：洗。衣：上曰衣，下曰裳。此指外衣。
　　　害（hé）：何，疑问词。否：不。
　　　归宁：回家慰安父母，或出嫁以安父母之心。

3　卷耳

采采卷耳，不盈顷筐。嗟我怀人，寘彼周行。
陟彼崔嵬，我马虺隤。我姑酌彼金罍，维以不永怀。
陟彼高冈，我马玄黄。我姑酌彼兕觥，维以不永伤。
陟彼砠矣，我马瘏矣，我仆痡矣，云何吁矣。

注释　采采：采了又采。
　　　盈：满。顷筐：斜口筐子，后高前低。一说斜口筐。
　　　嗟：语助词，或谓叹息声。怀：怀想。
　　　寘（zhì）：同"置"，放，搁置。周行（háng）：环绕的道路，特指大道。
　　　陟（zhì）：升；登。彼：指示代名词。崔嵬（wéi）：山高不平。
　　　虺隤（huī tuí）：疲极而病。
　　　姑：姑且。酌：斟酒。金罍（léi）：金罍，青铜做的酒器。罍，器名，青铜制，用以盛酒和水。
　　　维：发语词，无实义。永怀：长久思念。
　　　玄黄：黑色毛与黄色毛相掺杂的颜色。
　　　兕觥（sì gōng）：一说野牛角制的酒杯，一说"觥"是青铜做的牛形酒器。
　　　永伤：长久思念。

砠（jū）：有土的石山，或谓山中险阻之地。
瘏（tú）：因劳致病，马疲病不能前行。
痡（pū）：因劳致病，人过劳不能走路。
云：语助词，无实义。云何：奈何，奈之何。吁（xū）：忧伤而叹。

4 樛木

南有樛木，葛藟累之。乐只君子，福履绥之。
南有樛木，葛藟荒之。乐只君子，福履将之。
南有樛木，葛藟萦之。乐只君子，福履成之。

注释　樛（jiū）：下曲而高的树。
　　　葛藟（gé lěi）：多年生草本植物。
　　　累：攀缘，缠绕。
　　　只：语气助词。
　　　君子：此处指结婚的新郎。
　　　福履：福禄，幸福。
　　　绥（tuǒ）：安定，安抚人心的意思。
　　　荒：覆盖。
　　　将：扶助；或释为"大"。
　　　萦（yíng）：回旋缠绕。
　　　成：成就。

5 螽斯

螽斯羽，诜诜兮。宜尔子孙，振振兮。
螽斯羽，薨薨兮。宜尔子孙。绳绳兮。
螽斯羽，揖揖兮。宜尔子孙，蛰蛰兮。

注释　螽（zhōng）斯：或名斯螽。
　　　诜（shēn）诜：同莘莘，众多貌。
　　　振振（zhēn）：茂盛的样子。
　　　薨（hōng）薨：很多虫飞的声音。

绳绳（mǐn）：延绵不绝的样子。
揖揖（jī）：会聚的样子。揖为集之假借。
蛰（zhé）蛰：多，聚集。

6　桃夭

桃之夭夭，灼灼其华。之子于归，宜其室家。
桃之夭夭，有蕡其实。之子于归，宜其家室。
桃之夭夭，其叶蓁蓁。之子于归，宜其家人。

注释　夭夭（yāo）：花朵怒放，美丽而繁华的样子。
灼灼（zhuó）：花朵色彩鲜艳如火，明亮鲜艳的样子。华：同"花"。
之子：这位姑娘。于归：姑娘出嫁。古代把丈夫家看作女子的归宿，故称"归"。
蕡（fén）：果实硕大的样子。
蓁（zhēn）：草木繁密的样子。

7　兔罝

肃肃兔罝，椓之丁丁。赳赳武夫，公侯干城。
肃肃兔罝，施于中逵。赳赳武夫，公侯好仇。
肃肃兔罝，施于中林。赳赳武夫，公侯腹心。

注释　肃肃（suō）：兔网细密整齐的样子。罝（jū）：捕兽的网。
椓（zhuó）：打击。丁丁（zhēng）：击打声。布网捕兽，必先在地上打桩。
赳赳：威武雄健的样子。
公侯：周封列国爵位（公、侯、伯、子、男）之尊者，泛指统治者。干：盾牌。城：城池。
干城，比喻捍卫者。
逵（kuí）：九达之道曰"逵"。中逵，即四通八达的路叉口。
仇（qiú）：通"逑"。
林：牧外谓之野，野外谓之林。中林，林中。
腹心：比喻最可信赖而不可缺少之人。

8 芣苢

采采芣苢，薄言采之。采采芣苢，薄言有之。
采采芣苢，薄言掇之。采采芣苢，薄言捋之。
采采芣苢，薄言袺之。采采芣苢，薄言襭之。

注释 芣苢（fú yǐ）：植物名。
薄言：发语词，无义。
有：取得。
掇（duō）：拾取，伸长了手去采。
捋（luō）：顺着茎滑动成把地采取。
袺（jié）：一手提着衣襟兜着。
襭（xié）：把衣襟扎在衣带上，再把东西往衣里面塞裹。

9 汉广

南有乔木，不可休思。汉有游女，不可求思。
汉之广矣，不可泳思。江之永矣，不可方思。
翘翘错薪，言刈其楚。之子于归，言秣其马。
汉之广矣，不可泳思。江之永矣，不可方思。
翘翘错薪，言刈其蒌。之子于归，言秣其驹。
汉之广矣，不可泳思。江之永矣，不可方思。

注释 休思：休息。休：止息也；思：语气助词，没有实义。
汉：指汉水。游女：在汉水岸上出游的女子。
江：指长江。永：水流很长。
方：渡河的木排。这里指乘筏渡河。
翘翘：高高的样子。错薪：杂乱的柴草。
楚：杂薪之中尤翘翘者。
秣（mò）：喂马。
蒌（lóu）：草名，即蒌蒿。

10 汝坟

遵彼汝坟，伐其条枚。未见君子，惄如调饥。
遵彼汝坟，伐其条肄。既见君子，不我遐弃。
鲂鱼赪尾，王室如燬。虽则如燬，父母孔迩！

注释 遵：循，沿。汝：汝河，源出河南省。坟（fén）：水涯，大堤。
条枚：树的枝条。
君子：此指在外服役或为官的丈夫。
惄（nì）：饥，一说忧愁。调（zhōu）：朝也。
肄（yì）：树砍后再生的小枝。
遐（xiá）：远。
鲂（fáng）鱼：鱼名。赪（chēng）：浅红色。
燬（huǐ）：火，如火焚一样。
孔：甚。 迩（ěr）：近，此指迫近饥寒之境。

11 麟之趾

麟之趾，振振公子，于嗟麟兮！
麟之定，振振公姓，于嗟麟兮！
麟之角，振振公族，于嗟麟兮！

注释 麟：麒麟，传说动物。它有蹄不踏，有额不抵，有角不触，被古人看作至高至美的野兽，因而把它比作公子、公姓、公族的所谓仁厚、诚实。趾：足，指麒麟的蹄。
振振（zhēn）：诚实仁厚的样子。公子：与公姓、公族皆指贵族子孙。
于（xū）：通吁，叹词。 于嗟：叹美声。
定：通"颠"，额头。
公姓：诸侯之子为公子，公子之孙为公姓。
公族：与公姓义同。

国风·召南

扫码听朗诵

12　鹊巢

维鹊有巢，维鸠居之。之子于归，百两御之。
维鹊有巢，维鸠方之。之子于归，百两将之。
维鹊有巢，维鸠盈之。之子于归，百两成之。

注释　维：发语词。鹊：喜鹊。有巢：比兴男子已造家室。
　　　　归：嫁。
　　　　百：虚数，指数量多。两：同辆。御（yà）：同"迓"，迎接。
　　　　方：此指占居。
　　　　将（jiāng）：护卫。
　　　　盈：满。此指陪嫁的人很多。
　　　　成：迎送成礼，此指结婚礼成。

13　采蘩

于以采蘩？于沼于沚。于以用之？公侯之事。
于以采蘩？于涧之中。于以用之？公侯之宫。
被之僮僮，夙夜在公。被之祁祁，薄言还归。

注释　于以：问词，往哪儿。一说语助。蘩（fán）：植物名，古代常用来祭祀。
　　　　沼：沼泽。沚（zhǐ）：《说文》："小渚曰沚。"这里用为水中的小块陆地之意。
　　　　事：此指祭祀。
　　　　涧：山夹水也。
　　　　宫：大的房子；汉代以后才专指皇宫。
　　　　被（bì）：同"髲"。首饰，取他人之发编结披戴的发饰，相当于今之假发。一说这里是用为施加之意。僮僮（tóng）：光洁高耸的样子。
　　　　夙：早。公：公庙。

祁（qí）祁：舒缓。这里指头发散乱。
薄：这里用为减少之意。归：归寝。

14 草虫

喓喓草虫，趯趯阜螽。未见君子，忧心忡忡。
亦既见止，亦既觏止，我心则降。
陟彼南山，言采其蕨。未见君子，忧心惙惙。
亦既见止，亦既觏止，我心则说。
陟彼南山，言采其薇。未见君子，我心伤悲。
亦既见止，亦既觏止，我心则夷。

注释 喓（yāo）喓：虫鸣声。
趯（tì）趯：昆虫跳跃之状。阜（fù）螽（zhōng）：虫名。
忡（chōng）忡：犹心忡忡，形容心绪不安。
亦：如，若。既：已经。止：之、他，一说语助词。
觏（gòu）：遇见。
降（xiáng）：悦服，平静。
陟（zhì）：升；登。
蕨：植物名。
惙（chuò）惙：忧愁不绝的样子。
说（yuè）：通"悦"，高兴。
薇：植物名。
夷：平，此指心情平静。

15 采蘋

于以采蘋？南涧之滨。于以采藻？于彼行潦。
于以盛之？维筐及筥。于以湘之？维锜及釜。
于以奠之？宗室牖下。谁其尸之？有齐季女。

注释　于以：犹言"于何"，在何处。蘋（pín）：植物名。
　　　行潦（lǎo）：雨后的积水坑。积水向低洼处流动，叫行潦。
　　　筥（jǔ）：圆形的筐。方称筐，圆称筥。
　　　湘：烹煮供祭祀用的牛羊等。
　　　锜（qí）：三足锅。釜（fǔ）：无足锅。锜与釜均为炊饭之器。
　　　奠：放置。
　　　宗室：宗庙、祠堂。《毛传》："大宗之庙也。"大宗，即大夫之始祖。牖（yǒu）：窗户。
　　　尸：主持祭祀。古人祭祀用人充当神，称尸。
　　　齐（zhāi）：美好而恭敬，"斋"之省借。季：少、小。

16 甘棠

蔽芾甘棠，勿翦勿伐，召伯所茇。
蔽芾甘棠，勿翦勿败，召伯所憩。
蔽芾甘棠，勿翦勿拜，召伯所说。

注释　蔽芾（fèi）：芾：盛貌；蔽：谓可蔽风日也。
　　　翦：同"剪"，伐，砍伐。
　　　召（shào）伯：即召公，姬姓，封于燕。茇（bá）：草舍，此处用为动词，居住。
　　　败：伐，毁坏。
　　　憩：休息。
　　　拜：拔也，一说屈、折。
　　　说（shuì）：通"税"，休憩，止息。

17 行露

厌浥行露，岂不夙夜？谓行多露。
谁谓雀无角！何以穿我屋？谁谓女无家，何以速我狱？虽速我狱，室家不足！
谁谓鼠无牙，何以穿我墉？谁谓女无家，何以速我讼？虽速我讼，亦不女从！

注释　厌浥（yì yì）：潮湿。行（háng），道路。
　　　谓：可能是畏之假借，意指害怕行道多露。

角：鸟喙。
女：同汝，你。无家：没有成家、没有妻室。
速：召，致。狱：案件、官司。
家：媒聘求为家室之礼也。一说婆家。室家不足：要求成婚的理由不充足。
墉（yōng）：墙。
讼：诉讼。

18 羔羊

羔羊之皮，素丝五紽。退食自公，委蛇委蛇。
羔羊之革，素丝五緎。委蛇委蛇，自公退食。
羔羊之缝，素丝五总。委蛇委蛇，退食自公。

注释 五紽：指缝制细密。五，通"午"，交错的意思；紽（tuó）：古时计算丝缕的单位，五丝为紽。
食：公家供卿大夫之常膳。
委蛇：音义并同"逶迤"，悠闲自得的样子。
革：裘里。
緎（yù）：缝也。
缝：皮裘；一说缝合之处。
总（zǒng）：古以八十根为"总"。此为缝合之意。

19 殷其雷

殷其雷，在南山之阳。何斯违斯，莫敢或遑？振振君子，归哉归哉！
殷其雷，在南山之侧。何斯违斯，莫敢遑息？振振君子，归哉归哉！
殷其雷，在南山之下。何斯违斯，莫或遑处？振振君子，归哉归哉！

注释 殷：声也。
雷：喻车声。
遑：闲暇。
振振：信厚，老实貌。一说勤奋貌。

20 摽有梅

摽有梅,其实七兮。求我庶士,迨其吉兮。
摽有梅,其实三兮。求我庶士,迨其今兮。
摽有梅,顷筐塈之。求我庶士,迨其谓之。

注释　摽(biào):一说坠落,一说掷、抛。有:语助词。
　　　七:一说非实数,古人以七到十表示多,三以下表示少。或七成,即树上未落的梅子还有七成。
　　　庶:众多。士:未婚男子。
　　　迨(dài):及,趁。吉:好日子。
　　　今:现在。
　　　塈(jì):一说取,一说给。
　　　谓:一说聚会;一说开口说话;一说归,嫁。

21 小星

嘒彼小星,三五在东。肃肃宵征,夙夜在公。寔命不同!
嘒彼小星,维参与昴。肃肃宵征,抱衾与裯。寔命不犹!

注释　嘒(huì):微光闪烁。
　　　三五:一说参三星,昴五星,指参昴。一说举天上星的数。
　　　肃肃:疾行的样子。宵:指下文夙夜,天未亮以前。征:行。
　　　夙:早。
　　　寔:"实"的异体字。是,此。或谓即"是"。
　　　参(shēn):星名,二十八宿之一。昴(mǎo):星名,二十八宿之一。
　　　抱:古"抛"字。衾(qīn):被子。裯(chóu):被单。
　　　犹:若,如,同。

22 江有汜

江有汜,之子归,不我以。不我以,其后也悔!

江有渚，之子归，不我与。不我与，其后也处！
江有沱，之子归，不我过。不我过，其啸也歌！

注释　江：长江。汜（sì）：由主流分出而复汇合的河水。
　　　归：荣归故里。妇人谓嫁曰归。
　　　不我以：不带我。
　　　渚（zhǔ）：水中小洲。
　　　处：忧愁。
　　　沱（tuó）：长江的支流名称。或以为与"汜"同。
　　　过：至也。一说度。
　　　其啸也歌：啸是唱歌没有谱和调的意思，有"狂歌当哭"的含义。

23 野有死麕

野有死麕，白茅包之。有女怀春，吉士诱之。
林有朴樕，野有死鹿。白茅纯束，有女如玉。
"舒而脱脱兮！无感我帨兮！无使尨也吠！"

注释　麕（jūn）：同"麇（jūn）"。
　　　白茅：草名。
　　　怀春：思春，男女情欲萌动。
　　　吉士：男子的美称。
　　　朴樕（sù）：小木，灌木。
　　　纯（tún）束：捆扎，包裹。
　　　舒：舒缓。脱脱（tuì）：动作文雅舒缓。
　　　感（hàn）：通假字，通：撼，动摇。帨（shuì）：佩巾，围腰，围裙。
　　　尨（máng）：多毛的狗。

24 何彼襛矣

何彼襛矣，唐棣之华？曷不肃雍？王姬之车。
何彼襛矣，华如桃李？平王之孙，齐侯之子。

其钓维何？维丝伊缗。齐侯之子，平王之孙。

注释 襛（nóng）：花木繁盛貌。
唐棣（dì）：木名。
曷（hé）：何。肃：庄严肃静。雍（yōng）：雍容安详。
王姬：周王的女儿，姬姓，故称王姬；一说为美女的代称。
平王、齐侯：指谁无定说，或谓非实指，乃夸美之词。
其钓维何，维丝伊缗：是婚姻恋爱的隐语，或指男女双方门当户对、婚姻美满，或指用适当的方法求婚。维、伊：语助词。缗（mín）：合股丝绳，喻男女合婚；一说钓绳。

25 驺虞

彼茁者葭，壹发五豝，吁嗟乎驺虞！
彼茁者蓬，壹发五豵，吁嗟乎驺虞！

注释 驺（zōu）虞（yú）：一说猎人，一说义兽，一说古代管理鸟兽的官。
茁（zhuó）：草木茂盛貌。葭（jiā）：初生的芦苇。
壹：发语词。一说同"一"，射满十二箭为一发。发：发矢。一说"驱赶"。五：虚数，表示数目多。豝（bā）：母猪（此处因文意应为雌野猪）。
吁（xū）嗟乎：感叹词，表示惊异、赞美。吁：叹词，表示赞叹或悲叹。
蓬：草名。
豵（zōng）：小猪。

国风·邶风

26　柏舟

汎彼柏舟，亦汎其流。耿耿不寐，如有隐忧。微我无酒，以敖以游。
我心匪鉴，不可以茹。亦有兄弟，不可以据。薄言往愬，逢彼之怒。
我心匪石，不可转也。我心匪席，不可卷也。威仪棣棣，不可选也。
忧心悄悄，愠于群小。觏闵既多，受侮不少。静言思之，寤辟有摽。
日居月诸，胡迭而微？心之忧矣，如匪浣衣。静言思之，不能奋飞。

注释　汎：浮行，漂流，随水冲走。
流：中流，水中间。
耿耿：鲁诗作"炯炯"，指眼睛明亮；一说形容心中不安。
隐忧：深忧。隐：痛。
微：非，不是。
鉴：铜镜。
茹（rú）：猜想。
据：依靠。
薄言：语助词。愬（sù）：同"诉"，告诉。
棣棣（dì）：雍容娴雅貌；一说丰富盛多的样子。
选：假借为"算"。挑选，选择。
悄悄：忧貌。
愠（yùn）：恼怒，怨恨。
觏（gòu）：同"遘"，遭逢。闵（mǐn）：痛，指患难。
寤：交互。辟（pì）：通"擗"，捶胸。摽（biào）：捶，打。
居、诸：语助词。
迭：更动。微：指隐微无光。
浣：洗涤。

27　绿衣

绿兮衣兮,绿衣黄里。心之忧矣,曷维其已!
绿兮衣兮,绿衣黄裳。心之忧矣,曷维其亡!
绿兮丝兮,女所治兮。我思古人,俾无訧兮!
絺兮绤兮,凄其以风。我思古人,实获我心!

注释　里:衣服的衬里。
　　　　曷:何,怎么。维:语气助同,没有实义。已:止息,停止。
　　　　裳(cháng):下衣,形状像现在的裙子。
　　　　亡:用作"忘",忘记。
　　　　女:同"汝",你。治:纺织。
　　　　古人:故人,古通"故",这里指作者亡故的妻子。
　　　　俾(bǐ):使。訧(yóu):古同"尤",过失,罪过。
　　　　絺(chī):细葛布。绤(xì):粗葛布。
　　　　凄:凉而有寒意。凄其:同"凄凄"。以:因。一说通"似",像。
　　　　获:得。

28　燕燕

燕燕于飞,差池其羽。之子于归,远送于野。瞻望弗及,泣涕如雨。
燕燕于飞,颉之颃之。之子于归,远于将之。瞻望弗及,伫立以泣。
燕燕于飞,下上其音。之子于归,远送于南。瞻望弗及,实劳我心。
仲氏任只,其心塞渊。终温且惠,淑慎其身。先君之思,以勖寡人。

注释　燕燕:即燕子。
　　　　差(cī)池(chí)其羽:义同"参差",形容燕子张舒其尾翼。
　　　　瞻:往前看;弗:不能。
　　　　颉(xié):上飞。颃(háng):下飞。
　　　　将:送。
　　　　伫:久立等待。
　　　　仲:兄弟或姐妹中排行第二者。指二妹。任:信任。氏:姓氏。只:语助词。

塞（sè）：诚实。渊：深厚。
终……且……：既……又……；惠：和顺。
淑：善良。慎：谨慎。
先君：已故的国君。
勖（xù）：勉励。寡人：寡德之人，国君对自己的谦称。

29　日月

日居月诸，照临下土。乃如之人兮，逝不古处。胡能有定？宁不我顾。
日居月诸，下土是冒。乃如之人兮，逝不相好。胡能有定？宁不我报。
日居月诸，出自东方。乃如之人兮，德音无良。胡能有定？俾也可忘？
日居月诸，东方自出。父兮母兮，畜我不卒。胡能有定？报我不述。

注释　居、诸：语尾助词。
乃：可是。之人：这个人，指她的丈夫。
逝：助词。无实义，起调整音节的作用。古处：一说旧处，和原来一样相处；一说姑处。
胡：何，怎么。定：止。指心定、心安。
宁：一说乃，曾；一说岂，竟然，难道。我顾：顾我。顾，念。
冒：覆盖，照临。
相好：相爱。
德音：好名誉。
畜我不卒：即好我不终。畜，同"慉"，喜爱。不卒，不到最后。
不述：不说。

30　终风

终风且暴，顾我则笑，谑浪笑敖，中心是悼。
终风且霾，惠然肯来，莫往莫来，悠悠我思。
终风且曀，不日有曀，寤言不寐，愿言则嚏。
曀曀其阴，虺虺其雷，寤言不寐，愿言则怀。

注释　终：一说终日，一说既。暴：急骤，猛烈。

谑（xuè）浪笑敖：戏谑：谑，调戏。浪，放荡。敖，放纵。
中心：心中。是悼：悼是。悼，伤心害怕。
霾（mái）：阴霾。空气中悬浮着的大量烟尘所形成的混浊现象。
惠：顾。
莫往莫来：不往来。
曀（yì）：阴云密布有风。
不日：不见太阳。有，同"又"。
寤：醒着。言：助词。寐：睡着。
嚏（tì）：打喷嚏。民间有"打喷嚏，有人想"的谚语。
曀曀：天阴暗貌。
虺虺（huǐ）：形容雷声。
怀：思念。

31　击鼓

击鼓其镗，踊跃用兵。土国城漕，我独南行。
从孙子仲，平陈与宋。不我以归，忧心有忡。
爰居爰处？爰丧其马？于以求之？于林之下。
"死生契阔"，与子成说。执子之手，与子偕老。
于嗟阔兮，不我活兮。于嗟洵兮，不我信兮。

注释　镗：鼓声。其镗，即"镗镗"。
踊跃：双声连绵词，犹言鼓舞。兵：武器，刀枪之类。
土国：在国内服役。漕：地名。
孙子仲：即公孙文仲，字子仲，邶国将领。
平：和也，和二国之好。谓救陈以调和陈宋关系。陈、宋：诸侯国名。
不我以归：即不以我归，有家不让回。
有忡：忡忡。
爰（yuán）：本发声词，犹言"于是"。
丧：丧失，此处言跑失。
于以：于何。
契阔：聚散。契，合；阔，离。
成说：约定誓言。

于嗟：即"吁嗟"，犹言今之"哎哟"。
活：借为"佸"，相会。
洵：远。
信：誓约有信。

32 凯风

凯风自南，吹彼棘心。棘心夭夭，母氏劬劳。
凯风自南，吹彼棘薪。母氏圣善，我无令人。
爰有寒泉，在浚之下。有子七人，母氏劳苦。
睍睆黄鸟，载好其音。有子七人，莫慰母心。

注释　凯风：和风。一说南风，夏天的风。这里喻母爱。
　　　棘心：酸枣树初发的嫩芽。这里喻子女。心，指纤小尖刺。
　　　夭夭：树木嫩壮貌。
　　　劬（qú）劳：操劳。劬，辛苦。
　　　棘薪：长到可以当柴烧的酸枣树。这里比喻子女已长大。
　　　圣善：明理而有美德。
　　　令：善，好。
　　　爰（yuán）：何处。一说发语词，无义。寒泉：卫地水名，冬夏常冷。
　　　浚（xùn）：卫国地名。
　　　睍（xiàn）睆（huǎn）：鸟儿婉转的鸣叫声。一说美丽，好看。
　　　载：传载，载送。

33 雄雉

雄雉于飞，泄泄其羽。我之怀矣，自诒伊阻。
雄雉于飞，下上其音。展矣君子，实劳我心。
瞻彼日月，悠悠我思。道之云远，曷云能来？
百尔君子，不知德行。不忮不求，何用不臧！

注释 雉（zhì）：动物名。

于：往。一说语助词。

泄（yì）泄：鼓翅飞翔的样子。

怀：因思念而忧伤。

自诒：自己给自己。诒（yí）：通"贻"，遗留。伊：此，这。阻：忧愁，苦恼。一说阻隔。

下上其音：叫声随飞翔而忽上忽下。

展：诚，确实。

劳我心：即"我心劳"，因挂怀而操心、忧愁。劳，忧。

瞻：远看，望。

悠悠：绵绵不断。

云：与下句的"云"同为语气助词。

曷（hé）：何。此处指何时。

百尔君子：你们这些君子。百，凡是，所有。尔，你们。君子，在位，有官职的大夫。

德行：品德和行为。

忮（zhì）：忌恨，害也。一说"贪求"。求：贪求。

何用：何以，为何。不臧（zāng）：不善，不好。

34　匏有苦叶

匏有苦叶，济有深涉。深则厉，浅则揭。

有瀰济盈，有鷕雉鸣。济盈不濡轨，雉鸣求其牡。

雍雍鸣雁，旭日始旦。士如归妻，迨冰未泮。

招招舟子，人涉卬否。人涉卬否，卬须我友。

注释 匏（páo）：植物名。苦：一说苦味，一说枯。

济：水名。涉：一说涉水过河，一说渡口。

厉：带。

揭（qì）：提起下衣渡水。

瀰（mǐ）：大水茫茫。盈：满。

鷕（yǎo）：雉叫声。

不濡：不，语词；濡，沾湿。轨：车轴头。

牡：雄雉。

雍雍（yōng）：大雁叫声和谐。

旦：天大明。

归妻：娶妻。
迨（dài）：及，等到；乘时。泮（pàn）：分，此处当反训为"合"。冰泮，指冰融化。
招招：召唤之貌，一说摇橹曲伸之貌。舟子：摆渡的船夫。
人涉：他人要渡河。卬：（áng），代词，表示"我"。否：不（渡河）。卬否：即我不渡河之意。
须：等待。友：指爱侣。

35 谷风

习习谷风，以阴以雨。黾勉同心，不宜有怒。
采葑采菲，无以下体？德音莫违，"及尔同死"。
行道迟迟，中心有违。不远伊迩，薄送我畿。
谁谓荼苦，其甘如荠。宴尔新昏，如兄如弟。
泾以渭浊，湜湜其沚。宴尔新昏，不我屑以。
毋逝我梁，毋发我笱。我躬不阅，遑恤我后。
就其深矣，方之舟之。就其浅矣，泳之游之。
何有何亡，黾勉求之。凡民有丧，匍匐救之。
不我能慉，反以我为仇。既阻我德，贾用不售。
昔育恐育鞫，及尔颠覆。既生既育，比予于毒。
我有旨蓄，亦以御冬。宴尔新昏，以我御穷。
有洸有溃，既诒我肄。不念昔者，伊余来墍。

注释 谷风：东风，生长之风。一说来自大谷的风，为盛怒之风。
习习：和舒貌。一说逢连续不断貌。
以阴以雨：为阴为雨，以滋润百物，以喻夫妇应该和美。
黾（mǐn）勉：勤勉，努力。
葑（fēng）、菲：植物名。
无以下体：意指要叶不要根，比喻恋新人而弃旧人。以，用。下体，指根。
德音：指丈夫曾对她说过的好话。
迟迟：迟缓，徐行貌。
中心：心中。有违：行动和心意相违背。

伊：是。迩：近。
薄：语助词。畿（jī）：指门槛。
荼（tú）：苦菜。
荠：荠菜。
宴：快乐。昏：即"婚"。
泾、渭：河名。
湜（shí）湜：水清见底。沚（zhǐ）：水中小洲。一说底。
屑：顾惜，介意。一说洁。
逝：往，去。梁：捕鱼水坝。
发："拨"的假借字，搞乱。一说打开。笱（gǒu）：捕鱼的竹篓。
躬：自身。阅：容纳。
遑：暇，来不及。恤：忧，顾及。后：指走后的事。
方：筏子，此处作动词。
亡（wú）：同"无"。
民：人。这里指邻人。
匍（pú）匐（fú）：手足伏地而行，此处指尽力。
能：乃。慉（xù）：好，爱惜。
贾（gǔ）：卖。用：指货物。不售：卖不出。
育：长。育恐：生于恐惧。鞠（jū）：穷。育鞠：生于穷困。
颠覆：艰难，患难。
于毒：如毒虫。
旨蓄：蓄以过冬的美味干菜和腌菜。旨，甘美。蓄，聚集。
御：抵挡。
穷：窘困。
有洸（guāng）有溃：即"洸洸溃溃"，水流湍急的样子，此处借喻人动怒。
既：尽。诒（yí）：遗，留给。肄（yì）：劳苦的工作。
伊：句首语气词。一说维。余：我。来：语助词。一说是。塈（jì）：爱。

36 式微

式微，式微，胡不归？微君之故，胡为乎中露！
式微，式微，胡不归？微君之躬，胡为乎泥中！

注释 式：语助词。微：（日光）衰微，黄昏或曰天黑。

微：非。微君：要不是君主。
中露：露中。
躬：身体。

37 旄丘

旄丘之葛兮，何诞之节兮。叔兮伯兮，何多日也？
何其处也？必有与也！何其久也？必有以也。
狐裘蒙戎，匪车不东。叔兮伯兮，靡所与同。
琐兮尾兮，流离之子。叔兮伯兮，褎如充耳。

注释 旄（máo）丘：卫国地名，在澶州临河东（今河南濮阳西南）。一说指前高后低的土山。
诞：通"延"，延长。节：指葛藤的枝节。
叔、伯：本为兄弟间的排行。此处称高层统治者君臣。
多日：指拖延时日。
处：安居，留居，指安居不动。
与：盟国；一说同"以"，原因。
何其：为什么那样。
以：同"与"。一说作"原因""缘故"解。
蒙戎：毛蓬松貌。此处点出季节，已到冬季。
匪：非。东：此处做动词，指向东。
靡：没有。所与：与自己在一起同处的人。同：同心。
琐：细小。尾：通"微"，低微，卑下。
流离：转徙离散，漂散流亡。
褎（yòu）：聋。充耳：塞耳。古代挂在冠冕两旁的玉饰，用丝带下垂到耳门旁。

38 简兮

简兮简兮，方将万舞。日之方中，在前上处。
硕人俣俣，公庭万舞。有力如虎，执辔如组。
左手执籥，右手秉翟。赫如渥赭，公言锡爵！
山有榛，隰有苓。云谁之思？西方美人。彼美人兮，西方之人兮！

注释　简：一说鼓声，一说形容舞师武勇之貌。
　　　方将：将要。万舞：舞名。
　　　方中：正好中午。
　　　在前上处：在前列的上头。
　　　硕人：身材高大的人。俣（yǔ）俣：魁梧健美的样子。
　　　公庭：公爵的庭堂。
　　　辔（pèi）：马缰绳。组：丝织的宽带子。
　　　籥（yuè）：古乐器，三孔笛。
　　　秉：持。翟（dí）：野鸡的尾羽。
　　　赫：红色。渥（wò）：厚。赭（zhě）：赤褐色，赭石。
　　　锡：赐。爵：青铜制酒器，用以温酒和盛酒。
　　　榛：落叶灌木。
　　　隰（xí）：低下的湿地。苓（líng）：植物名。
　　　西方：西周地区，卫国在西周的东面。美人：指舞师。

39 · 泉水

毖彼泉水，亦流于淇。有怀于卫，靡日不思。娈彼诸姬，聊与之谋。
出宿于泲，饮饯于祢。女子有行，远父母兄弟，问我诸姑，遂及伯姊。
出宿于干，饮饯于言。载脂载舝，还车言迈。遄臻于卫，不瑕有害？
我思肥泉，兹之永叹。思须与漕，我心悠悠。驾言出游，以写我忧。

注释　毖（bì）："泌"的假借字，泉水涌流貌。
　　　淇：淇水，卫国河名。
　　　有怀：因怀念。有，以，因。
　　　靡：无。
　　　娈（luán）：美好的样子。诸姬：指卫国的同姓之女，卫君姓姬。
　　　聊：一说愿，一说姑且。
　　　宿：停留。
　　　泲（jǐ）：卫国地名。或以为即济水。
　　　饯：以酒送行。祢（nǐ）：卫国地名。
　　　行：指女子出嫁。
　　　姑：父亲的姊妹称"姑"。
　　　干：卫国地名。

言：卫国地名。

载：发语词。脂：涂车轴的油脂。舝（xiá）：同"辖"，车轴两头的金属键。此处脂、舝皆做动词。

还车：回转车。迈：远行。

遄（chuán）：疾速。臻（zhēn）：至。

瑕：通"遐"；一说远也。

肥泉、须、漕：皆卫国的城邑。肥泉一说同出异归之泉。

兹：通"滋"，增加。

须、漕：均为卫国地名。

悠悠：忧愁深长。

写（xiè）：通"泻"，除也。

40 北门

出自北门，忧心殷殷。终窭且贫，莫知我艰。

已焉哉！天实为之，谓之何哉！

王事适我，政事一埤益我。我入自外，室人交遍谪我。

已焉哉！天实为之，谓之何哉！

王事敦我，政事一埤遗我。我入自外，室人交遍摧我。

已焉哉！天实为之，谓之何哉！

注释　殷殷：忧愁深重的样子。

窭（jù）：贫寒，艰窘。

已焉哉：既然这样。

谓：犹奈也，即奈何不得之意。

王事：周王的事。适（zhì）：同"擿"，扔，掷。适我，扔给我。

政事：公家的事。一：都。埤（pí）益：增加。

谪（zhé）：谴责，责难。

敦：逼迫。

遗：交给。

摧：挫也，讥刺。

41 北风

北风其凉，雨雪其雱。惠而好我，携手同行。其虚其邪？既亟只且！
北风其喈，雨雪其霏。惠而好我，携手同归。其虚其邪？既亟只且！
莫赤匪狐，莫黑匪乌。惠而好我，携手同车。其虚其邪？既亟只且！

注释 其凉：即"凉凉"，形容风寒冷。
雨（yù）雪：下雪。雨，做动词。其雱（pánɡ）：即"雱雱"，雪盛貌。
惠而：即惠然，顺从、赞成之意。好我：同我友好。
其：同"岂"，语气词。虚邪：宽貌。一说徐缓。邪，一本做"徐"。
既：已经。亟（jí）：急。只且（jū）：做语助。
喈（jiē）：疾貌。一说寒凉。
霏：雨雪纷飞。
同归：一起到较好的他国去。
莫赤匪狐：没有不红的狐狸。
莫黑匪乌：乌鸦没有不是黑色的。乌鸦比喻坏人。

42 静女

静女其姝，俟我于城隅。爱而不见，搔首踟蹰。
静女其娈，贻我彤管。彤管有炜，说怿女美。
自牧归荑，洵美且异。匪女之为美，美人之贻。

注释 静女：贞静娴雅之女。
姝（shū）：美好。
俟（sì）：等待，此处指约好地方等待。城隅：城角隐蔽处。一说城上角楼。
爱："薆"的假借字。隐蔽，躲藏。
踟（chí）蹰（chú）：徘徊不定。
娈：面目姣好。
贻（yí）：赠。
有：形容词词头。炜（wěi）：盛明貌。
说（yuè）怿（yì）：喜悦。女：汝，你，指彤管。
牧：野外。归：借作"馈"，赠。荑（tí）：白茅，茅之始生也。象征婚媾。

洵美且异：确实美得特别。洵：实在，诚然。异：特殊。
匪：非。
贻：赠予。

43 新台

新台有泚，河水㳽㳽。燕婉之求，籧篨不鲜！
新台有洒，河水浼浼。燕婉之求，籧篨不殄！
鱼网之设，鸿则离之。燕婉之求，得此戚施！

注释 新台：台名，卫宣公为纳宣姜所筑。台：台基，宫基，新建的房子。
有：语助词，做形容词词头，无实义。有泚（cǐ）：鲜明的样子。
河：指黄河。㳽（mǐ）㳽：水盛大的样子。
燕婉：指夫妇和好。燕，安。婉，顺。
籧（qú）篨（chú）：不能俯者。古代钟鼓架下兽形的柎，其兽似豕，蹲其后足，以前足据持其身，仰首不能俯视。一说指癞蛤蟆一类的东西。鲜（xiǎn）：少，指年少。一说善。
有洒（cuǐ）：高峻的样子。
浼（měi）浼：水盛大的样子。
殄（tiǎn）：通"腆"，丰厚，美好。
设：设置。
离：离开。一说离通"丽"，附着，遭遇。一说离通"罹"，遭受，遭遇，这里指落网。
戚施（yì）：蟾蜍，蛤蟆，其四足据地，不能仰视，喻貌丑驼背之人。

44 二子乘舟

二子乘舟，泛泛其景。愿言思子，中心养养！
二子乘舟，泛泛其逝。愿言思子，不瑕有害。

注释 二子：卫宣公的两个异母子。
景：通"憬"，远行貌。泛泛：飘荡貌。
愿：思念貌。
养（yáng）养：心中烦躁不安。
瑕：通"胡"，通"无"。"不瑕"，犹言"不无"，疑惑、揣测之词。

国风·鄘风

45 柏舟

泛彼柏舟,在彼中河。髧彼两髦,实维我仪。之死矢靡它。
母也天只,不谅人只!
泛彼柏舟,在彼河侧。髧彼两髦,实维我特。之死矢靡慝。
母也天只,不谅人只!

注释 泛:浮行。这里形容船在河中不停漂浮的样子。
中河:河中。
髧(dàn):头发下垂状。两髦(máo):男子未行冠礼前,头发齐眉,分向两边状。
维:乃,是。仪:配偶。
之死:到死。之,到。矢靡它:没有其他。矢,通"誓",发誓。靡它,无他心。
只(zhǐ):语助词。
谅:相信。
特:配偶。
慝(tè):通"忒",变更,差错,变动。也指邪恶,恶念,引申为变心。

46 墙有茨

墙有茨,不可埽也。中冓之言,不可道也。所可道也,言之丑也。
墙有茨,不可襄也。中冓之言,不可详也。所可详也,言之长也。
墙有茨,不可束也。中冓之言,不可读也。所可读也,言之辱也。

注释 茨(cí):植物名。
埽(sǎo):同"扫"。
中冓(gòu):内室,宫中龌龊之事。
道:说。
所:若。

襄：除去，扫除。
详：借作"扬"，传扬。
束：捆走。这里是打扫干净的意思。
读：宣扬。

47 君子偕老

君子偕老，副笄六珈。委委佗佗，如山如河，象服是宜。
子之不淑，云如之何！
玼兮玼兮，其之翟也。鬒发如云，不屑髢也。
玉之瑱也，象之揥也，扬且之皙也。胡然而天也！胡然而帝也！
瑳兮瑳兮，其之展也。蒙彼绉絺，是绁袢也。
子之清扬，扬且之颜也。展如之人兮！邦之媛也！

注释 君子：指卫宣公。偕老：夫妻相亲相爱、白头到老。 副：妇人的一种首饰。 笄（jī）：簪。 六珈（jiā）：笄饰，用玉做成，垂珠有六颗。
委委佗佗（tuó），如山如河：一说举止雍容华贵、落落大方，像山一样稳重、似河一样深沉。一说体态轻盈、步履袅娜，如山一般蜿蜒，同河一般曲折。 象服：是镶有珠宝绘有花纹的礼服。宜：合身。
子：指宣姜。 淑：善。 云：句首发语词。 如之何：奈之何。
玼（cǐ）：花纹绚烂。 翟（dí）：绣着山鸡彩羽的象服。
鬒（zhěn）：黑发。 髢（tì）：假发。
瑱（tiàn）：冠冕上垂在两耳旁的玉。 象：象牙。 揥（tí）：剃发针，发钗一类的首饰。一说可用于搔头。 且：助词，无实义。 皙（xī）：白净。
胡：何，怎么。 然：这样。 而：如、像。
瑳（cuō）：玉色鲜明洁白。
展：古代后妃或命妇的一种礼服，或曰古代夏天穿的一种纱衣。
絺（chī）：细葛布。
绁袢（xiè pàn）：夏天穿的亵衣、内衣，白色。
清：指眼神清秀。 扬：指眉宇宽广。
展：诚，的确。 媛：美女。

48 桑中

爰采唐矣？沬之乡矣。云谁之思？美孟姜矣。
期我乎桑中，要我乎上宫，送我乎淇之上矣。
爰采麦矣？沬之北矣。云谁之思？美孟弋矣。
期我乎桑中，要我乎上宫，送我乎淇之上矣。
爰采葑矣？沬之东矣。云谁之思？美孟庸矣。
期我乎桑中，要我乎上宫，送我乎淇之上矣。

注释 爰：于何，在哪里。唐：植物名。
沬（mèi）：春秋时期卫国邑名，即牧野，在今河南淇县南。乡：郊外。
谁之思：思念的是谁。
孟姜：姜家的大姑娘。孟，排行老大。姜、弋、庸，皆贵族姓。
桑中：卫国地名，亦名桑间，在今河南滑县东北。一说指桑树林中。
要（yāo）：邀约。上宫：楼也，指宫室。一说地名。
淇：水名。淇水在今河南浚县东北。
弋（yì）：姓。
葑（fēng）：芜菁，即蔓菁菜。
庸：姓。

49 鹑之奔奔

鹑之奔奔，鹊之彊彊。人之无良，我以为兄！
鹊之彊彊，鹑之奔奔。人之无良，我以为君！

注释 鹑：鸟名。奔奔：跳跃奔走。
彊（qiāng）彊：翩翩飞翔。奔奔、彊彊，都是形容鹑鹊居有常匹，飞则相随的样子。
无良：不善。
我："何"之借字，古音我、何相通。一说为人称代词。
君：君主，一说君子。

50 定之方中

定之方中，作于楚宫。揆之以日，作于楚室。
树之榛栗，椅桐梓漆，爰伐琴瑟。
升彼虚矣，以望楚矣。望楚与堂，景山与京。
降观于桑，卜云其吉，终然允臧。
灵雨既零，命彼倌人，星言夙驾，说于桑田。
匪直也人，秉心塞渊，騋牝三千。

注释 定：定星，又叫营室星。十月之交，定星昏中而正，宜定方位，造宫室。
楚：楚丘，地名，在今河南滑县东、濮阳西。
揆（kuí）：测度。日：日影。
榛、栗、椅、桐、梓、漆：皆木名。椅，山桐子。
虚：一说故城，一说大丘，同"墟"。
堂：楚丘旁邑。景山：大山。京：高丘。
臧：好，善。
灵：善。零：落雨。倌：驾车小臣。
星言：晴焉。夙：早上。说（shuì），通"税"，歇息。
匪：犹"彼"。直：正直。秉心：用心、操心。
塞渊：踏实深远。
騋（lái）：七尺以上的马。牝（pìn）：母马。三千：约数，表示众多。

51 蝃蝀

蝃蝀在东，莫之敢指。女子有行，远父母兄弟。
朝隮于西，崇朝其雨。女子有行，远兄弟父母。
乃如之人也，怀昏姻也。大无信也，不知命也。

注释 蝃蝀（dì dōng）：彩虹，古人认为婚姻错乱会出现彩虹。
在东：彩虹出现在东方。
有行：指出嫁。
隮（jī）：一说升云，一说虹。

崇朝（zhāo）：终朝，整个早晨，指从日出到吃早餐的时候。
乃如之人：像这样的人。
怀：古与"坏"通用，败坏，破坏。
昏姻：婚姻。
大：太。
信：贞信，贞节。
命：父母之命。

52 相鼠

相鼠有皮，人而无仪。人而无仪，不死何为？
相鼠有齿，人而无止。人而无止，不死何俟？
相鼠有体，人而无礼。人而无礼，胡不遄死？

注释 相：视也。
仪：威仪，指人的举止作风大方正派而言，具有尊严的行为外表。一说为"礼仪"。
何为：为何，为什么。
止：假借为"耻"，郑笺释为"容止"，也可通。
俟（sì）：等。"不死何俟"为"俟何"宾语前置。
体：肢体。
礼：礼仪，指知礼仪，或指有教养。
胡：何，为何，为什么，怎么。遄（chuán）：快，速速，赶快。

53 干旄

孑孑干旄，在浚之郊。素丝纰之，良马四之。彼姝者子，何以畀之。
孑孑干旟，在浚之都。素丝组之，良马五之。彼姝者子，何以予之。
孑孑干旌，在浚之城。素丝祝之，良马六之。彼姝者子，何以告之。

注释 干旄（máo）：以牦牛尾饰旗杆，树于车后，以状威仪。干，通"竿""杆"。旄，同"牦"，牦牛尾。
孑（jié）孑：旗帜高举的样子。
浚（xùn）：卫国城邑，故址在今河南浚县。

素丝：白丝，一说束帛。纰（pí）：连缀，束丝之法。在衣冠或旗帜上镶边。
良马四之：这里指四匹马为聘礼。下文"五之""六之"用法相同。
彼：那。姝（shū）：美好。一说顺从貌。子：贤者。
畀（bì）：给，予。
旟（yú）：画有鹰雕纹饰的旗帜。
都：古时地方的区域名。《毛传》："下邑曰都。"下邑，近城。
组：编织，束丝之法。
予：给予。
旌（jīng）：旗的一种。挂牦牛尾于竿头，下有五彩鸟羽。
祝："属"的假借字，编连缝合。一说厚积之状。
告：做名词用，忠言也。一说同"予"。

54 载驰

载驰载驱，归唁卫侯。驱马悠悠，言至于漕。大夫跋涉，我心则忧。
既不我嘉，不能旋反。视尔不臧，我思不远。
既不我嘉，不能旋济。视尔不臧，我思不閟。
陟彼阿丘，言采其蝱。女子善怀，亦各有行。许人尤之，众稚且狂。
我行其野，芃芃其麦。控于大邦，谁因谁极？大夫君子，无我有尤。百尔所思，不如我所之。

注释　载（zài）：语助词。驰、驱：孔疏："走马谓之驰，策马谓之驱。"
唁（yàn）：向死者家属表示慰问，此处不仅是哀悼卫侯，还有凭吊宗国危亡之意。毛传："吊失国曰唁。"卫侯：指作者之兄已死的卫戴公申。
悠悠：远貌。
漕：地名，毛传："漕，卫东邑。"
大夫：指许国赶来阻止许穆夫人去卫的许臣。
嘉：认为好，赞许。
视：表示比较。臧：好，善。
思：忧思。远：摆脱。
济：渡水。
閟（bì）：同"闭"，闭塞不通。
陟（zhì）：登。阿丘：有一边偏高的山丘。

言：语助词。蝱（méng）：贝母草。采蝱治病，喻设法救国。
怀：怀恋。
行：指道理、准则，一说道路。
许人：许国的人们。尤：责怪。
众："众人"或"终"。稚：幼稚。
芃（péng）芃：草茂盛貌。
控：往告，赴告。
因：亲也，依靠。极：至，指来援者的到达。
之：往，指行动。

国风·卫风

扫码听朗诵

55 淇奥

瞻彼淇奥,绿竹猗猗。有匪君子,如切如磋,如琢如磨,瑟兮僩兮,赫兮咺兮。
有匪君子,终不可谖兮。
瞻彼淇奥,绿竹青青。有匪君子,充耳琇莹,会弁如星。
瑟兮僩兮,赫兮咺兮。有匪君子,终不可谖兮。
瞻彼淇奥,绿竹如箦。有匪君子,如金如锡,如圭如璧。
宽兮绰兮,猗重较兮。善戏谑兮,不为虐兮。

注释 淇:淇水,源出河南林县,东经淇县流入卫河。奥(yù):水边弯曲的地方。
猗猗:长而美貌。
匪:通"斐",有文采貌。
切、磋、琢、磨:治骨曰切,象曰磋,玉曰琢,石曰磨。均指文采好,有修养。
瑟:仪容庄重。僩(xiàn):神态威严。
赫:显赫。咺(xuān):有威仪貌。
谖(xuān):忘记。
琇(xiù)莹:似玉的美石,宝石。
会弁(biàn):鹿皮帽。会,鹿皮会合处,缀宝石如星。
箦(zé):积的假借,堆积。
金、锡:黄金和锡,一说铜和锡。
圭璧:圭,玉制礼器,上尖下方,在举行隆重仪式时使用;璧,玉制礼器,正圆形,中有小孔,也是贵族朝会或祭祀时使用。圭与璧制作精细,显示佩戴者身份、品德高雅。
绰:旷达。一说柔和貌。
较:古时车厢两旁做扶手的曲木或铜钩。重较,车厢上有两重横木的车子。为古代卿士所乘。
戏谑:开玩笑。
虐:过分。

56 考槃

考槃在涧,硕人之宽。独寐寤言,永矢弗谖。
考槃在阿,硕人之薖。独寐寤歌,永矢弗过。
考槃在陆,硕人之轴。独寐寤宿,永矢弗告。

注释 考槃(pán):盘桓之意,指避世隐居。一说指扣盘而歌。考,筑成,建成。槃,架木为屋。一说"考"是"扣"的假借字;"槃"通"盘",指盛水的木质器皿。
硕人之宽:隐士宽阔的居处。硕人,大人,美人,贤人。
独寤寐言:独睡,独醒,独自言语。指不与人交往。寤,睡醒;寐,睡着。
永:永久。矢:同"誓"。弗谖(xuān):不忘却。
阿(ē):山阿,大陵,山的曲隅。一说山坡。
薖(kē):"窠"的假借字,貌美,引申为心胸宽大。一说同"窝"。
歌:此处做动词,歌唱。
永矢弗过:永远不复入君之朝。一说永不过问世事。过,过从,过往。
陆:高平之地。一说土丘。
轴:本义为车轴,此处指中心。
弗告:不以此乐告人。一说不哀告、不诉苦。

57 硕人

硕人其颀,衣锦褧衣。齐侯之子,卫侯之妻。东宫之妹,邢侯之姨,谭公维私。
手如柔荑,肤如凝脂,领如蝤蛴,齿如瓠犀,螓首蛾眉,巧笑倩兮,美目盼兮。
硕人敖敖,说于农郊。四牡有骄,朱幩镳镳。翟茀以朝。大夫夙退,无使君劳。
河水洋洋,北流活活。施罛濊濊,鳣鲔发发。葭菼揭揭,庶姜孽孽,庶士有朅。

注释 硕人:此指卫庄公夫人庄姜。颀(qí):修长貌。
衣锦:穿着锦衣,翟衣。"衣"为动词。褧(jiǒng):妇女出嫁时御风尘用的麻布罩衣,即披风。
齐侯:指齐庄公。子:这里指女儿。
卫侯:指卫庄公。
东宫:太子居处,这里指齐太子得臣。
邢:春秋国名,在今河北邢台。姨:这里指妻子的姐妹。

谭公维私：意谓谭公是庄姜的姐夫。谭，春秋国名，在今山东历城。维，其。私，女子称其姊妹之夫。

荑（tí）：白茅之芽。

领：颈。蝤蛴（qiú qí）：动物名。

瓠犀（hù xī）：瓠瓜籽儿，色白，排列整齐。

螓（qín）：似蝉，头宽广方正。螓首，形容前额丰满开阔。蛾眉：蚕蛾触角，细长而曲。这里形容眉毛细长弯曲。

倩：嘴角间好看的样子。

盼：眼珠转动，一说眼儿黑白分明。

敖敖：修长高大貌。

说（shuì）：通"税"，停车。农郊：近郊。一说东郊。

四牡：驾车的四匹雄马。有骄：骄骄，强壮的样子。"有"是虚字，无义。

朱帻（fén）：用红绸布缠饰的马嚼子。镳镳（biāo）：盛美的样子。

翟茀（dí fú）：以雉羽为饰的车围子。翟，山鸡。茀，车篷。

夙退：早早退朝。

河水：特指黄河。洋洋：水流浩荡的样子。

北流：指黄河在齐、卫间北流入海。活活（guō）：水流声。

施：张，设。罛（gū）：大的渔网。濊濊（huò）：撒网入水声。

鳣（zhān）、鲔（wěi）：鱼名。发发（bō）：鱼尾击水之声。一说盛貌。

葭（jiā）：初生的芦苇。菼（tǎn）：初生的荻。揭揭：长貌。

庶姜：指随嫁的姜姓众女。孽孽：高大的样子，或曰盛饰貌。

士：从嫁的媵臣。有朅（qiè）：朅朅，勇武貌。

58 氓

氓之蚩蚩，抱布贸丝。匪来贸丝，来即我谋。送子涉淇，至于顿丘。

匪我愆期，子无良媒。将子无怒，秋以为期。

乘彼垝垣，以望复关。不见复关，泣涕涟涟。既见复关，载笑载言。

尔卜尔筮，体无咎言。以尔车来，以我贿迁。

桑之未落，其叶沃若。于嗟鸠兮！无食桑葚。于嗟女兮！无与士耽。

士之耽兮，犹可说也。女之耽兮，不可说也。

桑之落矣，其黄而陨。自我徂尔，三岁食贫。淇水汤汤，渐车帷裳。

女也不爽，士贰其行。士也罔极，二三其德。

三岁为妇，靡室劳矣。夙兴夜寐，靡有朝矣。言既遂矣，至于暴矣。
兄弟不知，咥其笑矣。静言思之，躬自悼矣。
及尔偕老，老使我怨。淇则有岸，隰则有泮。总角之宴，言笑晏晏，
信誓旦旦，不思其反。反是不思，亦已焉哉！

注释 氓：男子之代称。蚩（chī）蚩：通"嗤嗤"，笑嘻嘻的样子。一说憨厚、老实的样子。

贸：交易。抱布贸丝是以物易物。

匪：通"非"，读为"fěi"。即：走近，靠近。谋：商量。

淇：卫国河名。今河南淇河。

顿丘：地名。今河南丰县。

愆（qiān）：过失，过错，这里指延误。

将（qiāng）：愿，请。无：通"毋"，不要。

乘：登上。垝（guǐ）垣（yuán）：倒塌的墙壁。垝，倒塌。垣，墙壁。

复关：①复，返。关：在往来要道所设的关卡。女望男到期来会。他来时一定要经过关门。一说"复"是关名。②复关：卫国地名，指"氓"所居之地。

涕：眼泪；涟涟：涕泪下流貌。

载（zài）：动词词头，无义。

尔卜尔筮（shì）：烧灼龟甲的裂纹以判吉凶，叫作"卜"。用蓍（shī）草占卦叫作"筮"。

体：指龟兆和卦兆，即卜筮的结果。

咎（jiù）：不吉利，灾祸。无咎言：就是无凶卦。

贿：财物，指嫁妆，妆奁（lián）。

沃若：犹"沃然"，像水浸润过一样有光泽。

于嗟鸠兮：于：此处与嗟皆表感慨。鸠：斑鸠。传说斑鸠吃桑葚过多会醉。

耽（dān）：迷恋，沉溺，贪乐太甚。

说：通"脱"，解脱。

陨（yǔn）：坠落，掉下。这里用黄叶落下比喻女子年老色衰。黄：变黄。其黄而陨：犹《裳裳者华》篇的"芸其黄矣"，芸也是黄色。

徂（cú）：往；徂尔：嫁到你家。

食贫：过贫穷的生活。

汤（shāng）汤：水势浩大的样子。

渐：浸湿。帷（wéi）裳（cháng）：车旁的布幔。

爽：差错。

贰：这里指爱情不专一。

罔：无，没有；极：标准，准则。

二三其德：在品德上三心二意，言行为前后不一致。

靡室劳矣：言所有的家庭劳作一身担负无余。室劳：家务劳动。靡：无。
夙：早。兴：起来。
言既遂矣："言"字为语助词，无义。既遂：就是《谷风》篇"既生既育"的意思，言愿望既然已经实现。
咥（xī）：笑的样子。
静言思之：静下心来好好地想一想，言：音节助词，无实义。
躬自悼矣：自身独自伤心。躬，自身；悼，伤心。
隰（xí）：低湿的地方。泮（pàn）：通"畔"水边、边岸。
总角：古代男女未成年时把头发扎成丫髻，称总角。这里指代少年时代。宴：快乐。
晏晏（yàn）：欢乐，和悦的样子。
旦旦：诚恳的样子。
反：即"返"字。不思其反：不曾想过会违背誓言。
反是不思：违反这些。是，指示代词，指代誓言。
已：了结，终止。焉哉：语气词连用，加强语气，表示感叹。

59 竹竿

籊籊竹竿，以钓于淇。岂不尔思？远莫致之。
泉源在左，淇水在右。女子有行，远兄弟父母。
淇水在右，泉源在左。巧笑之瑳，佩玉之傩。
淇水滺滺，桧楫松舟。驾言出游，以写我忧。

注释　籊（tì）籊：长而尖削貌。
尔思：想念你。尔，你。
致：到。
泉源：一说水名。即百泉，在卫之西北，而东南流入淇水。
行：远嫁。
瑳（cuō）：玉色洁白，这里指露齿巧笑状。
傩（nuó）：通"娜"，婀娜。一说行动有节奏的样子。
滺（yōu）：河水荡漾之状。
楫（jí）：船桨。桧、松：木名。桧（guì），柏叶松身。
驾言：本意是驾车，这里是操舟。言，语助词，相当"而"字。
写（xiè）：通"泻"，宣泄，排解。

60 芄兰

芄兰之支,童子佩觿。虽则佩觿,能不我知。容兮遂兮,垂带悸兮。
芄兰之叶,童子佩韘。虽则佩韘,能不我甲。容兮遂兮,垂带悸兮。

注释 芄(wán)兰:兰草名。
支:借作"枝"。
觿(xī):用兽骨制成的解结用具,形同锥,似羊角,也可为装饰品。本为成人佩饰。童子佩戴,是成人的象征。
能:乃,于是。知:智,一说"接"。
容、遂:舒缓悠闲之貌。一说容为佩刀,遂为佩玉。
悸:本为心动,这里形容带下垂、摆动貌。
韘(shè):用玉或象骨制的钩弦用具,着于右手拇指,射箭时用于钩弦拉弓,即扳指。
甲(xiá):借作"狎",戏,亲昵。一说长也。

61 河广

谁谓河广?一苇杭之。谁谓宋远?跂予望之。
谁谓河广?曾不容刀。谁谓宋远?曾不崇朝。

注释 河:黄河。
苇:用芦苇编的筏子。杭:通"航"。
跂(qí):踮起脚尖。予:而。一说我。
曾:乃,竟。刀:通"舠(dāo)",小船。意为黄河窄,竟容不下一条小船。
崇朝(zhāo):终朝,自旦至食时。形容时间之短。

62 伯兮

伯兮朅兮,邦之桀兮。伯也执殳,为王前驱。
自伯之东,首如飞蓬。岂无膏沐?谁适为容?
其雨其雨,杲杲出日。愿言思伯,甘心首疾。
焉得谖草?言树之背。愿言思伯。使我心痗。

注释　伯：兄弟姐妹中年长者称伯，此处系指其丈夫。朅（qiè）：英武高大。
　　　桀：同"杰"。
　　　殳（shū）：古兵器，杖类。长丈二无刃。
　　　膏沐：妇女润发的油脂。
　　　适（dí）：悦。
　　　杲（gǎo）：明亮的样子。
　　　谖（xuān）草：萱草，忘忧草，俗称黄花菜。
　　　背：屋子北面。
　　　痗（mèi）：忧思成病。

63　有狐

有狐绥绥，在彼淇梁。心之忧矣，之子无裳。

有狐绥绥，在彼淇厉。心之忧矣，之子无带。

有狐绥绥，在彼淇侧。心之忧矣，之子无服。

注释　狐：狐狸。
　　　绥（suí）绥：慢走貌。
　　　梁：河梁。河中垒石而成，可以过人，可用于拦鱼。
　　　之子：这个人，那个人。
　　　厉：水深及腰，可以涉过之处。一说通"濑"，指水边沙滩。
　　　带：束衣的带子。实指衣服。
　　　侧：水边。
　　　服：衣服。

64　木瓜

投我以木瓜，报之以琼琚。匪报也，永以为好也。

投我以木桃，报之以琼瑶。匪报也，永以为好也！

投我以木李，报之以琼玖。匪报也，永以为好也！

注释　木瓜：植物名。
　　　琼琚（jū）：美玉，下"琼瑶""琼玖"同。
　　　匪：非。
　　　木桃：果名。
　　　木李：果名。

国风·王风

65 黍离

彼黍离离,彼稷之苗。行迈靡靡,中心摇摇。
知我者,谓我心忧;不知我者,谓我何求。悠悠苍天,此何人哉?
彼黍离离,彼稷之穗。行迈靡靡,中心如醉。
知我者,谓我心忧;不知我者,谓我何求。悠悠苍天,此何人哉?
彼黍离离,彼稷之实。行迈靡靡,中心如噎。
知我者,谓我心忧;不知我者,谓我何求。悠悠苍天,此何人哉?

注释 黍(shǔ):北方的一种农作物,形似小米,有黏性。离离:一行一行的。
稷(jì):农作物。
行迈:行走。靡(mǐ)靡:行步迟缓貌。
中心:心中。摇摇:心神不定的样子。
悠悠:遥远的样子。
噎(yē):堵塞。此处以食物卡在食管比喻忧深气逆难以呼吸。

66 君子于役

君子于役,不知其期。曷至哉?鸡栖于埘。
日之夕矣,羊牛下来。君子于役,如之何勿思!
君子于役,不日不月。曷其有佸?鸡栖于桀,
日之夕矣,羊牛下括。君子于役,苟无饥渴?

注释 于:往。役:服劳役。于役,到外面服役。
期:指服役的期限。
至:归家。
埘(shí):鸡舍。墙壁上挖洞做成。

如之何勿思：如何不思。如之：犹说"对此"。
不日不月：没法用日月来计算时间。
有佸（huó）：相会，来到。
桀（jié）：鸡栖木。一说指用木头搭成的鸡窝。
括：来到。
苟：且，或许。

67 君子阳阳

君子阳阳，左执簧，右招我由房，其乐只且！
君子陶陶，左执翿，右招我由敖，其乐只且！

注释　君子：指舞师。阳阳：扬扬得意。
　　　簧：古乐器名，竹制，似笙而大。
　　　我：舞师（君子）的同事。由房：为一种房中乐。
　　　只且（jū）：语助词。
　　　陶陶：和乐舒畅貌。
　　　翿（dào）：歌舞所用道具，用五彩野鸡羽毛做成。
　　　由敖：舞曲名。

68 扬之水

扬之水，不流束薪。彼其之子，不与我戍申。
怀哉怀哉！曷月予还归哉？
扬之水，不流束楚。彼其之子，不与我戍甫。
怀哉怀哉！曷月予还归哉？
扬之水，不流束蒲。彼其之子，不与我戍许。
怀哉怀哉！曷月予还归哉？

注释　扬之水：扬：悠扬，缓慢无力的样子。平缓流动的水。
　　　束薪：成捆的柴薪。
　　　彼其之子：（远方的）那个人，指妻子。

不与我：不能和我。戍申：在申地防守。
怀：平安，一说思念、怀念。
曷：何。
束楚：成捆的荆条。
甫：甫国，即吕国。
蒲：蒲柳。
许：许国。

69 中谷有蓷

中谷有蓷，暵其干矣。有女仳离，嘅其叹矣。嘅其叹矣，遇人之艰难矣！
中谷有蓷，暵其脩矣。有女仳离，条其啸矣。条其啸矣，遇人之不淑矣。
中谷有蓷，暵其湿矣。有女仳离，啜其泣矣。啜其泣矣，何嗟及矣。

注释 中谷：同谷中，山谷之中。
蓷（tuī）：益母草。
暵（hàn）其：即"暵暵"，形容干枯、枯萎的样子。干（gān）：干枯。
仳（pǐ）离：妇女被夫家抛弃逐出，后世亦做离婚讲。仳，别，分别。
嘅（kǎi）其：即"嘅嘅"。嘅，同"慨"，叹息之貌。叹：叹息。
遇人：逢人，嫁人。遇，相逢，不期而会。艰难：困难。
脩：干枯，败坏。一说长。
条：深长。
不淑：不善。一说无用。
湿：将要晒干的样子。
啜：哽噎抽泣貌。
何嗟及矣：同"嗟何及矣"。嗟，悲叹声。一说句中助词。何及，言无济于事。及，与。

70 兔爰

有兔爰爰，雉离于罗。我生之初，尚无为。我生之后，逢此百罹，尚寐无吪。
有兔爰爰，雉离于罦。我生之初，尚无造。我生之后，逢此百忧，尚寐无觉。
有兔爰爰，雉离于罿。我生之初，尚无庸。我生之后，逢此百凶，尚寐无聪。

注释　爰：自由自在的样子。
　　　罹：忧。为：指徭役。郑笺："为，谓军役之事也。"
　　　无吪（é）：不说话。一说不动。
　　　罦（fú）：一种装设机关的网，能自动掩捕鸟兽，又叫覆车网。
　　　造：指劳役。
　　　觉：清醒。
　　　罿（tóng）：捕鸟兽的网。
　　　庸：指劳役。郑笺："庸，劳也。"
　　　聪：听觉。

71 葛藟

绵绵葛藟，在河之浒。终远兄弟，谓他人父。谓他人父，亦莫我顾。
绵绵葛藟，在河之涘。终远兄弟，谓他人母。谓他人母，亦莫我有。
绵绵葛藟，在河之漘。终远兄弟，谓他人昆。谓他人昆，亦莫我闻。

注释　绵绵：连绵不绝。　葛、藟：藤类蔓生植物。
　　　浒：水边。
　　　终：既。　远：远离。
　　　顾、有、闻：皆亲爱之意也。
　　　涘（sì）：水边。
　　　漘（chún）：河岸，水边。
　　　昆：兄。

72 采葛

彼采葛兮，一日不见，如三月兮！
彼采萧兮，一日不见，如三秋兮！
彼采艾兮，一日不见，如三岁兮！

注释　采：采集。
　　　萧：植物名。
　　　三秋：三个秋季。通常一秋为一年，后又有专指秋三月的用法。这里三秋长于三月，短于三年,义同三季,九个月。
艾:多年生草本植物。
岁:年。

73 大车

大车槛槛,毳衣如菼。岂不尔思?畏子不敢。
大车啍啍,毳衣如璊,岂不尔思?畏子不奔。
榖则异室,死则同穴。谓予不信,有如皦日。

注释 大车:古代用牛拉货的车,一说古代贵族乘坐的车子。
槛(kǎn)槛:车轮的响声。
毳(cuì)衣:毡子。本指兽类细毛,可织成布匹,制衣或缝制车上的帐篷。此处从闻一多说。
菼(tǎn):初生的芦苇,也叫荻,颜色青绿。此处以之比喻毳衣的青白色。
尔:你。
子:指其所爱的男子。
啍(tūn)啍:重滞徐缓的样子,犹"槛槛"。
璊(mén):红色美玉,此处喻红色车篷。
奔:私奔。
榖(gǔ):生,活着。异室:两地分居。
同穴:合葬同一个墓穴。
予:我。
有如皦(jiǎo)日:有此白日。如,此。皦,同"皎",白,光明,明亮。

74 丘中有麻

丘中有麻,彼留子嗟。彼留子嗟,将其来施施。
丘中有麦,彼留子国。彼留子国,将其来食。
丘中有李,彼留之子。彼留之子,贻我佩玖。

注释 麻:一年生草本植物。
留:一说停留、留住之留;一说指刘姓;一说美好之意。子嗟:人名。一说对那个男子的尊称。

将：请；愿；希望。施施：施与，帮助，有恩惠、惠与之意。一说慢行貌，一说高兴貌。

子国：人名。

食：吃饭。

贻：赠。佩玖：佩玉名。玖，次于玉的黑石。

国风·郑风

扫码听朗诵

75 缁衣

缁衣之宜兮，敝，予又改为兮。适子之馆兮，还，予授子之粲兮。
缁衣之好兮，敝，予又改造兮。适子之馆兮，还，予授子之粲兮。
缁衣之蓆兮，敝，予又改作兮。适子之馆兮，还，予授子之粲兮。

注释 缁（zī）衣：黑色的衣服，当时卿大夫到官署所穿的衣服。宜：合适。指衣服合身。
敝：坏。改为、改造、改作：这是随着衣服的破烂程度而说的，以见其关心。
适：往。馆：官舍。
粲：形容新衣鲜明的样子。
好：指缁衣美好。
蓆（xí）：宽大舒适。古以宽大为美。

76 将仲子

将仲子兮，无逾我里，无折我树杞。岂敢爱之？
畏我父母。仲可怀也，父母之言，亦可畏也。
将仲子兮，无逾我墙，无折我树桑。岂敢爱之？
畏我诸兄。仲可怀也，诸兄之言，亦可畏也。
将仲子兮，无逾我园，无折我树檀。岂敢爱之？
畏人之多言。仲可怀也，人之多言，亦可畏也。

注释 将（qiāng）：愿，请。一说发语词。仲子：兄弟排行第二的称"仲"。
逾（yú）：翻越。里，居也，五家为邻，五邻为里，里外有墙。
杞（qǐ）：木名。树：种植。
爱：吝惜。
怀：思念。
檀：木名。

77 叔于田

叔于田,巷无居人。岂无居人?不如叔也。洵美且仁。
叔于狩,巷无饮酒。岂无饮酒?不如叔也。洵美且好。
叔适野,巷无服马。岂无服马?不如叔也。洵美且武。

注释 叔:古代兄弟次序为伯、仲、叔、季,年岁较小者统称为叔,此处指年轻的猎人。于:去,往。田:打猎。
巷:居里中的小路。
洵:真正的,的确。仁:指温厚,慈爱。
狩:冬猎为"狩",此处为田猎的统称。
饮酒:这里指燕饮。
好:指品质好,性格和善。
适:往。野:郊外。
服马:骑马之人。
武:英武。

78 大叔于田

叔于田,乘乘马。执辔如组,两骖如舞。叔在薮,火烈具举。
襢裼暴虎,献于公所。将叔无狃,戒其伤女。
叔于田,乘乘黄。两服上襄,两骖雁行。叔在薮,火烈具扬。
叔善射忌,又良御忌。抑磬控忌,抑纵送忌。
叔于田,乘乘鸨。两服齐首,两骖如手。叔在薮,火烈具阜。
叔马慢忌,叔发罕忌,抑释掤忌,抑鬯弓忌。

注释 田:打猎。
乘(chéng)乘(shèng):前一乘为动词,后为名词。古时一车四马叫一乘。
辔(pèi):驾驭牲口的嚼子和缰绳;组:织带平行排列的经线。
骖(cān):驾车的四马中外侧两边的马。
薮(sǒu):低湿多草木的沼泽地带。
烈:打猎时放火烧草,遮断野兽的逃路。具:同"俱"。举:起。

襢（tǎn）裼（xī）：脱衣袒身。暴：通"搏"，搏斗。
公所：君王的宫室。
狃（niǔ）：反复地做。
戒：警戒。女：汝，指叔。
黄：黄马。
服：驾车的四马中间的两匹。襄：奔马抬起头。
雁行：骖马比服马稍后，排列如雁飞之行列。
忌：作语尾助词。
良御：驾马很在行。
抑：发语词。磬控：弯腰如磬，勒马使缓行或停步。
纵送：放马奔跑。一说骋马曰磬，止马曰控，发矢曰纵，从禽曰送。皆言御者驰逐之貌。
鸨（bǎo）：有黑白杂毛的马。其色如鸨，故以鸟名马。
齐首：齐头并进。
如手：指驾马技术娴熟，如两手左右自如。
阜（fù）：旺盛。
罕：指发箭稀少。
释：打开。掤（bīng）：箭筒盖。
鬯（chàng）：弓囊，此处指将弓放入袋子。

79 清人

清人在彭，驷介旁旁。二矛重英，河上乎翱翔。
清人在消，驷介麃麃。二矛重乔，河上乎逍遥。
清人在轴，驷介陶陶。左旋右抽，中军作好。

注释 清人：指郑国大臣高克带领的清邑的士兵。清，郑国之邑，一说卫国邑名，在今河南省中牟县西。
彭：郑国地名，在黄河边上。
驷（sì）介：一车驾四匹披甲的马。介：甲。旁旁：同"彭彭"，马强壮有力貌。一说行走、奔跑貌。
二矛：酋矛、夷矛，插在车子两边。
重英：以朱羽为矛饰，二矛树车上，遥遥相对，重叠相见。重，重叠。英，矛上的缨饰。
翱（áo）翔：游戏之貌。
消：黄河边上的郑国地名。
麃（biāo）麃：英勇威武貌。

乔：矛上装饰的野鸡羽毛。
逍遥：闲散无事，驾着战车游逛。
轴：黄河边上的郑国地名。
陶陶：和乐貌。一说马疾驰之貌。
左旋右抽：御者在车左，执辔御马；勇士在车右，执兵击刺。旋，转车。抽，拔刀。
中军：即"军中"。一说指古三军之中军主帅。作好：容好，与"翱翔""逍遥"一样也是连绵词，指武艺高强。一说做好表面工作，指装样子，不是真要抗拒敌人。

80　羔裘

羔裘如濡，洵直且侯。彼其之子，舍命不渝。
羔裘豹饰，孔武有力。彼其之子，邦之司直。
羔裘晏兮，三英粲兮。彼其之子，邦之彦兮。

注释　羔裘：羔羊皮裘，古大夫的朝服。
　　　濡（rú）：润泽，形容羔裘柔软而有光泽。
　　　洵（xún）：信，诚然，的确。侯：美。
　　　其：语助词。
　　　舍命：舍弃生命。渝：改变。
　　　豹饰：用豹皮装饰皮袄的袖口。
　　　孔武：特别勇武。孔，甚；很。
　　　司直：负责正人过失的官吏。
　　　晏：鲜艳或鲜明的样子。
　　　三英：装饰袖口的三道豹皮镶边。粲：光耀。
　　　彦（yàn）：美士，指贤能之人。

81　遵大路

遵大路兮，掺执子之祛兮。无我恶兮，不寁故也！
遵大路兮，掺执子之手兮。无我魗兮，不寁好也！

注释　遵：沿着。

摻（shǎn）：执，拉住，抓住。祛（qū）：衣袖，袖口。
无我恶：不要以我为恶（丑）。
寁（zǎn）：去。即丢弃、忘记的意思。故：故人，故旧，旧情。
无我魗（chǒu）：不要以我为丑。
好：情好。

82 女曰鸡鸣

女曰："鸡鸣"，士曰："昧旦。"
"子兴视夜，明星有烂。""将翱将翔，弋凫与雁。"
"弋言加之，与子宜之。宜言饮酒，与子偕老。琴瑟在御，莫不静好。"
"知子之来之，杂佩以赠之。知子之顺之，杂佩以问之。
知子之好之，杂佩以报之。"

注释　昧旦：天色将明未明之际。
　　　兴：起。视夜：察看夜色。
　　　明星：启明星，即金星。
　　　将翱将翔：指已到了破晓时分，宿鸟将出巢飞翔。
　　　弋（yì）：用生丝做绳，系在箭上射鸟。凫：野鸭。
　　　言：语助词，下同。加：射中。
　　　与：犹为。宜：用适当的方法烹饪。
　　　御：用，弹奏。
　　　静好：和睦安好。
　　　来：慰劳。
　　　杂佩：古人佩饰，上系珠、玉等，质料和形状不一，故称杂佩。
　　　顺：柔顺。
　　　问：慰问，问候。
　　　好：爱恋。

83 有女同车

有女同车，颜如舜华。将翱将翔，佩玉琼琚。彼美孟姜，洵美且都。
有女同行，颜如舜英。将翱将翔，佩玉将将。彼美孟姜，德音不忘。

注释 同车：同乘一辆车。一说男子驾车到女家迎娶。
舜华：木槿花。
将翱将翔：形容女子步履轻盈。一说遨游徘徊。翱、翔，飞翔。
琼琚：指珍美的佩玉。
孟姜：姜姓长女。

84 山有扶苏

山有扶苏，隰有荷华。不见子都，乃见狂且！
山有乔松，隰有游龙，不见子充，乃见狡童。

注释 扶苏：树木名。
隰（xí）：洼地。华：同"花"。
子都：古代美男子。
狂：狂妄的人。且（jū）：助词。一说拙、钝也。
乔：高大。
游龙：水草名。
子充：古代良人名。
狡童：姣美的少年。

85 萚兮

萚兮萚兮，风其吹女。叔兮伯兮，倡予和女。
萚兮萚兮，风其漂女。叔兮伯兮，倡予要女。

注释 萚（tuó）：脱落的木叶。
女：同"汝"，指树叶。
叔、伯：都是兄弟的排行，此指众位小伙子。
倡：同"唱"。一说倡导。和：伴唱。
漂：同"飘"，吹动。
要（yāo）：相约。一说成也，和也，指歌的收腔。

86 狡童

彼狡童兮，不与我言兮。维子之故，使我不能餐兮。
彼狡童兮，不与我食兮。维子之故，使我不能息兮。

注释 狡童：美貌少年。狡，同"姣"，美好。一说为狡猾，如口语说"滑头"之类，是戏谑之语。
彼：那。
维：为，因为。
不能餐：饭吃不香，吃不下。
食：一起吃饭。
息：安稳入睡。

87 褰裳

子惠思我，褰裳涉溱。子不我思，岂无他人？狂童之狂也且！
子惠思我，褰裳涉洧。子不我思，岂无他士？狂童之狂也且！

注释 褰（qiān）：提起。裳（cháng）：衣裙。
惠：爱。
溱（zhēn）：郑国水名，发源于今河南密县东北。
不我思：即"不思我"。
狂童：谑称，犹言"傻小子"。狂，痴。也且（jū）：做语气助词。
洧（wěi）：郑国水名，发源于今河南登封县东阳城山，即今河南省双洎河。溱、洧二水汇合于密县。
士：未娶者之称。

88 丰

子之丰兮，俟我乎巷兮，悔予不送兮。
子之昌兮，俟我乎堂兮，悔予不将兮。
衣锦褧衣，裳锦褧裳。叔兮伯兮，驾予与行。
裳锦褧裳，衣锦褧衣。叔兮伯兮，驾予与归。

注释 丰：丰满，标致，容颜美好貌。
俟（sì）：等候。巷：里中道，即胡同。
予：我，此处当是指"我家"。送：从行，送女出嫁。致女曰送，亲迎曰逆。
昌：体魄健壮，棒。
堂：客厅，厅堂。
将：同行，或曰出嫁时的迎送。
锦：锦衣，翟衣。褧（jiǒng）：妇女出嫁时御风尘用的麻布罩衣。
叔、伯：此指男方来迎亲之人。
驾：驾车。古时结婚有亲迎礼，男子驾车至女家，亲自迎接女子上车，一起回夫家。
行（háng）：往。
归：回。一说指女子出嫁归于男子之家。

89 东门之墠

东门之墠，茹藘在阪。其室则迩，其人甚远。
东门之栗，有践家室。岂不尔思？子不我即。

注释 墠（shàn）：经过整治的郊野平地。
茹藘（rú lú）：草名。
阪（bǎn）：小山坡。
迩（ěr）：近。
栗：木名。
有践：同"践践"，行列整齐的样子。
家室：房舍；住宅。
不尔思：即不思尔。不想念你。
不我即：即不即我。我不想亲近你；即：走进，接近。

90 风雨

风雨凄凄，鸡鸣喈喈，既见君子。云胡不夷？
风雨潇潇，鸡鸣胶胶。既见君子，云胡不瘳？
风雨如晦，鸡鸣不已。既见君子，云胡不喜？

注释　嗟（jiē）嗟：鸡鸣声。
　　　云：语助词。胡：何。夷：平，指心中平静。
　　　胶胶：鸡鸣声。
　　　瘳（chōu）：病愈，此指愁思萦怀的心病消除。
　　　晦：黑夜。

91 子衿

青青子衿，悠悠我心。纵我不往，子宁不嗣音？
青青子佩，悠悠我思。纵我不往，子宁不来？
挑兮达兮，在城阙兮。一日不见，如三月兮。

注释　子衿：周代读书人的服装。子，男子的美称，这里即指"你"。衿，即襟，衣领。
　　　悠悠：忧思不断的样子。
　　　宁：岂，难道。嗣（yí）音：寄传音讯。嗣，通"贻"，给、寄的意思。
　　　佩：这里指系佩玉的绶带。
　　　挑兮达兮：独自走来走去的样子。挑，也做"佻"。
　　　城阙：城门两边的观楼。

92 扬之水

扬之水，不流束楚。终鲜兄弟，维予与女。无信人之言，人实迋女。
扬之水，不流束薪。终鲜兄弟，维予二人。无信人之言，人实不信。

注释　扬之水：平缓流动的水。一说激扬之水，喻夫。
　　　楚：荆条。
　　　鲜：缺少。
　　　女：通"汝"，你。
　　　言：流言。
　　　迋（kuáng）：欺骗。
　　　信：诚信、可靠。

93 出其东门

出其东门,有女如云。虽则如云,匪我思存。缟衣綦巾,聊乐我员。
出其闉阇,有女如荼。虽则如荼,匪我思且。缟衣茹藘,聊可与娱。

注释 东门:城东门。
如云:形容众多。
匪:非。思存:想念。思:语助词。存:一说在;一说念;一说慰藉。
缟(gǎo):白色;素白绢。綦(qí)巾:苍艾色头巾。
聊:愿。员(yún):友,亲爱。
闉阇(yīn dū):外城门。
荼:茅花,白色。茅花开时一片皆白,此亦形容女子众多。
且(jū):语助词。一说慰藉。
茹藘(rú lǘ):茜草。

94 野有蔓草

野有蔓草,零露漙兮。有美一人,清扬婉兮。邂逅相遇,适我愿兮。
野有蔓草,零露瀼瀼。有美一人,婉如清扬。邂逅相遇,与子偕臧。

注释 蔓(màn)草:蔓延生长的草。蔓:蔓延。一说茂盛。
零:降落。漙(tuán):形容露水多。
清扬:目以清明为美,扬亦明也,形容眉目漂亮传神。婉:美好。
邂(xiè)逅(hòu):不期而遇。
适:适合。
瀼(ráng):形容露水浓,多。
偕臧(cáng):一同藏匿,指消失这草木丛中。臧,同"藏"。

95 溱洧

溱与洧,方涣涣兮。士与女,方秉蕑兮。
女曰:"观乎?"士曰:"既且。""且往观乎?"

洧之外，洵𬣙且乐。维士与女，伊其相谑，赠之以勺药。
溱与洧，浏其清矣。士与女，殷其盈矣。
女曰："观乎？"士曰："既且。""且往观乎？"
洧之外，洵𬣙且乐。维士与女，伊其将谑，赠之以勺药。

注释　溱（zhēn）、洧（wěi）：郑国两条河名。
　　　　涣涣：河水解冻后奔腾貌。方：正。
　　　　士与女：此处泛指男男女女。下句"女""士"则特指某个女子和男子。
　　　　秉：执，拿。茼（jiān）：一种兰草。
　　　　既：已经。且（cú）：同"徂"，去，往。
　　　　洵（xún）𬣙（xū）：实在宽广。洵，实在，诚然，确实。𬣙，大，广阔。
　　　　维：发语词。
　　　　伊：发语词。相谑：互相调笑。
　　　　勺药：即"芍药"。
　　　　殷：众多。盈：满。
　　　　将：即"相"。

国风·齐风

扫码听朗诵

96 鸡鸣

"鸡既鸣矣,朝既盈矣。" "匪鸡则鸣,苍蝇之声。"
"东方明矣,朝既昌矣。" "匪东方则明,月出之光。"
"虫飞薨薨,甘与子同梦。" "会且归矣,无庶予子憎。"

注释 朝:朝堂。一说早集。
匪:同"非"。
昌:盛也。意味人多。
薨薨(hōng):飞虫的振翅声。
甘:愿。
会:会朝,上朝。且:将。
无庶:同"庶无"。庶,幸,希望。予子憎:恨我、你,代词宾语前置。

97 还

子之还兮,遭我乎峱之间兮。并驱从两肩兮,揖我谓我儇兮。
子之茂兮,遭我乎峱之道兮。并驱从两牡兮,揖我谓我好兮。
子之昌兮,遭我乎峱之阳兮。并驱从两狼兮,揖我谓我臧兮。

注释 还(xuán):轻捷貌。
峱(náo):齐国山名,在今山东淄博东。
从:逐。肩:借为"豜(jiān)",大兽。《毛传》:"兽三岁为肩,四岁为特。"
揖:作揖,古礼节。儇(xuān):轻快便捷。
茂:美,指善猎。
牡:公兽。
昌:指强有力。
臧(zāng):善,好。

98 著

俟我于著乎而，充耳以素乎而，尚之以琼华乎而。
俟我于庭乎而，充耳以青乎而，尚之以琼莹乎而。
俟我于堂乎而，充耳以黄乎而，尚之以琼英乎而。

注释　著（zhù）：古代富贵人家正门内有屏风，正门与屏风之间叫著。古代婚娶在此处亲迎。
　　　俟（sì）：等待，迎候。乎而：齐方言。做语尾助词。
　　　素：白色，这里指悬充耳的丝色。
　　　尚：加上。琼：赤玉，指系在纮上的瑱。"华"与下文的"莹""英"：均形容玉瑱的光彩，因协韵而换字。
　　　庭：中庭。在大门之内，寝门之外。
　　　青：与上文的"素"、下文的"黄"指各色丝线。
　　　堂：庭堂。

99 东方之日

东方之日兮，彼姝者子，在我室兮。在我室兮，履我即兮。
东方之月兮，彼姝者子，在我闼兮。在我闼兮，履我发兮。

注释　日：比喻女子颜色盛美。
　　　姝：貌美。
　　　履：踏，践。一说同"蹑"，放轻脚步。即：就。一说通"膝"，古人席地而坐，安坐则膝在身前。
　　　闼（tà）：内门。一说内室。
　　　发：走去，指蹑步相随。一说脚迹。

100 东方未明

东方未明，颠倒衣裳。颠之倒之，自公召之。
东方未晞，颠倒裳衣。倒之颠之，自公令之。
折柳樊圃，狂夫瞿瞿。不能辰夜，不夙则莫。

注释 衣裳：古时上衣叫"衣"，下衣叫"裳"。
公：公家。
晞（xī）：破晓，天刚亮。
樊：篱笆。圃：菜园。
狂夫：指监工。一说狂妄无知的人。
瞿瞿：瞪视貌。
不能辰夜：指不能掌握时间。辰，借为"晨"，指白天。
夙：早。莫（mù）：古"暮"字，晚。

101 南山

南山崔崔，雄狐绥绥。鲁道有荡，齐子由归。既曰归止，曷又怀止？
葛屦五两，冠绥双止。鲁道有荡，齐子庸止。既曰庸止，曷又从止？
艺麻如之何？衡从其亩。取妻如之何？必告父母。既曰告止，曷又鞠止？
析薪如之何？匪斧不克。取妻如之何？匪媒不得。既曰得止，曷又极止？

注释 南山：齐国山名，又名牛山。崔崔：山势高峻状。
绥绥（suí）：缓缓行走的样子，或曰求匹之貌。
有荡：即荡荡，平坦状。
齐子：齐国的女儿（古代不论对男女美称均可称子），此处指齐襄公的同父异母妹文姜。
由归：从这儿去出嫁。
止：语气词，无义。
怀：怀念。一说来。
屦（jù）：麻、葛等制成的单底鞋。五两：五，通"伍"，并列；两，鞋一双。
绥（ruí）：帽带下垂的部分。帽带为丝绳所制，左右各一从耳边垂下，必要时可系在下巴上。
庸：用，指文姜嫁与鲁桓公。
从：相从。
艺：种植。
衡从：横纵之异体，东西曰横，南北曰纵。亩，田垅。
取：通"娶"。
告：一说告于祖庙。

六〇

鞠：穷，放任无束。
析薪：砍柴。
匪：通"非"。克：能、成功。
极：至，来到。一说恣极，放纵无束。

102 甫田

无田甫田，维莠骄骄。无思远人，劳心忉忉。
无田甫田，维莠桀桀。无思远人，劳心怛怛。
婉兮娈兮。总角丱兮。未几见兮，突而弁兮！

注释　无田（diàn）甫田：不要耕种大田。田，治理。甫田（tián），大田。
　　　莠（yǒu）：杂草；狗尾草。骄骄：犹"乔乔"，高大貌。
　　　忉忉（dāo）：心有所失的样子，一说忧劳貌。
　　　桀桀：借作"揭揭"，高大貌。
　　　怛怛（dá）：悲伤。
　　　婉、娈：毛传："婉娈，少好貌。"
　　　总角：古代男孩将头发梳成两个髻。丱（guàn）：形容总角翘起之状。
　　　弁（biàn）：成人的帽子。古代男子二十而冠。

103 卢令

卢令令，其人美且仁。
卢重环，其人美且鬈。
卢重鋂，其人美且偲。

注释　卢：黑毛猎犬。令令：即"铃铃"，猎犬颈下套环发出的响声。
　　　其人：指猎人。仁：仁慈和善。
　　　重环：大环套小环，又称子母环。
　　　鬈（quán）：勇壮。一说发好貌。
　　　重鋂（méi）：一个大环套两个小环。
　　　偲（cāi）：多才多智。一说须多而美。

104 敝笱

敝笱在梁，其鱼鲂鳏。齐子归止，其从如云。
敝笱在梁，其鱼鲂鱮。齐子归止，其从如雨。
敝笱在梁，其鱼唯唯。齐子归止，其从如水。

注释　敝笱（gǒu）：对制止鱼儿来往无能为力，隐射文姜和齐襄公的不守礼法。敝，破。笱，竹制的鱼篓。
梁：捕鱼水坝。河中筑堤，中留缺口，嵌入笱，使鱼能进不能出。
鲂（fáng）、鳏（guān）：鱼名。
齐子归止：文姜已嫁。齐子，指文姜。
其从如云：随从众多。一说喻齐襄公仍纠缠不已。
鱮（xù）：鱼名。
如雨：形容随从之多。
唯唯：形容鱼儿出入自如。

105 载驱

载驱薄薄，簟茀朱鞹。鲁道有荡，齐子发夕。
四骊济济，垂辔濔濔。鲁道有荡，齐子岂弟。
汶水汤汤，行人彭彭。鲁道有荡，齐子翱翔。
汶水滔滔，行人儦儦。鲁道有荡，齐子游敖。

注释　载：发语词，犹"乃"。驱：车马疾走。薄薄：象声词，形容马蹄及车轮转动声。
簟（diàn）：方纹竹席。一说席做车门。茀（fú）：车帘。一说雉羽做的蔽覆，放在车后。
鞹（kuò）：光滑的皮革。用漆上红色的兽皮蒙在车厢前面，是周代诸侯所用的车饰，这种规格的车子称为"路车"。
有荡：即"荡荡"，平坦的样子。
齐子：指文姜。发夕：傍晚出发。
骊（lí）：黑马。济济：马行步调一致。
辔：马缰。濔濔（mǐ）：柔软状。
岂弟（kǎi tì）：天刚亮。一说欢乐。

汶水：流经齐鲁两国的水名，在今山东中部，又名大汶河。
汤汤（shāng）：水势浩大貌。
彭彭：众多貌。
翱翔：指遨游。
滔滔：水流浩荡。
儦儦（biāo）：行人往来貌。
游敖：即"游遨"。

106 猗嗟

猗嗟昌兮，颀而长兮。抑若扬兮，美目扬兮。巧趋跄兮，射则臧兮。
猗嗟名兮，美目清兮。仪既成兮，终日射侯，不出正兮，展我甥兮。
猗嗟娈兮，清扬婉兮。舞则选兮，射则贯兮，四矢反兮，以御乱兮。

注释　猗（yī）嗟：赞叹声。
昌：美好的样子。
颀而：即"颀然"，指身材高大。
抑（yì）：同"懿"，美好。扬：借为"阳"。眉上曰阳，额角。
趋：急走。跄（qiāng）：步有节奏，摇曳生姿。
臧（zāng）：好，善。
名：借为"明"，面色明净。
仪既成：朱熹《诗集传》："仪既成，言终其事而礼无违也。"
射侯：射靶。
正：靶心。设的于侯中而射之者也。大射则张皮侯而设鹄，宾射则张布侯而设正。
展：诚然，真是。甥：古代女儿之子。一说姊妹之子曰甥，言称其为齐人之甥，而又以明非齐侯之子。
娈：美好。
选：才华出众。
贯：穿透。
反：箭皆射中一个点。
御乱：防御战乱。

国风·魏风

107 葛屦

纠纠葛屦，可以履霜？掺掺女手，可以缝裳？要之襋之，好人服之。
好人提提，宛然左辟，佩其象揥。维是褊心，是以为刺。

注释　纠纠：缭缭，缠绕，纠结交错。葛屦（jù）：指夏天所穿葛绳编制的鞋。
　　　掺掺（shān）：同"纤纤"，形容女子的手很柔弱纤细。
　　　要（yāo）：衣的腰身，做动词，缝好腰身。襋（jí）：衣领，做动词，缝好衣领。
　　　好人：美人，此指富家的女主人。提提（tí）：同"媞媞"，安舒貌。
　　　宛然：回转貌。辟：同"避"。左辟即左避。
　　　揥（tì）：古首饰，可以搔头。类似发篦。
　　　维：因。褊（piān）心：心地狭窄。
　　　刺：讽刺。

108 汾沮洳

彼汾沮洳，言采其莫。彼其之子，美无度。美无度，殊异乎公路！
彼汾一方，言采其桑。彼其之子，美如英。美如英，殊异乎公行！
彼汾一曲，言采其藚。彼其之子，美如玉。美如玉，殊异乎公族。

注释　汾：汾水，在今山西省中部地区，西南汇入黄河。沮（jù）洳（rù）：水边低湿的地方。
　　　言：乃。莫：草名。即酸模，又名羊蹄菜。多年生草本，有酸味。
　　　彼其之子：他那个人。
　　　度：衡量。美无度，极言其美无比。
　　　殊异：优异出众。公路：官名。掌管王公宾祀之车驾的官吏。
　　　桑：桑树叶。
　　　英：华（花）。
　　　公行：官名。掌管王公兵车的官吏。

曲：河道弯曲之处。
荽（xù）：植物名。
公族：掌管魏君宗族事物的官。

109 园有桃

园有桃，其实之肴。心之忧矣，我歌且谣。
不知我者，谓我"士也骄。彼人是哉，子曰何其？"
心之忧矣，其谁知之？其谁知之，盖亦勿思！
园有棘，其实之食。心之忧矣，聊以行国。
不知我者，谓我"士也罔极。彼人是哉，子曰何其。"
心之忧矣，其谁知之？其谁知之，盖亦勿思！

注释　之：犹"是"。肴，吃。"其实之肴"，即"肴其实"。
　　　之：犹"其"。
　　　歌、谣：曲合乐曰歌，徒歌曰谣，此处皆做动词用。
　　　士：古代对知识分子或一般官吏的称呼。
　　　彼人：那人。是：对，正确。
　　　子：你，即作者。何其：为什么。其，做语助词。
　　　盖（hé）：通"盍"，何不。亦：做语助词。
　　　棘：指酸枣树。
　　　聊：姑且。行国：离开城邑，周游国中。"国"与"野"相对，指城邑。
　　　罔极：无极，无常，妄想，没有准则。

110 陟岵

陟彼岵兮，瞻望父兮。
父曰："嗟！予子行役，夙夜无已。上慎旃哉，犹来无止！"
陟彼屺兮，瞻望母兮。
母曰："嗟！予季行役，夙夜无寐。上慎旃哉，犹来无弃！"
陟彼冈兮，瞻望兄兮。
兄曰："嗟！予弟行役，夙夜必偕。上慎旃哉，犹来无死！"

注释　陟（zhì）：登上。岵（hù）：有草木的山。
父曰：这是诗人想象他父亲说的话。下文"母曰""兄曰"同。
予子：歌者想象中，其父对他的称呼。
夙（sù）夜：日夜。夙：早。
上：通"尚"，希望。旃（zhān）：之，做语助。
犹来：还是归来。无：不要。止：停留。
屺（qǐ）：无草木的山。
季：小儿子。
无寐：没时间睡觉。
冈：山脊。
偕：俱，在一起。
无死：不要死在异乡。

111　十亩之间

十亩之间兮，桑者闲闲兮，行与子还兮。
十亩之外兮，桑者泄泄兮，行与子逝兮。

注释　十亩之间：指郊外所受场圃之地。
桑者：采桑的人。闲闲：宽闲、悠闲貌。
行：走。一说且，将要。
泄（yì）泄：和乐的样子；一说人多的样子。
逝：返回；一说往。

112　伐檀

坎坎伐檀兮，置之河之干兮。河水清且涟猗。不稼不穑，胡取禾三百廛兮？
不狩不猎，胡瞻尔庭有县貆兮？彼君子兮，不素餐兮！
坎坎伐辐兮，置之河之侧兮。河水清且直猗。不稼不穑，胡取禾三百亿兮？
不狩不猎，胡瞻尔庭有县特兮？彼君子兮，不素食兮！
坎坎伐轮兮，置之河之漘兮。河水清且沦猗。不稼不穑，胡取禾三百囷兮？
不狩不猎，胡瞻尔庭有县鹑兮？彼君子兮，不素飧兮！

注释　坎坎：象声词，伐木声。

　　　　置：放置。

　　　　干：水边。

　　　　涟：水的波纹。

　　　　猗（yī）：义同"兮"，语气助词。

　　　　稼（jià）：播种。

　　　　穑（sè）：收获。

　　　　胡：为什么。

　　　　禾：谷物。

　　　　三百：意为很多，并非实数。

　　　　廛（chán）：古代的度量单位，三百廛就是三百户农家所交的税。

　　　　狩：冬猎。猎，夜猎。此诗中皆泛指打猎。

　　　　县（xuán）：通"悬"，悬挂。

　　　　貆（huán）：猪獾。也有说是幼小的貉。

　　　　君子：此系反话，指有地位有权势者。

　　　　素餐：白吃饭，不劳而获。

　　　　辐：车轮上的辐条。

　　　　直：水流的直波。

　　　　亿：古代度量单位。

　　　　瞻：向前或向上看。

　　　　特：三岁大兽。

　　　　漘（chún）：水边。

　　　　沦：小波纹。

　　　　囷（qūn）：束。一说圆形的谷仓。

　　　　飧（sūn）：熟食，此泛指吃饭。

113　硕鼠

硕鼠硕鼠，无食我黍！三岁贯女，莫我肯顾。

逝将去女，适彼乐土。乐土乐土，爰得我所。

硕鼠硕鼠，无食我麦！三岁贯女，莫我肯德。

逝将去女，适彼乐国。乐国乐国，爰得我直。

硕鼠硕鼠，无食我苗！三岁贯女，莫我肯劳。

逝将去汝，适彼乐郊。乐郊乐郊，谁之永号？

注释　硕鼠：大老鼠。一说田鼠。

无：毋，不要。

三岁：多年。三，非实数。贯：借作"宦"，侍奉。

逝：通"誓"。去：离开。女：同"汝"。

爰：于是，在此。所：处所。

德：恩惠。

国：域，即地方。

直：王引之《经义述闻》说："当读为职，职亦所也。"一说同值。

劳：慰劳。

之：其，表示诘问语气。号：呼喊。

国风·唐风

扫码听朗诵

114 蟋蟀

蟋蟀在堂，岁聿其莫。今我不乐，日月其除。
无已大康，职思其居。好乐无荒，良士瞿瞿。
蟋蟀在堂，岁聿其逝。今我不乐，日月其迈。
无已大康，职思其外。好乐无荒，良士蹶蹶。
蟋蟀在堂，役车其休。今我不乐，日月其慆。
无已大康。职思其忧。好乐无荒，良士休休。

注释　聿（yù）：做语助。莫：古"暮"字。
　　　除：过去。
　　　无：勿。已：甚。大康：过于享乐。
　　　职：相当于口语"得"。居：处，指所处职位。
　　　瞿（jù）瞿：警惕瞻顾貌；一说敛也。
　　　逝：去。
　　　迈：义同"逝"，去，流逝。
　　　外：本职之外的事。
　　　蹶（guì）蹶：勤奋状。
　　　役车：服役出差的车子。
　　　慆（tāo）：逝去。
　　　休休：安闲自得，乐而有节貌。

115 山有枢

山有枢，隰有榆。子有衣裳，弗曳弗娄。
子有车马，弗驰弗驱。宛其死矣，他人是愉。
山有栲，隰有杻。子有廷内，弗洒弗扫。

子有钟鼓，弗鼓弗考。宛其死矣，他人是保。
山有漆，隰有栗。子有酒食，何不日鼓瑟？
且以喜乐，且以永日。宛其死矣，他人入室。

注释　枢（shū）、榆（yú）、栲（kǎo）、杻（niǔ）：皆为树木名。
　　　　隰（xí）：指低湿的地方。
　　　　曳（yè）：拖。娄：即"搂"，用手把衣服拢着提起来。
　　　　宛：通"菀"，萎死貌。愉：乐。
　　　　廷：指宫室。
　　　　埽（sào）：通"扫"。
　　　　考：敲。
　　　　保：占有。
　　　　鼓瑟：弹奏琴瑟。瑟，一种二十五弦的乐器。
　　　　永：《集传》："永，长也。……饮食作乐，可以永长此日也。"

116　扬之水

扬之水，白石凿凿。素衣朱襮，从子于沃。既见君子，云何不乐？
扬之水，白石皓皓。素衣朱绣，从子于鹄。既见君子，云何其忧？
扬之水，白石粼粼。我闻有命，不敢以告人！

注释　扬：激扬。一说扬为地名。
　　　　凿凿：鲜明貌。一说形容石头高低不平之状。
　　　　襮（bó）：绣有黼文的衣领，或说衣袖。
　　　　从：随从，跟随。沃：曲沃，地名，在今山西闻喜县东北。
　　　　既：已。君子：指桓叔。
　　　　云何：如何。云，语助词。
　　　　皓皓：洁白状。
　　　　绣：刺方领绣。
　　　　鹄（hú）：邑名，即曲沃；一说曲沃的城邑。
　　　　其忧：有忧。
　　　　粼粼：清澈貌。形容水清石净。
　　　　命：命令，政令。

117 椒聊

椒聊之实,蕃衍盈升。彼其之子,硕大无朋。椒聊且,远条且!
椒聊之实,蕃衍盈匊。彼其之子,硕大且笃。椒聊且,远条且!

注释　椒:花椒,又名山椒。聊:草木结成的一串串果实。
　　　蕃衍:生长众多。盈:满。升:量器名。
　　　硕大:指身体高大强壮。无朋:无比。
　　　且(jū):语末助词。
　　　远条:指香气远扬。一说长长的枝条。条:长。
　　　匊(jú):"掬"的古字,两手合捧。
　　　笃:厚重。形容人体丰满高大。

118 绸缪

绸缪束薪,三星在天。今夕何夕,见此良人?子兮子兮,如此良人何?
绸缪束刍,三星在隅。今夕何夕,见此邂逅?子兮子兮,如此邂逅何?
绸缪束楚,三星在户。今夕何夕,见此粲者?子兮子兮,如此粲者何?

注释　绸缪(móu):缠绕,捆束。犹缠绵也。束薪:喻夫妇同心,情意缠绵,后成为婚姻礼。
　　　三星:即参星,主要由三颗星组成。
　　　良人:丈夫,指新郎。
　　　子兮:你呀。
　　　刍(chú):喂牲口的青草。
　　　隅(yú):指东南角。
　　　邂逅:不期而遇,引申为难得之喜。
　　　楚:荆条。
　　　户:门。
　　　粲(càn):漂亮的人,指新娘。

119 杕杜

有杕之杜，其叶湑湑。独行踽踽。岂无他人？不如我同父。
嗟行之人，胡不比焉？人无兄弟，胡不佽焉？
有杕之杜，其叶菁菁。独行睘睘。岂无他人？不如我同姓。
嗟行之人，胡不比焉？人无兄弟，胡不佽焉？

注释 有杕（dì）：即"杕杕"，孤立生长貌。杜：木名。
湑湑（xǔ）：形容树叶茂盛。
踽踽（jǔ）：单身独行、孤独无依的样子。
同父：指同胞兄弟。
比：亲近。
佽（cì）：资助，帮助。
菁菁：树叶茂盛状。
睘睘（qióng）：同"茕茕"，孤独无依的样子。
同姓：一母所生的兄弟。姓，生。

120 羔裘

羔裘豹祛，自我人居居。岂无他人，维子之故。
羔裘豹褎，自我人究究。岂无他人？维子之好。

注释 羔裘：羊皮袄。羔：羊之小者。
祛（qū）：袖口，豹祛即镶着豹皮的袖口。
自我人：对我们。自，对；我人，我等人。居居：即"倨倨"，傲慢无礼。
维：惟，只。子：你。故：指爱。或做故旧，也通。
褎（xiù）：同"袖"，衣袖口。
究究：心怀恶意不可亲近的样子，指态度傲慢。

121 鸨羽

肃肃鸨羽，集于苞栩。王事靡盬，不能蓺稷黍。

父母何怙？悠悠苍天，曷其有所？
肃肃鸨翼，集于苞棘。王事靡盬，不能蓺黍稷。
父母何食？悠悠苍天，曷其有极？
肃肃鸨行，集于苞桑，王事靡盬，不能蓺稻粱。
父母何尝？悠悠苍天，曷其有常？

注释　鸨（bǎo）：鸟名。
　　　　肃肃：鸟翅扇动的响声。
　　　　苞栩：丛密的柞树。苞，草木丛生。
　　　　靡：无，没有。盬（gǔ）：休止。
　　　　蓺（yì）：种植。
　　　　怙（hù）：依靠，凭恃。
　　　　所：住所。
　　　　棘：酸枣树，落叶灌木。
　　　　极：终了，尽头。
　　　　行：行列。一说鸨腿；一说翅根，引申为鸟翅。
　　　　尝：吃。
　　　　常：正常。

122 无衣

岂曰无衣？七兮。不如子之衣，安且吉兮！
岂曰无衣？六兮。不如子之衣，安且燠兮！

注释　七：虚数，言衣之多；一说七章之衣，诸侯的服饰。
　　　　子：第二人称的尊称、敬称，此指制衣的人。
　　　　安：舒适。吉：美，善。
　　　　六：六套衣服，亦非实指。
　　　　燠（yù）：暖热。

123 有杕之杜

有杕之杜，生于道左。彼君子兮，噬肯适我？中心好之，曷饮食之。
有杕之杜，生于道周。彼君子兮，噬肯来游？中心好之，曷饮食之。

注释 杕（dì）：树木孤生独特貌。杜：木名。
道左：道路左边，古人以东为左。
噬（shì）：发语词。一说何，曷。适：到，往。
曷：同"盍"，何不。饮食：喝酒吃饭。
周：右的假借。
游：来看。

124 葛生

葛生蒙楚，蔹蔓于野。予美亡此，谁与？独处。
葛生蒙棘，蔹蔓于域。予美亡此，谁与？独息。
角枕粲兮，锦衾烂兮。予美亡此，谁与？独旦。
夏之日，冬之夜。百岁之后，归于其居。
冬之夜，夏之日。百岁之后，归于其室。

注释 蒙：覆盖。楚：灌木名，即牡荆。
蔹（liǎn）：攀缘性多年生草本植物。
予美：我的爱人。郑笺："我所美之人。"
棘：酸枣树，有棘刺的灌木。
域：坟地。毛传："域，营域也。"
角枕：牛角做的枕头。据《周礼·王府》注，角枕用于枕尸首。粲：同"灿"。
锦衾：锦缎褥。
旦：天亮。
夏之日、冬之夜：夏之日长，冬之夜长，言时间长也。
其居：亡夫的墓穴。下文"其室"意同。

125 采苓

采苓采苓,首阳之巅。人之为言,苟亦无信。
舍旃舍旃,苟亦无然。人之为言,胡得焉?
采苦采苦,首阳之下。人之为言,苟亦无与。
舍旃舍旃,苟亦无然。人之为言,胡得焉?
采葑采葑,首阳之东。人之为言,苟亦无从。
舍旃舍旃,苟亦无然。人之为言,胡得焉?

注释 苓(líng):植物名。
首阳:山名,在今山西永济县南,即雷首山。
为言:即"伪言",谎话。为,通"伪"。
苟亦无信:不要轻信。苟,诚,确实。
舍旃(zhān):放弃它吧。舍,放弃;旃,"之焉"的合声。
无然:不要以为然。然,是。
胡:何,什么。
苦:即所谓的苦菜,野生可食。
无与:不要理会。与,许可,赞许。
葑(fēng):即芜菁。
从:听从。

国风·秦风

扫码听朗诵

126 车邻

有车邻邻,有马白颠。未见君子,寺人之令。
阪有漆,隰有栗。既见君子,并坐鼓瑟。今者不乐,逝者其耋。
阪有桑,隰有杨。既见君子,并坐鼓簧。今者不乐,逝者其亡。

注释 邻邻:同"辚辚",车行声。
　　　　有:语助词。
　　　　白颠:马额正中有块白毛,一种良马。也称戴星马。
　　　　君子:此是对友人的尊称。
　　　　寺人:宦者。
　　　　阪(bǎn):山坡。
　　　　隰(xí):低湿的地方。
　　　　并坐:同坐。鼓瑟:弹奏。
　　　　今者:现在。
　　　　逝:往。耋(dié):八十岁,此处泛指老人。
　　　　杨:古代杨柳通名。
　　　　簧:古代乐器名,大笙。
　　　　亡:死亡。

127 驷驖

驷驖孔阜,六辔在手。公之媚子,从公于狩。
奉时辰牡,辰牡孔硕。公曰左之,舍拔则获。
游于北园,四马既闲。輶车鸾镳,载猃歇骄。

注释 驷:四马。驖(tiě):毛色似铁的好马。
　　　　阜:肥硕。

辔：马缰。四马应有八条缰绳，由于中间两匹马的内侧两条辔绳系在御者前面的车杠上，所以只有六辔在手。

媚子：亲信、宠爱的人。

狩：冬猎。古代帝王打猎，四季各有专称。《左传·隐公五年》："故春蒐、夏苗、秋狝、冬狩。"

奉：猎人驱赶野兽以供射猎。时："是"的假借，这个。辰：母鹿。牡：公兽，古代祭祀皆用公兽。

硕：肥大。

左之：从左面射它。

舍：放、发。拔：箭的尾部。放开箭的尾部，箭即被弓弦弹出。

北园：秦君狩猎憩息的园囿。

闲：通"娴"，熟练。

輶（yóu）：用于驱赶堵截野兽的轻便车。鸾：通"銮"，铃。镳（biāo）：马衔铁。

猃（xiǎn）：长嘴的猎狗。歇骄：短嘴的猎狗。

128 小戎

小戎俴收，五楘梁辀。游环胁驱，阴靷鋈续。文茵畅毂，驾我骐馵。
言念君子，温其如玉。在其板屋，乱我心曲。
四牡孔阜，六辔在手。骐骝是中，騧骊是骖。龙盾之合，鋈以觼軜。
言念君子，温其在邑。方何为期？胡然我念之。
俴驷孔群，厹矛鋈錞。蒙伐有苑，虎韔镂膺。交韔二弓，竹闭绲縢。
言念君子，载寝载兴。厌厌良人，秩秩德音。

注释 小戎：兵车。因车厢较小，故称小戎。

俴（jiǎn）收：浅的车厢。俴，浅。收：轸，四面束舆之木谓之轸。

五楘（mù）：用皮革缠在车辕成环形，起加固和修饰作用。

梁辀（zhōu）：曲辕。

游环：活动的环。设于辕马背上。胁驱：一皮条，上系于衡，后系于轸，限制骖马内入。

靷（yǐn）：引车前行的皮革。鋈（wù）续：以白铜镀的环紧紧扣住皮带。鋈，白铜；续，连续。

文茵：虎皮坐垫。畅毂（gǔ）：长毂。毂，车轮中心的圆木，中有圆孔，用以插轴。

骐：青黑色如棋盘格子纹的马。馵（zhù）：左后蹄白或四蹄皆白的马。

言：乃。君子：指从军的丈夫。

温其如玉：女子形容丈夫性情温润如玉。

板屋：用木板建造的房屋。秦国多林，故以木房为多。此处代指西戎（今甘肃一带）。

心曲：心灵深处。

牡：公马。孔：甚。阜：肥大。

骝（liú）：赤身黑鬣的马。

騧（guā）：黄马黑嘴。骊（lí）：黑马。骖（cān）：车辕外侧二马称骖。

龙盾：画龙的盾牌。合：两只盾合挂于车上。

觼（jué）：有舌的环。軜（nà）：内侧二马的辔绳。以舌穿过皮带，使骖马内辔绳固定。

邑：秦国的属邑。

方：将。期：指归期。

胡然：为什么。

伐（jiàn）驷（sì）：披薄金甲的四马。孔群：群马很协调。

厹（qiú）矛：头有三棱锋刃的长矛。镦（duì）：矛柄下端金属套。

蒙：画杂乱的羽纹。伐：盾。苑（yūn）：花纹。

虎韔（chàng）：虎皮弓囊。镂膺：在弓囊前刻花纹。

交韔二弓：两张弓，一弓向左，一弓向右，交错放在袋中。交：互相交错；韔：用做动词，做"藏"讲。

闭：弓檠（qíng）。竹制的校正弓弩的工具。绲（gǔn）：绳。縢（téng）：缠束。

载寝载兴：又寝又兴，起卧不宁。

厌厌：安静柔和貌。良人：指女子的丈夫。

秩秩：有礼节，一说聪明多智貌。德音：好声誉。

129 蒹葭

蒹葭苍苍，白露为霜。所谓伊人，在水一方。

溯洄从之，道阻且长。溯游从之，宛在水中央。

蒹葭凄凄，白露未晞。所谓伊人，在水之湄。

溯洄从之，道阻且跻。溯游从之，宛在水中坻。

蒹葭采采，白露未已。所谓伊人，在水之涘。

溯洄从之，道阻且右。溯游从之，宛在水中沚。

注释　蒹（jiān）：没长穗的芦苇。葭（jiā）：初生的芦苇。苍苍：鲜明、茂盛貌。下文"萋萋""采采"意同。

苍苍：茂盛的样子。

为：凝结成。

所谓：所说的，此指所怀念的。

伊人：那个人，指所思慕的对象。

一方：那一边。

溯洄（sù huí）：逆流而上。下文"溯游"指顺流而下。一说"洄"指弯曲的水道，"游"指直流的水道。

从：追寻。

阻：险阻，（道路）难走。

宛：宛然，好像。

晞（xī）：干。

湄：水和草交接的地方，也就是岸边。

跻（jī）：水中高地。

坻（chí）：水中的小岛。

涘（sì）：水边。

右：迂回曲折。

沚（zhǐ）：水中的小陆地。

130 终南

终南何有？有条有梅。君子至止，锦衣狐裘。颜如渥丹，其君也哉？

终南何有？有纪有堂。君子至止，黻衣绣裳。佩玉将将，寿考不忘。

注释　终南：终南山，在今陕西西安市郊外。

条：树名。

锦衣狐裘：当时诸侯的礼服。《礼记·玉藻》："君衣狐白裘，锦衣以裼之。"

渥（wò）：涂。丹：赤石制的红色颜料，今名朱砂。

纪：山角。堂：山上宽平处。朱熹《诗集传》："纪，山之廉角也。堂，山之宽平处也。"一说纪和堂是两种树名，即杞柳和棠梨。

黻（fú）衣：黑色青色花纹相间的上衣。绣裳：五彩绣成的下裳。当时都是贵族服装。

将将：同"锵锵"，象声词。

考：高寿。亡：通"忘"。

131 黄鸟

交交黄鸟,止于棘。谁从穆公?子车奄息。维此奄息,百夫之特。
临其穴,惴惴其栗。彼苍者天,歼我良人!如可赎兮,人百其身!
交交黄鸟,止于桑。谁从穆公?子车仲行。维此仲行,百夫之防。
临其穴,惴惴其栗。彼苍者天,歼我良人!如可赎兮,人百其身!
交交黄鸟,止于楚。谁从穆公?子车针虎。维此针虎,百夫之御。
临其穴,惴惴其栗。彼苍者天,歼我良人!如可赎兮,人百其身!

注释 交交:鸟鸣声。
棘:酸枣树。
从:从死,即殉葬。穆公:春秋时秦国国君,姓嬴,名任好。
子车:复姓。奄息:字奄,名息。下文子车仲行、子车针虎同此,这三人是当时秦国有名的贤臣。
特:杰出的人才。
"临其穴"二句:郑笺(jiān):"谓秦人哀伤其死,临视其圹,皆为之悼栗。"
彼苍者天:悲哀至极的呼号之语,犹今语"老天爷哪"。
良人:好人。
人百其身:犹言用一百人赎其一命。
桑:桑树。桑之言"丧",双关语。
防:抵当。郑笺:"防,犹当也。言此一人当百夫。"
楚:荆树。楚之言"痛楚"。亦为双关。

132 晨风

䬃彼晨风,郁彼北林。未见君子,忧心钦钦。如何如何?忘我实多!
山有苞栎,隰有六驳。未见君子,忧心靡乐。如何如何?忘我实多!
山有苞棣,隰有树檖。未见君子,忧心如醉。如何如何?忘我实多!

注释 晨风:鸟名。
䬃(yù):鸟疾飞的样子。
郁:郁郁葱葱,形容茂密。

钦钦：忧思难忘的样子。朱熹《诗集传》："忧而不忘之貌。"
如何：奈何，怎么办。
苞：丛生的样子。栎（lì）：树名。
驳（bó）：木名，梓榆之属，因其树皮青白如驳而得名。
棣：木名。
树：形容檖树直立的样子。檖（suí）：山梨。

133 无衣

岂曰无衣？与子同袍。王于兴师，修我戈矛。与子同仇！
岂曰无衣？与子同泽。王于兴师，修我矛戟。与子偕作！
岂曰无衣？与子同裳。王于兴师，修我甲兵。与子偕行！

注释　袍：长袍，即今之斗篷。
王：此指秦君。一说指周天子。于：语助词。兴师：起兵。
同仇：共同对敌。
泽：通"襗"，内衣，如今之汗衫。
作：起。
裳：下衣，此指战裙。
甲兵：铠甲与兵器。
偕行：同走。

134 渭阳

我送舅氏，曰至渭阳。何以赠之？路车乘黄。
我送舅氏，悠悠我思。何以赠之？琼瑰玉佩。

注释　渭：渭水。阳：水之北曰阳。
曰：发语词。
路车：古代诸侯乘坐的车。
悠悠：思绪长久。我思：自己思念舅舅。一说送舅舅时，联想到自己的母亲。
琼瑰：玉一类美石。

135 权舆

於,我乎!夏屋渠渠,今也每食无余。於嗟乎,不承权舆!
於,我乎?每食四簋,今也每食不饱。於嗟乎,不承权舆!

注释 权舆:本指草木初发,引申为起始。
　　　　於(wū):叹词。
　　　　夏屋:大的食器。夏,大;屋,通"握",渠渠:丰盛。
　　　　於嗟乎:悲叹声。
　　　　承:继承。
　　　　簋(guǐ):古代青铜或陶制圆形食器。

国风·陈风

扫码听朗诵

136 宛丘

子之汤兮,宛丘之上兮。洵有情兮,而无望兮。
坎其击鼓,宛丘之下。无冬无夏,值其鹭羽。
坎其击缶,宛丘之道。无冬无夏,值其鹭翿。

注释 宛丘:四周高,中间平坦的土山。
子:你,这里指女巫。汤(dàng):"荡"之借字。这里是舞动的样子。一说游荡,放荡。
洵:确实,实在是。有情:尽情欢乐。
望:德望。一说观望;一说望祀;一说仰望。
坎其:即"坎坎",描写击鼓声。
无:不管,不论。
值:持或戴。鹭羽:用白鹭羽毛做成的舞蹈道具。
缶(fǒu):瓦制的打击乐曲。
鹭翿(dào):用鹭羽制作的伞形舞蹈道具。聚鸟羽于柄头,下垂如盖。

137 东门之枌

东门之枌,宛丘之栩。子仲之子,婆娑其下。
穀旦于差,南方之原。不绩其麻,市也婆娑。
穀旦于逝,越以鬷迈。视尔如荍,贻我握椒。

注释 枌(fén):木名。
栩(xǔ):栎树。
子仲:陈国的姓氏。
婆娑:舞蹈。
穀(gǔ):良辰,好日子。差(chāi):选择。
南方之原:到南边的原野去相会。

绩：把麻搓成线。
市：集市。
逝：往，赶。
越以：做语助。鬷（zōng）：会聚，聚集。迈：走，行。
荍（qiáo）：锦葵。草本植物。
贻：赠送。握：一把。椒：花椒。

138 衡门

衡门之下，可以栖迟。泌之洋洋，可以乐饥。
岂其食鱼，必河之鲂？岂其取妻，必齐之姜？
岂其食鱼，必河之鲤？岂其取妻，必宋之子？

注释　衡门：衡，通"横"，毛传："衡门，横木为门，言浅陋也。"
　　　可以：一说何以。栖迟：栖息，安身，此指幽会。
　　　泌（bì）："泌"与"密"同，均为男女幽约之地，在山边曰密，在水边曰泌，故泌水为一般的河流，而非确指。
　　　乐饥：疗饥，充饥。
　　　岂：难道。
　　　河：黄河。
　　　齐之姜：齐国的姜姓美女。姜姓在齐国为贵族。
　　　宋之子：宋国的子姓女子。子姓在宋国为贵族。

139 东门之池

东门之池，可以沤麻。彼美淑姬，可与晤歌。
东门之池，可以沤纻。彼美淑姬，可与晤语。
东门之池，可以沤菅。彼美淑姬，可与晤言。

注释　池：护城河。一说水池。
　　　沤（òu）：长时间用水浸泡。纺麻之前先用水将其泡软，才能剥下麻皮，用以织麻布。
　　　淑：善，美。一作"叔"，指排行第三。姬：周之姓。一说是古代对妇女的美称。

晤（wù）歌：用歌声互相唱和，即对歌。
纻（zhù）：植物名。
晤语：对话。
菅（jiān）：菅草。

140 东门之杨

东门之杨，其叶牂牂。昏以为期，明星煌煌。
东门之杨，其叶肺肺。昏以为期，明星晢晢。

注释 牂（zāng）牂：风吹树叶的响声。一说枝叶茂盛的样子。
昏：黄昏。期：约定的时间。
明星：明亮的星星。一说启明星，晨见东方。煌煌：明亮的样子。
肺（pèi）肺：枝叶茂盛的样子。
晢（zhé）晢：明亮的样子。

141 墓门

墓门有棘，斧以斯之。夫也不良，国人知之。知而不已，谁昔然矣。
墓门有梅，有鸮萃止。夫也不良，歌以讯之。讯予不顾，颠倒思予。

注释 墓门：墓道的门。一说陈国城名。
棘：酸枣树。
斯：析，劈开，砍掉。
夫：这个人。
知而不已：尽管尽人皆知，他却依然如故。
谁昔：往昔，由来已久。然：这样。
梅：应做"棘"。
鸮（xiāo）：猫头鹰。萃：集，栖息。
讯：借作"谇"，斥责，告诫。
顾：管，在意。
颠倒：跌倒。

142 防有鹊巢

防有鹊巢,邛有旨苕。谁侜予美?心焉忉忉。
中唐有甓,邛有旨鷊。谁侜予美?心焉惕惕。

注释　防:水坝。一说堤岸;一说即"枋(fāng)",常绿乔木。
邛(qióng):土丘,山丘。旨:味美的,鲜嫩的。苕(tiáo):植物名。
侜(zhōu):谎言欺骗,挑拨。予美:我的爱人。美,美人儿,心上人。
忉(dāo)忉:忧愁不安的样子。
中唐:古代堂前或门内的甬道,泛指庭院中的主要道路。唐乃朝堂前和宗庙门内的大路。
一说通"塘",中唐,塘中。甓(pì):砖瓦,瓦片。一说通"䴙(pì)",野鸭子。
鷊(yì):杂色小草,又叫绶草,一般生长在阴湿处。
惕(tì)惕:提心吊胆、恐惧不安的样子。

143 月出

月出皎兮,佼人僚兮。舒窈纠兮,劳心悄兮。
月出皓兮,佼人懰兮。舒忧受兮,劳心慅兮。
月出照兮,佼人燎兮。舒夭绍兮,劳心惨兮。

注释　皎:毛传:"皎,月光也。"
佼(jiǎo):同"姣",美好。"佼人"即美人。
僚:同"嫽",娇美。
舒:舒徐,舒缓,指从容娴雅。
窈纠:形容女子行走时体态的曲线美。
劳心:忧心。
悄:忧愁状。
懰(liú):妩媚。
慅(cǎo):忧愁,心神不安。
燎:明也。一说姣美。
夭绍:形容女子风姿绰绝。
惨:焦躁貌。

144 株林

胡为乎株林？从夏南；匪适株林，从夏南！
驾我乘马，说于株野；乘我乘驹，朝食于株！

注释　胡为：为什么。株：陈国邑名，在今河南柘城县。林：郊野。一说株林是陈大夫夏徵舒的食邑。
　　　从：跟，与，此指找人。一说训为因。夏南：即夏姬之子夏徵舒，字子南。
　　　匪：非，不是。适：往。
　　　乘（shèng）马：四匹马。古以一车四马为一乘。
　　　说（shuì）：通"税"，停车解马。株野：株邑之郊野。
　　　乘（chéng）我乘（shèng）驹：驹，马高五尺以上、六尺以下称"驹"，大夫所乘；马高六尺以上称"马"，诸侯国君所乘。此诗中"乘马"者指陈灵公，"乘驹"者指陈灵公之臣孔宁、仪行父。

145 泽陂

彼泽之陂，有蒲与荷。有美一人，伤如之何？寤寐无为，涕泗滂沱。
彼泽之陂，有蒲与蕳。有美一人，硕大且卷。寤寐无为，中心悁悁。
彼泽之陂，有蒲菡萏。有美一人，硕大且俨。寤寐无为，辗转伏枕。

注释　泽：池塘。陂（bēi）：堤岸。
　　　蒲：植物名。
　　　伤：因思念而忧伤。
　　　无为：没有办法。
　　　涕：眼泪。泗（sì）：鼻涕。滂（pāng）沱（tuó）：本意是形容雨下得很大，此处比喻眼泪流得很多，哭得厉害。
　　　蕳（jiān）：植物名。
　　　卷（quán）：头发卷曲而美好的样子。
　　　悁（yuān）悁：忧伤愁闷的样子。
　　　菡（hàn）萏（dàn）：未开放的荷花。
　　　俨：庄重威严，端庄矜持。

国风·桧风

扫码听朗诵

146 羔裘

羔裘逍遥,狐裘以朝。岂不尔思?劳心忉忉。
羔裘翱翔,狐裘在堂。岂不尔思?我心忧伤!
羔裘如膏,日出有曜。岂不尔思?中心是悼!

注释 羔裘:羊羔皮袄。逍遥:悠闲地走来走去。
朝(cháo):上朝。
不尔思:即"不思尔"。
忉(dāo)忉:忧愁状。
翱翔:鸟儿回旋飞,比喻人行动悠闲自得。
在堂:站在朝堂上。
忧伤:忧愁悲伤。
膏:油脂,这里形容皮毛光洁。
曜:照耀。
悼:悲伤。

147 素冠

庶见素冠兮,棘人栾栾兮,劳心慱慱兮。
庶见素衣兮,我心伤悲兮,聊与子同归兮。
庶见素韠兮,我心蕴结兮。聊与子如一兮。

注释 素冠:白帽。
庶:幸。
棘人:罪人。棘,执囚之处。一说,瘦也。栾栾:拘束,不自由。一说,瘦瘠貌。
慱(tuán)慱:忧苦不安。
聊:愿。一说"且"。

韠（bì）：即蔽膝。
蕴结：郁结，忧思不解。
如一：如同一人。

148 隰有苌楚

隰有苌楚，猗傩其枝，夭之沃沃，乐子之无知。
隰有苌楚，猗傩其华，夭之沃沃。乐子之无家。
隰有苌楚，猗傩其实，夭之沃沃。乐子之无室。

注释　隰（xí）：低湿的地方。苌（cháng）楚：植物名。
猗（ē）傩（nuó）：同"婀娜"，茂盛而柔美的样子。
夭（yāo）：少，此指苌楚处于茁壮成长时期。沃沃：形容叶子润泽的样子。
乐：喜，这里有羡慕之意。子：指苌楚。
华（huā）：同"花"。
无家：没有家庭。家，谓婚配。
实：果实。
无室：没有家室拖累。

149 匪风

匪风发兮，匪车偈兮。顾瞻周道，中心怛兮。
匪风飘兮，匪车嘌兮。顾瞻周道，中心吊兮。
谁能亨鱼？溉之釜鬵。谁将西归？怀之好音。

注释　匪（bǐ）风：那风。匪，通"彼"，那。
发：犹"发发"，风吹声。
偈（jié）：疾驰貌。
周道：大道。
怛（dá）：痛苦，悲伤。
飘：飘风，旋风。这里指风势疾速回旋的样子。
嘌（piāo）：轻快貌。

吊：悲伤。
亨：通"烹"，煮。
溉：洗涤。釜：锅子。鬵（qín）：大锅。
怀：遗，带给。好音：平安的消息。

国风·曹风

150 蜉蝣

蜉蝣之羽,衣裳楚楚。心之忧矣,于我归处。
蜉蝣之翼,采采衣服。心之忧矣,于我归息。
蜉蝣掘阅,麻衣如雪。心之忧矣,于我归说。

注释 蜉(fú)蝣(yóu):一种昆虫,朝生而暮死。
蜉蝣之羽:以蜉蝣之羽形容衣服薄而有光泽。
楚楚:鲜明貌。一说整齐干净。
归处:指死亡。
采采:光洁鲜艳状。
掘阅:挖穴而出。阅:通"穴"。
麻衣:古代诸侯、大夫等统治阶级日常衣服,用白麻皮缝制。
说(shuì):通"税",止息,住,居住。

151 候人

彼候人兮,何戈与祋。彼其之子,三百赤芾。
维鹈在梁,不濡其翼。彼其之子,不称其服。
维鹈在梁,不濡其咮。彼其之子,不遂其媾。
荟兮蔚兮,南山朝隮。婉兮娈兮,季女斯饥。

注释 候人:官名,是看守边境、迎送宾客和治理道路、掌管禁令的小官。
何:通"荷",扛着。祋(duì):武器,殳的一种,竹制,长一丈二尺,有棱而无刃。
彼:他。其:语气词。之子:那人,那些人。
赤芾(fú):赤色的芾。芾,祭祀服饰,即用革制的蔽膝,上窄下宽,上端固定在腰部
衣上,按官品不同而有不同的颜色。赤芾乘轩是大夫以上官爵的待遇。三百:可以指人数,
即穿芾的有三百人;也可指芾的件数,即有三百件芾。

鹈（tí）：即鹈鹕，水禽。梁：伸向水中用于捕鱼的堤坝。
濡：沾湿。
称：相称，相配。服：官服。
咮（zhòu）：禽鸟的喙。
遂：终也，久也。媾：婚配，婚姻。
荟（huì）、蔚：云起蔽日，阴暗昏沉貌。
朝：早上。隮（jì）：同"跻"，升，登。
婉：年轻。娈（luán）：貌美。
季女：少女。斯：这么。

152 鸤鸠

鸤鸠在桑，其子七兮。淑人君子，其仪一兮。其仪一兮，心如结兮。
鸤鸠在桑，其子在梅。淑人君子，其带伊丝。其带伊丝，其弁伊骐。
鸤鸠在桑，其子在棘。淑人君子，其仪不忒。其仪不忒，正是四国。
鸤鸠在桑，其子在榛。淑人君子，正是国人，正是国人。胡不万年。

注释 鸤鸠（shī jiū）：鸟名。
淑人：善人。
仪：容颜仪态。
心如结：比喻用心专一。
伊：是。
弁（biàn）：皮帽。骐（qí）：青黑色的马。一说古代皮帽上的玉制饰品。
棘：酸枣树。
忒（tè）：差错。
正：闻一多《风诗类钞》："正，法也，则也。正是四国，为此四国之法则。"
榛（zhēn）：树名。
胡：何。

153 下泉

冽彼下泉，浸彼苞稂。忾我寤叹，念彼周京。
冽彼下泉，浸彼苞萧。忾我寤叹，念彼京周。

冽彼下泉，浸彼苞蓍。忾我寤叹，念彼京师。
芃芃黍苗，阴雨膏之。四国有王，郇伯劳之。

注释　下泉：地下涌出的泉水。

冽（liè）：寒冷。

苞：丛生。稂（láng）：野草。

忾：叹息。寤：醒。

周京：周朝的京都，天子所居，下文"京周""京师"同。

萧：植物名。

蓍（shi）：一种用于占卦的草。

芃（péng）芃：茂盛茁壮。

有王：郑笺："有王，谓朝聘于天子也。"

郇（xún）伯：毛传："郇伯，郇侯也。"郑笺："郇侯，文王之子，为州伯，有治诸侯之功。"何楷《诗经世本古义》则据齐诗之说，指晋大夫荀跞。盖郇、荀音同相通假。兹从齐诗说。劳：慰劳。

国风·豳风

扫码听朗诵

154 七月

七月流火,九月授衣。一之日觱发,二之日栗烈。
无衣无褐,何以卒岁?三之日于耜,四之日举趾。
同我妇子,馌彼南亩。田畯至喜。
七月流火,九月授衣。春日载阳,有鸣仓庚。
女执懿筐,遵彼微行,爰求柔桑。
春日迟迟,采蘩祁祁。女心伤悲,殆及公子同归。
七月流火,八月萑苇。蚕月条桑,取彼斧斨。以伐远扬,猗彼女桑。
七月鸣鵙,八月载绩。载玄载黄,我朱孔阳,为公子裳。
四月秀葽,五月鸣蜩。八月其获,十月陨萚。
一之日于貉,取彼狐狸,为公子裘。
二之日其同,载缵武功。言私其豵,献豜于公。
五月斯螽动股,六月莎鸡振羽。
七月在野,八月在宇,九月在户,十月蟋蟀入我床下。
穹窒熏鼠,塞向墐户。嗟我妇子,曰为改岁,入此室处。
六月食郁及薁,七月亨葵及菽。八月剥枣,十月获稻。
为此春酒,以介眉寿。
七月食瓜,八月断壶,九月叔苴。采荼薪樗,食我农夫。
九月筑场圃,十月纳禾稼。黍稷重穋,禾麻菽麦。
嗟我农夫,我稼既同,上入执宫功。
昼尔于茅,宵尔索绹,亟其乘屋,其始播百谷。
二之日凿冰冲冲,三之日纳于凌阴。四之日其蚤,献羔祭韭。
九月肃霜,十月涤场。朋酒斯飨,曰杀羔羊。跻彼公堂,称彼兕觥,万寿无疆!

注释 七月流火：火，星名，即心宿。流，流动。每年夏历六月，黄昏时候，这星当正南方，也就是正中和最高的位置。过了七月就偏西向下了，这就叫作"流"。

授衣：将裁制冬衣的工作交给女工。九月丝麻等事结束，所以在这时开始做冬衣。

一之日：十月以后第一个月的日子。以下二之日、三之日等仿此。为豳历纪日法。

觱（bì）发（bō）：大风触物声。

栗烈：或作"凛冽"，形容气寒。

褐：粗布衣。

于：犹"为"。为耜是说修理耒耜（耕田起土之具）。

趾：足。"举趾"是说去耕田。

馌（yè）：馈送食物。亩：指田身。田耕成若干垄，高处为亩，低处为畎。田垄东西向的叫作"东亩"，南北向的叫作"南亩"。

田畯（jùn）：农官名，又称农正或田大夫。

春日：指二月。载：始。阳：温暖。

仓庚：鸟名。

懿（yì）：深。

微行：小径（桑间道）。

爰（yuán）：语词，犹"曰"。柔桑：初生的桑叶。

迟迟：天长的意思。

祁祁：众多（指采蘩者）。

公子：指国君之子。殆及公子同归：是说怕被公子强迫带回家去。一说指怕被女公子带去陪嫁。

萑（huán）苇：芦苇。八月萑苇长成，收割下来，可以做箔。

蚕月：指三月。条桑：修剪桑树。

斨（qiāng）：方孔的斧头。

远扬：指长得太长而高扬的枝条。

猗（yī）：《说文》《广雅》作"掎"，牵引。"掎桑"是用手拉着桑枝来采叶。女桑：小桑。

鵙（jú）：鸟名，即伯劳鸟。

玄：是黑而赤的颜色。玄、黄指丝织品与麻织品的染色。

朱：赤色。阳：鲜明。

葽（yāo）：植物名，今名远志。秀葽：言远志结实。

蜩（tiáo）：蝉。

陨萚（tuò）：落叶。

貉：田猎者演习武事的礼叫祃祭或貉祭。于貉：言举行貉祭。

同：聚合，言狩猎之前聚合众人。

缵（zuǎn）：继续。武功：指田猎。
豵（zōng）：一岁小猪，这里用来代表比较小的兽。私其豵：言小兽归猎者私有。
豜（jiān）：三岁的大猪，代表大兽。大兽献给公家。
斯螽（zhōng）：虫名。
莎（suō）鸡：虫名。振羽：言鼓翅发声。
穹：穷尽，清除。窒（zhì）：堵塞。穹窒：言将室内满塞的角落搬空，搬空了才便于熏鼠。
向：朝北的窗户。墐（jìn）：用泥涂抹。贫家门扇用柴竹编成，涂泥使它不通风。
曰：《汉书》引作"聿"，语词。改岁：是说旧年将尽，新年快到。
郁：植物名。
菽（shū）：豆的总名。
剥（pū）：通"扑"，打。
春酒：冬天酿酒经春始成，叫作"春酒"。枣和稻都是酿酒的原料。
介（gài）：祈求。眉寿：长寿，人老眉间有豪毛，叫秀眉，所以长寿称眉寿。
壶：葫芦。
叔：拾。苴（jū）：麻子，可以吃。
薪樗：把樗当柴烧。
场：是打谷的场地。圃：是菜园。春夏做菜园的地方秋冬就做成场地，所以场圃连成一词。
纳：收进谷仓。禾稼：谷类通称。
重（tóng）：先种后熟的谷。穋（lù）：后种先熟的谷。
禾麻菽麦：这句的"禾"是专指一种谷，即今之小米。
功：事。宫功：指建筑宫室，或指室内的事。
索：动词，指制绳。绹（táo）：绳。索绹：是说打绳子。
亟：急。乘屋：盖屋。茅和绳都是盖屋需用的东西。
冲冲：凿冰之声。
凌：是聚集的水。阴：指藏冰之处。
蚤：古代的一种祭祖仪式。
献羔祭韭（jiǔ）：这句是说用羔羊和韭菜祭祖。
肃霜：犹"肃爽"，双声连语。这句是说九月天高气爽。
涤场：清扫场地。
朋酒：两樽酒。这句连下句是说年终燕乐。
跻（jī）：登。公堂：或指公共场所，不一定是国君的朝堂。
称：举。兕（sì）觥（gōng）：角爵。古代用兽角做的酒器。
万：大。无疆：无穷。

155 鸱鸮

鸱鸮鸱鸮，既取我子，无毁我室。恩斯勤斯，鬻子之闵斯。
迨天之未阴雨，彻彼桑土，绸缪牖户。今女下民，或敢侮予？
予手拮据，予所捋荼。予所蓄租，予口卒瘏，曰予未有室家。
予羽谯谯，予尾翛翛，予室翘翘。风雨所漂摇，予维音哓哓！

注释　鸱鸮（chī xiāo）：猫头鹰。
　　　子：指幼鸟。
　　　室：鸟窝。
　　　恩：爱。
　　　鬻（yù）：育。闵：忧苦。
　　　迨（dài）：及。
　　　彻：取。桑土：《韩诗》作"桑杜"，桑根。
　　　绸缪（móu）：缠绵，密密缠绕。牖（yǒu）：窗。户：门。
　　　女：汝。下民：鸟巢下面的人。或：有。
　　　拮（jié）据：手病，此指鸟脚爪劳累。
　　　捋（luō）：成把地摘取。
　　　蓄：积蓄。租：指鸟食。
　　　卒瘏（tú）：患病。室家：指鸟窝。
　　　谯（qiáo）谯：羽毛疏落貌。
　　　翛（xiāo）翛：羽毛枯敝无泽貌。
　　　翘翘：危而不稳貌。
　　　哓（xiāo）哓：鸟惊恐的叫声。

156 东山

我徂东山，慆慆不归。我来自东，零雨其濛。我东曰归，我心西悲。
制彼裳衣，勿士行枚。蜎蜎者蠋，烝在桑野。敦彼独宿，亦在车下。
我徂东山，慆慆不归。我来自东，零雨其濛。果臝之实，亦施于宇。
伊威在室，蟏蛸在户。町畽鹿场，熠耀宵行。不可畏也，伊可怀也。
我徂东山，慆慆不归。我来自东，零雨其濛。鹳鸣于垤，妇叹于室。

洒扫穹窒，我征聿至。有敦瓜苦，烝在栗薪。自我不见，于今三年。
我徂东山，慆慆不归。我来自东，零雨其濛。仓庚于飞，熠燿其羽。
之子于归，皇驳其马。亲结其缡，九十其仪。其新孔嘉，其旧如之何？

注释　东山：在今山东境内，周公伐奄驻军之地。
　　　慆（tāo）慆：久。
　　　士：通"事"。行枚：行军时衔在口中以保证不出声的竹棍。
　　　蜎（yuān）蜎：虫蠕动的样子。蠋（zhú）：一种野蚕。
　　　烝：久。
　　　敦：团状。
　　　果臝（luǒ）：葫芦科植物。
　　　施（yì）：蔓延。
　　　伊威：一种小虫，俗称土虱。
　　　蠨蛸（xiāo shāo）：一种蜘蛛。
　　　町畽（tuǎn）：兽迹。
　　　熠燿：光明的样子。宵行：磷火。
　　　垤（dié）：小土丘。
　　　聿：语气助词，有将要的意思。
　　　瓜苦：犹言瓜瓠，瓠瓜，一种葫芦。古俗在婚礼上剖瓠瓜成两张瓢，夫妇各执一瓢盛酒漱口。
　　　栗薪：栗树柴。
　　　皇驳：马毛淡黄的叫皇，淡红的叫驳。
　　　亲：此指女方的母亲。结缡：将佩巾结在带子上，古代婚仪。
　　　九十：言其多。

157 破斧

既破我斧，又缺我斨。周公东征，四国是皇。哀我人斯，亦孔之将。
既破我斧，又缺我锜。周公东征，四国是吪。哀我人斯，亦孔之嘉。
既破我斧，又缺我銶。周公东征，四国是遒。哀我人斯，亦孔之休。

注释　斧：斧头。圆孔曰斧。
　　　斨（qiāng）：斧的一种。方孔曰斨。
　　　四国：指商、管、蔡、霍，即周公东征平定的四国。或以为殷、东、徐、奄四国。一说"四方之国。皇:同"惶",恐惧。
哀:可怜。一说哀伤,一说借为爱。我人:我们这些人。斯:语气词,相当于"啊"。
孔:很、甚、极,程度副词。将:大。
锜(qí):凿子,一种兵器。一说是古代的一种锯。
吪(é):感化,教化。一说震惊貌。
嘉:善,美,好。
铼(qiú):即"锹"。一说是独头斧。
遒(qiú):团结、安和之意。
休:美好,与"嘉""将"意同。

158 伐柯

伐柯如何?匪斧不克。取妻如何?匪媒不得。
伐柯伐柯,其则不远。我觏之子,笾豆有践。

注释　伐柯:砍取做斧柄的木料。
　　　匪:同"非"。克:能。
　　　取:通"娶"。
　　　则:原则、方法。此处指按一定方法才能砍伐到斧子柄。
　　　觏(gòu):通"遘",遇见。
　　　笾(biān)豆有践:在古时家庭或社会举办盛大喜庆活动时,用笾豆等器皿,放满食品,整齐地排列于活动场所,叫作笾豆有践。此处指迎亲礼仪有条不紊。笾,竹编礼器,盛果脯用。豆,木质、金属质或陶质的器皿,盛放腌制食物、酱类。

159 九罭

九罭之鱼鳟鲂。我觏之子,衮衣绣裳。
鸿飞遵渚,公归无所,于女信处!
鸿飞遵陆,公归不复,于女信宿!
是以有衮衣兮,无以我公归兮!无使我心悲兮!

注释　九罭(yù):网眼较小的渔网。九,虚数,表示网眼很多。

鳟鲂：鱼的两个种类。

觏（gòu）：碰见。

衮（gǔn）衣：古时礼服，一般为君主或高级官员所穿。

遵渚：沿着沙洲。

女：汝。你。

信处：住两夜。处：住宿。

陆：水边的陆地。

是以：因此。

有：持有、留下。

无以：不要让。

160 狼跋

狼跋其胡，载疐其尾。公孙硕肤，赤舄几几。
狼疐其尾，载跋其胡。公孙硕肤，德音不瑕？

注释 跋（bá）：践，踩。

胡：老狼颈项下的垂肉。

载：则，且。疐（zhì）：跌倒。一说脚踩。

公孙：国君的子孙。硕肤：大腹便便貌。

赤舄（xì）：赤色鞋，贵族所穿。几几：鲜明。

德音：好名声。瑕：疵病，过失。或谓瑕借为"嘉"，不瑕即"不嘉"。

雅·小雅

扫码听朗诵

161 鹿鸣

呦呦鹿鸣，食野之苹。我有嘉宾，鼓瑟吹笙。
吹笙鼓簧，承筐是将。人之好我，示我周行。
呦呦鹿鸣，食野之蒿。我有嘉宾，德音孔昭。
视民不恌，君子是则是效。我有旨酒，嘉宾式燕以敖。
呦呦鹿鸣，食野之芩。我有嘉宾，鼓瑟鼓琴。
鼓瑟鼓琴，和乐且湛。我有旨酒，以燕乐嘉宾之心。

注释　呦（yōu）呦：鹿的叫声。
　　　苹：植物名。
　　　簧：笙上的簧片。笙是用几根有簧片的竹管、一根吹气管装在斗子上做成的。
　　　承筐：指奉上礼品。《毛传》："筐，筥属，所以行币帛也。"将：送，献。
　　　周行（háng）：大道，引申为大道理。
　　　蒿：菊科植物。
　　　德音：美好的品德声誉。孔：很。
　　　视：同"示"。恌：同"佻"。
　　　则：法则，楷模，此做动词。
　　　旨：甘美。
　　　式：语助词。燕：同"宴"。敖：同"遨"，嬉游。
　　　芩（qín）：草名。
　　　湛（dān）：深厚。

162 四牡

四牡騑騑，周道倭迟。岂不怀归？王事靡盬，我心伤悲。
四牡騑騑，啴啴骆马。岂不怀归？王事靡盬，不遑启处。
翩翩者鵻，载飞载下，集于苞栩。王事靡盬，不遑将父。

翩翩者鵻，载飞载止，集于苞杞。王事靡盬，不遑将母。
驾彼四骆，载骤骎骎。岂不怀归？是用作歌，将母来谂。

注释 四牡：指驾车的四匹雄马。
骓（fēi）骓：《广雅》："骓骓，疲也。行不止，则必疲。"
周道：大路。倭（wēi）迟（yí）：亦做"逶迤"，道路迂回遥远的样子。
靡：无。盬（gǔ）：止息。
啴（tān）啴：喘息的样子。骆：黑鬃的白马。
不遑（huáng）：无暇。启处：指在家安居休息。启，小跪。古人席地而坐，两膝跪着，臀部贴于足跟。
翩翩：飞行貌。鵻（zhuī）：鸟名。
集：落。苞：茂密。栩（xǔ）：树名。
将：奉养。
杞：木名。
骤：疾驰貌。骎（qīn）骎：形容马走得很快。
是用：是以，所以。
谂（shěn）：想念。

163 皇皇者华

皇皇者华，于彼原隰。駪駪征夫，每怀靡及。
我马维驹，六辔如濡。载驰载驱，周爰咨诹。
我马维骐，六辔如丝。载驰载驱，周爰咨谋。
我马维骆，六辔沃若。载驰载驱，周爰咨度。
我马维骃，六辔既均。载驰载驱，周爰咨询。

注释 皇皇：犹言煌煌，形容光彩甚盛。华：花。
原隰（xí）：原野上高平之处为原，低湿之处为隰。
駪（shēn）駪：众多疾行貌。
靡及：不及，无及。
六辔（pèi）：古代一车四马，马各二辔，其中两骖马的内辔，系在轼前不用，故称六辔。
如濡（rú）：新鲜有光泽貌。
载：语助词。

周：遍。爰（yuán）：于。咨诹（zōu）：咨询访问，征求意见。
骐（qí）：青黑色的马。
如丝：指辔缰有丝的光彩和韧度。
咨谋：与"咨诹"同义。
骆：白身黑鬣的马。
沃若：光泽盛貌。
咨度：与"咨诹"同义。
駰（yīn）：杂色的马。
均：协调。
咨询：与"咨诹"同义。

164 棠棣

棠棣之华，鄂不韡韡。凡今之人，莫如兄弟。
死丧之威，兄弟孔怀。原隰裒矣，兄弟求矣。
脊令在原，兄弟急难。每有良朋，况也永叹。
兄弟阋于墙，外御其务。每有良朋，烝也无戎。
丧乱既平，既安且宁。虽有兄弟，不如友生。
傧尔笾豆，饮酒之饫。兄弟既具，和乐且孺。
妻子好合，如鼓瑟琴。兄弟既翕，和乐且湛。
宜尔室家，乐尔妻帑。是究是图，亶其然乎？

注释　常棣（dì）：植物名。
华：花。
鄂：通"萼"，花萼。不：花托。韡（wěi）韡：鲜明茂盛的样子。
威：畏惧，可怕。
孔怀：最为思念、关怀。孔：很，最。
原：高平之地。隰（xí）：低湿之地。裒（póu）：聚集。
脊令（jí líng）：一种水鸟。水鸟今在原野，比喻兄弟急难。
每：连词，虽然。
况：更加。永：长。
阋（xì）：争吵。墙：墙内，家庭之内。
外：墙外。御：抵抗。务（wǔ）：通"侮"。

烝（zhēng）：长久。一说为发语词。戎：帮助。
友生：友人。生，语气词，无实义。
傧（bīn）：陈列。笾（biān）豆：祭祀或燕享时用来盛食物的器具。笾用竹制，豆用木制。
之：犹是。饫（yù）：宴饮同姓的私宴。一说酒足饭饱。
具：通"俱"，俱全、完备，聚集。
孺：相亲。
好合：相亲相爱。
翕（xī）：聚合，和好。
湛（dān）：喜乐。
宜：安，和顺。
帑（nú）：通"孥"，儿女。
究：深思。图：思虑。
亶（dǎn）：信，确实。然：如此。

165 伐木

伐木丁丁，鸟鸣嘤嘤。出自幽谷，迁于乔木。嘤其鸣矣，求其友声。
相彼鸟矣，犹求友声。矧伊人矣，不求友生？神之听之，终和且平。
伐木许许，酾酒有藇。既有肥羜，以速诸父。宁适不来，微我弗顾。
於粲洒扫，陈馈八簋。既有肥牡，以速诸舅。宁适不来，微我有咎。
伐木于阪，酾酒有衍。笾豆有践，兄弟无远。民之失德，干糇以愆。
有酒湑我，无酒酤我。坎坎鼓我，蹲蹲舞我。迨我暇矣，饮此湑矣。

注释　丁（zhēng）丁：砍树的声音。
嘤嘤：鸟叫的声音。
相：审视，端详。
矧（shěn）：况且。伊：你。
听之：听到此事。
终……且……：既……又……。
许（hǔ）许：砍伐树木的声音。
酾酒：筛酒。酾（shī），过滤。有藇：即"藇藇"，酒清澈透明的样子。藇（xù），甘美，或释为"溢貌"。
羜（zhù）：小羊羔。

速：邀请。
宁：宁可。适：恰巧。
微：非。弗顾：不顾念。
於：叹词。粲：光明、鲜明的样子。
陈：陈列。馈（kuì）：食物。簋（guǐ）：古时盛放食物用的圆形器皿。
牡：雄畜，诗中指公羊。
诸舅：异姓亲友。
咎：过错。
有衍：即"衍衍"，满溢的样子。
笾（biān）豆：盛放食物用的两种器皿。践：陈列。
民：人。
干糇（hóu）：干粮。愆（qiān）：过错，过失。
湑（xǔ）：滤酒。
酤：买酒。
坎坎：鼓声。
蹲蹲（cún）：舞姿。
迨（dài）：等待。

166 天保

天保定尔，亦孔之固。俾尔单厚，何福不除？俾尔多益，以莫不庶。
天保定尔，俾尔戬穀。罄无不宜，受天百禄。降尔遐福，维日不足。
天保定尔，以莫不兴。如山如阜，如冈如陵，如川之方至，以莫不增。
吉蠲为饎，是用孝享。禴祠烝尝，于公先王。君曰卜尔，万寿无疆。
神之吊矣，诒尔多福。民之质矣，日用饮食。群黎百姓，遍为尔德。
如月之恒，如日之升。如南山之寿，不骞不崩。如松柏之茂，无不尔或承。

注释　保：保护。定：平安。尔：指国君。
　　　亦：又。孔：很。固：巩固。
　　　俾：使。尔：你，即周宣王。单厚：确实很多。单，"宣"之假借，确实。
　　　除：赐予。
　　　多益：多富，即富有。
　　　庶：众多。

戬（jiǎn）：吉祥，幸福。穀：善。

罄（qìng）：尽，指所有的一切。

百禄：百福。百，言其多。

遐福：远福，即久长、远大之福。

维日不足：言因福之多而广远，日日享福也享受不完。维，通"惟"，惟恐。

兴：兴盛。

阜（fù）：土山，高丘。

陵：丘陵。

川之方至：河水涨潮。

增：增加。

吉：吉日。蠲（juān）：祭祀前沐浴斋戒使清洁。饎（chì）：祭祀用的酒食。

是用：即用是，用此。孝享：献祭。孝，祭祀。

禴（yuè）祠烝尝：一年四季在宗庙里举行的祭祀的名称，春曰祠，夏曰禴，秋曰尝，冬曰烝。

于公先王：指献祭于先公先王。公，先公，周之远祖。

君曰：即尸传达神的话。君，指先公先君的神灵。卜：给予。

万：大。无疆：无穷。

吊：至。指神灵、祖考降临。

诒：通"贻"，赠给。

质：质朴，诚实。

日用饮食：以日用饮食为事，形容人民质朴之状态。

群黎：民众，指普通劳动人民。百姓：贵族，即百官族姓。

为：通"化"，感化。

恒：指月到上弦。

骞（qiān）：因风雨剥蚀而亏损。

或承：即"是承"。承，继承，承受。

167 采薇

采薇采薇，薇亦作止。曰归曰归，岁亦莫止。
靡室靡家，猃狁之故。不遑启居，猃狁之故。
采薇采薇，薇亦柔止。曰归曰归，心亦忧止。
忧心烈烈，载饥载渴。我戍未定，靡使归聘。
采薇采薇，薇亦刚止。曰归曰归，岁亦阳止。

王事靡盬，不遑启处。忧心孔疚，我行不来！
彼尔维何？维常之华。彼路斯何？君子之车。
戎车既驾，四牡业业。岂敢定居？一月三捷。
驾彼四牡，四牡骙骙。君子所依，小人所腓。
四牡翼翼，象弭鱼服。岂不日戒？玁狁孔棘！
昔我往矣，杨柳依依。今我来思，雨雪霏霏。
行道迟迟，载渴载饥。我心伤悲，莫知我哀！

注释 薇：植物名。
作：指薇菜冒出地面。
止：句末助词，无实意。
曰：句首、句中助词，无实义。
莫：通"暮"，也读作"暮"。本文指年末。
靡（mí）室靡家：没有正常的家庭生活。靡，无。室，与"家"义同。
玁（xiǎn）狁（yǔn）：中国古代少数民族名。
不遑（huáng）：不暇。遑，闲暇。
启居：跪、坐，指休息、休整。启，跪、跪坐。居，安坐、安居。古人席地而坐，两膝着席，
危坐时腰部伸直，臀部与足离开；安坐时臀部贴在足跟上。
柔：柔嫩。"柔"比"作"更进一步生长。指刚长出来的薇菜柔嫩的样子。
烈烈：炽烈，形容忧心如焚。
载（zài）饥载渴：则饥则渴、又饥又渴。载……载……，即又……又……。
戍（shù）：防守，这里指防守的地点。
聘（pìn）：问候的音信。
刚：坚硬。
阳：农历十月，小阳春季节。今犹言"十月小阳春"。
靡：无。盬（gǔ）：止息，了结。
启处：休整，休息。
孔：甚，很。疚：病，苦痛。
我行不来：我不能回家。来，回家。一说，我从军出发后，还没有人来慰问过。
常：常棣（棠棣），植物名。
路：高大的战车。斯何，犹言维何。斯，语气助词，无实义。
君子：指将帅。
戎（róng）：车，兵车。

牡（mǔ）：雄马。

业业：高大的样子。

定居：犹言安居。

捷：胜利。谓接战、交战。一说，捷，邪出，指改道行军。

小人：指士兵。

腓（féi）：庇护，掩护。

翼翼：整齐的样子。谓马训练有素。

弭（mǐ）：弓的一种，其两端饰以骨角。一说弓两头的弯曲处。象弭，以象牙装饰弓端的弭。

鱼服：鲨鱼鱼皮制的箭袋。

日戒：日日警惕戒备。

孔棘（jí）：很紧急。棘，急。

昔：从前，文中指出征时。往：当初从军。

依依：形容柳丝轻柔、随风摇曳的样子。

思：用在句末，没有实在意义。

雨：音同玉，为"下"的意思。霏（fēi）霏：雪花纷落的样子。

迟迟：迟缓的样子。

168 出车

我出我车，于彼牧矣。自天子所，谓我来矣。

召彼仆夫，谓之载矣。王事多难，维其棘矣。

我出我车，于彼郊矣。设此旐矣，建彼旄矣。

彼旟旐斯，胡不旆旆？忧心悄悄，仆夫况瘁。

王命南仲，往城于方。出车彭彭，旂旐央央。

天子命我，城彼朔方。赫赫南仲，玁狁于襄。

昔我往矣，黍稷方华。今我来思，雨雪载涂。

王事多难，不遑启居。岂不怀归？畏此简书。

喓喓草虫，趯趯阜螽。未见君子，忧心忡忡。

既见君子，我心则降。赫赫南仲，薄伐西戎。

春日迟迟，卉木萋萋。仓庚喈喈，采蘩祁祁。

执讯获丑，薄言还归。赫赫南仲，玁狁于夷。

注释 牧：城郊以外的地方。

棘：急。

旐（zhào）：画有龟蛇图案的旗。

建：竖立。旄（máo）：旗竿上装饰牦牛尾的旗子。

旟（yú）：画有鹰隼图案的旗帜。

旆（pèi）旆：旗帜飘扬的样子。

悄悄：心情沉重的样子。

况瘁（cuì）：辛苦憔悴。

彭彭：形容车马众多。

旂（qí）：绘交龙图案的旗帜，带铃。央央：鲜明的样子。

赫赫：威仪显赫的样子。

襄：即"攘"，平息，扫除。

方：正值。华（huā）：开花，诗中指黍稷抽穗。

思：语助词。

雨雪：下雪。涂：即"途"。

遑：空闲。启居：安坐休息。

简书：周王传令出征的文书。

喓（yāo）喓：昆虫的叫声。

趯（tì）趯：蹦蹦跳跳的样子。阜螽（zhōng）：虫名。

君子：指南仲等出征之人。

我：作者设想的在家之人。降：安宁。

薄：借为"搏"，打击。西戎：古代北方少数民族。

萋（qī）萋：草木茂盛的样子。

喈（jiē）喈：鸟叫声。

蘩（fán）：植物名。祁祁：众多的样子。

执讯：捉住审讯。获丑：俘虏。

薄：急。还（xuán）：通"旋"，凯旋。

玁（xiǎn）狁（yǔn）：北方的少数民族。夷：扫平。

169 杕杜

有杕之杜，有睆其实。王事靡盬，继嗣我日。日月阳止，女心伤止，征夫遑止。

有杕之杜，其叶萋萋。王事靡盬，我心伤悲。卉木萋止，女心悲止，征夫归止！

陟彼北山，言采其杞。王事靡盬，忧我父母。檀车幝幝，四牡痯痯，征夫不远！

匪载匪来，忧心孔疚。期逝不至，而多为恤。卜筮偕止，会言近止，征夫迩止！

注释　杕（dì）：树木孤独貌。杜：一种果木。
　　　有：句首语助词，无实义。
　　　睍（huǎn）：果实圆浑貌。实：果实。
　　　靡：没有。盬（gǔ）：停止。
　　　嗣：延长、延续。
　　　阳：农历十月，十月又名阳月。止：句尾语气词。
　　　遑（huáng）：闲暇。一说忙。
　　　萋萋：草木茂盛貌。
　　　陟（zhì）：登山。
　　　言：语助词，无实义。杞：植物名。
　　　忧：此为使动用法，使父母忧。一说忧父母无人供养。
　　　檀车：役车，一般是用檀木做的。一说是车轮用檀木做的。幝（chǎn）幝：破败貌。
　　　牡：公马。痯（guǎn）痯：疲劳貌。
　　　匪：非。载：此处指车。
　　　孔：很，大。疚（jiù）：病痛。
　　　期：预先约定时间。逝：过去。
　　　恤（xù）：忧虑。
　　　卜：以龟甲占吉凶。筮（shì）：以蓍草算卦。偕：合。
　　　会言：合言，都说。一说"会"为聚合（离人相聚）；"言"为语助词，无实义。
　　　迩（ěr）：近。

170 鱼丽

鱼丽于罶，鲿鲨。君子有酒，旨且多。
鱼丽于罶，鲂鳢。君子有酒，多且旨。
鱼丽于罶，鰋鲤。君子有酒，旨且有。
物其多矣，惟其嘉矣！
物其旨矣，惟其偕矣！物其有矣，惟其时矣！

注释　丽（lí）：同"罹"，意谓遭遇。罶（liǔ）：捕鱼的工具，又称笱，用竹编成，编绳为底，鱼入而不能出。

鲿（cháng）：鱼名。
旨：味美。
鲂（fáng）：鱼名。鳢（lǐ）：鱼名。
鰋（yǎn）：鱼名。
偕（xié）：齐全。
有：犹多。
时：及时。

171 南有嘉鱼

南有嘉鱼，烝然罩罩。君子有酒，嘉宾式燕以乐。
南有嘉鱼，烝然汕汕。君子有酒，嘉宾式燕以衎。
南有樛木，甘瓠累之。君子有酒，嘉宾式燕绥之。
翩翩者鵻，烝然来思。君子有酒，嘉宾式燕又思。

注释　南：指南方长江、汉水等河川。嘉鱼：美鱼。
　　　烝（zhēng）然：众多的样子。罩罩：义同"掉掉"，众鱼在水中摇尾游动之貌。
　　　式：语助词。燕：同"宴"。
　　　汕（shàn）汕：群鱼游水的样子。
　　　衎（kàn）：快乐。
　　　樛（jiū）木：弯曲的树木。樛，树木向下弯曲。
　　　瓠（hù）：葫芦。累（léi）：缠绕。
　　　绥：安。
　　　鵻（zhuī）：鸟名。
　　　思：句尾助词，下同。
　　　又：通"侑"，劝酒。

172 南山有臺

南山有臺，北山有莱。乐只君子，邦家之基。乐只君子，万寿无期！
南山有桑，北山有杨。乐只君子，邦家之光。乐只君子，万寿无疆！
南山有杞，北山有李。乐只君子，民之父母。乐只君子，德音不已！

南山有栲,北山有杻。乐只君子,遐不眉寿。乐只君子,德音是茂!
南山有枸,北山有楰。乐只君子,遐不黄耇。乐只君子,保艾尔后!

注释　臺:通"薹(tái)",草名。
　　　莱:草名。
　　　只:语助词。
　　　邦家:国家。基:根本。
　　　光:荣耀。
　　　杞(qǐ):木名,即枸杞。
　　　民之父母:意指其爱民如子,则民众尊之如父母。
　　　德音:好名誉。
　　　栲:树名。
　　　杻(niǔ):树名。
　　　遐:何。眉寿:高寿。眉有秀毛,是长寿之相。
　　　茂:美盛。
　　　枸(jǔ):树名。
　　　楰(yǔ):树名。
　　　黄耇(gǒu):《毛传》:"黄,黄发;耇,老。"
　　　保艾:保养。

173 蓼萧

蓼彼萧斯,零露湑兮。既见君子,我心写兮。燕笑语兮,是以有誉处兮。
蓼彼萧斯,零露瀼瀼。既见君子,为龙为光。其德不爽,寿考不忘。
蓼彼萧斯,零露泥泥。既见君子,孔燕岂弟。宜兄宜弟,令德寿岂。
蓼彼萧斯,零露浓浓。既见君子,鞗革冲冲。和鸾雍雍,万福攸同。

注释　蓼(lù):长而大的样子。萧:植物名。斯:语气词,犹"兮"。
　　　零:滴落。湑(xǔ):湑然,萧上露貌。即叶子上沾着水珠。
　　　写(xiè):舒畅。
　　　燕:通"宴",宴饮。
　　　誉处:安乐愉悦。
　　　瀼(ráng)瀼:露繁貌,露水很多。

为龙为光：为被天子恩宠而荣幸，喜其德之辞。龙，古"宠"字。

不爽：不差。

不忘：没有止期。忘，"止"的假借。

泥泥：露湿貌，露水很重。

孔燕：非常安详。岂（kǎi）弟（tì）：即"恺悌"，和乐平易。

宜兄宜弟：形容关系和睦，犹如兄弟。宜，适宜。

令德：美德。岂（kǎi）：同"恺"，快乐。

浓浓：同"瀼瀼"，露盛多貌。

鞗（tiáo）革：鞗，辔头；革，马辔所余而垂者也。冲冲：饰物下垂貌。

和鸾：鸾，借为"銮"，和与銮均为铜铃，系在轼上的叫"和"，系在衡上的叫"銮"，皆诸侯车马之饰也。

攸：所。同：会聚。

174 湛露

湛湛露斯，匪阳不晞。厌厌夜饮，不醉无归。
湛湛露斯，在彼丰草。厌厌夜饮，在宗载考。
湛湛露斯，在彼杞棘。显允君子，莫不令德。
其桐其椅，其实离离。岂弟君子，莫不令仪。

注释　湛湛：露水浓重的样子。斯：语气词。

匪：通"非"。晞（xī）：干。

厌（yān）厌：一作"懕（yān）懕"，和悦的样子。夜饮：即晚宴。

宗：宗庙。载（zài）：则，一说充满。考：成。一说"考"通"孝"，另一说"考"指宫庙落成典礼中的"考祭"。

杞（qǐ）棘（jí）：两种植物名。

显允：光明磊落而诚信忠厚。显，光明；允，诚信。

令德：美德。令，善美。

桐、椅：均为植物名。

离离：果实多而下垂貌。犹"累累"。

岂（kǎi）弟（tì）：同"恺悌"，和乐平易的样子。

令仪：美好的容止、威仪。仪，仪容，风范。

175 彤弓

彤弓弨兮,受言藏之。我有嘉宾,中心贶之。钟鼓既设,一朝飨之。
彤弓弨兮,受言载之。我有嘉宾,中心喜之。钟鼓既设,一朝右之。
彤弓弨兮,受言櫜之。我有嘉宾,中心好之。钟鼓既设,一朝酬之。

注释 彤弓:漆成红色的弓,天子用来赏赐有功诸侯。
弨(chāo):弓弦松弛貌。
言:句中助词。藏:珍藏。
嘉宾:有功诸侯。
中心:内心。贶(kuàng):《郑笺》:"贶者,欲加恩惠也。"马瑞辰《毛诗传笺通释》:"'中心贶之'正谓中心善之。"
一朝:整个上午。飨(xiǎng):用酒食款待宾客。
载:装在车上。
右:通"侑",劝(酒)。
櫜(gāo):装弓的袋,此处指装入弓袋。
酬:互相敬酒。

176 菁菁者莪

菁菁者莪,在彼中阿。既见君子,乐且有仪。
菁菁者莪,在彼中沚。既见君子,我心则喜。
菁菁者莪,在彼中陵。既见君子,锡我百朋。
泛泛杨舟,载沉载浮。既见君子,我心则休。

注释 菁(jīng)菁:草木茂盛。莪:草名。
中阿:阿中也,大陵曰阿。阿,山坳。
仪:仪容,气度。
中沚:沚中也。沚,水中小洲。
中陵:陵中也。丘陵高坡之地。
锡:同"赐"。朋:上古以贝壳为货币,五贝或十贝一串,两串为"朋"。
泛泛:漂浮不定的样子。杨舟:杨木做成的小船。

载：或，又。
休：喜。

177 六月

六月栖栖，戎车既饬。四牡骙骙，载是常服。
狁孔炽，我是用急。王于出征，以匡王国。
比物四骊，闲之维则。维此六月，既成我服。
我服既成，于三十里。王于出征，以佐天子。
四牡修广，其大有颙。薄伐狁，以奏肤公。
有严有翼，共武之服。共武之服，以定王国。
狁匪茹，整居焦获。侵镐及方，至于泾阳。
织文鸟章，白旆央央。元戎十乘，以先启行。
戎车既安，如轾如轩。四牡既佶，既佶且闲。
薄伐狁，至于大原。文武吉甫，万邦为宪。
吉甫燕喜，既多受祉。来归自镐，我行永久。
饮御诸友，炰鳖脍鲤。侯谁在矣？张仲孝友。

注释 栖栖：忙碌紧急的样子。
饬（chì）：整顿，整理。
骙（kuí）骙：马很强壮的样子。
常服：军服。
狁（xiǎn）狁（yǔn）：古代北方游牧民族。孔：很。炽（chì）：势盛。
是用：是以，因此。
匡：扶助。
比物：把力气和毛色一致的马套在一起。
闲：训练。则：法则。
服：指出征的装备，戎服，军衣。
于：往。三十里：古代军行三十里为一舍。
修广：指战马体态高大。修，长；广，大。
颙（yóng）：大头大脑的样子。

奏：建立。肤公：大功。

严：威严。翼：整齐。

共：通"恭"，严肃地对待。武之服：打仗的事。

匪：同"非"。茹：柔弱。

焦获：泽名，在今陕西泾阳县北。

镐（hào）：地名，通"鄗"，不是周朝的都城镐京。方：地名。

织文鸟章：指绘有凤鸟图案的旗帜。

旆（pèi）：旌旗末端形如燕尾的垂旒飘带。央央：鲜明的样子。

元戎：大的战车。

如轾（zhì）如轩：车身前俯后仰。

佶（jí）：整齐。

闲：驯服的样子。

大原：即太原，地名，与今山西太原无关。

宪：榜样。

祉（zhǐ）：福。

御：进献。

炰（páo）：蒸煮。脍（kuài）鲤：切成细条的鲤鱼。

侯：语助词。

张仲：周宣王卿士。

178 采芑

薄言采芑，于彼新田，于此菑亩。方叔莅止，其车三千，师干之试。
方叔率止，乘其四骐，四骐翼翼。路车有奭，簟茀鱼服，钩膺鞗革。
薄言采芑，于彼新田，于此中乡。方叔莅止，其车三千，旂旐央央。
方叔率止，约軝错衡，八鸾玱玱。服其命服，朱芾斯皇，有玱葱珩。
鴥彼飞隼，其飞戾天，亦集爰止。方叔莅止，其车三千，师干之试。
方叔率止，钲人伐鼓，陈师鞠旅。显允方叔，伐鼓渊渊，振旅阗阗。
蠢尔蛮荆，大邦为雠。方叔元老，克壮其犹。方叔率止，执讯获丑。
戎车啴啴，啴啴焞焞，如霆如雷。显允方叔，征伐猃狁，蛮荆来威。

注释　薄言：句首语气词。芑（qí）：一种野菜。
　　　新田：《毛传》："田一岁曰菑，二岁曰新田，三岁曰畬（yú）。"

菑（zī）亩：见上注。

苙（lì）：临。止：语助词。

干：盾。试：演习。

骐（qí）：青底黑纹的马。翼翼：整齐严谨的样子。

路车：大车。路，通"辂"。奭（shì）：红色的涂饰。

簟（diàn）茀（fú）：遮挡战车后部的竹席子。鱼服：鲨鱼皮装饰的车箱。

钩膺（yīng）：带有铜质钩饰的马胸带。鞗（tiáo）革：皮革制成的马缰绳。

中乡：乡中。

旂（qí）旐（zhào）：画有龙和蛇图案的旗帜。

约軝（qí）：用皮革约束车轴露出车轮的部分。错衡：在战车扶手的横木上饰以花纹。

玱（qiāng）玱：象声词，金玉撞击声。

服：穿起。命服：礼服。

芾（fú）：通"韍"，皮制的蔽膝，类似围裙。

有玱：即"玱玱"。葱珩（héng）：翠绿色的佩玉。

鴥（yù）：鸟飞迅疾的样子。隼（sǔn）：一类猛禽。

戾（lì）：到达。

止：止息。

钲（zhēng）人：掌管击钲击鼓的官员。

陈：陈列。鞠：训告。

显允：高贵英伟。

渊渊：象声词，击鼓声。

振旅：整顿队伍，指收兵。阗（tián）阗：击鼓声。

蠢：愚蠢，无知的举动。蛮荆：对南方部族的蔑称。

大邦：大国，指周王朝。

元老：年长功高的老臣。

克：能。壮：光大。犹：通"猷"，谋略。

执讯：捉住审讯。获丑：俘虏。

啴（tān）啴：兵车行走的声音。

焞（tūn）焞：车马众多的样子。

玁（xiǎn）狁（yǔn）：古代少数民族匈奴在周朝时的名称。

来：语助词。威：威服。"蛮荆来威"即"来威蛮荆"。

179 车攻

我车既攻，我马既同。四牡庞庞，驾言徂东。
田车既好，四牡孔阜。东有甫草，驾言行狩。
之子于苗，选徒嚣嚣。建旐设旄，搏兽于敖。
驾彼四牡，四牡奕奕。赤芾金舄，会同有绎。
决拾既佽，弓矢既调。射夫既同，助我举柴。
四黄既驾，两骖不猗。不失其驰，舍矢如破。
萧萧马鸣，悠悠旆旌。徒御不惊，大庖不盈。
之子于征，有闻无声。允矣君子，展也大成！

注释 攻：修缮。
同：齐，指选择调配足力相当的健马驾车。
庞庞：马高大强壮貌。
言：句中语气词。徂（cú）：往。东：东都洛阳。
田车：猎车。
孔：甚。阜（fù）：高大肥硕有气势。
甫：通"圃"，地名，在今河南中牟西。
行狩（shòu）：行狩猎之事。
之子：那人，指天子。苗：《毛传》："夏猎曰苗。"
选：通"算"，清点。嚣（áo）嚣：声音嘈杂。
旐（zhào）：绘有龟蛇图案的旗。旄：饰牦牛尾的旗。
敖：山名，在今河南荥阳东北。
奕奕：马从容而迅捷貌。
赤芾（fú）：红色蔽膝。金舄（xì）：用铜装饰的鞋。舄，双层底的鞋。
会同：会合诸侯，是诸侯朝见天子的专称，此处指诸侯参加天子的狩猎活动。有绎：绎绎，连续不断而有次序的样子。
决：用象牙和兽骨制成的扳指，射箭拉弦所用。拾：皮制的护臂，射箭时缚在左臂上。
佽（cì）：用手指相比次调弓矢。
调（tiáo）：调和，相称。
同：合耦，指比赛射箭的人找到对手。
举：取。柴（zī）：即"紫"，或作"骴"，堆积的动物尸体。
四黄：四匹黄色的马。
两骖（cān）：四匹马驾车时两边的马叫骖。猗（yī）：通"倚"，偏差。

驰：驰驱之法。
舍矢：放箭。如：而。破：射中。
萧萧：马长鸣声。
悠悠：旌旗轻轻飘动貌。
徒御：徒步拉车的士卒。不：语助词，无实义，下句同。惊："警"之假借字，机警。
大庖（páo）：天子的厨房。
于：往。征：行，此处指田猎归来。
允：确实。君子：指天子。
展：诚然，的确。大成：成大功。

180 吉日

吉日维戊，既伯既祷。田车既好，四牡孔阜。升彼大阜，从其群丑。
吉日庚午，既差我马。兽之所同，麀鹿麌麌。漆沮之从，天子之所。
瞻彼中原，其祁孔有。儦儦俟俟，或群或友。悉率左右，以燕天子。
既张我弓，既挟我矢。发彼小豝，殪此大兕。以御宾客，且以酌醴。

注释 吉日：吉利的日子。维：语助词，有"是"的意思。戊：戊日。
伯：马祖。祷（dǎo）：告祭求福。因田猎用马，故祭马祖。
田车：猎车。田，同"畋（tián）"，打猎。
孔：很。阜：强壮高大。
阜：山岗。
从：追逐。群丑：这里指兽群。
差（chāi）：选择。
同：聚集。
麀（yōu）鹿：母鹿，这里泛指母兽。麌（yǔ）麌：兽众多貌。
漆沮（jǔ）：古代二水名，在今陕西境内。
所：处所，此指会猎场所。
中原：即原中，平旷之地，原野之中。
祁：大。一说指原野辽阔，或以为指兽大。有：丰富，指野兽多。
儦（biāo）儦：疾走貌。俟（sì）俟：缓行等待貌。
或群或友：指三两成群。兽三只在一起为群；兽两只在一起为友。
悉：尽，全。率：驱逐。
燕：使快乐。

张我弓：拉开弓。

挟我矢：用手指挟持搭上弓的箭，准备发射。

豝（bā）：母猪。

殪（yì）：射死。兕（sì）：大野牛，或谓乃犀牛。

御：进，指将猪牛烹熟进献宾客。

酌醴（lǐ）：酌饮美酒。醴，甜酒。

181 鸿雁

鸿雁于飞，肃肃其羽。之子于征，劬劳于野。爰及矜人，哀此鳏寡。
鸿雁于飞，集于中泽。之子于垣，百堵皆作。虽则劬劳，其究安宅。
鸿雁于飞，哀鸣嗷嗷。维此哲人，谓我劬劳。维彼愚人，谓我宣骄。

注释　鸿雁：水鸟名。于：语助词。

　　　肃肃：鸟飞时扇动翅膀的声音。

　　　之子：那人，指服劳役的人。征：远行。

　　　劬（qú）劳：勤劳辛苦。

　　　爰（yuán）：语助词。矜（jīn）人：穷苦的人。

　　　鳏（guān）：老而无妻者。寡：老而无夫者。

　　　集：停。中泽：即泽中。

　　　于垣：筑墙。

　　　堵：长、高各一丈的墙叫一堵。作：筑起。

　　　究：终。宅：居住。

　　　嗷（áo）嗷：鸿雁的哀鸣声。

　　　哲人：通情达理的人。

182 庭燎

夜如何其？夜未央，庭燎之光。君子至止，鸾声将将。
夜如何其？夜未艾，庭燎晣晣。君子至止，鸾声哕哕。
夜如何其？夜乡晨，庭燎有辉。君子至止，言观其旂。

注释 庭燎：宫廷中照亮的火炬。
其（jī）：语尾助词。
央：尽。
君子：指上朝的诸侯大臣等人。
鸾：也作"銮"，铃。古代车马所佩的铃。将（qiāng）将：铃声。
艾：尽。
晣（zhé）晣：明亮貌。
哕（huì）哕：鸾铃声。
乡（xiàng）晨：近晨，将亮。乡，同"向"。
有辉（huī）：犹"辉辉"，光明貌。一说火光暗淡貌。
言：乃，爰。旂（qí）：上面画有蛟龙、杆顶有铃的旗，为诸侯仪仗。

183 沔水

沔彼流水，朝宗于海。鴥彼飞隼，载飞载止。
嗟我兄弟，邦人诸友。莫肯念乱，谁无父母？
沔彼流水，其流汤汤。鴥彼飞隼，载飞载扬。
念彼不迹，载起载行。心之忧矣，不可弭忘。
鴥彼飞隼，率彼中陵。民之讹言，宁莫之惩。我友敬矣，谗言其兴。

注释 沔（miǎn）：流水满溢貌。
朝宗：归往。本意是指诸侯朝见天子。《周礼·春官大宗伯》："春见曰朝，夏见曰宗。"后来借指百川归海。
鴥（yù）：鸟疾飞貌。隼（sǔn）：一类猛禽。
载：句首语助词。
嗟：嗟叹。"嗟"字贯下两句，意即嗟叹我的兄弟即国人、诸友。
邦人：国人。
念："尼"之假借，止。
汤（shāng）汤：意同"荡荡"，水大流急貌。
不迹：不循法度。
弭（mǐ）：止，消除。
率：沿。中陵：陵中。陵，丘陵。
讹（é）言：谣言。

惩：止。
敬：同"警"，警戒。
谗言其兴：谗言如此兴盛。其：如此。

184 鹤鸣

鹤鸣于九皋，声闻于野。鱼潜在渊，或在于渚。
乐彼之园，爰有树檀，其下维萚。他山之石，可以为错。
鹤鸣于九皋，声闻于天。鱼在于渚，或潜在渊。
乐彼之园，爰有树檀，其下维榖。他山之石，可以攻玉。

注释　九皋：皋，沼泽地。九，虚数，言沼泽之多。
　　　渊：深水，潭。
　　　渚：水中小洲，此处当指水滩。
　　　爰（yuán）：于是。檀（tán）：古书中称檀的木很多，时无定指。常指豆科的黄檀，紫檀。
　　　萚（tuò）：酸枣一类的灌木。一说"萚"乃枯落的枝叶。
　　　"他山"二句：利用其他山上的石头可以错琢器物。错：砺石，可以打磨玉器。
　　　榖（gǔ）：树木名。
　　　攻玉：谓将玉石琢磨成器。

185 祈父

祈父！予王之爪牙。胡转予于恤？靡所止居！
祈父！予王之爪士。胡转予于恤？靡所厎止！
祈父！亶不聪。胡转予于恤？有母之尸饔。

注释　祈（qí）父（fǔ）：周代执掌封畿兵马的高级官员，即司马。
　　　爪（zhǎo）牙：保卫国王的武士，是对武臣的比喻。
　　　恤（xù）：忧愁。
　　　靡（mǐ）所：没有处所。
　　　爪士：即爪牙之士。
　　　厎（zhǐ）：停止。一说"至也"。

亶（dǎn）：确实。聪：听觉灵敏。
尸：借为"失"。一说"主也"。"饔（yōng）：熟食。

186 白驹

皎皎白驹，食我场苗。絷之维之，以永今朝。所谓伊人，于焉逍遥。
皎皎白驹，食我场藿。絷之维之，以永今夕。所谓伊人，于焉嘉客？
皎皎白驹，贲然来思。尔公尔侯，逸豫无期。慎尔优游，勉尔遁思。
皎皎白驹，在彼空谷。生刍一束，其人如玉。毋金玉尔音，而有遐心。

注释　皎皎：毛色洁白貌。
　　　　场：菜园。
　　　　絷（zhí）：用绳子绊住马足。维：拴马的缰绳，此处意为维系，用作动词。
　　　　永：长。此处用作动词，延长。今朝：今天。
　　　　伊人：那人，指白驹的主人。
　　　　于焉：在这里。
　　　　藿（huò）：豆叶。
　　　　贲（bēn）然：文饰，装饰得很好。思：语助词。
　　　　尔：你，即"伊人"。公、侯：古爵位名，此处皆做动词，为公为侯之意。
　　　　逸豫：安乐。无期：没有终期。
　　　　慎：慎重。优游：悠闲自得。
　　　　勉："免"之假借字，打消之意。遁：避世。
　　　　空谷：深谷。空，"穹"之假借。
　　　　生刍（chú）：喂牲畜的青草。
　　　　其人：亦即"伊人"。如玉：品德美好如玉。
　　　　金玉：此处皆用作动词，珍惜之意。
　　　　遐（xiá）心：疏远之心。

187 黄鸟

黄鸟黄鸟，无集于榖，无啄我粟。此邦之人，不我肯榖。言旋言归，复我邦族。
黄鸟黄鸟，无集于桑，无啄我粱。此邦之人，不可与明。言旋言归，复我诸兄。
黄鸟黄鸟，无集于栩，无啄我黍。此邦之人，不可与处。言旋言归，复我诸父。

注释 榖（gǔ）：树名。

榖：善，善良。

言：语助词，无实义。旋：通"还"，回归。

复：返回，回去。邦族：邦国家族。

粱：粟类。

明："盟"之假借字。这里有信用、结盟之意。

诸兄：邦族中诸位同辈。

栩（xǔ）：树名。

黍（shǔ）：植物名

与处：共处，相处。

诸父：族中长辈，即伯、叔之总称。

188 我行其野

我行其野，蔽芾其樗。昏姻之故，言就尔居。尔不我畜，复我邦家。
我行其野，言采其蓫。昏姻之故，言就尔宿。尔不我畜，言归斯复。
我行其野，言采其葍。不思旧姻，求尔新特。成不以富，亦祗以异。

注释 蔽芾（fèi）：树叶初生的样子。樗（chū）：树名。

昏姻：即婚姻。

言：语助词，无实义。就：从。

畜（xù）：养活。一说是爱的意思。

邦家：故乡。

蓫（zhú）：草名。

宿（sù）：居住。

言归斯复：言、斯，都是句中语助词。归、复，即归回。

葍（fú）：多年生蔓草。

新特：新配偶。特，匹。

成：借为"诚"，的确。

祗（zhǐ）：只，恰恰。异：异心。

189 斯干

秩秩斯干，幽幽南山。如竹苞矣，如松茂矣。
兄及弟矣，式相好矣，无相犹矣。
似续妣祖，筑室百堵，西南其户。爰居爰处，爰笑爰语。
约之阁阁，椓之橐橐。风雨攸除，鸟鼠攸去，君子攸芋。
如跂斯翼，如矢斯棘，如鸟斯革，如翚斯飞，君子攸跻。
殖殖其庭，有觉其楹。哙哙其正，哕哕其冥。君子攸宁。
下莞上簟，乃安斯寝。乃寝乃兴，乃占我梦。吉梦维何？
维熊维罴，维虺维蛇。
大人占之：维熊维罴，男子之祥；维虺维蛇，女子之祥。
乃生男子，载寝之床。载衣之裳，载弄之璋。
其泣喤喤，朱芾斯皇，室家君王。
乃生女子，载寝之地。载衣之裼，载弄之瓦。
无非无仪，唯酒食是议，无父母诒罹。

注释　秩秩：涧水清清流淌的样子。斯：语助词，犹"之"。干：通"涧"。山间流水。
　　　　幽幽：深远的样子。南山：指西周镐京南边的终南山。
　　　　如：倒举之词，犹言"有……有……"。苞：竹木稠密丛生的样子。
　　　　式：语助词，无实义。好：友好和睦。
　　　　犹：欺诈。
　　　　似续：犹言"继承"。似，同"嗣"。妣（bǐ）祖：先妣、先祖，统指祖先。
　　　　堵：一面墙为一堵，一堵面积方丈。
　　　　户：门。
　　　　爰（yuán）：于是。
　　　　约：用绳索捆扎。阁阁：捆扎筑板的声音。一说将筑板捆扎牢固的样子。
　　　　椓（zhuó）：用杵捣土，犹今之打夯。橐（tuó）橐：捣土的声音。
　　　　攸：乃。
　　　　芋：鲁诗作"宇"，居住。
　　　　跂（qǐ）：踮起脚跟站立。翼：端庄肃敬的样子。
　　　　棘：借作"翮（hé）"，此指箭羽翎。

一二五

革：翅膀。

翚（huī）：野鸡。

跻（jī）：登。

殖殖：平正的样子。庭：庭院。

有：语助词，无实义。觉：高大而直立的样子。楹：殿堂前大厦下的柱子。

哙（kuài）哙：同"快快"。宽敞明亮的样子。正：向阳的正厅。

哕（huì）哕：同"熻（wèi）熻"，光明的样子。冥：指厅后幽深的地方。

宁：安。指安居。

莞（guān）：蒲草，可用来编席，此指蒲席。簟（diàn）：竹席。

寝：睡觉。

兴：起床。

我：指殿寝的主人，此为诗人代主人的自称。

维何：是什么。维，是。

罴（pí）：一种野兽，似熊而大。

虺（huǐ）：一种毒蛇，颈细头大，身有花纹。

大人：即太卜，周代掌占卜的官员。

祥：吉祥的征兆。古人认为熊罴是阳物，故为生男之兆；虺蛇为阴物，故为生女之兆。

乃：如果。

载：则、就。

衣：穿衣。裳：下裙，此指衣服。

璋：玉器。

喤（huáng）喤：哭声洪亮的样子。

朱芾（fú）：用熟治的兽皮所做的红色蔽膝，为诸侯、天子所服。

室家：指周室，周家、周王朝。君王：指诸侯、天子。

载寝之地：男寝于床，女寝于地，有阳上阴下之义。

裼（tì）：婴儿用的裸衣。

瓦：陶制的纺线锤

无非无仪：指女人不要议论家中的是非，说长道短。非，错误；仪，通"议"。

议：谋虑、操持。古人认为女人主内，只负责办理酒食之事，即所谓"主中馈"。

诒（yí）：同"贻"，给与。罹（lí）：忧愁。

190 无羊

谁谓尔无羊？三百维群。谁谓尔无牛？九十其犉。

尔羊来思，其角濈濈。尔牛来思，其耳湿湿。

或降于阿，或饮于池，或寝或讹。

尔牧来思，何蓑何笠，或负其糇。三十维物，尔牲则具。

尔牧来思，以薪以蒸，以雌以雄。

尔羊来思，矜矜兢兢，不骞不崩。麾之以肱，毕来既升。

牧人乃梦，众维鱼矣，旐维旟矣。

大人占之：众维鱼矣，实维丰年；旐维旟矣，室家溱溱。

注释 尔：指放牧牛羊者。
三百：与下文"九十"均为虚指，形容牛羊众多。维：为。
犉（rún）：大牛，牛生七尺曰"犉"。
思：语助词。
湒（jí）湒：一作"戢戢"，群角聚集貌。
湿湿：摇动的样子。
阿（ē）：丘陵。
讹（é）：同"吪"，动，醒。
牧：放牧。
何：同"荷"，负，戴。蓑（suō）：草制雨衣。
糇（hóu）：干粮。
物：毛色。
牲：牺牲，用以祭祀的牲畜。具：备。
以：取。薪：粗柴。蒸：细柴。
雌、雄："飞曰雌雄"，此句实言猎取飞禽。
矜（jīn）矜：小心翼翼。兢（jīng）兢：谨慎紧随貌，指羊怕失群。
骞（qiān）：损失，此指走失。崩：散乱。
麾（huī）：挥。肱（gōng）：手臂。
毕：全。既：尽。升：登。
众：蝗虫。古人以为蝗虫可化为鱼，旱则为蝗，风调雨顺则化鱼。
旐（zhào）：画有龟蛇的旗，人口少的郊县所建。旟（yú）：画有鹰隼的旗，人口众多的州所建。
大人：太卜之类官。占：占梦，解说梦之吉凶。
溱（zhēn）溱：同"蓁蓁"，众盛貌。

191 节南山

节彼南山，维石岩岩。赫赫师尹，民具尔瞻。
忧心如惔，不敢戏谈。国既卒斩，何用不监！
节彼南山，有实其猗。赫赫师尹，不平谓何。
天方荐瘥，丧乱弘多。民言无嘉，憯莫惩嗟。
尹氏大师，维周之氐；秉国之钧，四方是维。
天子是毗，俾民不迷。不吊昊天，不宜空我师。
弗躬弗亲，庶民弗信。弗问弗仕，勿罔君子。
式夷式已，无小人殆。琐琐姻亚，则无膴仕。
昊天不佣，降此鞫讻。昊天不惠，降此大戾。
君子如届，俾民心阕。君子如夷，恶怒是违。
不吊昊天，乱靡有定。式月斯生，俾民不宁。
忧心如酲，谁秉国成？不自为政，卒劳百姓。
驾彼四牡，四牡项领。我瞻四方，蹙蹙靡所骋。
方茂尔恶，相尔矛矣。既夷既怿，如相酬矣。
昊天不平，我王不宁。不惩其心，覆怨其正。
家父作诵，以究王讻。式讹尔心，以畜万邦。

注释 节：通"巀（jié）"。长言之则为巀嶭（niè），亦即嵯峨。
岩岩：山崖高峻的样子。
师尹：太师和史尹。大师，西周掌军事大权的长官；史尹，西周文职大臣，卿士之首。
具：通"俱"。
惔（tán）："炎"的误字，火烧。
卒：终，全。
何用：何以，何因。
有实：实实，广大的样子。
猗：同"阿"，山阿，大的丘陵。
荐：再次发生饥馑。瘥（cuó）：疫病。
憯（cǎn）：曾，乃。

氐（dǐ）：通"柢"，根本。
均：通"钧"，制陶器的模具下端的转轮盘。
毗（pí）：犹"裨"，辅助。
吊：通"叔"，借为"淑"，善。昊天：犹言皇天。
空：穷。师：众民。
式：应，当。夷：平。
殆：及，接近。
琐琐：细小卑贱。
膴（wǔ）仕：厚任，高官厚禄，今世所谓"肥缺"。
佣：均，平。
鞫讻（xiōng）：极乱。讻，祸乱，昏乱。
惠：通"慧"。
戾：暴戾，灾难。
届：临。
閴：息。
式月斯生：应月乃生。
成：平。
瘁：通"瘁"。
牡：公牛，引申为雄性禽兽，此指公马。
项领：肥大的脖颈。
蹙（cù）蹙：局促的样子。
茂：盛。恶：憎恶。
矛：通"务"，义为侮。
怿：悦。
覆：反。正：规劝纠正。
家父：此诗作者，周大夫。诵：诗。
讹（é）：改变。
畜：养。

192 正月

正月繁霜，我心忧伤。民之讹言，亦孔之将。
念我独兮，忧心京京。哀我小心，癙忧以痒。
父母生我，胡俾我瘉？不自我先，不自我后。

好言自口，莠言自口。忧心愈愈，是以有侮。
忧心惸惸，念我无禄。民之无辜，并其臣仆。
哀我人斯，于何从禄？瞻乌爰止，于谁之屋？
瞻彼中林，侯薪侯蒸。民今方殆，视天梦梦。
既克有定，靡人弗胜。有皇上帝，伊谁云憎？
谓山盖卑？为冈为陵。民之讹言，宁莫之惩？
召彼故老，讯之占梦，具曰予圣，谁知乌之雌雄？
谓天盖高？不敢不局。谓地盖厚？不敢不蹐。
维号斯言，有伦有脊。哀今之人，胡为虺蜴？
瞻彼阪田，有菀其特。天之扤我，如不我克。
彼求我则，如不我得。执我仇仇，亦不我力。
心之忧矣，如或结之。今兹之正，胡然厉矣。
燎之方扬，宁或灭之？赫赫宗周，褒姒威之。
终其永怀，又窘阴雨。其车既载，乃弃尔辅。
载输尔载："将伯助予。"无弃尔辅，员于尔辐。
屡顾尔仆，不输尔载。终逾绝险，曾是不意。
鱼在于沼，亦匪克乐。潜虽伏矣，亦孔之炤。
忧心惨惨，念国之为虐！彼有旨酒，又有嘉肴。
洽比其邻，昏姻孔云。念我独兮，忧心殷殷。
佌佌彼有屋，蔌蔌方有谷。民今之无禄，天夭是椓。
哿矣富人，哀此惸独！

注释　　正（zhēng）月：正阳之月，夏历四月。
　　　　　讹（é）言：谣言。
　　　　　孔：很。将：大。
　　　　　京京：忧愁深长。
　　　　　瘨（shǔ）：幽闷。痒：病。
　　　　　俾：使。瘼：病，指灾祸、患难。
　　　　　莠（yòu）言：坏话。
　　　　　惸（qióng）：忧郁不快。

无禄：不幸。

乌：周家受命之征兆。爰（yuán）：语助词，犹"之"。止：栖止。此下二句言周朝天命将坠。

侯：维，语助词。薪、蒸：木柴。

盍（hé）：通"盇"，何。

惩：警戒，制止。

讯：问。

具：通"俱"，都。

局：弯曲。

蹐（jí）：轻步走路。

伦、脊：条理，道理。《毛传》："伦，道；脊，理也。"

虺（huǐ）蜴（yì）：毒蛇与蜥蜴。

阪（bǎn）田：山坡上的田。

菀（guān）：植物。

扤（wù）：动摇。

则：语尾助词，通"哉"。

执：执持，指得到。仇（qiú）仇：慢怠。

力：用力。

燎：放火焚烧草木。扬：盛。

宁：岂。或：有人。

宗周：西周。

褒姒（sì）：周幽王的宠妃。褒，国名。姒，姓。烕（miè）：即"灭"。

终：既。怀：忧伤。

辅：车两侧的挡板。

载（zài）输尔载（zài）：前一个"载"，虚词，及至。后一个"载"，所载的货物。输，丢掉。

将：请。伯：排行大的人，等于说老大哥。

员（yún）：加固。《毛传》："益也。"

仆：通"轐"，也叫伏兔，像伏兔一样附在车轴上固定车轴的东西。一说仆即车夫。

曾：竟。不意：不留意。

炤（zhāo）：通"昭"，明显，显著。

惨惨：忧愁不安。

云：亲近，和乐。

殷（yīn）殷：忧愁的样子。

佌（cǐ）佌：比喻小人卑微。

蔌（sù）蔌：鄙陋。

椓（zhuó）：打击。

哿（gě）：欢乐。

193 十月之交

十月之交，朔月辛卯。日有食之，亦孔之丑。
彼月而微，此日而微。今此下民，亦孔之哀。
日月告凶，不用其行。四国无政，不用其良。
彼月而食，则维其常。此日而食，于何不臧。
烨烨震电，不宁不令。百川沸腾，山冢崒崩。
高岸为谷，深谷为陵。哀今之人，胡憯莫惩。
皇父卿士，番维司徒，家伯维宰，仲允膳夫，
棸子内史，蹶维趣马，楀维师氏。艳妻煽方处。
抑此皇父，岂曰不时？胡为我作，不即我谋？
彻我墙屋，田卒污莱。曰予不戕，礼则然矣。
皇父孔圣，作都于向。择三有事，亶侯多藏。
不慭遗一老，俾守我王。择有车马，以居徂向。
黾勉从事，不敢告劳。无罪无辜，谗口嚣嚣。
下民之孽，匪降自天。噂沓背憎，职竞由人。
悠悠我里，亦孔之痗。四方有羡，我独居忧。
民莫不逸，我独不敢休。天命不彻，我不敢效我友自逸。

注释 交：日月交会，指晦朔之间。
朔月：月朔，初一。
孔：很。丑：凶恶。
行（háng）：轨道，规律，法则。
四国：泛指天下。
则：犹。
于何：多么。于，读作"吁"，感叹词。臧：善。
烨（yè）烨：雷电闪耀。震：雷。
宁、令：皆指安宁。
川：江河。
冢：山顶。崒：通"碎"，崩坏。
胡憯（cǎn）：怎么。莫惩：不制止。

皇父：周幽王时的卿士。卿士：官名，总管王朝政事，为百官之长。

番：姓。司徒：六卿之一，掌管土地人口。

家伯：人名，周幽王的宠臣。宰：冢宰。六卿之一，"掌建六邦之典"。

仲允：人名。膳夫：掌管周王饮食的官。

棸（zōu）子：姓棸的人。内史：掌管周王的法令和对诸侯封赏策命的官。

蹶（guì）：姓。趣马：养马的官。

楀（yǔ）：姓。师氏：掌管贵族子弟教育的官。

艳妻：指周幽王的宠妃褒姒。煽（shàn）：炽热。

抑：通"噫"，感叹词。

不时：不按时，不合时，此处"时"主要指农时。

我作：作我，役使我。

彻：拆毁。

卒：尽，都。污：积水。莱：荒芜。

戕（qiāng）：残害。

向：王先谦认为是今河南济源县南向城。

三有事：三有司，即三卿。

亶（dǎn）：信，确实。侯：助词，维。

憖（yìn）：愿意，肯。

徂（cú）：到，去。"以居徂向"即"徂向以居"。

黾（mǐn）勉：努力。

嚣（áo）嚣：众多的样子。

孽：灾害。

噂沓：聚在一起说话。噂（zǔn），聚汇；沓，语多貌。背憎：背后互相憎恨。

职：主要。

里："悝"之假借，忧愁。

瘰（mèi）：病。

彻：通"辙"，即轨辙。

194 雨无正

浩浩昊天，不骏其德。降丧饥馑，斩伐四国。

旻天疾威，弗虑弗图。舍彼有罪，既伏其辜。若此无罪，沦胥以铺。

周宗既灭，靡所止戾。正大夫离居，莫知我勚。

三事大夫，莫肯夙夜。邦君诸侯，莫肯朝夕。庶曰式臧，覆出为恶。

如何昊天，辟言不信。如彼行迈，则靡所臻。
凡百君子，各敬尔身。胡不相畏，不畏于天？
戎成不退，饥成不遂。曾我暬御，憯憯日瘁。
凡百君子，莫肯用讯。听言则答，谮言则退。
哀哉不能言，匪舌是出，维躬是瘁。哿矣能言，巧言如流，俾躬处休！
维曰予仕，孔棘且殆。云不何使，得罪于天子。亦云可使，怨及朋友。
谓尔迁于王都，曰予未有室家。鼠思泣血，无言不疾。昔尔出居，谁从作尔室？

注释　浩浩：广大的样子。昊（hào）天：犹言"皇天"。
骏：长，美。
降丧饥馑：上天降下了死亡和饥荒。
斩伐：犹言"残害"。四国：四方诸侯之国，犹言"天下四方"。
疾威：暴虐。
虑、图：二字同义，都是考虑、谋划的意思。
既：尽。伏：隐匿、隐藏。辜：罪。
舍：舍弃。
沦胥：沉没、陷入。铺：同"痛"，病苦。
周宗：即"宗周"，指西周王朝。
靡所：没处。止戾（lì）：安定、定居。
正大夫：长官大夫，即上大夫。
勩（yì）：劳苦。
三事大夫：指三公，即太师、太傅、太保。
邦君：封国的君主。
庶：庶几，表希望。式：语首助词。臧：好，善。
覆：反。
辟言：正言，合乎法度的话。
行迈：出走、远行。臻（zhēn）：至。所臻，所要到达的地方。
敬：谨慎。
胡：何。
遂：通"坠"，消亡。
曾：何。暬（xiè）御：侍御。国王左右亲近之臣。
憯（cǎn）憯：忧伤。瘁：劳苦、憔悴。
讯：读为"谇"，谏诤。
听言：顺耳之言。答：应。

谮（zèn）言：诋毁的话，此指批评。
出：读为"拙"，笨拙。
躬：亲身。瘁：病。或谓憔悴。
哿（gě）：欢乐。能言：指能说会道的人。
休：美好。
维：句首助词。予仕：去做官。
孔：很。棘：比喻艰难。殆：危险。
尔：指上言正大夫、三事大夫等人。
鼠：通"癙（shǔ）"：忧伤。
疾：通"嫉"，嫉恨。
从：随。作：营造。

195 小旻

旻天疾威，敷于下土。谋犹回遹，何日斯沮？
谋臧不从，不臧覆用。我视谋犹，亦孔之邛。
潝潝訿訿，亦孔之哀。谋之其臧，则具是违。
谋之不臧，则具是依。我视谋犹，伊于胡底。
我龟既厌，不我告犹。谋夫孔多，是用不集。
发言盈庭，谁敢执其咎？如匪行迈谋，是用不得于道。
哀哉为犹，匪先民是程，匪大犹是经。
维迩言是听，维迩言是争。如彼筑室于道谋，是用不溃于成。
国虽靡止，或圣或否。民虽靡膴，或哲或谋，或肃或艾。
如彼泉流，无沦胥以败。
不敢暴虎，不敢冯河。人知其一，莫知其他。
战战兢兢，如临深渊，如履薄冰。

注释　旻（mín）天：秋天，此指苍天、皇天。疾威：暴虐。
敷：布施。下土：人间。
谋犹：谋划、策谋。犹、谋为同义词。回遹（yù）：邪僻。
斯：犹"乃"、才。沮：停止。
臧（zāng）：善、好。从：听从、采用。

覆：反、反而。
孔：很。邛（qióng）：毛病、错误。
潝（xì）潝：小人党同而相和的样子。訿（zǐ）訿：小人伐异而相毁的样子。
具：同"俱"，都。
依：依从。
伊：推。于：往、到。胡：何。底：至，指至于乱。
龟：指占卜用的灵龟。厌：厌恶。
犹：策谋。
用：犹"以"。集：成就。
咎（jiù）：罪过。
匪：彼。行迈谋：关于如何走路的谋划。
匪：非。先民：古人，指古贤者。程：效法。
大犹：大道、常规。经：经营、遵循。
维：同"唯"，只有。迩（ěr）言：近言，指逸侲肤浅无远见的言论。
争：争辩、争论。
溃：通"遂"，顺利、成功。
靡：没有。止：礼。靡止，犹言没有礼法、没有法度。
朊（fū）：肥。靡朊，犹言不富足、尚贫困。
艾：有治理国家才能的人。
无：通"勿"。沦胥：沉没。败：败亡。
暴（bó）虎：空手打虎。
冯（píng）河：徒步渡河。
其他：指种种丧国亡家的祸患。
战战：恐惧的样子。兢（jīng）兢：谨慎的样子。

196 小宛

宛彼鸣鸠，翰飞戾天。我心忧伤，念昔先人。明发不寐，有怀二人。
人之齐圣，饮酒温克。彼昏不知，壹醉日富。各敬尔仪，天命不又。
中原有菽，庶民采之。螟蛉有子，蜾蠃负之。教诲尔子，式穀似之。
题彼脊令，载飞载鸣。我日斯迈，而月斯征。夙兴夜寐，毋忝尔所生。
交交桑扈，率场啄粟。哀我填寡，宜岸宜狱。握粟出卜，自何能穀？
温温恭人，如集于木。惴惴小心，如临于谷。战战兢兢，如履薄冰。

注释 宛：小的样子。鸠（jiū）：鸟名，似山鹊而小，短尾，俗名斑鸠。
翰飞：高飞。戾（lì）：至。戾天，犹说"摩天"。
先人：死去的祖先。
明发：天亮。
有：同"又"。
齐圣：极其聪明智慧的人。
温克：善于克制自己以保持温和、恭敬的仪态。
昏：愚昧。不知：愚昧无知的人。
壹醉：每饮必醉。富：盛，甚。
敬：通"儆"，警戒，戒慎。仪：威仪。
又：通"佑"，保佑。
中原：即原中，田野之中。菽（shū）：豆类植物。
螟（míng）蛉（líng）：螟蛾的幼虫。
蜾（guǒ）蠃（luǒ）：虫名。负：背。
尔：你、你们，此指作者的兄弟。
式：句首语气词。榖（gǔ）：善。似：借作"嗣"，继承。
题（dì）：通"睇"，看。脊令：鸟名，通作"鹡（jí）鸰（líng）"，动物名。
斯：乃、则。迈：远行，行役。
征：远行。
忝（tiǎn）：辱没。所生：指父母。
交交：鸟鸣声。一说是往来翻飞的样子。桑扈（hù）：鸟名。
率：循、沿着。场：打谷场。
填：通"瘨（diān）"，病。寡：贫。
宜：犹"乃"。岸：又作"犴"，古以"犴""狱"为不同级别的牢狱。
温温：和柔的样子。恭人：谦逊谨慎的人。
如集于木：像鸟之集于树木，惧怕坠落。
惴（zhuì）惴：恐惧而警戒的样子。

197 小弁

弁彼鸒斯，归飞提提。民莫不榖，我独于罹。
何辜于天？我罪伊何？心之忧矣，云如之何！
踧踧周道，鞫为茂草。我心忧伤，惄焉如捣。
假寐永叹，维忧用老。心之忧矣，疢如疾首。

维桑与梓，必恭敬止。靡瞻匪父，靡依匪母。
不属于毛，不罹于里。天之生我，我辰安在？
菀彼柳斯，鸣蜩嘒嘒。有漼者渊，萑苇淠淠。
譬彼舟流，不知所届。心之忧矣，不遑假寐。
鹿斯之奔，维足伎伎。雉之朝雊，尚求其雌。
譬彼坏木，疾用无枝。心之忧矣，宁莫之知？
相彼投兔，尚或先之。行有死人，尚或墐之。
君子秉心，维其忍之。心之忧矣，涕既陨之。
君子信谗，如或酬之。君子不惠，不舒究之。
伐木掎矣，析薪扡矣。舍彼有罪，予之佗矣！
莫高匪山，莫浚匪泉。君子无易由言，耳属于垣。
无逝我梁，无发我笱。我躬不阅，遑恤我后！

注释　弁（pán）：通"般"、通"昪"，快乐。鸒（yù）：鸟名。斯：语气词。
提（shí）提：群鸟安闲翻飞的样子。
穀（gǔ）：美好。
罹（lí）：忧愁。
辜：罪过。
伊：是。
云：句首语气词。
踧（dí）踧：平坦的状态。周道：大道、大路。
鞠（jú）：阻塞、充塞。
惄（nì）：忧伤。
假寐：不脱衣帽而卧。永叹：长叹。
用：犹"而"。
疢（chèn）：病，指内心忧痛烦热。疾首：头疼。如：犹"而"。
桑、梓：古代桑、梓多植于住宅附近，后代遂为故乡的代称，见之自然思乡怀亲。
止：语气词。
靡（mǐ）：不。匪：不是。"靡……匪……"句，用两个否定副词表示更加肯定的意思。
瞻：尊敬、敬仰。
依：依恋。
属：连属。毛：犹表，古代裘衣毛在外。此两句毛、里，以裘为喻，指裘衣的里表。

罹（lì）：一作"离"，通"丽"，附着。里：指衣服之里子。

辰：时运。

菀（yù）：茂密的样子。

蜩（tiáo）：蝉。嘒嘒：蝉鸣的声音。

漼（cuǐ）：水深的样子。渊：深水潭。

萑（huán）苇：芦苇。淠（pèi）淠：茂盛的样子。

届：到、止。

不遑（huáng）：无暇，顾不得。

维：犹"其"。伎（qí）伎：鹿急跑的样子。

雉（zhì）：野鸡。雊（gòu）：雉鸣。

坏木：有病的树。

疾：病。用：犹"而"。

宁：犹"乃"、犹"岂"，竟然、难道。

相：看。投兔：入网的兔子。

先：驱走。

行（háng）：路。

墐（jìn）：掩埋。

秉心：犹言居心、用心。

维：犹"何"。忍：残忍。

陨：落。

酬：劝酒。

舒：缓慢。究：追究、考察。

掎（jǐ）：牵引。此句说，伐木要用绳子牵引着，把它慢慢放倒。

析薪：劈柴。扡（chǐ）：顺着纹理劈开。

佗（tuó）：加。

浚（jùn）：深。

由：于。

属：连接。垣：墙。

逝：借为"折"，拆毁。梁：拦水捕鱼的堤坝，亦称鱼梁。

发：打开。笱（gǒu）：捕鱼用的竹笼。

躬：自身。阅：被收容。

遑：闲暇。恤：忧虑。

198 巧言

悠悠昊天，曰父母且。无罪无辜，乱如此帆。
昊天已威，予慎无罪。昊天泰帆，予慎无辜。
乱之初生，僭始既涵。乱之又生，君子信谗。
君子如怒，乱庶遄沮。君子如祉，乱庶遄已。
君子屡盟，乱是用长。君子信盗，乱是用暴。
盗言孔甘，乱是用餤。匪其止共，维王之邛。
奕奕寝庙，君子作之。秩秩大猷，圣人莫之。
他人有心，予忖度之。跃跃毚兔，遇犬获之。
荏染柔木，君子树之。往来行言，心焉数之。
蛇蛇硕言，出自口矣。巧言如簧，颜之厚矣。
彼何人斯？居河之麋。无拳无勇，职为乱阶。
既微且尰，尔勇伊何？为犹将多，尔居徒几何？

注释　昊天：老天，苍天。
　　　　且（jū）：语尾助词。
　　　　帆（hū）：大。
　　　　威：暴虐、威怒。
　　　　慎：确实。
　　　　泰帆（hū）：太糊涂。泰，通"太"；帆，怠慢，疏忽。
　　　　僭（jiàn）：通"譖"，谗言。涵：容纳。
　　　　怒：怒责谗人。
　　　　庶：几乎。遄沮：迅速终止。
　　　　祉（zhǐ）：福，此指任用贤人以致福。
　　　　盟：与谗人结盟。
　　　　盗：盗贼，借指谗人。
　　　　暴：厉害，严重。
　　　　孔甘：很好听，很甜。
　　　　餤（tán）：原意为进食，引申为增多。
　　　　止共：尽职尽责。止，做到；共，通"恭"，忠于职责。
　　　　邛（qióng）：病。

奕奕：高大貌。寝：宫室。庙：宗庙。
秩秩大猷（yóu）：多而有条理的典章制度。
莫：制定。
他人有心：谗人有心破坏。
跃（dí）跃：跳跃的样子。毚（chán）：狡猾。
荏（rěn）染：柔弱貌。
行言：流言，谣言。
蛇（yí）蛇硕言：夸夸其谈的大话。蛇蛇，"訑訑"之假借；訑，欺。
巧言如簧：说话像奏乐一样好听。簧，笙类乐器的簧片。
麋（méi）：通"湄"，水边。
拳：勇。
职：主要。乱阶：逐渐引出祸乱的一连串事件。阶，阶梯，此为比喻义。
微：通"癓"，小腿生疮。瘇（zhǒng）：脚肿。
犹：通"猷"，指诡计。
居：语助词。徒：党徒。

199 何人斯

彼何人斯？其心孔艰。胡逝我梁，不入我门？伊谁云从？维暴之云。
二人从行，谁为此祸？胡逝我梁，不入唁我？始者不如今，云不我可。
彼何人斯？胡逝我陈？我闻其声，不见其身。不愧于人？不畏于天？
彼何人斯？其为飘风。胡不自北？胡不自南？胡逝我梁？祇搅人心。
尔之安行，亦不遑舍；尔之亟行，遑脂尔车？壹者之来，云何其盱？
尔还而入，我心易也；还而不入，否难知也。壹者之来，俾我祇也。
伯氏吹埙，仲氏吹篪。及尔如贯，谅不我知。出此三物，以诅尔斯。
为鬼为蜮，则不可得。有靦面目，视人罔极。作此好歌，以极反侧。

注释　何人：什么人，不知其姓名。斯：语助词。
　　　孔：甚，很。艰：此指用心险恶难测。
　　　梁：拦水捕鱼的坝堰。
　　　伊：其。从：跟随。
　　　暴：粗暴、暴虐。
　　　二人：主人公与"彼"人。

唁（yàn）：慰问。
如：像。
可：通"哿（gě）"，嘉、好。
陈：堂下至门的路。
祇（zhǐ）：正好。搅：搅乱。
遑（huáng）：空闲。舍：止息。
亟（jí）：急。
脂：以油脂涂车；或曰通"支"，以韧木支车轮使止住。
壹：同"一"。
盱（xū）：忧、病，或曰望也。
易：悦。
否：不。
俾（bǐ）：使。祇（zhǐ）：病。或曰安也。
伯氏：兄。埙（xūn）：古陶制吹奏乐器，卵形中空，有吹孔。
仲：弟。篪（chí）：古竹制乐器，如笛，有八孔。
及：与。贯：为绳贯串之物。
谅：诚。知：交好、相契。
三物：猪、犬、鸡。
诅（zǔ）：盟诅。古时订盟，杀牲歃血，告誓神明，若有违背，令神明降祸。
蜮（yù）：传说中一种水中动物，能在水中含沙射人影，又名射影。
靦（tiǎn）：露面见人之状。
视：示。罔极：没有准则，指其心多变难测。
好歌：善良、交好的歌。
极：尽。反侧：在床上翻来覆去睡不着。

200 巷伯

萋兮斐兮，成是贝锦。彼谮人者，亦已大甚！
哆兮侈兮，成是南箕。彼谮人者，谁适与谋？
缉缉翩翩，谋欲谮人。慎尔言也，谓尔不信。
捷捷幡幡，谋欲谮言。岂不尔受？既其女迁。
骄人好好，劳人草草。苍天苍天，视彼骄人，矜此劳人。
彼谮人者，谁适与谋？取彼谮人，投畀豺虎。

豺虎不食，投畀有北。有北不受，投畀有昊！
杨园之道，猗于亩丘。寺人孟子，作为此诗。凡百君子，敬而听之。

注释　巷伯：掌管宫内之事的宦官。巷，是宫内道名；伯，主管宫内道官之长，即寺人。
萋（qī）、斐（fēi）：都是文采相错的样子。
贝锦：织有贝纹图案的锦缎。
谮（zèn）人：诬陷别人的人。
大（tài）：同"太"。
哆（chǐ）：张口。侈（chǐ）：大。
南箕（jī）：星宿名，共四星，连接成梯形，如簸箕状。
适：往。谋：谋划，计议。
缉缉：附耳私语状。翩翩：往来迅速的样子。
尔：指谗人。
信：信实。
捷捷：信口雌黄状。幡（fān）幡：反复进言状。
受：接受，听信谗言。
女（rǔ）：同"汝"。
骄人：指进谗者。好好：得意的样子。
劳人：指被谗者。草草：忧愁的样子。
矜（jīn）：怜悯。
投：投掷，丢给。畀（bì）：与，给予。
有北：北方苦寒之地。
有昊（hào）：苍天。
猗（yǐ）：在……之上。亩丘：丘名。
寺人：宦官。
凡百：一切，所有的。

201 谷风

习习谷风，维风及雨。将恐将惧，维予与女。将安将乐，女转弃予。
习习谷风，维风及颓。将恐将惧，寘予于怀。将安将乐，弃予如遗。
习习谷风，维山崔嵬。无草不死，无木不萎。忘我大德，思我小怨。

注释 习习：大风声。

维：是。

将：方，正当。

与：助。女：同"汝"，你。

转：反而。

颓：自上而下的旋风。

寘：同"置"。

遗：遗忘。

崔嵬（wéi）：山高峻的样子。

202 蓼莪

蓼蓼者莪，匪莪伊蒿。哀哀父母，生我劬劳。

蓼蓼者莪，匪莪伊蔚。哀哀父母，生我劳瘁。

瓶之罄矣，维罍之耻。鲜民之生，不如死之久矣。

无父何怙？无母何恃？出则衔恤，入则靡至。

父兮生我，母兮鞠我。拊我畜我，长我育我，顾我复我，出入腹我。

欲报之德。昊天罔极！

南山烈烈，飘风发发。民莫不穀，我独何害！

南山律律，飘风弗弗。民莫不穀，我独不卒！

注释 蓼（lù）蓼：长又大的样子。莪（é）：一种草。

匪：同"非"。伊：是。

劬（qú）劳：与下章"劳瘁"皆劳累之意。

蔚（wèi）：一种草。

瓶：汲水器具。罄（qìng）：尽。

罍（léi）：盛水器具。

鲜（xiǎn）：指寡、孤。民：人。

怙（hù）：依靠。

衔恤：含忧。

鞠：养。

拊：通"抚"。畜：通"慉"，喜爱。

顾：顾念。复：返回，指不忍离去。

腹：指怀抱。
昊（hào）天：广大的天。罔：无。极：准则。
烈烈：通"颲颲"，山风大的样子。
飘风：同"飙风"。发发：读如"拨拨"，风声。
穀：善。
律律：同"烈烈"。
弗弗：同"发发"。
卒：终，指养老送终。

203 大东

有饛簋飧，有捄棘匕。周道如砥，其直如矢。
君子所履，小人所视。睠言顾之，潸焉出涕。
小东大东，杼柚其空。纠纠葛屦，可以履霜。
佻佻公子，行彼周行。既往既来，使我心疚。
有冽氿泉，无浸获薪。契契寤叹，哀我惮人。
薪是获薪，尚可载也。哀我惮人，亦可息也。
东人之子，职劳不来。西人之子，粲粲衣服。
舟人之子，熊罴是裘。私人之子，百僚是试。
或以其酒，不以其浆。鞙鞙佩璲，不以其长。
维天有汉，监亦有光。跂彼织女，终日七襄。
虽则七襄，不成报章。睆彼牵牛，不以服箱。
东有启明，西有长庚。有捄天毕，载施之行。
维南有箕，不可以簸扬。维北有斗，不可以挹酒浆。
维南有箕，载翕其舌。维北有斗，西柄之揭。

注释 饛（méng）：食物满器貌。簋（guǐ）：古代的食器。飧（sūn）：熟食，晚饭。
捄（qiú）：曲而长貌。棘匕：酸枣木做的勺匙。
周道：大路。砥：磨刀石，用以形容道路平坦。
君子：统治阶级的人，与下句的"小人"相对。小人指被统治的民众。
睠（juàn）言：同"睠然"，眷恋回顾貌。

潸（shān）：流泪貌。

小东大东：西周时代以镐京为中心，统称东方各诸侯国为东国，以远近分，近者为小东，远者为大东。

杼柚（zhùzhóu）：杼，织机之梭；柚，同"轴"，织机之大轴；合称指织布机。

纠纠：缠结貌。葛屦：葛，葛草，茎皮可制葛布；屦，鞋。

可：通"何"（用俞樾说）。

佻（tiāo）佻：豫逸轻狂貌。

周行（háng）：同"周道"。行，道路。

氿（guǐ）泉：泉流受阻溢而自旁侧流出的泉水，狭而长。

获薪：砍下的薪柴。

契契：忧结貌。寤叹：不寐而叹。

惮：同"瘅"，疲苦成病。

职劳：从事劳役。来：（"勑"的借字，慰勉。或为"赉"的借字，赏赐。均通。

西人：周人。

舟人：《郑笺》："舟，当作周。"一说为舟楫之人，周人中之低贱者。

熊罴是裘：用熊皮、马熊皮为料制的皮袍。

私人：家奴。

百僚：犹云百隶、百仆。

浆：米浆。

鞙（juān）鞙：形容玉圆（或长）之貌。璲（suí）：贵族佩带上镶的宝玉。

不以其长：以，因；长，善。《郑笺》："佩之鞙鞙然，居其官职，非其才之所长也，徒美其佩而无其德，刺其素餐。"

汉：银河。

监：同"鉴"，照。

跂（qí）：同"歧"，分叉状。织女：三星组成的星座名，呈三角形，位于银河北侧。

七襄：七次移易位置。古人一天分十二时辰，白日分卯时至酉时共七个时辰，织女星座每一个时辰移动一次。

报章：报，复，指织机的梭子引线往复织作；章：经纬纹理。不成报章，即织不成布帛。

睆（huǎn）：明亮貌。牵牛：三颗星组成的星座名，又名河鼓星，俗名牛郎星，在银河南侧。

服箱：驾车运载。服，负载；箱，车斗。

启明、长庚：金星（又名太白星）晨在东方，叫启明，夕在西方，叫长庚。

天毕：毕星，八星组成的星座，状如捕兔的毕网，网小而柄长，手持之捕兔。

施：张。

箕：俗称簸箕星，四星联成的星座，形如簸箕，距离较远的两星之间是箕口。

斗：南斗星座，位置在箕星之北。

挹（yì）：舀。

翕：吸引。翕其舌，吸着舌头。箕星底狭口大，好像向内吸舌若吞噬之状。

西柄之揭：南斗星座呈斗形有柄，天体运行，其柄常在西方。揭，举起。这句形容西方执柄举向东方。

204 四月

四月维夏，六月徂暑。先祖匪人，胡宁忍予？
秋日凄凄，百卉具腓。乱离瘼矣，爰其适归？
冬日烈烈，飘风发发。民莫不穀，我独何害！
山有嘉卉，侯栗侯梅。废为残贼，莫知其尤。
相彼泉水，载清载浊。我日构祸，曷云能穀！
滔滔江汉，南国之纪。尽瘁以仕，宁莫我有！
匪鹑匪鸢，翰飞戾天；匪鳣匪鲔，潜逃于渊。
山有蕨薇，隰有杞桋。君子作歌，维以告哀。

注释 四月：指夏历（今农历）四月。下句"六月"同。
徂（cú）：往。徂暑，意谓盛暑即将过去。
匪人：不是他人。
胡宁：为什么。忍予：忍心让我（受苦）。
卉（huì）：草的总名。腓（féi）：此系"痱"的假借字，（草木）枯萎或病。
瘼（mò）：病、痛苦。
爰（yuán）：何。适：往、去。归：归宿。
烈烈：即"冽冽"，严寒的样子。
飘风：疾风。发（bō）发：状狂风呼啸的象声词。
穀（gǔ）：善、好。
何（hè）：通"荷"，承受。
侯：有。
废：大。残贼：残害。
尤：错。罪过。
相：看。
载：又。
构："遘"的假借字，遇。
曷（hé）：何。云：语助词。

江汉：长江、汉水。
南国：指南方各河流。纪：朱熹《诗集传》："纪，纲纪也，谓经带包络之也。"
尽瘁：尽心尽力以致憔悴。仕：任职。
有：通"友"，友爱，相亲。
鹯（tuán）：雕。鸢（yuān）：老鹰。
翰（hàn）飞：高飞。戾（lì）：至。
鳣（zhān）、鲔（wěi）：鱼名。
蕨薇：两种野菜。
杞：枸杞。桋（yí）：赤楝。
维：是。以：用。

205 北山

陟彼北山，言采其杞。偕偕士子，朝夕从事。王事靡盬，忧我父母。
溥天之下，莫非王土；率土之滨，莫非王臣。大夫不均，我从事独贤。
四牡彭彭，王事傍傍。嘉我未老，鲜我方将。旅力方刚，经营四方。
或燕燕居息，或尽瘁事国；或息偃在床，或不已于行。
或不知叫号，或惨惨劬劳。或栖迟偃仰，或王事鞅掌。
或湛乐饮酒，或惨惨畏咎。或出入风议，或靡事不为。

注释 言：语助词。杞：植物名。
偕（xié）偕：健壮貌。士：周王朝或诸侯国的低级官员。周时官员分卿、大夫、士三等，士的职级最低，士子是这些低级官员的通名。
靡（mǐ）盬（gǔ）：无休止。
忧我父母：为父母无人服侍而忧心。
溥（pǔ）：古本作"普"。
率土之滨：四海之内。古人以为中国大陆四周环海，自四面海滨之内的土地是中国领土。《尔雅》："率，自也。"
贤：多、劳。
牡：公马。周时用四马驾车。彭彭：形容马奔走不息。
傍傍：急急忙忙。
鲜（xiǎn）：称赞。《郑笺》："嘉、鲜，皆善也。"方将：正壮。
旅力：体力。旅通"膂"。

经营：规划治理，此处指操劳办事。
燕燕：安闲自得貌。居息：家中休息。
尽瘁：尽心竭力。
息偃：躺着休息。偃，仰卧。
不已：不止。行（háng）：道路。
叫号（háo）：呼号。《毛传》："叫呼号召。"
惨惨：又作"懆懆"，忧虑不安貌。劬（qú）劳：辛勤劳苦。
栖迟：休息游乐。
鞅（yāng）掌：事多繁忙、烦劳不堪的样子。
湛（dān）：同"耽"，沉湎。
畏咎（jiù）：怕出差错获罪招祸。
风议：放言高论。

206 无将大车

无将大车，祇自尘兮。无思百忧，祇自疧兮。
无将大车，维尘冥冥。无思百忧，不出于颎。
无将大车，维尘雍兮。无思百忧，祇自重兮。

注释　将：扶进，此指推车。大车：平地载运之车，此指牛车。
疧（qí）：病痛。
冥冥：昏暗，此处形容尘土迷蒙的样子。
颎（jiǒng）：通"耿"，心绪不宁，心事重重。不出于颎，犹言不能摆脱烦躁不安的心境。
雍（yōng）：通"壅"，引申为遮蔽。
重：通"肿"，一说借为"恫"，病痛，病累。

207 小明

明明上天，照临下土。我征徂西，至于艽野。二月初吉，载离寒暑。
心之忧矣，其毒大苦！念彼共人，涕零如雨。岂不怀归？畏此罪罟！
昔我往矣，日月方除。曷云其还？岁聿云莫。念我独兮，我事孔庶。
心之忧矣，惮我不暇。念彼共人，眷眷怀顾！岂不怀归？畏此谴怒！

昔我往矣，日月方奥。曷云其还？政事愈蹙。岁聿云莫，采萧获菽。心之忧矣，自诒伊戚！念彼共人，兴言出宿。岂不怀归？畏此反覆！

嗟尔君子，无恒安处！靖共尔位，正直是与。神之听之，式穀以女。

嗟尔君子，无恒安息！靖共尔位，好是正直。神之听之，介尔景福。

注释 征：行，此指行役。徂：往，前往。

芃（qiú）野：荒远的边地。

二月：指周正二月，即夏正之十二月。初吉：上旬的吉日。

载：乃，则。离：经历。

毒：痛苦，磨难。

共：通"恭"，此指恭谨尽心。

罪罟（gǔ）：指法网。罪，捕鱼竹网；罟，网。二字并列，犹云网罟。

除：除旧，指旧岁辞去、新年将到。

曷：何，何时。云：语助词。其：将。还：回去。

聿云：二字均语助词。莫：古"暮"字。岁暮即年终。

孔庶：很多。

惮：通"瘅"，劳苦。不暇：不得闲暇。

眷焉：思念、恋慕。

奥（yù）："燠"之假借，温暖。

蹙：急促，紧迫。

萧：艾蒿。菽：豆类。

诒：通"贻"，遗留。伊：此，这。戚：忧伤，痛苦。

兴言：犹"薄言"，语首助词。一说"兴"，意谓起来，"言"即焉。出宿：不能安睡。一说到外面去过夜。

反覆：指不测之祸。

恒：常。安处：安居，安逸享乐。

靖：敬。共：通"恭"，奉，履行。位：职位，职责。

与：亲近，友好。一说通"举"，行为，举止。

式：乃，则。穀（gǔ）：善，此指福。以：与。女：汝。

景福：犹言大福。

208 鼓钟

鼓钟将将,淮水汤汤,忧心且伤。淑人君子,怀允不忘。
鼓钟喈喈,淮水湝湝,忧心且悲。淑人君子,其德不回。
鼓钟伐鼛,淮有三洲,忧心且妯。淑人君子,其德不犹。
鼓钟钦钦,鼓瑟鼓琴,笙磬同音。以雅以南,以籥不僭。

注释 鼓:敲击。
将(qiāng)将:同"锵锵",象声词,形容钟声响亮。
汤(shāng)汤:大水涌流貌,犹荡荡。
淑人君子:美德之人。淑:善。
怀:思念。允:信,确实。一说为语助词。
喈(jiē)喈:象声词,形容钟声和谐。
湝(jiē)湝:水流貌,犹"汤汤"。
回:邪。
伐:敲击。鼛(gāo):一种大鼓。
三洲:淮河上的三个小岛。
妯(chōu):因悲伤而动容、心绪不宁。
犹:已。缺点、毛病。
钦钦:象声词,犹"将将"。
磬(qìng):古乐器名,用玉或美石制成,有孔穿绳索悬于架上,敲击发声。
以:为,作,指演奏、表演。雅:原为乐器名,状如漆筒,两头蒙以羊皮。引申为乐调名,指天子之乐,或周王畿之乐调,即正乐。南:原为乐器名,形似钟。引申为乐调名,或说指南方江汉地区的乐调。
籥(yuè):乐器名,似排箫。古代羽舞时边吹籥,边持翟羽舞蹈。僭(jiàn):超越本分,此训乱。不僭,犹言按部就班,和谐合拍。

209 楚茨

楚楚者茨,言抽其棘。自昔何为?我蓺黍稷。我黍与与,我稷翼翼。
我仓既盈,我庾维亿。以为酒食,以享以祀,以妥以侑,以介景福。
济济跄跄,絜尔牛羊,以往烝尝。或剥或亨,或肆或将。祝祭于祊,祀事孔明。先祖是皇，神保是飨。孝孙有庆，报以介福，万寿无疆！
执爨踖踖，为俎孔硕，或燔或炙。君妇莫莫，为豆孔庶。为宾为客，
献酬交错。礼仪卒度，笑语卒获。神保是格，报以介福，万寿攸酢！
我孔熯矣，式礼莫愆。工祝致告：徂赉孝孙。苾芬孝祀，神嗜饮食，
卜尔百福。如几如式，既齐既稷，既匡既敕。永锡尔极，时万时亿！
礼仪既备，钟鼓既戒，孝孙徂位。工祝致告：神具醉止。皇尸载起，
鼓钟送尸，神保聿归。诸宰君妇，废彻不迟。诸父兄弟，备言燕私。
乐具入奏，以绥后禄。尔肴既将，莫怨具庆。既醉既饱，小大稽首。
神嗜饮食，使君寿考。孔惠孔时，维其尽之。子子孙孙，勿替引之！

注释　楚楚：植物丛生貌。
　　　　茨：蒺藜，草本植物，有刺。
　　　　言：爱，于是。抽：除去，拔除。棘：刺，指蒺藜。
　　　　蓺（yì）：即"艺"，种植。
　　　　与与：茂盛貌。
　　　　翼翼：整齐貌。
　　　　庾（yǔ）：露天粮囤，以草席围成圆形。维：是，一训"已"。亿：形容多。一说"亿"犹"盈"，满。
　　　　享：飨，上供，祭献。
　　　　妥：安坐。侑：劝进酒食。
　　　　景福：大福。
　　　　济（jǐ）济：严肃恭敬貌。跄（qiàng）跄：步趋有节貌。
　　　　絜（qiè）：同"洁"，洗清。
　　　　烝（zhēng）：冬祭名。尝：秋祭名。
　　　　剥：宰割支解。亨（pēng）：同"烹"，烧煮。
　　　　肆：陈列，指将祭肉盛于鼎俎中。将：捧着献上。
　　　　祝：太祝，司祭礼的人。祊（bēng）：设祭的地方，在宗庙门内。
　　　　孔：很。明：备，指仪式完备。
　　　　皇：往。一说为彷徨，即神灵徘徊。
　　　　神保：神灵，指祖先之灵。一说指降神之巫。飨：享受祭祀。
　　　　孝孙：主祭之人。庆：福。
　　　　介福：大福。
　　　　执：执掌。爨（cuàn）：炊，烧菜煮饭。踖（jí）踖：恭谨敏捷貌。

俎（zǔ）：祭祀时盛牲肉的铜质礼器。硕：大。
燔（fán）：烧肉。炙：烤肉。
君妇：主妇，此指天子、诸侯之妻。莫莫：恭谨。莫，一说勉也。
豆：食器，形状为高脚盘。庶：众，多，此指豆内食品繁多。
献：主人劝宾客饮酒。酬：宾客向主人回敬。
卒：尽，完全。度：法度。
获：得时，恰到好处。一说借为"矱（yuē）"，规矩。
神保：神灵，神的美称。格：至，来到。
攸：乃。酢（zuò）：报。
煁（rǎn）：通"戁"，敬惧。
式：发语词。愆（qiān）：过失，差错。
工祝：太祝。致告：代神致辞，以告祭者。
徂（cú）：往。一说通"且"。赉（lài）：赐予。
苾（bì）：浓香。孝祀：犹享祀，指神享受祭祀。
卜：给予，赐予。
如：合。畿（jī）：借为期。式：法，制度。
齐（zhāi）：通"斋"，庄敬。稷：疾，敏捷。
匡：正，端正。敕：通"饬"，严整。
锡：通"赐"。极：至，指最大的福气。
时：是。一说训或。
戒：备。一说训告。
徂位：指孝孙回到原位。
具：俱，皆。止：语气词。
皇尸：代表神祇受祭的人。皇：大，赞美之词。载：则，就。
聿（yù）：乃。
宰：膳夫，厨师。
废：去。彻：通"撤"。废彻谓撤去祭品。不迟：不慢。
诸父：伯父、叔父等长辈。兄弟：同姓之叔伯兄弟。
备：尽，完全。言：语中助词。燕：通"宴"。燕私，祭祀之后在后殿宴饮同姓亲属。
具：俱。入奏：进入后殿演奏。祭在宗庙前殿，祭到后面的寝殿举行家族私宴。
绥（suí）：安，此指安享。后禄：祭后的口福。禄，福，此指饮食口福。祭后所余之酒肉被认为神所赐之福，故称福酒、胙肉。
将：美好。
莫怨具庆：指参加宴会的人皆相庆贺而无怨词。
小大：指尊卑长幼的各种人。稽（qǐ）首：跪拜礼，双膝跪下，叩头至地。一种最恭敬的礼节。

考：老。寿考，长寿。
孔：甚，很。惠：顺利。时：善，好。
维：同"唯"，只有。其：指主人。尽之：尽其礼仪，指主人完全遵守祭祀礼节。
替：废。引：延长。引之，长行此祭祀祖先之礼仪。

210 信南山

信彼南山，维禹甸之。畇畇原隰，曾孙田之。我疆我理，南东其亩。
上天同云，雨雪雰雰。益之以霢霂，既优既渥。既沾既足，生我百谷。
疆场翼翼，黍稷彧彧。曾孙之穑，以为酒食。畀我尸宾，寿考万年。
中田有庐，疆场有瓜，是剥是菹，献之皇祖。曾孙寿考，受天之祜。
祭以清酒，从以骍牡，享于祖考。执其鸾刀，以启其毛，取其血膋。
是烝是享，苾苾芬芬。祀事孔明，先祖是皇。报以介福，万寿无疆！

注释 信（shēn）：即"伸"，延伸。南山：即终南山，在陕西西安南。
维：是。禹：大禹。甸：治理。
畇（yún）：平整田地。畇畇，土地经垦辟后的平展整齐貌。原隰（xí）：泛指全部田地。原，广平或高平之地；隰，低湿之地。
曾孙：后代子孙。田：垦治田地。
疆：田界，此处用作动词，划田界。理：田中的沟陇，此处亦用作动词。疆指划定大的田界，理则细分其地亩。
南东：用作动词，指将田陇开辟成南北向或东西向。
上天：冬季的天空。
雨（yù）雪：下雪，"雨"做动词，降落。雰（fēn）雰：纷纷。
益：加上。霢（mài）霂（mù）：小雨。
优：充足。渥（wò）：湿润。
沾：沾湿。
场（yì）：田界。翼翼：整齐貌。
彧（yù）彧：同"郁郁"，茂盛貌。
穑：收获庄稼。
畀（bì）：给予。
庐：草庐，房屋。一说"芦"之假借，即芦菔，今称萝卜。
菹（zū）：腌菜。

皇祖：先祖之美称。

祜（hù）：福。

清酒：清澄的酒，祭祀时用。

骍（xīn）：赤黄色（栗色）的牲畜。牡：雄性兽，此指公牛。

鸾刀：带铃的刀。

膋（liáo）：脂膏，此指牛油。

烝（zhēng）：冬祭。享：祭献，上供。或以为"烝"，即蒸煮之"蒸"。享，即"烹"，煮。

苾（bì）：浓香。

211 甫田

倬彼甫田，岁取十千。我取其陈，食我农人，自古有年。
今适南亩，或耘或耔，黍稷薿薿。攸介攸止，烝我髦士。
以我齐明，与我牺羊，以社以方。我田既臧，农夫之庆。
琴瑟击鼓，以御田祖，以祈甘雨。以介我稷黍，以谷我士女。
曾孙来止，以其妇子。馌彼南亩，田畯至喜。攘其左右，
尝其旨否。禾易长亩，终善且有。曾孙不怒，农夫克敏。
曾孙之稼，如茨如梁。曾孙之庾，如坻如京。乃求千斯仓，
乃求万斯箱。黍稷稻粱，农夫之庆。报以介福，万寿无疆！

注释 倬（zhuō）：广阔。

甫：大。

十千：言其多。

陈：陈旧的粮食。

食（sì）：拿东西给人吃。

有年：丰收年。

适：去，至。

耘（yún）：锄草。耔（zǐ）：培土。

黍（shǔ）稷（jì）：谷类作物。薿（nǐ）薿：茂盛的样子。

攸：乃，就。介：长大。止：至。

烝：进呈。髦士：英俊人士。

齐（zī）明：即粢盛，祭祀用的谷物。

牺：祭祀用的纯毛牲口。

以：用作。社：祭土地神。方：祭四方神。
臧（zāng）：好，此指丰收。
御（yà）：同"迓"，迎接。田祖：指神农氏。
祈：祈祷求告。
谷：养活。士女：贵族男女。
曾孙：周王自称，相对神灵和祖先而言。止：语助词。
馌（yè）：送饭。
田畯（jùn）：农官。
旨：美味。
易：治理。
终：既。有：富足。
克：能。敏：勤快。
茨（cí）：屋盖，形容圆形之谷堆。梁：桥梁，形容长方形之谷堆。
庾（yǔ）：露天粮囤。
坻（chí）：小丘。京：冈峦。
箱：车箱。
介福：大福。

212 大田

大田多稼，既种既戒，既备乃事。以我覃耜，俶载南亩。
播厥百谷，既庭且硕。曾孙是若。
既方既皁，既坚既好，不稂不莠。去其螟螣，及其蟊贼，
无害我田稚。田祖有神，秉畀炎火。
有渰萋萋，兴雨祈祈。雨我公田，遂及我私。彼有不获稚，
此有不敛穧，彼有遗秉，此有滞穗，伊寡妇之利。
曾孙来止，以其妇子，馌彼南亩，田畯至喜。来方禋祀，
以其骍黑，与其黍稷。以享以祀，以介景福。

注释　大田：面积广阔的农田。
　　　稼：种庄稼。
　　　既：已经。种：指选种子。戒：同"械"，此指修理农业器械。
　　　乃事：这些事。

覃（yǎn）："剡"的假借，锋利。耜（sì）：古代一种似锹的农具。

俶（chù）载：开始从事。

厥：其。

庭：通"挺"，挺拔。硕：大。

曾孙是若：顺了曾孙的愿望。曾孙，周王对他的祖先和其他的神，都自称曾孙。若，顺。

方：通"房"，指谷粒已生嫩壳，但还没有合满。皂（zào）：指谷壳已经结成，但还未坚实。

既坚既好：指籽粒坚实、饱满。

稂（láng）：禾名。莠（yǒu）：田间似禾的杂草。

螟（míng）、螣（tè）、蟊（máo）、贼：四种害虫。

稚：幼禾。

田祖：农神。

秉：执持。畀：给予。炎火：大火。

有渰（yǎn）：即"渰渰"，阴云密布的样子。

祁祁：徐徐。

公田：公家的田。古代井田制，井田九区，中间百亩为公田，周围八区，八家各百亩为私田。八家共养公田。公田收获归农奴主所有。

私：私田。

穉：低小的穗。

穧（jì）：已割而未收的禾把。

秉：把，捆扎成束的禾把。

滞：遗留。

伊：是。

馌（yè）：送饭。南亩：泛指农田。

田畯（jùn）：周代农官，掌管监督农奴的农事工作。

禋（yīn）祀：升烟以祭，古代祭天的典礼，也泛指祭祀。

骍（xīn）：赤色牛。黑：指黑色的猪羊。

与：加上。

景福：大福。

213 瞻彼洛矣

瞻彼洛矣，维水泱泱。君子至止，福禄如茨。韎韐有奭，以作六师。

瞻彼洛矣，维水泱泱。君子至止，鞸琫有珌。君子万年，保其家室。

瞻彼洛矣，维水泱泱。君子至止，福禄既同。君子万年，保其家邦。

注释　洛：洛水。古有二洛水，一发源于陕西西北，流入渭水；一发源于陕西南部，经洛阳而流入黄河。
泱（yāng）泱：水势盛大的样子。
君子：指周王。止：语助词。
茨（cí）：茅草屋盖，有多层。如茨，形容其多。
韎（mèi）：用茜草染成赤黄色的革制品。韐（gé）：蔽膝。奭（shì）：赤色貌。有奭，形容韎韐之色鲜红。
作：起也。六师：六军。古时天子六师，每师两千五百人。
鞞（bǐ）：刀鞘，古代又名刀室。琫（běng）：刀鞘口周围的玉饰。有珌（bì）：即珌珌，玉饰花纹美丽貌。
家室：此处犹言"家邦"，即国家。
既同：指福气聚集。既，完全。同，会聚。

214 裳裳者华

裳裳者华，其叶湑兮。我觏之子，我心写兮。我心写兮，是以有誉处兮。
裳裳者华，芸其黄矣。我觏之子，维其有章矣。维其有章矣，是以有庆矣。
裳裳者华，或黄或白。我觏之子，乘其四骆。乘其四骆，六辔沃若。
左之左之，君子宜之。右之右之，君子有之。维其有之，是以似之。

注释　裳（cháng）裳："堂堂"之假借，花鲜明美盛的样子。华（huā）：花。
湑（xǔ）：叶子茂盛的样子。
觏（gòu）：遇见。之子：此人。
写：通"泻"，心情舒畅。
是以：因此。誉处：指君臣处于美好的声誉之中。
芸其：即"芸芸"，花色彩浓艳的样子。
章：文章，指其人有教养，有才华。一说为"纹章"，服饰文采。
骆：黑鬣黑尾的白马。
六辔（pèi）：六条缰绳。沃若：光滑柔软的样子。
左：和下文的"右"，指左右辅弼，君子的帮手。
君子：指前所言"之子"。一说指古之明王。宜：安定。
有：取。意为取用他们。
似：当为"嗣"之假借，继承。

215 桑扈

交交桑扈，有莺其羽。君子乐胥，受天之祜。
交交桑扈，有莺其领。君子乐胥，万邦之屏。
之屏之翰，百辟为宪。不戢不难，受福不那。
兕觥其觩，旨酒思柔。彼交匪敖，万福来求。

注释 桑扈（hù）：鸟名，即青雀。
交交：鸟鸣声。
莺：有文采的样子。羽毛有文采，喻诸侯有才华。
君子：此指群臣。胥（xū）：语助词。
祜（hù）：福禄。
领：鸟颈。此句言颈羽之美。
万邦：各诸侯国。屏：屏障，起护卫作用，喻重臣。
之：是。翰：" 榦 " 的假借，支柱。
百辟：各国诸侯。宪：法度。
不：语助词，下同。戢（jí）：克制。难（nǎn）：通" 傩 "，行有节度。
那（nuó）：多。
兕（sì）觥（gōng）：牛角酒杯。觩（qiú）：弯曲的样子。
旨酒：美酒。思：语助词。柔：指酒性温和。
彼：指贤者。交：" 傲（jiǎo） " 的假借。匪敖：不傲慢。敖，通" 傲 "，倨傲，傲慢。
求：同" 逑 "。聚集。

216 鸳鸯

鸳鸯于飞，毕之罗之。君子万年，福禄宜之。
鸳鸯在梁，戢其左翼。君子万年，宜其遐福。
乘马在厩，摧之秣之。君子万年，福禄艾之。
乘马在厩，秣之摧之。君子万年，福禄绥之。

注释 毕：长柄的捕鸟小网。罗：无柄的捕鸟网。
宜：《说文解字》："宜，所安也。"引申为享。

梁：筑在水中拦鱼的石坝，即鱼梁。

戢（jí）：插。谓鸳鸯栖息时将喙插在左翅下。

遐（xiá）：长远。

乘（shèng）：四匹马拉的车子。乘马引申为拉车的马。厩（jiù）：马棚。

摧（cuò）：通"莝"，铡草喂马。

艾：养。一说意为辅助。

绥（suí）：安。

217 颀弁

有颀者弁，实维伊何？尔酒既旨，尔肴既嘉。岂伊异人？兄弟匪他。
茑与女萝，施于松柏。未见君子，忧心奕奕。既见君子，庶几说怿。
有颀者弁，实维何期？尔酒既旨，尔肴既时。岂伊异人？兄弟具来。
茑与女萝，施于松上。未见君子，忧心怲怲。既见君子，庶几有臧。
有颀者弁，实维在首。尔酒既旨，尔肴既阜。岂伊异人？兄弟甥舅。
如彼雨雪，先集维霰。死丧无日，无几相见。乐酒今夕，君子维宴。

注释　颀（kuǐ）：有棱角貌。

实维伊何：是为伊何。实，犹"是"。维，语助词。伊，当作"繄（yī）"，犹"是"。

旨：美。

肴（yáo）：同"肴"，荤菜。

伊：是。异人：外人。

茑（niǎo）、女萝：都是善于攀缘的蔓生植物。

施：延伸，攀缘。

奕奕：心神不安貌。

说（yuè）怿（yì）：欢欣喜悦。说，通"悦"。

何期（qī）：犹言"伊何"。期，通"其"，语助词。

时：善也，物得其时则善。

怲（bǐng）怲：忧愁貌。

臧（zāng）：善。

阜（fù）：多，指酒肴丰盛。

雨（yù）雪：下雪。

霰（xiàn）：雪珠。

无日：不知哪一天。

无几：没有多久。

218 车舝

间关车之舝兮，思娈季女逝兮。匪饥匪渴，德音来括。虽无好友，式燕且喜。
依彼平林，有集维鷮。辰彼硕女，令德来教。式燕且誉，好尔无射。
虽无旨酒，式饮庶几。虽无嘉肴，式食庶几。虽无德与女，式歌且舞。
陟彼高岗，析其柞薪。析其柞薪，其叶湑兮。鲜我觏尔，我心写兮。
高山仰止，景行行止。四牡騑騑，六辔如琴。觏尔新昏，以慰我心。

注释　间关：车行时发出的声响。舝（xiá）：同"辖"，车轴头的铁键。
娈：妩媚可爱。季女：少女。逝：往，指出嫁。
括：犹"佸"，会合。式：发语词。燕：通"宴"，宴饮。
依：茂盛的样子。
鷮（jiāo）：长尾野鸡。
辰：通"珍"，美好。或训为善，亦通。
誉：通"豫"，安乐。
无射（yì）：不厌。亦可作"无斁"。
庶几：此犹言"一些"。
湑（xǔ）：茂盛。
鲜：犹"斯"，此时。觏（gòu）：遇合。
写：通"泻"，宣泄，指欢悦、舒畅。
景行：大路。
騑（fēi）騑：马行不止貌。

219 青蝇

营营青蝇，止于樊。岂弟君子，无信谗言。
营营青蝇，止于棘。谗人罔极，交乱四国。
营营青蝇，止于榛。谗人罔极，构我二人。

注释 青蝇：苍蝇，比喻谗人。
营营：象声词，拟苍蝇飞舞声。
止：停下。樊：篱笆。
岂（kǎi）弟（tì）：同"恺悌"，平和有礼，平易近人。
谗言：挑拨离间的坏话。
棘：酸枣树。
罔（wǎng）极：指行为不轨，没有标准。
交：都。乱：搅乱、破坏。
榛（zhēn）：树名。
构：播弄、陷害，指离间。

220 宾之初筵

宾之初筵，左右秩秩。笾豆有楚，殽核维旅。酒既和旨，饮酒孔偕。
钟鼓既设，举酬逸逸。大侯既抗，弓矢斯张。射夫既同，献尔发功。
发彼有的，以祈尔爵。
籥舞笙鼓，乐既和奏。烝衎烈祖，以洽百礼。百礼既至，有壬有林。
锡尔纯嘏，子孙其湛。其湛曰乐，各奏尔能。宾载手仇，室人入又。
酌彼康爵，以奏尔时。
宾之初筵，温温其恭。其未醉止，威仪反反。曰既醉止，威仪幡幡。
舍其坐迁，屡舞仙仙。其未醉止，威仪抑抑。曰既醉止，威仪怭怭。
是曰既醉，不知其秩。
宾既醉止，载号载呶。乱我笾豆，屡舞僛僛。是曰既醉，不知其邮。
侧弁之俄，屡舞傞傞。既醉而出，并受其福。醉而不出，是谓伐德。
饮酒孔嘉，维其令仪。
凡此饮酒，或醉或否。既立之监，或佐之史。彼醉不臧，不醉反耻。
式勿从谓，无俾大怠。匪言勿言，匪由勿语。由醉之言，俾出童羖。
三爵不识，矧敢多又。

注释 初筵：宾客初入席时。筵，铺在地上的竹席。
左右：席位东西，主人在东，客人在西。秩秩：有序之貌。

殽核：殽为豆中所装的食品，核为笾中所装的食品。旅：陈放。
和旨：醇和甜美。
孔：很。偕：通"皆"，遍。
酬（chóu）：同"酬"。举酬，举杯。逸逸：意同"绎绎"，连续不断。
大侯：射箭用的大靶子，用虎、熊、豹三种皮制成。一般的侯也有用布制的。抗：高挂。
斯：语助词。张：张弓搭箭。
射夫：射手。
发功：发箭射击的功夫。
有：语助词。的：侯的中心，即靶心，也常指靶子。
祈：求。尔爵：爵，饮酒尽也。
籥（yuè）舞：执籥而舞。籥是一种竹质管乐器，据考形如排箫。
烝（zhēng）：进。衎（kàn）：娱乐。
洽：使和洽，指配合。
有壬：即"壬壬"，礼大之貌。有林：即"林林"，礼多之貌。
锡：赐。纯嘏（gǔ）：大福。
湛（dān）：和乐。
奏：进献。
载（zài）：则，便。手：取，择。仇：匹，指对手。
室人：主人。入又：又入，指主人亦随宾客入射以耦宾，即耦射。
康爵：大爵。
时：射中的宾客。
止：语气助词。
反反：谨慎凝重。
曰：语助词。
幡幡：轻浮无威仪之貌。
舍：放弃。坐：同"座"，座位。
仙（qiān）仙：同"跹跹"，飞舞貌。
抑抑：意思与前文"反反"大致相同而有所递进。
怭（bì）怭：意思与前文"幡幡"大致相同而有所递进。
秩：常规。
号（háo）：大声乱叫。呶（náo）：喧哗不止。
僛（qī）僛：身体歪斜倾倒之貌。
邮：通"尤"，过失。
弁（biàn）：皮帽。俄：倾斜不正。
傞（suō）傞：醉舞不止貌。

伐德：败德。
令仪：美好的仪表礼节。
监：酒监，宴会上监督礼仪的官。
史：酒史，记录饮酒时言行的官员。燕饮之礼必设监，不一定设史。
臧（zāng）：好。
式：发语词。
俾（bǐ）：使。大怠：太轻慢失礼。
匪言：指不该问话。
匪由：指不合法道的话。
童羖（gǔ）：没角的公山羊。
三爵：三杯。
矧（shěn）：何况。又："侑"之假借，劝酒。

221 鱼藻

鱼在在藻，有颁其首。王在在镐，岂乐饮酒。
鱼在在藻，有莘其尾。王在在镐，饮酒乐岂。
鱼在在藻，依于其蒲。王在在镐，有那其居。

注释 颁（fén）：头大的样子。
镐：西周都城，在今陕西西安。
岂（kǎi）乐：欢乐。
莘（shēn）：尾巴长的样子。
蒲：多年生草本植物。
那（nuó）：安闲的样子。

222 采菽

采菽采菽，筐之莒之。君子来朝，何锡予之？
虽无予之，路车乘马。又何予之？玄衮及黼。
觱沸槛泉，言采其芹。君子来朝，言观其旂。
其旂淠淠，鸾声嘒嘒。载骖载驷，君子所届。

赤芾在股，邪幅在下。彼交匪纾，天子所予。
乐只君子，天子命之。乐只君子，福禄申之。
维柞之枝，其叶蓬蓬。乐只君子，殿天子之邦。
乐只君子，万福攸同。平平左右，亦是率从。
汎汎杨舟，绋纚维之。乐只君子，天子葵之。
乐只君子，福禄膍之。优哉游哉，亦是戾矣。

注释 筥（jǔ）：亦筐也，方者为筐，圆者为筥。
路车：即辂车，古时天子或诸侯所乘。
玄衮（gǔn）：古代上公礼服，《毛传》："玄衮，卷龙也。"黼（fǔ）：黑白相间的花纹。
觱（bì）沸：泉水涌出的样子。槛泉：正向上涌出之泉。
旆（pèi）旆：旗帜飘动。
鸾：一种铃。哕（huì）哕：铃声有节奏。
届：到。
芾（fú）：蔽膝。
邪幅：裹腿。
彼交：不急不躁。彼，通"匪"；交，通"绞"，急。纾：怠慢。
只：语助词。
申：重复。
殿：镇抚。
平平：治理。
绋（fú）：粗大的绳索。纚（lí）：系。
葵：借为"揆"，度量。
膍（pí）：厚赐。
优哉游哉：悠闲自得的样子。
戾（lì）：安定。

223 角弓

骍骍角弓，翩其反矣。兄弟昏姻，无胥远矣。
尔之远矣，民胥然矣。尔之教矣，民胥效矣。
此令兄弟，绰绰有裕。不令兄弟，交相为瘉。

民之无良，相怨一方。受爵不让，至于己斯亡。
老马反为驹，不顾其后。如食宜饇，如酌孔取。
毋教猱升木，如涂涂附。君子有徽猷，小人与属。
雨雪瀌瀌，见晛曰消。莫肯下遗，式居娄骄。
雨雪浮浮，见晛曰流。如蛮如髦，我是用忧。

注释 角弓：两端用兽角装饰的弓。

骍（xīn）骍：弦和弓调和的样子。

翩：此指反过来弯曲的样子。

昏姻：即"婚姻"，指姻亲。

胥（xū）：相。远：疏远。

胥：皆。然：这样。

教：教导。

效：仿效，效法。

令：善。

绰绰：宽裕舒缓的样子。裕：宽大。

不令：不善，指兄弟不相友善。

瘉（yù）：病，此指残害。

亡：通"忘"。

饇（yù）：饱。

孔：恰如其分。

猱（náo）：猿类，善攀援。

涂：泥土。附：沾着。

徽：美。猷（yóu）：道。

与：从，属，依附。

瀌（biāo）瀌：下雪很盛的样子。

晛（xiàn）：日气。

遗：通"隤"，柔顺的样子。

式：用，因也。娄：借为"屡"。

浮浮：与"瀌瀌"意同。

蛮、髦（máo）：南蛮与夷髦，古代对西南少数民族的称呼。

224 菀柳

有菀者柳,不尚息焉。上帝甚蹈,无自暱焉。俾予靖之,后予极焉!
有菀者柳,不尚愒焉。上帝甚蹈,无自瘵焉。俾予靖之,后予迈焉!
有鸟高飞,亦傅于天。彼人之心,于何其臻。曷予靖之,居以凶矜!

注释 菀(yuàn):树木茂盛。
尚:庶几。
蹈:动,变化无常。
暱(nì):亲近。
俾(bǐ):使。靖:谋。
极:同"殛(jí)",惩罚。
愒(qì):休息。
瘵(zhài):病。
迈:行,指放逐。
傅:至。
曷(hé):为什么。
矜(jīn):危。

225 都人士

彼都人士,狐裘黄黄。其容不改,出言有章。行归于周,万民所望。
彼都人士,臺笠缁撮。彼君子女,绸直如发。我不见兮,我心不说。
彼都人士,充耳琇实。彼君子女,谓之尹吉。我不见兮,我心苑结。
彼都人士,垂带而厉。彼君子女,卷发如虿。我不见兮,言从之迈。
匪伊垂之,带则有余。匪伊卷之,发则有旟。我不见兮,云何盱矣。

注释 都人士:京都人士,大约指当时京城贵族。一说"都人"即"美人"。
黄黄:形容狐裘之毛色。
容:仪容风度。
章:言谈有文采。
望:仰望。

臺笠：臺草编成的草帽。缁（zī）撮（cuō）：黑布制成的束发小帽。
绸直：头发稠密而直。绸，通"稠"。如发：她们的头发。犹言"乃发"，乃犹"其"。
说（yuè）：同"悦"。
尹吉：名叫尹吉的姑娘。一说尹和吉是当时的两个贵族大姓。
苑（yùn）结：即"郁结"，指心中忧闷、抑郁。
垂带：腰间所系下垂之带。厉：通"裂"，即系腰的丝带垂下来。
卷（quán）发：卷曲的头发。虿（chài）：蝎类的一种。长尾曰虿，短尾曰蝎。此形容向上卷翘的发式。
言：语气词，有"于焉"之意。从之：因之。迈：旧训"行"，此言愿从之行。
旟（yú）：扬，上翘貌。
盱（xū）："吁"之假借，忧伤。

226 采绿

终朝采绿，不盈一匊。予发曲局，薄言归沐。
终朝采蓝，不盈一襜。五日为期，六日不詹。
之子于狩，言韔其弓。之子于钓，言纶之绳。
其钓维何？维鲂及鱮。维鲂及鱮，薄言观者。

注释　绿（lù）：通"菉"，草名，即荩草，一年生草本，汁可以染黄。
终朝（zhāo）：终日。一说整个早晨。
匊（jū）：同"掬"，两手合捧。
曲局：弯曲，指头发弯曲蓬乱。
薄言：语助词。归沐：回家洗头发。
蓝：草名。此指蓼蓝，可做染青蓝色的染料。
襜（chān）：护裙，田间采集时可用以兜物。
五日：五天，并非确指。期：约定的时间。
六日：六天，并非确指。詹：至，来到。
之子：此子。狩：打猎。
韔（chàng）：弓袋，此处用做动词，是说将弓装入弓袋。
纶：钓丝。此处做动词，即整理丝绳的意思。
维何：是什么。维，是。
观者：此指钓的鱼众多。

227 黍苗

芃芃黍苗,阴雨膏之。悠悠南行,召伯劳之。
我任我辇,我车我牛。我行既集,盖云归哉!
我徒我御,我师我旅。我行既集,盖云归处!
肃肃谢功,召伯营之。烈烈征师,召伯成之。
原隰既平,泉流既清。召伯有成,王心则宁。

注释 芃(péng)芃:草木繁盛的样子。
辇:人推挽的车子。
集:完成。
盖(hé):同"盍",何不。
肃肃:迅疾的样子。功:工程。
烈烈:威武的样子。
原:高平之地。隰(xí):低湿之地。

228 隰桑

隰桑有阿,其叶有难。既见君子,其乐如何。
隰桑有阿,其叶有沃。既见君子,云何不乐。
隰桑有阿,其叶有幽。既见君子,德音孔胶。
心乎爱矣,遐不谓矣?中心藏之,何日忘之!

注释 难(nuó):通"娜",盛。
君子:指所爱者。
沃:柔美。
幽:通"黝",青黑色。
德音:善言,此指情话。孔胶:很缠绵。
遐:何。谓:告诉。

229 白华

白华菅兮，白茅束兮。之子之远，俾我独兮。
英英白云，露彼菅茅。天步艰难，之子不犹。
滮池北流，浸彼稻田。啸歌伤怀，念彼硕人。
樵彼桑薪，卬烘于煁。维彼硕人，实劳我心。
鼓钟于宫，声闻于外。念子懆懆，视我迈迈。
有鹙在梁，有鹤在林。维彼硕人，实劳我心。
鸳鸯在梁，戢其左翼。之子无良，二三其德。
有扁斯石，履之卑兮。之子之远，俾我疧兮。

注释　白华：即"白花"。
　　　　菅（jiān）：多年生草本植物。
　　　　白茅：又名丝茅，因叶似矛得名。
　　　　之远：往远方。
　　　　俾（bǐ）：使。
　　　　英英：又作"泱泱"，云洁白之貌。
　　　　露：指水气下降为露珠，兼有沾濡之意。
　　　　天步：天运，命运。
　　　　不犹：不如。一说不良。
　　　　滮（biāo）：水名，在今陕西西安市北。
　　　　啸歌：谓号哭而歌。伤怀：忧伤而思。
　　　　硕人：高大的人，犹"美人"。此处当指其心中的英俊男子。
　　　　樵：薪柴，此处指采木为樵。桑薪：桑木柴火。
　　　　卬（áng）：我。女子自称。煁（shén）：越冬烘火之行灶。
　　　　劳：忧愁。
　　　　鼓钟：敲钟。鼓，敲。
　　　　懆（cǎo）懆：愁苦不安。
　　　　迈迈：不高兴。
　　　　鹙（qiū）：水鸟名。梁：鱼梁，拦鱼的水坝。
　　　　鹤在林：鹤为高洁之鸟，反在林，比喻所爱之人已远离去。
　　　　戢（jí）其左翼：鸳鸯把嘴插在左翼休息。
　　　　二三其德：三心二意，指感情不专一。

有扁:即"扁扁",乘石的样子。乘石是乘车时所踩的石头。
履:踩,指乘车时踩在脚下。
痕(qí):因忧愁而得相思病。

230 绵蛮

绵蛮黄鸟,止于丘阿。道之云远,我劳如何。
饮之食之,教之诲之。命彼后车,谓之载之。
绵蛮黄鸟,止于丘隅。岂敢惮行,畏不能趋。
饮之食之,教之诲之。命彼后车,谓之载之。
绵蛮黄鸟,止于丘侧。岂敢惮行,畏不能极。
饮之食之,教之诲之。命彼后车,谓之载之。

注释 绵蛮:小鸟的模样。
丘阿:山坳。
后车:副车,跟在后面的从车。
惮:畏惧,惧怕。
趋:快走。
极:到达终点。

231 瓠叶

幡幡瓠叶,采之亨之。君子有酒,酌言尝之。
有兔斯首,炮之燔之。君子有酒,酌言献之。
有兔斯首,燔之炙之。君子有酒,酌言酢之。
有兔斯首,燔之炮之。君子有酒,酌言酬之。

注释 瓠(hú):葫芦科植物的总称。
幡(fān)幡:翩翩,反复翻动的样子。
亨(pēng):同"烹",煮。
酌:斟酒。言:助词。尝:品尝。

斯：语助词。首：头，只。一说斯首即白头，兔小者头白。
炮（páo）：将带毛的动物裹上泥放在火上烧。燔（fán）：用火烤熟。
献：主人向宾客敬酒曰献。
炙：将肉类在火上熏烤使熟。
酢（zuò）：回敬酒。
酬：劝酒。

232 渐渐之石

渐渐之石，维其高矣。山川悠远，维其劳矣。武人东征，不皇朝矣。
渐渐之石，维其卒矣。山川悠远，曷其没矣？武人东征，不皇出矣。
有豕白蹢，烝涉波矣。月离于毕，俾滂沱矣。武人东征，不皇他矣。

注释　渐（chán）渐：借为"巉（chán）巉"，险峭的样子。
　　　维其：犹"何其"。
　　　劳：劳苦。一说读为"辽"，指辽远。
　　　武人：指东征将士。
　　　皇：同"遑"，闲暇。朝（zhāo）：早上。
　　　卒（cuì）：借为"崒"，高峻而危险貌。
　　　曷（hé）其没：言何时是个尽头。曷，何。没，尽。
　　　出：出险。
　　　蹢（dí）：蹄子。
　　　烝（zhēng）：众多。一说"进"。
　　　离：借作"丽"，依附，此指靠近。毕：星宿名，二十八宿之一，又叫"天毕"。
　　　俾（bǐ）：使。滂（pāng）沱（tuó）：大雨貌。
　　　不皇他：无暇顾及其他。

233 苕之华

苕之华，芸其黄矣。心之忧矣，维其伤矣！
苕之华，其叶青青。知我如此，不如无生！
牂羊坟首，三星在罶。人可以食，鲜可以饱！

注释 芸（yún）其：芸然，一片黄色的样子。
维其：何其。
牂（zāng）羊：母羊。坟首：头大。
三星：泛指星光。罶（liǔ）：捕鱼的竹器。
鲜（xiǎn）：少。

234 何草不黄

何草不黄？何日不行？何人不将？经营四方？
何草不玄？何人不矜？哀我征夫，独为匪民。
匪兕匪虎，率彼旷野。哀我征夫，朝夕不暇。
有芃者狐，率彼幽草。有栈之车，行彼周道。

注释 行：出行。此指行军，出征。
将：出征。
玄：发黑腐烂。
矜（guān）：通"鳏"，无妻者。征夫离家，等于无妻。
兕（sì）：野牛。
率：沿着。
芃（péng）：兽毛蓬松。
栈：役车高高的样子。
周道：大道。

雅·大雅

235 文王

文王在上，於昭于天。周虽旧邦，其命维新。
有周不显，帝命不时。文王陟降，在帝左右。
亹亹文王，令闻不已。陈锡哉周，侯文王孙子。
文王孙子，本支百世，凡周之士，不显亦世。
世之不显，厥犹翼翼。思皇多士，生此王国。
王国克生，维周之桢；济济多士，文王以宁。
穆穆文王，於缉熙敬止。假哉天命。有商孙子。
商之孙子，其丽不亿。上帝既命，侯于周服。
侯服于周，天命靡常。殷士肤敏，祼将于京。
厥作祼将，常服黼冔。王之荩臣。无念尔祖。
无念尔祖，聿修厥德。永言配命，自求多福。
殷之未丧师，克配上帝。宜鉴于殷，骏命不易。
命之不易，无遏尔躬。宣昭义问，有虞殷自天。
上天之载，无声无臭。仪刑文王，万邦作孚。

注释 文王：姬姓，名昌，周王朝的缔造者。
於（wū）：叹词，犹"呜""啊"。昭：光明显耀。
旧邦：邦，犹"国"。周在氏族社会本是姬姓部落，后与姜姓联合为部落联盟，在西北发展。周立国从尧舜时代的后稷算起。
命：天命，即天帝的意旨。
有周：这周王朝。有，指示性冠词。不（pī）：同"丕"，大。
时：是。
陟降：上行曰陟，下行曰降。
左右：犹言身旁。

亹（wěi）亹：勤勉不倦貌。

令闻：美好的名声。不已：无尽。

陈锡：陈，犹"重""屡"；锡，赏赐。哉："载"的假借，初、始。

侯：乃。孙子：子孙。

本支：以树木的本枝比喻子孙繁衍。

士：这里指统治周朝享受世禄的公侯卿士百官。

亦世：犹"奕世"，即累世。

厥：其。犹：同"猷"，谋划。翼翼：恭谨勤勉貌。

思：语首助词。皇：美、盛。

克：能。

桢（zhēn）：支柱、骨干。

济济：有盛多、整齐美好、庄敬诸意。

穆穆：庄重恭敬貌。

缉熙：光明。敬止：敬之，严肃谨慎。止犹"之"。

假：大。

有：得有。

其丽不亿：其数极多。丽，数；不，语助词；亿，周制十万为亿，这里只是概数，极言其多。

周服：服周。

靡常：无常。

殷士肤敏：殷士，归降的殷商贵族；肤，繁体做"肤"，肤敏，即勤敏地陈序礼器。

祼（guàn）：古代一种祭礼，在神主前面铺白茅，把酒浇茅上，像神在饮酒。将：行。

常服：祭祀规定的服装。黼（fǔ）：古代有白黑相间花纹的衣服。冔（xǔ）：殷冕。

荩臣：忠臣。

无：语助词，无实义。

聿：发语助词。

永言：久长。言同"焉"，语助词。配命：与天命相合。配，比配，相称。

丧师：指丧失民心。丧，亡、失；师，众、众庶。

克配上帝：可以与上帝之意相称。

骏命：大命，也即天命。骏，大。

遏：止、绝。尔躬：你身。

宣昭：宣明传布。义问：美好的名声。义，善；问，通"闻"。

有：又。虞：审察、推度。殷：于省吾《泽螺居诗经新证》谓为"依"之借字。

载：行事。

臭（xiù）：味。

仪刑：效法。刑，同"型"，模范，仪法，模式。

孚：信服。

大明

明明在下，赫赫在上。天难忱斯，不易维王。天位殷適，使不挟四方。
挚仲氏任，自彼殷商，来嫁于周，曰嫔于京。乃及王季，维德之行。
大任有身，生此文王。维此文王，小心翼翼。
昭事上帝，聿怀多福。厥德不回，以受方国。
天监在下，有命既集。文王初载，天作之合。
在洽之阳，在渭之涘。文王嘉止，大邦有子。
大邦有子，俔天之妹。文定厥祥，亲迎于渭。造舟为梁，不显其光。
有命自天，命此文王。于周于京，缵女维莘。
长子维行，笃生武王。保右命尔，燮伐大商。
殷商之旅，其会如林。矢于牧野："维予侯兴。上帝临女，无贰尔心！"
牧野洋洋，檀车煌煌，驷騵彭彭。维师尚父，时维鹰扬。
凉彼武王，肆伐大商，会朝清明。

注释　明明：光采夺目的样子。在下：指人间。
　　　　赫赫：明亮显著的样子。在上：指天上。
　　　　忱：信任。斯：句末助词。
　　　　易：轻率怠慢。维：犹"为"。
　　　　位：同"立"。適（dí）：借作"嫡"，嫡子。殷嫡，指纣王。
　　　　挟：控制、占有。四方：天下。
　　　　挚：古诸侯国名，故址在今河南汝南一带，任姓。仲：指次女。挚仲，即太任，王季之妻，文王之母。
　　　　自：来自。挚国之后裔，为殷商的臣子，故说太任"自彼殷商"。
　　　　嫔（pín）：妇，指做媳妇。京：周京。
　　　　乃：就。及：与。
　　　　维德之行：犹曰"维德是行"，只做有德行的事情。
　　　　大：同"太"。有身：有孕。
　　　　文王：姬昌，殷纣时为西伯（西方诸侯），又称西伯昌，为周武王姬发之父，父子共举灭纣大业。
　　　　翼翼：恭敬谨慎的样子。
　　　　昭：借作"劭"，勤勉。事：服事、侍奉。

聿：犹"乃"，就。怀：徕，招来。
厥：犹"其"，他、他的。回：邪僻。
受：承受、享有。方：大。此言文王做了周国国主。
监：明察。在下：指文王的德业。
初载：初始，指年轻时。
作：成。合：匹配。
洽（hé）：水名，源出陕西合阳县，东南流入黄河，现称金水河。阳：河北面。
渭：水名，黄河最大的支流，源于甘肃渭源县，经陕西，于潼关流入黄河。涘（sì）：水边。
嘉：美好，高兴。止：语末助词。一说止为"礼"。嘉止，即嘉礼，指婚礼。
大邦：指殷商。子：未嫁的女子。
俔（qiàn）：如，好比。天之妹：天上的美女。
文：占卜的文辞。
梁：桥。此指连船为浮桥，以便渡渭水迎亲。
丕：通"丕"，大。光：荣光，荣耀。
缵（zuǎn）：续。莘（shēn）：国名，在今陕西合阳县一带。姒姓。文王又娶莘国之女，故称太姒。
长子：指伯邑考。行：出嫁。伯邑考早年为殷纣王杀害。
笃：厚，指天降厚恩。一说为发语词。
保右：即"保佑"。命：命令。尔：犹"之"，指武王姬发。
燮（xiè）：读为"袭"。袭伐，即袭击讨伐。
会（kuài）：借作"旝"，军旗。其会如林，极言殷商军队之多。
矢：同"誓"，誓师。牧野：地名，在今河南淇县一带，距商都朝歌七十余里。
予：我、我们，作者自指周王朝。侯：乃、才。兴：兴盛、胜利。
临：监临。女：同"汝"，指周武王率领的将士。
无：同"勿"。贰：同"二"。
檀（tán）车：用檀木造的兵车。
驷（sì）騵（yuán）：四匹赤毛白腹的驾辕骏马。彭彭：强壮有力的样子。
师：官名，又称太师。尚父：指姜太公。姜太公，周朝东海人，本姓姜，其先封于吕，因姓吕。名尚，字子牙。年老隐钓于渭水之上，文王访得，载与俱归，立为师，又号太公望，辅佐文王、武王灭纣。
时：是。鹰扬：如雄鹰飞扬，言其奋发勇猛。
凉：辅佐。《韩诗》做"亮"。
肆伐：意同前文之"燮伐"。
会朝（zhāo）：会战的早晨。一说黎明。

237 绵

绵绵瓜瓞，民之初生，自土沮漆。古公亶父，陶复陶冗，未有家室。
古公亶父，来朝走马。率西水浒，至于岐下。爰及姜女，聿来胥宇。
周原膴膴，堇荼如饴。爰始爰谋，爰契我龟：曰止曰时，筑室于兹。
乃慰乃止，乃左乃右，乃疆乃理，乃宣乃亩。自西徂东，周爰执事。
乃召司空，乃召司徒，俾立室家。其绳则直，缩版以载，作庙翼翼。
捄之陾陾，度之薨薨，筑之登登，削屡冯冯。百堵皆兴，鼛鼓弗胜。
乃立皋门，皋门有伉。乃立应门，应门将将。乃立冢土，戎丑攸行。
肆不殄厥愠，亦不陨厥问。柞棫拔矣，行道兑矣。混夷駾矣，维其喙矣！
虞芮质厥成，文王蹶厥生。予曰有疏附，予曰有先后，
予曰有奔奏，予曰有御侮！

注释　绵绵：不绝貌。瓞（dié）：瓜。小曰瓜，大曰瓞。
　　　土：居住。沮（jū）漆：古二水名，均在今陕西省境内。
　　　古公亶（dǎn）父：周王族十三世祖，后追称大（太）王。古公是称号，犹言"故邠公"；亶父是名。
　　　陶：窑灶。复：古时的一种窑洞，即旁穿之穴。
　　　家室：犹言"宫室"。
　　　朝：早。走马：指避狄难。
　　　率：沿着。浒：水涯。漆沮之侧也。
　　　岐下：岐山之下。岐山在今陕西省岐山县东北。
　　　爰（yuán）：于是。姜女：指古公亶父之妃，姜氏。
　　　聿（yù）：发语词。胥宇：犹言"相宅"，就是考察地势，选择建筑宫室的地址。胥，相，视。
　　　膴（wǔ）膴：肥沃的样子。
　　　堇（jǐn）：旱芹。荼（tú）：苦菜。饴（yí）：用米芽或麦芽熬成的糖浆。
　　　契：锲，指刻龟甲占卜。龟：指占卜所用的龟甲。
　　　曰：语助词。止：言此地可以居住。时：言此时可以动工。
　　　兹：此，这里。
　　　慰：安定。止：居住。
　　　疆：划分疆界。理：治理土地。
　　　宣：疏通沟渠。亩：整治田垄。

徂（cú）：往，去。
周：徧（遍的异体字）。
司空：管工程的官。
司徒：管土地和力役的官。
俾（bǐ）：使。
缩：捆绑。载：通"栽"，筑墙的长板。
翼翼：动作整齐。
捄（jū）：盛土于筐。陾（réng）陾：众多貌。
度：填土于筑板内。薨（hōng）薨：填土声。
登登：相应声。
屡：通"塿（lǒu）"，土墙隆起的部分。冯（píng）冯：削平墙面的声音。
堵：五版为堵。兴：起。此言治宫室。
鼛（gāo）：大鼓，长一丈二尺。弗胜：指鼓声盖不过人声。
皋门：王都的郭门。
伉（kàng）：通"亢"。高大貌。
应门：王宫的正门。
将（qiāng）将：庄严雄伟的样子。
冢土：即大社，祭祀社神的地方。冢，大；土，通"社"。
戎：指昆夷，北方的游牧民族，即犬戎。丑：对边远民族的蔑称。攸：所。
肆：于是。殄（tiǎn）：断绝。愠：怒。
陨（yǔn）：坠。问：通"闻"，谓声誉。
柞（zuò）：栎树。棫（yù）：白桵（ruí），与柞皆丛生灌木。
兑（duì）：通"达"，通畅。
混夷：即昆夷。駾（tuì）：突逃。
喙（huì）：疲劳困倦。
虞：古国名，在今山西平陆。芮（ruì）：古国名，在今陕西大荔。质：评断。成：平。
蹶（guì）：感动。生：通"性"。
予：周人自称。曰：语助词。
先后：指君王前后辅佐之臣。
奔奏：指奔命四方之臣。"奏"亦作"走"。
御侮：指捍卫国家之臣。

238 棫朴

芃芃棫朴,薪之槱之。济济辟王,左右趣之。
济济辟王,左右奉璋。奉璋峨峨,髦士攸宜。
淠彼泾舟,烝徒楫之。周王于迈,六师及之。
倬彼云汉,为章于天。周王寿考,遐不作人?
追琢其章,金玉其相。勉勉我王,纲纪四方。

注释 芃(péng)芃:植物茂盛貌。棫(yù)朴:二者均为灌木名。
槱(yǒu):聚积木柴以备燃烧。
济(jǐ)济:美好貌。或音qí,庄敬貌。辟(bì)王:君王。
趣(qū):趋向,归向。
奉:通"捧"。璋:即"璋瓒",祭祀时盛酒的玉器。
峨峨:盛装壮美的样子。
髦士:俊士,优秀之士。攸:所。宜:适合。
淠(pì):船行貌。泾:泾河。
烝徒:众人。楫之:举桨划船。
于迈:于征,出征。
师:军队,两千五百人为一师。
倬(zhuō):广大。云汉:银河。
章:文章,文采。
遐:通"何"。作人:培育、造就人。
追(duī):通"雕"。追琢,即雕琢。
相:内质,质地。
勉勉:勤勉不已。
纲纪:治理,管理。

239 旱麓

瞻彼旱麓,榛楛济济。岂弟君子,干禄岂弟。
瑟彼玉瓒,黄流在中。岂弟君子,福禄攸降。
鸢飞戾天,鱼跃于渊。岂弟君子,遐不作人。

清酒既载，骍牡既备。以享以祀，以介景福。
瑟彼柞棫，民所燎矣。岂弟君子，神所劳矣。
莫莫葛藟，施于条枚。岂弟君子，求福不回。

注释　旱麓：旱山山脚。旱，山名，据考证在今陕西南郑县附近。
　　　榛（zhēn）楛（hù）：两种灌木名。济（jǐ）济：众多的样子。
　　　干（gān）：求。
　　　瑟：光色鲜明的样子。玉瓒（zàn）：圭瓒，天子祭祀时用的酒器。玉圭做柄，柄的一端是勺，用以舀柜鬯。
　　　黄流：黄，用黄金制成或镶金的酒勺；流，用黑黍和郁金草酿造配制的酒，用于祭祀，即秬（jù）鬯（chàng）。
　　　攸：所。
　　　鸢（yuān）：鸷（zhì）鸟名。即老鹰。戾（lì）：到，至。
　　　遐：通"胡"，何。作：作成，作养。
　　　骍（xīn）牡：红色的公牛。
　　　介：求。景：大。
　　　瑟：众多的样子，与第二章的"瑟"字不同义。
　　　燎（liǎo）：焚烧，此指燔柴祭天。
　　　劳：慰劳。或释为保佑。
　　　莫莫：同"漠漠"，众多而没有边际的样子。葛藟（lěi）：葛藤。
　　　施（yì）：伸展绵延。条枚：树枝和树干。
　　　回：奸回，邪僻。

240　思齐

思齐大任，文王之母。思媚周姜，京室之妇。大姒嗣徽音，则百斯男。
惠于宗公，神罔时怨，神罔时恫。刑于寡妻，至于兄弟，以御于家邦。
雍雍在宫，肃肃在庙；不显亦临，无射亦保。
肆戎疾不殄，烈假不瑕。不闻亦式，不谏亦入。
肆成人有德，小子有造。古之人无斁，誉髦斯士。

注释　思：发语词，无实义。齐（zhāi）：通"斋"，端庄貌。大任：即"太任"，王季之妻，文王之母。

媚：美好。周姜：即"太姜"。古公亶父之妻，王季之母，文王之祖母。
京室：王室。
大姒：即"太姒"，文王之妻。嗣：继承，继续。徽音：美誉。
百斯男：众多男儿。百，虚指，泛言其多；斯，语助词，无实义。
惠：孝敬。宗公：宗庙里的先公，即祖先。
神：此处指祖先之神。罔：无。时：所。
恫（tōng）：哀痛。
刑：同"型"，典型，典范。寡妻：嫡妻。
御：治理。
雍（yōng）雍：和洽貌。宫：家。
肃肃：恭敬貌。庙：宗庙。
不显：不明，幽隐之处。临：临视。
无射（yì）：即"无斁"，不厌倦。"射"为古"斁"字。保：保持。
肆：所以。戎疾：西戎之患。殄：残害，灭绝。
烈假：指害人的疾病。瑕，与"殄"意同。
式：适合。
入：接受，采纳。
小子：儿童。造：造就，培育。
古之人：指文王。无斁（yì）：无厌，无倦。
誉：美名，声誉。髦：俊，优秀。

241 皇矣

皇矣上帝，临下有赫。监观四方，求民之莫。维此二国，其政不获。
维彼四国，爰究爰度？上帝耆之，憎其式廓。乃眷西顾：此维与宅！
作之屏之，其菑其翳。修之平之，其灌其栵。启之辟之，其柽其椐。
攘之剔之，其檿其柘。帝迁明德，串夷载路。天立厥配，受命既固。
帝省其山，柞棫斯拔，松柏斯兑。帝作邦作对，自大伯王季。
维此王季，因心则友，则友其兄，则笃其庆。载锡之光。受禄无丧，奄有四方。
维此王季，帝度其心，貊其德音。其德克明，克明克类，克长克君。
王此大邦，克顺克比。比于文王，其德靡悔。既受帝祉，施于孙子。
帝谓文王：无然畔援，无然歆羡，诞先登于岸。密人不恭，敢距大邦，
侵阮徂共。王赫斯怒，爰整其旅，以按徂旅。以笃于周祜，以对于天下。

依其在京,侵自阮疆。陟我高冈:无矢我陵,我陵我阿;无饮我泉,
我泉我池。度其鲜原,居岐之阳,在渭之将。万邦之方,下民之王。
帝谓文王:予怀明德,不大声以色,不长夏以革。不识不知,顺帝之则。
帝谓文王:询尔仇方,同尔弟兄。以尔钩援,与尔临冲,以伐崇墉。
临冲闲闲,崇墉言言。执讯连连,攸馘安安。是类是祃,是致是附,
四方以无侮。临冲茀茀,崇墉仡仡。是伐是肆,是绝是忽,四方以无拂。

注释 皇:光辉、伟大。

临:监视。下:下界、人间。赫:显著。

莫:通"瘼",疾苦。

二国:有谓指夏、殷,有谓指豳、邰,皆不确。

政:政令。获:得。不获,不得民心。

四国:天下四方。

爰:就。究:研究。度(duó):图谋。

耆:读为"稽",考察。

式:语助词。式廓:犹言"规模"。

眷:思慕、宠爱。西顾:回头向西看。西,指岐周之地。

此:指岐周之地。宅:安居。

作:借作"柞",砍伐树木。屏(bǐng):除去。

菑(zì):指直立而死的树木。翳:通"殪",指死而仆倒的树木。

修:修剪。平:铲平。

灌:丛生的树木。栵(lì):斩而复生的枝杈。

启:开辟。辟:排除。

柽(chēng):木名,俗名西河柳。椐(jū):木名,俗名灵寿木。

攘:排除。剔:剔除。

檿(yǎn):木名,俗名山桑。柘(zhè):木名,俗名黄桑。以上皆为倒装句式。

帝:上帝。明德:明德之人,指太王古公亶父。

串夷:即昆夷,亦即犬戎。载:则。路:借作"露",败。太王原居豳,因犬戎侵扰,迁于岐,打败了犬戎。

厥:其。配:配偶。太王之妻为太姜。

既:犹"而"。固:坚固、稳固。

省(xǐng):察看。山:指岐山,在今陕西省。

柞、棫:两种树名。斯:犹"乃"。拔:拔除。

兑(duì):直立。

作：兴建。邦：国。对：疆界。

大伯：即太伯，太王长子。次子虞仲，三子季历。太王爱王季，太伯、虞仲为让位于季历，逃至南方，另建吴国。太王死后，季历为君，是为王季。

友：友爱兄弟。

则：犹"能"。

笃：厚益，增益。庆：吉庆，福庆。载：则。

锡：同"赐"。光：荣光。丧：丧失。

奄：全。尽。

貊（mò）：《左传·昭公二十八年》及《礼记·乐记》皆引作"莫"。莫，传布。

克：能。明：明察是非。类：分辨善恶。

长：师长。君：国君。

王（wàng）：称王，统治。

顺：使民顺从。比：使民亲附。

比于：及至。

悔：借为"晦"，不明。

施（yì）：延续。

畔援：犹"盘桓"，徘徊不进的样子。

歆羡：犹言"觊觎"，非分的希望和企图。

诞：发语词。先登于岸：喻占据有利形势。

密：古国名，在今甘肃灵台一带。

阮：古国名，在今甘肃泾川一带，当时为周之属国。徂：往，至。共（gōng）：古国名，在今甘肃泾川北，亦为周之属国。

赫：勃然大怒的样子。斯：犹"而"。

旅：军队。

按：遏止。徂旅：此指前来侵阮、侵共的密国军队。

笃：厚益、巩固。祜（hù）：福。

对：安定。

依：凭借。京：高丘。

陟（zhì）：登。

矢：借作"施"，陈设。此指陈兵。

阿：大的丘陵。

鲜（xiǎn）：犹"巘"，小山。

阳：山南边。

将：旁边。

方：准则，榜样。

大：注重。以：犹"与"。

长：挟，依恃。夏：夏楚，刑具。革：兵甲，指战争。
顺：顺应。则：法则。
仇：同伴。方：方国。仇方，与国、盟国。
弟兄：指同姓国家。
钩援：古代攻城的兵器。以钩钩入城墙，牵钩绳攀缘而登。
临、冲：两种军车名。临车上有望楼，用以瞭望敌人，也可居高临下地攻城。冲车则从墙下直冲城墙。
崇：古国名，在今陕西西安、户县一带，殷末崇侯虎即崇国国君，《尚书大传》有"文王六年伐崇"的记载。墉：城墙。
闲闲：摇动的样子。
言言：高大的样子。
汛：读为"奊"，俘虏。连连：接连不断的状态。
攸：所。馘（guó）：古代战争时将所杀之敌割取左耳以计数献功，称"馘"，也称"获"。
安安：安闲从容的样子。
是：乃，于是。类：通"禷"，出征时祭天。祃（mà）：师祭，至所征之地举行的祭祀。或谓祭马神。
致：招致。附：安抚。
茀茀：强盛的样子。
仡（yì）仡：高崇的样子。
肆：通"袭"。
忽：灭绝。
拂：违背，抗拒。

242 灵台

经始灵台，经之营之。庶民攻之，不日成之。
经始勿亟，庶民子来。王在灵囿，麀鹿攸伏。
麀鹿濯濯，白鸟翯翯。王在灵沼，於牣鱼跃。
虡业维枞，贲鼓维镛。於论鼓钟，於乐辟廱！
於论鼓钟，於乐辟廱！鼍鼓逢逢，矇瞍奏公。

注释　经始：开始计划营建。灵台：古台名，故址在今陕西西安西北。
攻：建造。
亟：同"急"。

子来：像儿子似的一起赶来。
灵囿：古代帝王畜养禽兽的园林名。
麀（yōu）鹿：母鹿。
濯濯（zhuó）：肥壮貌。
鹤（hè）鹤：洁白貌。
灵沼：池沼名。
於（wū）：叹美声。牣（rèn）：满。
虡（jù）：悬钟的木架。业：装在虡上的横板。枞（cōng）：崇牙，即虡上的载钉，用以悬钟。
贲（fén）：借为"鼖"，大鼓。
论：通"伦"，有次序。
辟廱（bì yōng）：离宫名，与做学校解的"辟廱"不同。
鼍（tuó）：即扬子鳄，一种爬行动物，其皮制鼓甚佳。逢（péng）逢：鼓声。
矇瞍：古代对盲人的两种称呼。当时乐官乐工常由盲人担任。

243 下武

下武维周，世有哲王。三后在天，王配于京。
王配于京，世德作求。永言配命，成王之孚。
成王之孚，下土之式。永言孝思，孝思维则。
媚兹一人，应侯顺德。永言孝思，昭哉嗣服。
昭兹来许，绳其祖武。於万斯年，受天之祜。
受天之祜，四方来贺。於万斯年，不遐有佐。

注释 下武：在后继承。下，后；武，继承。
世：代。哲王：贤明智慧的君主。
三后：指周的三位先王太王、王季、文王。后，君王。
王：此指武王。配：指上应天命。
求：通"逑"，匹配。马瑞辰《毛诗传笺通释》："按'求'当读为'逑'。逑，匹也，配也。……言王所以配于京者，由其可与世德配合耳。"
言：语助词。命：天命。
孚：使人信服。
下土：下界土地，也就是人间。式：榜样，范式。
孝思：孝顺先人之思，此系以孝代指所有的美德，举一以概之。王引之《经义述闻》："孝者美德之通称,非谓孝弟之孝。"
则:法则。此谓以先王为法则。
媚:爱戴。一人:指周天子。
昭:光明,显耀。嗣服:后进,指成王。
绳:承。武:足迹。祖武,指祖先的德业。
於(wū):感叹之词。斯:语助词。
祜(hù):福。
不遏:马瑞辰《毛诗传笺通释》:"'不遏'即'遏不'之倒文。"

244 文王有声

文王有声,遹骏有声。遹求厥宁,遹观厥成。文王烝哉!
文王受命,有此武功。既伐于崇,作邑于丰。文王烝哉!
筑城伊淢,作丰伊匹。匪棘其欲,遹追来孝。王后烝哉!
王公伊濯,维丰之垣。四方攸同,王后维翰。王后烝哉!
丰水东注,维禹之绩。四方攸同,皇王维辟。皇王烝哉!
镐京辟廱,自西自东,自南自北,无思不服。皇王烝哉!
考卜维王,宅是镐京。维龟正之,武王成之。武王烝哉!
丰水有芑,武王岂不仕?诒厥孙谋,以燕翼子。武王烝哉!

注释　遹(yù):陈奂《诗毛氏传疏》:"全诗多言'曰''聿',唯此篇四言'遹',遹即曰、聿,为发语之词。
烝(zhēng):此诗中八用"烝"字皆为叹美君主之词。
于崇:"于"本作"邘",古邘国,故地在今河南沁阳。崇为古崇国,故地在今陕西户县,周文王曾讨伐崇侯虎。
丰:故地在今陕西西安沣水西岸。
淢(xù):假借为"洫",即护城河。
棘(jí):此处皆为"急"义。
王后:第三、四章之"王后"同指周文王。
公:同"功"。濯(zhuó):本意是洗涤,引申为"光大"。
翰:主干。
皇王:第五、六章之"皇王"皆指周武王。辟(bì):《经典释文》义释为"法"。
镐(hào):周武王建立的西周国都,故地在今陕西西安沣水以东的昆明池北岸。辟廱(bì

yōng）：西周王朝所建天子行礼奏乐的离宫。
无思不服：无不服也。思，语助耳。
宅：刘熙《释名》释"宅"为"择"，指择吉祥之地营建宫室。
芑（qǐ）：同"杞"。芑、杞都是己声字，古音同部，故杞为本字，芑是假借字，应释为杞柳。
仕：毛传释"仕"为"事"，古通用。

245 生民

厥初生民？时维姜嫄。生民如何？克禋克祀，以弗无子。
履帝武敏歆，攸介攸止。载震载夙，载生载育，时维后稷。
诞弥厥月，先生如达。不坼不副，无菑无害，以赫厥灵。
上帝不宁，不康禋祀，居然生子。
诞寘之隘巷，牛羊腓字之。诞寘之平林，会伐平林。
诞寘之寒冰，鸟覆翼之。鸟乃去矣，后稷呱矣。
实覃实讦，厥声载路。
诞实匍匐，克岐克嶷，以就口食。
蓺之荏菽，荏菽旆旆。禾役穟穟，麻麦幪幪，瓜瓞唪唪。
诞后稷之穑，有相之道。茀厥丰草，种之黄茂。实方实苞，实种实褎。
实发实秀，实坚实好。实颖实栗，即有邰家室。
诞降嘉种，维秬维秠，维穈维芑。恒之秬秠，是获是亩。
恒之穈芑，是任是负，以归肇祀。
诞我祀如何？或舂或揄，或簸或蹂。释之叟叟，烝之浮浮。
载谋载惟，取萧祭脂。取羝以軷，载燔载烈，以兴嗣岁。
卬盛于豆，于豆于登，其香始升。上帝居歆，胡臭亶时。
后稷肇祀，庶无罪悔，以迄于今。

注释 厥初：其初。
时：是。姜嫄（yuán）：传说中有邰氏之女，周始祖后稷之母。头两句是说那当初生育周民的，就是姜嫄。
克：能。禋（yīn）：祭天的一种礼仪，先烧柴升烟，再加牲体及玉帛于柴上焚烧。

弗："祓"的假借，除灾求福的祭祀，一种祭祀的典礼。一说"以弗无"是以避免没有之意。

履：践踏。帝：上帝。武：足迹。敏：通"拇"，大拇趾。歆：心有所感的样子。

攸：语助词。止：通"祉"，神降福。

载震载夙（sù）：或震或肃，指十月怀胎。

诞：迨，到了。弥：满。

先生：头生，第一胎。如：而。达：滑利。

坼（chè）：裂开。副（pì）：破裂。

菑（zāi）：同"灾"。

不：丕。不宁，丕宁，大宁。

不康：丕康。丕，大。

寘（zhì）：弃置。

腓（bi）：庇护。字：哺育。

平林：大林，森林。

会：恰好。

鸟覆翼之：大鸟张翼覆盖他。

呱（gū）：小儿哭声。

实：是。覃（tán）：长。訏（xū）：大。

载：充满。

匍匐：伏地爬行。

岐：知意。嶷：识。

就：趋往。口食：生活资料。

蓺（yì）：同"艺"，种植。荏菽：大豆。

斾（pèi）斾：草木茂盛。

役：通"颖"。颖，禾苗之末。穟（suì）：穟：禾穗丰硬下垂的样子

幪（méng）幪：茂密的样子。

瓞 dié：小瓜。唪（běng）唪：果实累累的样子。

穑：耕种。

有相之道：有相地之宜的能力。

茀：拂，拔除。

黄茂：嘉谷，指优良品种，即黍、稷。孔颖达疏："谷之黄色者，惟黍、稷耳。黍、稷，谷之善者，故云嘉谷也。"

实：是。方：同"放"。萌芽始出地面。苞：苗丛生。

种：禾芽始出。褎（yòu）：禾苗渐渐长高。

发：发茎。秀：秀穗。

坚：谷粒灌浆饱满。

颖：禾穗末梢下垂。栗：栗栗，形容收获众多貌。

邰：当读作"颐"，养。谷物丰茂，足以养家室之意。

降：赐予。

秬（jù）：黑黍。秠（pī）：黍的一种，一个黍壳中含有两粒黍米。

穈（mén）：赤苗，红米。芑（qǐ）：白苗，白米。

恒：遍。

亩：堆在田里。

任：挑起。负：背起。

肇：开始。祀：祭祀。

揄（yóu）：舀，从臼中取出舂好之米。

簸：扬米去糠。蹂：以手搓余剩的谷皮。

释：淘米。叟叟：淘米的声音。

烝：同"蒸"。浮浮：热气上升貌。

惟：考虑。

萧：香蒿。脂：牛油。

羝（dǐ）：公羊。𬉼：读为"拔"，即剥去羊皮。

燔（fán）：将肉放在火里烧炙。烈：将肉贯穿起来架在火上烤。

嗣岁：来年。

卬：仰，举。豆：古代一种高脚容器。

登：瓦制容器。

居歆（xīn）：为歆，应该前来享受。

胡臭（xiù）亶（dǎn）：为什么香气诚然如此好。臭，香气；亶，诚然，确实；时，善，好。

246 行苇

敦彼行苇，牛羊勿践履。方苞方体，维叶泥泥。
戚戚兄弟，莫远具尔。或肆之筵，或授之几。
肆筵设席，授几有缉御。或献或酢，洗爵奠斝。
醓醢以荐，或燔或炙。嘉殽脾臄，或歌或咢。
敦弓既坚，四鍭既钧；舍矢既均，序宾以贤。
敦弓既句，既挟四鍭。四鍭如树，序宾以不侮。
曾孙维主，酒醴维醹，酌以大斗，以祈黄耇。
黄耇台背，以引以翼。寿考维祺，以介景福。

注释 行苇：道路边的芦苇。行，道路。

敦（tuán）彼：苇草丛生貌。

践履：践踏。

方苞：指枝叶尚包裹未分之时。体：成形。

泥泥：苇叶润泽貌。

戚戚：亲热。

远：疏远。具：通"俱"。尔："迩"，近。

肆：陈设。筵：竹席。

几：古人席地而坐时，所依靠的矮脚小木桌，一般是老人才用。

缉御：相继有人侍候。缉，继续。御，侍者。

献：主人对客敬酒。酢（zuò）：客人拿酒回敬。

洗爵：周时礼制，主人敬酒，取几上之杯先洗一下，再斟酒献客，客人回敬主人，也是如此操作。爵，古酒器，青铜制，有流、柱、鋬（pàn）和三足。奠斝（jiǎ）：周时礼制，主人敬的酒客人饮毕，则置杯于几上；客人回敬主人，主人饮毕也须这样做。奠，置；斝，古酒器，青铜制，圆口，有鋬和三足。

醓（tǎn）：多汁的肉酱。醢（hǎi）：肉酱。荐：进献。

燔（fán）：烧肉。炙：烤肉。

脾：通"膍（pí）"，牛胃，俗称牛百叶。臄（jué）：牛舌。

歌：配着琴瑟唱，叫"歌"。咢（è）：只打鼓不伴唱，叫"咢"。

敦（diāo）弓：雕弓。敦，通"雕"。坚：坚固，坚劲。

镞（hóu）：一种箭，金属箭头，鸟羽箭尾。钧：合乎标准。

舍矢：放箭。均：射中。

序宾：安排宾客在宴席上的座位次序。贤：此指射技的高低。

句（gōu）：借为"彀"，张弓引满。

树：竖立，指箭射在靶子上像树立着一样。

侮：轻侮，怠慢。

曾孙：主祭者之称，他对祖先神灵自称曾孙。戴震《诗学女为》："古者适（dí）孙则曰曾孙。《（尚）书》曰'有道曾孙'、《考工记》曰'曾孙诸侯'是也。此燕族人故称曾孙，明祖之适孙以与同祖之人燕（yàn）于此也。"

醴（lǐ）：甜酒。醹（rú）：酒味醇厚。

斗：古酒器。大斗柄长三尺。此指用大勺斟酒以痛饮。

祈：求。黄耇（gǒu）：年高长寿。

台背：或谓背有老斑如鲐鱼，或谓背驼，总之都是老态龙钟的样子。台，同"鲐"。

引：引道。此指搀扶。翼：扶持帮助。

寿考：长寿。祺（qí）：福，吉祥。

景福：大福。

247 既醉

既醉以酒，既饱以德。君子万年，介尔景福。
既醉以酒，尔殽既将。君子万年，介尔昭明。
昭明有融，高朗令终。令终有俶，公尸嘉告。
其告维何？笾豆静嘉。朋友攸摄，摄以威仪。
威仪孔时，君子有孝子。孝子不匮，永锡尔类。
其类维何？室家之壸。君子万年，永锡祚胤。
其胤维何？天被尔禄。君子万年，景命有仆。
其仆维何？釐尔女士。釐尔女士，从以孙子。

注释　既：已经。
　　　　德：恩惠。
　　　　尔：指君子。景福：大福。
　　　　将：行也。亦奉持而进也。一说通"臧"。
　　　　昭明：光明。
　　　　有融：融融，盛长之貌。
　　　　令终：好的结果。
　　　　俶（chù）：始。
　　　　公尸：古代祭祀时以人装扮成祖先接受祭祀，这人就称"尸"，祖先为君主诸侯，则称"公尸"。嘉告：好话，指祭祀时祝官代表尸为主祭者致嘏辞（赐福之辞）。静：善。
　　　　攸摄：所助，所辅。摄，辅助。
　　　　孔时：很好。
　　　　匮（kuì）：亏，竭。
　　　　锡（cì）：同"赐"。类：属类。
　　　　壸（kǔn）：宫中之道，言深远而严肃也。引申为齐家。
　　　　祚（zuò）：福。胤（yìn）：后嗣。
　　　　被：加。
　　　　景命：大命，天命。仆：附。
　　　　釐（lí）：赐。女士：才女。
　　　　从以：随之以。孙子："子孙"的倒文。

248 凫鹥

凫鹥在泾，公尸来燕来宁。尔酒既清，尔殽既馨。公尸燕饮，福禄来成。
凫鹥在沙，公尸来燕来宜。尔酒既多，尔殽既嘉。公尸燕饮，福禄来为。
凫鹥在渚，公尸来燕来处。尔酒既湑，尔殽伊脯。公尸燕饮，福禄来下。
凫鹥在潀，公尸来燕来宗。既燕于宗，福禄攸降。公尸燕饮，福禄来崇。
凫鹥在亹，公尸来止熏熏。旨酒欣欣，燔炙芬芬。公尸燕饮，无有后艰。

注释　凫（fú）：野鸭。鹥（yī）：沙鸥。
　　　泾：径直前流之水。
　　　尸：神主。燕：通"宴"，宴饮。宁：享安宁。
　　　尔：指主祭者，即周王。
　　　殽（yáo）：古同"肴"，菜肴。馨：香气。
　　　来成：成，成就，成全。
　　　沙：水边沙滩。
　　　宜：顺，安享。
　　　为：帮助。《郑笺》："为犹助也。助成王也。"
　　　渚（zhǔ）：河流湖泊中的沙洲。
　　　处：安乐。这里指坐。
　　　湑（xū）：指酒过滤去滓。酒去滓后则变清，故有清意。
　　　伊：语助词。脯（fǔ）：肉干。
　　　潀（zhōng）：港汊，水流会汇之处。
　　　宗：借为"悰（cóng）"，快乐。一解为尊敬，尊崇。
　　　宗：宗庙，祭祀祖先的庙。
　　　崇：高，此做动词，加高，增加。
　　　亹（méi）：峡中两岸对峙如门的地方。
　　　熏熏：同"薰薰"，香味四传。一解为和悦的样子。
　　　旨：甘美。欣欣：
　　　燔（fán）炙：指烧烤肉。燔，本意是焚烧，引申为烧烤。芬芬：肉味香浓貌。
　　　艰：灾难，不幸。

249 假乐

假乐君子,显显令德。宜民宜人,受禄于天。保右命之,自天申之。
干禄百福,子孙千亿。穆穆皇皇,宜君宜王。不愆不忘,率由旧章。
威仪抑抑,德音秩秩。无怨无恶,率由群匹。受禄无疆,四方之纲。
之纲之纪,燕及朋友。百辟卿士,媚于天子。不解于位,民之攸塈。

注释　假:通"嘉",美好。乐(yuè):音乐。
　　　　君子:指周王。
　　　　令德:美德。
　　　　宜:适合。民:庶民。人:指群臣。
　　　　保右:即保佑。命:天之令,即上天的旨意。
　　　　申:重复。
　　　　干:祈求。一说"干"字是"千"字之误。
　　　　千亿:虚数,极言其多。
　　　　穆穆:肃敬。皇皇:光明。
　　　　愆(qiān):过失。忘:糊涂。
　　　　率:循。由:从。
　　　　抑抑:通"懿懿",庄美的样子。
　　　　秩秩:有条不紊的样子。
　　　　群匹:众臣。
　　　　纲:纲纪,准绳。
　　　　燕:宴请。
　　　　百辟(bì):众诸侯。
　　　　媚:爱。
　　　　解(xiè):通"懈",怠慢。
　　　　攸:所。塈(xì):安宁。

250 公刘

笃公刘,匪居匪康。乃场乃疆,乃积乃仓。乃裹糇粮,于橐于囊。
思辑用光,弓矢斯张。干戈戚扬,爰方启行。
笃公刘,于胥斯原。既庶既繁,既顺乃宣,而无永叹。陟则在巘,复降在原。何以舟之？维玉及瑶，鞞琫容刀。

笃公刘，逝彼百泉，瞻彼溥原。乃陟南冈，乃觏于京。

京师之野，于时处处，于时庐旅。于时言言，于时语语。

笃公刘，于京斯依。跄跄济济，俾筵俾几。既登乃依，乃造其曹。

执豕于牢，酌之用匏。食之饮之，君之宗之。

笃公刘，既溥既长，既景乃冈。相其阴阳，观其流泉。

其军三单，度其隰原，彻田为粮。度其夕阳，豳居允荒。

笃公刘，于豳斯馆。涉渭为乱，取厉取锻。止基乃理，爰众爰有。

夹其皇涧，溯其过涧。止旅乃密，芮鞫之即。

注释　笃：诚实忠厚。

匪居匪康：朱熹《诗集传》："居，安；康，宁也。"匪，不。句谓不贪图居处的安宁。

埸（yì）：田界。廼，同"乃"。

积：露天堆粮之处，后亦称"庾"。仓：仓库。

餱（hóu）粮：干粮。

于橐（tuó）于囊：指装入口袋。有底曰囊，无底曰橐。

思辑：谓和睦团结。思，发语词。用光：以为荣光。

斯：发语词。张：准备，犹今语张罗。

干：盾牌。戚：斧。扬：大斧，亦名钺。

胥：视察。斯原：这里的原野。

庶、繁：人口众多。朱熹《诗集传》："庶繁，谓居之者众也。"

顺：谓民心归顺。宣：舒畅。

陟（zhì）：攀登。巘（yǎn）：小山。

舟：佩带。

鞞（bǐng）：刀鞘。琫（běng）：刀鞘口上的玉饰。

逝：往。

溥（pǔ）：广大。

觏（gòu）：察看。京：高丘。一释作豳之地名。

于时：于是。时，通"是"。处处：居住。

庐旅：此二字古通用，即"旅旅"，寄居之意。

跄跄济济：跄跄，形容走路有节奏；济济，从容端庄貌。

俾（bǐ）筵俾几：俾，使；筵，铺在地上坐的席子；几，放在席子上的小桌。古人席地而坐，故云。

乃造其曹：造，三家诗作告；曹，祭猪神。

牢：猪圈。

酌之：指斟酒。匏：葫芦，此指剖成的瓢，古称匏爵。

君之：指当君主。宗之，指当族主。

既景乃冈：朱熹《诗集传》："景，考日景以正四方也。冈，登高以望也。"按，景，通"影"。

相其阴阳：相，视察；阴阳，指山之南北。南曰阳，北曰阴。

三单（shàn）：单，通"禅"，意为轮流值班。三单，谓分军为三，以一军服役，他军轮换。

度：测量。

彻田：周人管理田亩的制度。

夕阳：《尔雅·释山》："山西曰夕阳。"

允荒：确实广大。

渭：渭水，源出今甘肃渭源县北鸟鼠山，东南流至清水县，入今陕西省境，横贯渭河平原，东流至潼关，入黄河。乱：横流而渡。

厉：通"砺"，磨刀石。锻：打铁，此指打铁用的石锤。

止基乃理：《诗集传》："止，居；基，定也；理，疆理也。"

爰众爰有：谓人多且富有。

皇涧：豳地水名。

过涧：亦水名，"过"读平声。

止旅乃密：指前来定居的人口日渐稠密。

芮鞫（ruì jū）：朱熹《诗集传》："芮，水名，出吴山西北，东入泾。《周礼·职方》作汭。鞫，水外也。"以上几句谓皇涧、过涧既定，又向芮水流域发展。

251 泂酌

泂酌彼行潦，挹彼注兹，可以餴饎。岂弟君子，民之父母。

泂酌彼行潦，挹彼注兹，可以濯罍。岂弟君子，民之攸归。

泂酌彼行潦，挹彼注兹，可以濯溉。岂弟君子，民之攸塈。

注释　泂（jiǒng）：远。酌（zhuó）：舀取。行（háng）潦（lǎo）：路边的积水。

挹（yì）：舀出。注：灌入。

餴（fēn）：蒸。饎（chì）：酒食。

罍（léi）：古酒器，似壶而大。

攸：所。归：归附。

溉：洗。或谓通"概"，一种盛酒漆器。王引之《经义述闻》："'溉'当读为'概'。

概,漆尊也。"塈(xì):《毛传》:"塈,息也。"

252 卷阿

有卷者阿,飘风自南。岂弟君子,来游来歌,以矢其音。
伴奂尔游矣,优游尔休矣。岂弟君子,俾尔弥尔性,似先公酋矣。
尔土宇昄章,亦孔之厚矣。岂弟君子,俾尔弥尔性,百神尔主矣。
尔受命长矣,茀禄尔康矣。岂弟君子,俾尔弥尔性,纯嘏尔常矣。
有冯有翼,有孝有德,以引以翼。岂弟君子,四方为则。
颙颙卬卬,如圭如璋,令闻令望。岂弟君子,四方为纲。
凤皇于飞,翙翙其羽,亦集爰止。蔼蔼王多吉士,维君子使,媚于天子。
凤皇于飞,翙翙其羽,亦傅于天。蔼蔼王多吉人,维君子命,媚于庶人。
凤皇鸣矣,于彼高冈。梧桐生矣,于彼朝阳。菶菶萋萋,雍雍喈喈。
君子之车,既庶且多。君子之马,既闲且驰。矢诗不多,维以遂歌。

注释 有卷(quán):卷卷。卷,卷曲。阿:大丘陵。
飘风:旋风。
岂弟(kǎi tì):"恺悌",和乐平易。
矢:陈,此指发出。
伴奂:据《郑笺》:"伴奂,自纵弛之意也。"则"伴奂"当即"泮涣",无拘无束之貌。或谓读为"盘桓",非。
优游:从容自得之貌。
俾(bǐ):使。尔:指周天子。弥:终,尽。性:同"生",生命。
似:同"嗣",继承。酋:同"猷",谋划。
昄(bǎn)章:版图。
孔:很。
主:主祭。
茀(fú):通"福"。
纯嘏(gǔ):大福。
冯(píng):辅。翼:助。
引:牵挽。

则：标准。
颙（yóng）颙：庄重恭敬。卬（áng）卬：气概轩昂。
圭：古代玉制礼器，长条形，上端尖。璋：也是古代玉制礼器，长条形，上端作斜锐角。
令：美好。闻：声誉。
翙（huì）翙：鸟展翅振动之声。
爰：而。
蔼蔼：众多貌。吉士：贤良之士。
媚：爱戴。
傅：至。
朝阳：指山的东面，因其早上为太阳所照，故称。
菶（běng）菶：草木茂盛貌。
雍（yōng）雍喈（jiē）喈：鸟鸣声。
庶：众。
闲：娴熟。
不多：很多。不，读为"丕"，大。
遂：对。

253 民劳

民亦劳止，汔可小康。惠此中国，以绥四方。无纵诡随，以谨无良。
式遏寇虐，憯不畏明。柔远能迩，以定我王。
民亦劳止，汔可小休。惠此中国，以为民逑。无纵诡随，以谨惽怓。
式遏寇虐，无俾民忧。无弃尔劳，以为王休。
民亦劳止，汔可小息。惠此京师，以绥四国。无纵诡随，以谨罔极。
式遏寇虐，无俾作慝。敬慎威仪，以近有德。
民亦劳止，汔可小愒。惠此中国，俾民忧泄。无纵诡随，以谨丑厉。
式遏寇虐，无俾正败。戎虽小子，而式弘大。
民亦劳止，汔可小安。惠此中国，国无有残。无纵诡随，以谨缱绻。
式遏寇虐，无俾正反。王欲玉女，是用大谏。

注释　止：语气词。
汔（qì）：乞求。康：安康，安居。

惠：爱。中国：周王朝直接统治的地区，也就是"王畿"，相对于四方诸侯国而言。
绥（suí）：安抚。
纵：放纵。诡随：诡诈欺骗。
谨：指谨慎提防。
式：发语词。寇虐：残害掠夺。
憯（cǎn）：曾，乃。
柔：爱抚。能：亲善。
逑（qiú）：聚合。
啙（hūn）怓（náo）：喧嚷争吵。
俾（bǐ）：使。
尔：指在位者。劳：劳绩，功劳。
休：美，此指利益。
罔（wǎng）极：没有准则，没有法纪。
慝（tè）：恶。
愒（qì）：休息。
丑厉：恶人。
正：通"政"。
戎：你，指在位者。小子：年轻人。
式：作用。
缱（qiǎn）绻（quǎn）：固结不解，指统治者内部纠纷。
正反：政治颠倒。
玉女（rǔ）：爱汝。玉，此作动词，像爱玉那样地宝爱；女，汝。
是用：是以，因此。

254 板

上帝板板，下民卒瘅。出话不然，为犹不远。
靡圣管管，不实于亶。犹之未远，是用大谏。
天之方难，无然宪宪。天之方蹶，无然泄泄。
辞之辑矣，民之洽矣。辞之怿矣，民之莫矣。
我虽异事，及尔同寮。我即尔谋，听我嚣嚣。
我言维服，勿以为笑。先民有言：询于刍荛。
天之方虐，无然谑谑。老夫灌灌，小子蹻蹻。

匪我言耄,尔用忧谑。多将熇熇,不可救药。
天之方挤。无为夸毗。威仪卒迷,善人载尸。
民之方殿屎,则莫我敢葵。丧乱蔑资,曾莫惠我师。
天之牖民,如埙如篪,如璋如圭,如取如携。
携无曰益,牖民孔易。民之多辟,无自立辟。
价人维藩,大师维垣,大邦维屏,大宗维翰。
怀德维宁,宗子维城。无俾城坏,无独斯畏。
敬天之怒,无敢戏豫。敬天之渝,无敢驰驱。
昊天曰明,及尔出王。昊天曰旦,及尔游衍。

注释 板板:反,指违背常道。

卒瘅(cuì dǎn):劳累多病。卒通"瘁"。

不然:不对。不合理。

犹:通"猷",谋划。

靡圣:不把圣贤放在眼里。管管:任意放纵。

亶(dǎn):诚信。

大谏:郑重劝戒。

无然:不要这样。宪宪:欢欣喜悦的样子。

蹶:动乱。

泄(yì)泄:通"呭呭",妄加议论。

辞:指政令。辑:调和。

洽:融洽,和睦。

怿:和悦。

莫:定。

及:与。同寮:同事。寮,同"僚"。

嚣(áo)嚣:同"聱聱",不接受意见的样子。

维:是。服:治,指合理的意见。

询:征求、请教。刍:草。荛(ráo):柴。此指樵夫。

谑谑:嬉笑的样子。

灌灌:款款,诚恳的样子。

蹻(jiǎo)蹻:傲慢的样子。

匪:非,不要。耄:八十为耄。此指昏聩。

将:行,做。熇(hè)熇:火势炽烈的样子,此指一发而不可收拾。

忯（jī）：愤怒。
夸毗：卑躬屈膝、谄媚曲从。
威仪：指君臣间的礼节。卒：尽。迷：混乱。
载：则。尸：祭祀时由人扮成的神尸，终祭不言。
殿屎（xī）：《毛传》："呻吟也。"陆德明《经典释文》："殿，《说文》作念；屎，《说文》作呎。"
葵：通"揆"，猜测。
蔑：无。资：财产。
惠：施恩。师：此指民众。
牖：通"诱"，诱导。
埙（xūn）：古陶制椭圆形吹奏乐器。篪（chí）：古竹制管乐器。
璋、圭：朝廷用玉制礼器。
益（ài）：通"隘"，阻碍。
辟：法。
立辟（bì）：制定法律。辟，法。
价：同"介"，善。维：是。藩：篱笆。
大师：大众。垣：墙。
大邦：指诸侯大国。屏：屏障。
大宗：指与周王同姓的宗族。翰：骨干，栋梁。
宗子：周王的嫡子。
戏豫：游戏娱乐。
渝：改变。
驰驱：指任意放纵。
昊天：上天。明：光明。
王（wǎng）：通"往"。
游衍：游荡。

255 荡

荡荡上帝，下民之辟。疾威上帝，其命多辟。
天生烝民，其命匪谌。靡不有初，鲜克有终。
文王曰咨，咨女殷商！曾是强御，曾是掊克。
曾是在位，曾是在服。天降滔德，女兴是力。
文王曰咨，咨女殷商！而秉义类，强御多怼。

流言以对,寇攘式内。侯作侯祝,靡届靡究。

文王曰咨,咨女殷商!女炰烋于中国,敛怨以为德。
不明尔德,时无背无侧。尔德不明,以无陪无卿。

文王曰咨,咨女殷商!天不湎尔以酒,不义从式。
既愆尔止,靡明靡晦。式号式呼,俾昼作夜。

文王曰咨,咨女殷商!如蜩如螗,如沸如羹。
小大近丧,人尚乎由行。内奰于中国,覃及鬼方。

文王曰咨,咨女殷商!匪上帝不时,殷不用旧。
虽无老成人,尚有典刑。曾是莫听,大命以倾。

文王曰咨,咨女殷商!人亦有言:颠沛之揭,
枝叶未有害,本实先拨。殷鉴不远,在夏后之世。

注释　荡荡:放荡不守法制的样子。
　　　　辟(bì):君王。
　　　　疾威:暴虐。
　　　　僻:邪僻。
　　　　烝:众。
　　　　谌(chén):诚信。
　　　　鲜(xiǎn):少。克:能。
　　　　咨:感叹声。
　　　　女(rǔ):汝。
　　　　曾是:怎么这样。强御:强横凶暴。
　　　　掊(póu)克:聚敛,搜括。
　　　　服:任。
　　　　滔:通"慆",放纵不法。
　　　　兴:助长。力:勤,努力。
　　　　而:尔,你。秉:把持,此指任用。义类:善类。
　　　　怼(duì):怨恨。
　　　　寇攘:像盗寇一样掠取。式内:在朝廷内。
　　　　侯:于是。作、祝:诅咒。
　　　　届:尽。究:穷。
　　　　炰烋(páo xiāo):同"咆哮"。

无背无侧：不知有人背叛、反侧。
陪：指辅佐之臣。
湎（miǎn）：沉湎，沉迷。
从：听从。式：任用。
愆（qiān）：过错。止：容止。
式：语助词。
蜩（tiáo）：蝉。螗：又叫螏，一种蝉。
丧：败亡。
由行：由此而行。
爕（bì）：愤怒。
覃：延及。鬼方：指远方。
时：善。
典刑：同"典型"，指旧的典章法规。
颠沛：跌仆，此指树木倒下。揭：举，此指树根翻出。
本：根。拨：败。
后：君主。

256 抑

抑抑威仪，维德之隅。人亦有言：靡哲不愚，庶人之愚，亦职维疾。
哲人之愚，亦维斯戾。
无竞维人，四方其训之。有觉德行，四国顺之。讦谟定命，远犹辰告。
敬慎威仪，维民之则。
其在于今，兴迷乱于政。颠覆厥德，荒湛于酒。女虽湛乐从，弗念厥绍。
罔敷求先王，克共明刑？
肆皇天弗尚，如彼泉流，无沦胥以亡。夙兴夜寐，洒扫庭内，维民之章。
修尔车马，弓矢戎兵，用戒戎作，用遏蛮方。
质尔人民，谨尔侯度，用戒不虞。慎尔出话，敬尔威仪，无不柔嘉。
白圭之玷，尚可磨也；斯言之玷，不可为也！
无易由言，无曰苟矣，莫扪朕舌，言不可逝矣。无言不雠，无德不报。
惠于朋友，庶民小子。子孙绳绳，万民靡不承。
视尔友君子，辑柔尔颜，不遐有愆。相在尔室，尚不愧于屋漏。

无曰不显，莫予云觏。神之格思，不可度思，矧可射思。
辟尔为德，俾臧俾嘉。淑慎尔止，不愆于仪。不僭不贼，鲜不为则。
投我以桃，报之以李。彼童而角，实虹小子。
荏染柔木，言缗之丝。温温恭人，维德之基。其维哲人，告之话言，顺德之行。
其维愚人，覆谓我僭，民各有心。
於乎小子，未知臧否！匪手携之，言示之事。匪面命之，言提其耳。
借曰未知，亦既抱子。民之靡盈，谁夙知而莫成？
昊天孔昭，我生靡乐。视尔梦梦，我心惨惨。诲尔谆谆，听我藐藐。
匪用为教，覆用为虐。借曰未知，亦聿既耄！
於乎小子，告尔旧止。听用我谋，庶无大悔。天方艰难，曰丧厥国。
取譬不远，昊天不忒。回遹其德，俾民大棘！

注释 抑抑：慎密。
隅：当作"偶"，匹配。
职：只。
戾：乖戾。
无：发语词。竞：强盛。维人：由于（贤）人。
训：顺从。
觉：通"梏"，大。
訏（xū）谟：大谋。命：政令。
犹：同"猷"，谋略。辰：按时。
荒湛（dān）：沉迷。湛，同"耽"。
女：汝。虽：唯独。从：从事。
绍：继承。
罔：不。敷：广。求：指求先王之道。
克：能。共：通"拱"，执行，推行。刑：法。
肆：于是。尚：佑助。
沦胥：相率，沉没。
章：模范，准则。
戎兵：武器。
用：以。作：起。
遏（tì）：通"剔"，治服。蛮方：边远地区的民族部落。

质：安定。

侯：语助词。

不虞：不测。

易：轻易，轻率。由：于。

扪：按住。朕：我，秦时始作为皇帝专用的自称。

逝：追。

雠：酬，反映。

绳绳：谨慎的样子。

承：接受。

友：指招待。

辑：和。

遐：不至于。愆（qiān）：过错。

相：察看。

屋漏：屋顶漏则见天光，暗中之事全现，喻神明监察。

云：语助词。觏（gòu）：遇见，此指看见。

格：至。思：语助词。

度（duó）：推测，估计。

矧（shěn）：况且。射（yì）：通"斁"，厌恶。

辟：修明，一说训法。

淑：美好。止：举止行为。

僭（jiàn）：超越本分。贼：残害。

鲜（xiǎn）：少。则：法则。

童：雏，幼小。此指没角的小羊羔。

虹：同"讧"，溃乱。

荏染：坚韧。

言：语助词。绲（mín）：给乐器安上弦。

话言：陈奂《诗毛氏传疏》："话，当为'诂'字之误也"。

於（wū）呼：叹词。

臧否（pǐ）：好恶。

匪（fēi）：非。

示：指示。

面命：当面开导。

借曰：假如说。

盈：完满。

莫（mù）：同"暮，"晚。

梦（méng）梦：同"昏昏"，昏而不明。

藐藐：轻视的样子。

虐："谑"的假借，戏谑。

聿：语助词。耄：年老。

庶：庶几。

曰：语助词。

忒（tè）：偏差。

回遹（yù）：邪僻。

棘：通"急"。

257 桑柔

菀彼桑柔，其下侯旬。捋采其刘，瘼此下民。
不殄心忧，仓兄填兮！倬彼昊天，宁不我矜。
四牡骙骙，旟旐有翩。乱生不夷，靡国不泯。
民靡有黎，具祸以烬。於乎有哀，国步斯频！
国步蔑资，天不我将。靡所止疑，云徂何往？
君子实维，秉心无竞。谁生厉阶？至今为梗！
忧心慇慇，念我土宇。我生不辰，逢天僤怒。
自西徂东，靡所定处。多我觏痻，孔棘我圉！
为谋为毖，乱况斯削。告尔忧恤，诲尔序爵。
谁能执热，逝不以濯？其何能淑，载胥及溺。
如彼溯风，亦孔之僾。民有肃心，荓云不逮。
好是稼穑，力民代食。稼穑维宝，代食维好。
天降丧乱，灭我立王。降此蟊贼，稼穑卒痒。
哀恫中国，具赘卒荒。靡有旅力，以念穹苍。
维此惠君，民人所瞻。秉心宣犹，考慎其相。
维彼不顺，自独俾臧，自有肺肠，俾民卒狂。
瞻彼中林，甡甡其鹿。朋友已谮，不胥以穀。人亦有言：进退维谷。
维此圣人，瞻言百里。维彼愚人，覆狂以喜。匪言不能，胡斯畏忌？
维此良人，弗求弗迪；维彼忍心，是顾是复。民之贪乱，宁为荼毒。

大风有隧，有空大谷。维此良人，作为式穀。维彼不顺，征以中垢。
大风有隧，贪人败类。听言则对，诵言如醉。匪用其良，覆俾我悖。
嗟尔朋友，予岂不知而作？如彼飞虫，时亦弋获。既之阴女，反予来赫。
民之罔极，职凉善背。为民不利，如云不克。民之回遹，职竞用力。
民之未戾，职盗为寇。凉曰不可，覆背善詈。虽曰匪予，既作尔歌。

注释　菀（wǎn）：茂盛的样子。

侯：维。句：树荫遍布。

刘：剥落稀疏，句意谓桑叶被采后，稀疏无叶。

瘼（mò）：病、害。

殄（tiǎn）：断绝。

仓（chuàng）兄（huàng）：同"怆怳"，凄凉纷乱貌。填：通"陈"，长久。

倬（zhuō）彼：即"倬倬"，光明而广大貌。

宁：何。不我矜："不矜我"的倒文。矜，怜悯。

骙（kuí）骙：马奔驰不停貌。

旟（yú）旐（zhào）：画有鹰隼、龟蛇的旗。有翩：翩翩，翻飞的样子。

夷：平。

泯：乱。一说灭。

黎：众。

具：通"俱"。烬：本指火烧后的灰烬，这里指人民遭遇战祸，剩余无几。

於（wū）乎：呜呼，哀痛之声。

国步：指国运。频：危急。

蔑：无。资：财。

将：扶助。"不我将"为"不将我"之倒文。

疑：同"凝"，止疑，停息。

云：发语词。徂：往。

维：借为"惟"，思。

秉心：存心。无竞：无争。

厉阶：祸端。

梗：灾害。

慇（yīn）慇：心痛的样子。

土宇：土地、房屋。

不辰：不时，指出生得不是时候。

僤（dàn）怒：震怒。僤，大。

觏:遇。瘽(mín):灾难。
棘:通"急"。圉(yù):边疆。
忯:谨慎
斯:乃。削:减少
尔:指周厉王及当时执政大臣。
序:次序。爵:官爵。
执热:救热。
逝:发语词。濯:洗。
淑:善。
载:乃。胥(xū):皆。
溯(sù):逆。
偈(ài):呼吸不畅的样子。
肃:肃敬。
荓(pīng):使。不逮:不及。
稼穑:这里指农业劳动。
力民:使人民出力劳动。代食:指官吏靠劳动者奉养。
灭我立王:意谓灭我所立之王,指周厉王被国人流放于彘的事。
卒:完全。瘁:病
恫(tōng):痛。
贽:通"缀",连属。
旅力:膂力。旅,同"膂"。
念:感动。
惠君:惠,顺。顺理的君主,称惠君。
宣犹:宣,明;犹,通"猷"。
考慎:慎重考察。相:辅佐大臣。
臧:善。
自有肺肠:想法与众不同,别具一副心肝。实指坏心肠。
卒狂:全都狂惑迷乱。
牲(shēn)牲:同"莘莘",众多之貌。
潛(jiàn):通"僭",相欺而不相信任。
胥:相。榖:善。
进退维谷:谓进退皆穷。
瞻:远望。言:语助词。百里:指有远见。
覆:反而。
匪言不能:即"匪不能言"。
胡:何。斯:这样。

迪：进。
宁：乃。荼毒：荼指苦草；毒指毒虫毒蛇之类。指毒害。
有隧：隧，形容大风疾速吹动。一说训隧为道，谓风前进有其通道。
征：往。中垢：指宫廷秽闻。中，指宫内。
贪人：贪财枉法的小人，指荣夷公之流。
听言：顺从心意的话。
诵言：忠告的言语。
悖（bèi）：违理。
予：芮良夫自称。
飞虫：指飞鸟。古人用"虫"泛指一切动物，鸟为羽虫，兽为毛虫，龟为甲虫，鱼为鳞虫，人为倮虫。故称虎为"大虫"。
既：已经。阴：通"谙"，熟悉。
赫：通"吓"。
罔极：无法则。
职：主张。凉：凉薄。背：背叛。
云：句中助词。克：胜。
回遹（yù）：邪僻。
用力：指用暴力。
戾（lì）：善。
凉：通"谅"。凉曰，谅直之言。
虽曰匪予：曰，句中助词；匪，同"诽"，诽谤。
既：终。

258 云汉

倬彼云汉，昭回于天。王曰於乎！何辜今之人！天降丧乱，饥馑荐臻。
靡神不举，靡爱斯牲。圭璧既卒，宁莫我听。
旱既大甚，蕴隆虫虫。不殄禋祀，自郊徂宫。上下奠瘗，靡神不宗。
后稷不克？上帝不临？耗斁下土，宁丁我躬！
旱既大甚，则不可推。兢兢业业，如霆如雷。周余黎民，靡有孑遗。
昊天上帝，则不我遗。胡不相畏？先祖于摧？
旱既太甚，则不可沮。赫赫炎炎，云我无所。大命近止，靡瞻靡顾。
群公先正，则不我助。父母先祖，胡宁忍予！

旱既太甚，涤涤山川。旱魃为虐，如惔如焚。我心惮暑，忧心如熏。群公先正，则不我闻？昊天上帝，宁俾我遯！

旱既太甚，黾勉畏去。胡宁瘨我以旱？憯不知其故。祈年孔夙，方社不莫。昊天上帝，则不我虞？敬恭明神，宜无悔怒。

旱既太甚，散无友纪。鞫哉庶正，疚哉冢宰。趣马师氏，膳夫左右，靡人不周，无不能止。瞻卬昊天，云如何里！

瞻卬昊天，有嘒其星。大夫君子，昭假无赢。大命近止，无弃尔成。何求为我，以戾庶正。瞻卬昊天，曷惠其宁。

注释　云汉：银河。

倬（zhuō）：大。

昭：光。回：转。

於（wū）乎：即"呜呼"，叹词。

辜：罪。

荐：重，再。臻（zhēn）：至。荐臻，犹今言频仍。

靡（mǐ）：无，不。举：祭。

爱：吝惜，舍不得。牲：祭祀用的牛羊猪等。

圭、璧：均是古玉器。周人祭神用玉器，祭天神则焚玉，祭山神则埋玉，祭水神则沉玉，祭人鬼则藏玉。

宁：乃。莫我听：即莫听我。

大（tài）甚：太严重。甚，厉害。

蕴隆：谓暑气郁积而隆盛。虫虫：热气熏蒸的样子。

殄（tiǎn）：断绝。禋（yīn）祀：祭天神的典礼。以玉帛及牺牲加于柴上焚之，使升烟，以祀天神。本指祀昊天上帝，引申之则凡祀日月星辰等天神，统称禋祀。

宫：祭天之坛。

奠：陈列祭品。瘗（yì）：指把祭品埋在地下以祭地神。

宗：尊敬。

敦（dù）：败坏。

丁：当，遭逢。

黎：众。

孑遗：遗留，剩余。

遗（wèi）：赠。

于：助词。摧：灭。

云：古"云"字，有庇荫意。
大命：此谓死亡之命，即死亡之期。
群公：犹百辟，先世诸侯之神。正：长。先正，谓先世卿士之神。
忍：忍心，残忍。
涤涤：光秃无草木的样子。
旱魃（bá）：古代传说中的旱神。
惔（tán）：火烧。
惮（dàn）：畏。
熏（xūn）：灼。
闻（wèn）：通"问"，恤问。
遁（dùn）：今作"遁"，逃。
黾（mǐn）勉：勉力为之，谓尽力事神，急于祷请。
瘨（diān）：病。
憯（cǎn）：曾。
祈年：指"孟春祈谷于上帝，孟冬祈来年于天宗"之祭礼。孔夙（sù）：很早。
方：祭四方之神。社：祭土神。莫（mù）：古"暮"字，晚。
虞：助。
友：通"有"。纪：纪纲，法度。
鞫（jū）：穷，与"通"相对。庶正：众官之长。
疚：忧苦。冢宰：周代官名，为百官之长，相当后世的宰相。
趣马：掌管国王马匹的官。师氏：官名，主管教导国王和贵族的子弟。
膳夫：主管国王、后妃饮食的官。左右：左右之大夫、士诸官。
卬（yǎng）：通"仰"。
里：犹"已"，训"止"。
嘒（huì）：微小而众多的样子。
昭：祷。假：借为"嘏（gǔ）"，告。无赢：犹言无爽，即无差忒。
成：功。
戾（lì）：定。
曷（hé）：何，何时。惠：赐。

259 嵩高

嵩高维岳，骏极于天。维岳降神，生甫及申。
维申及甫，维周之翰。四国于蕃，四方于宣。

亹亹申伯，王缵之事。于邑于谢，南国是式。
王命召伯，定申伯之宅。登是南邦，世执其功。
王命申伯：式是南邦。因是谢人，以作尔庸。
王命召伯：彻申伯土田。王命傅御：迁其私人。
申伯之功，召伯是营。有俶其城，寝庙既成。
既成藐藐，王锡申伯：四牡蹻蹻，钩膺濯濯。
王遣申伯，路车乘马。我图尔居，莫如南土。
锡尔介圭，以作尔宝。往迓王舅，南土是保。
申伯信迈，王饯于郿。申伯还南，谢于诚归。
王命召伯，彻申伯土疆。以峙其粻，式遄其行。
申伯番番，既入于谢，徒御啴啴。周邦咸喜，戎有良翰。
不显申伯，王之元舅，文武是宪。
申伯之德，柔惠且直。揉此万邦，闻于四国。
吉甫作诵，其诗孔硕，其风肆好，以赠申伯。

注释 嵩（sōng）：山高而大。维：是。岳：特别高大的山。

骏：大。极：至。

维：发语词。

甫：国名，此指甫侯。其封地在今河南南阳市西。申：国名，此指申伯。其封地在今河南南阳北。

翰："干"之假借，筑墙时树立两旁以障土之木柱。

于：犹"为"。蕃：即"藩"。藩篱，屏障。

宣："垣"之假借。

亹（wěi）亹：勤勉貌。

缵："践"之借，任用。

前一"于"字：为，建。谢：地名，在今河南唐河南。

式：法。

召伯：召虎，亦称召穆公，周宣王大臣。

定：确定。

登：升。

执：守持。功：事业。

因:依靠。
庸:通"墉",城墙。
彻:治理。此指划定地界。
傅御:诸侯之臣,治事之官,为家臣之长。
私人:傅御之家臣。
俶(chù):厚貌,一说建造。
寝庙:周代宗庙的建筑有庙和寝两部分,合称寝庙。
奕奕:美貌。
锡(cì):同"赐"。
牡:公马。蹻(jiǎo)蹻:强壮勇武貌。
钩膺:即"樊缨",马颈腹上的带饰。濯濯:光泽鲜明貌。
遣:赠送。
路车:诸侯乘坐的一种大型马车。路,同"辂"。乘(shèng)马:四匹马。四马一车为一乘。
图:图谋,谋虑。
介:亦作"玠",大。圭:古代玉制的礼器,诸侯执此以朝见周王。
迡(按说文从辵从丌,今从斤,误。读音 jī):语助词,相当于"哉"。
保:保有。
信:真。迈:行。
饯:备酒食送行。郿(méi):古地名,在今陕西眉县东渭水北岸。
谢于诚归:即"诚归于谢"。
峙:本作"偫",或作"庤",又作"畤",储备。粻(zhāng):米粮。
遄(chuán):加速。
番(bō)番:勇武貌。
徒:徒行之士兵。御:御车之士兵。啴(tān)啴:众盛貌。
戎:汝,你。或训"大"。
不(pī):通"丕",太。显:显赫。
元舅:大舅。
宪:法式,模范。
柔惠:温顺恭谨。
揉:即"柔",安。
吉甫:尹吉甫,周宣王大臣。诵:同"颂",颂赞之诗。
其:是,此。孔硕:指篇幅很长。孔,很;硕,大。
风:曲调。肆好:极好。

烝民

天生烝民，有物有则。民之秉彝，好是懿德。
天监有周，昭假于下。保兹天子，生仲山甫。
仲山甫之德，柔嘉维则。令仪令色，小心翼翼。
古训是式，威仪是力。天子是若，明命使赋。
王命仲山甫，式是百辟，缵戎祖考，王躬是保。
出纳王命，王之喉舌。赋政于外，四方爰发。
肃肃王命，仲山甫将之。邦国若否，仲山甫明之。
既明且哲，以保其身。夙夜匪解，以事一人。
人亦有言，柔则茹之，刚则吐之。
维仲山甫，柔亦不茹，刚亦不吐。不侮矜寡，不畏强御。
人亦有言：德𬨎如毛，民鲜克举之。
我仪图之，维仲山甫举之，爱莫助之。衮职有阙，维仲山甫补之。
仲山甫出祖，四牡业业，征夫捷捷，每怀靡及。
四牡彭彭，八鸾锵锵。王命仲山甫，城彼东方。
四牡骙骙，八鸾喈喈。仲山甫徂齐，式遄其归。
吉甫作诵，穆如清风。仲山甫永怀，以慰其心。

注释 烝（zhēng）民：意即庶民，泛指百姓，是春秋战国时代及之前历代对"百姓"的称谓。烝：众。
秉彝（yí）：常理，常性。
懿（yì）：美。
假：至。
仲山甫：人名，樊侯，为宣王卿士，字穆仲。
式：用，效法。
若：选择。见《说文解字》段玉裁注。赋：颁布。
辟：君，此指诸侯。
缵（zuǎn）：继承。戎：你。王躬：指周王。
出纳：指受命与传令。喉舌：代言人。
外：《郑笺》谓"以布政于畿外"。爰发：乃行。
肃肃：严肃。将：行。

若否：好坏。

解（xiè）：通"懈"。一人：指周天子。

茹：吃。

矜（jīn）：老而无妻。强御：强悍。

犹（yóu）：轻。鲜：少。克：能。

仪图：揣度。

衮（gǔn）：绣龙图案的王服。职：犹"适"，即偶然。阙：缺。

祖：祭路神。业业：马高大的样子。

捷捷：马行迅疾的样子。

彭彭：形容马蹄声杂沓。鸾：鸾铃。

骙（kuí）骙：同"彭彭"。喈（jiē）喈：象声词，铃声。

徂（cú）：往。遄（chuán）：速。

吉甫：尹吉甫，宣王大臣。穆：和美。

永：长。怀：思。

261 韩奕

奕奕梁山，维禹甸之。有倬其道，韩侯受命，王亲命之：缵戎祖考。
无废朕命，夙夜匪解。虔共尔位，朕命不易。榦不庭方，以佐戎辟。
四牡奕奕，孔修且张。韩侯入觐，以其介圭。入觐于王，王锡韩侯。
淑旂绥章，簟茀错衡。玄衮赤舄，钩膺镂锡。鞹鞃浅幭，鞗革金厄。
韩侯出祖，出宿于屠。显父饯之，清酒百壶。其殽维何？炰鳖鲜鱼。其蔌维何？
维笋及蒲。其赠维何？乘马路车。笾豆有且，侯氏燕胥。
韩侯取妻，汾王之甥，蹶父之子。韩侯迎止，于蹶之里。
百两彭彭，八鸾锵锵，不显其光。诸娣从之，祁祁如云。韩侯顾之，烂其盈门。
蹶父孔武，靡国不到。为韩姞相攸，莫如韩乐。
孔乐韩土，川泽訏訏，鲂鱮甫甫，麀鹿噳噳，有熊有罴，有猫有虎。
庆既令居，韩姞燕誉。
溥彼韩城，燕师所完。以先祖受命，因时百蛮。王锡韩侯：其追其貊。
奄受北国，因以其伯。实墉实壑，实亩实藉。献其貔皮，赤豹黄罴。

注释 奕奕：高大貌。梁山：宣王时韩国境内山名。所在地诸说不一。

倬（zhuō）：长远。

维：发语助词。甸：治。传说大禹治水开辟九州。

侯：姬姓，周王近宗贵族，诸侯国韩国国君。

王：周宣王，西周一个比较有作为的国王，力图振兴趋于没落的周王朝。

缵（zuǎn）：继承。戎：你。祖考：先祖。

朕：周王自称。

夙夜：早晚。匪解：非懈。

虔共（gōng）：敬诚恭谨。共，通"恭"。

榦（gàn）：正，纠正。

辟（bì）：君位。

牡：公马。

孔修（xiū）：很长。

入觐（jìn）：入朝见天子。

介圭：玉器，天子圭一尺二寸，诸侯圭九寸以下。按周礼，王册封诸侯赐予介圭作为镇国宝器，诸侯入觐时须手执介圭作觐礼之贽信。这是觐礼礼仪之一。

锡：同"赐"，赏赐。

淑旂（qí）：色彩鲜艳绘有蛟龙、日月图案的旗子。绥章：指旗上图案花纹优美。

簟（diàn）茀（fú）：竹编车篷。错衡：饰有交错花纹的车前横木。

玄衮：黑色龙袍，周朝王公贵族的礼服。赤舄（xì）：红鞋。

钩膺（yīng）：又称樊缨，束在马腰部的革制装饰品。镂钖（yáng）：马额上的金属制装饰品。

鞹鞃（kuò hóng）：包皮革的车轼横木。浅：浅毛虎皮。幭（miè）：覆盖。

鞗（tiáo）革：马辔头。厄：通"轭"。

出祖：出行之前祭路神。

屠：地名，可能是岐山东北的杜陵。

显父：周宣王的卿士。父，是对男子的美称。

炰（páo）鳖：烹煮鳖肉。

蔌（sù）：蔬。

笋：竹笋。

乘（shèng）马：一乘车四匹马。路车：辂车，贵族用大车。

笾（biān）豆：饮食用具，笾是盛果脯的高脚竹器，豆是盛食物的高脚、盘状陶器。

燕胥：燕乐，燕，通"宴"。

取妻：同"娶妻"。

汾王：《郑笺》："厉王流于彘，彘在汾水之上，故时人因以号之。"

蹶（guì）父：周的卿士，姞姓，以封地蹶为氏。

迎止：迎亲。止，同"之"。周时婚礼新郎去女家亲迎新娘。

百两：百辆。彭彭：盛多貌。

鸾：通"銮"，挂在马镳上的铃，每车四马八鸾。

不（pī）显：非常显耀。不，通"丕"，大。

诸娣（dì）从之：娣，女弟，即妹。周代婚制，诸侯嫡长女出嫁，诸妹诸侄随从出嫁为妾媵。

祁祁：盛多貌。

顾：回头看。或谓"顾"为"曲顾"之礼。

烂：光采明耀。

孔武：很勇武。孔，甚。

靡：没有。

韩姞（jí）：即蹶父之女，姞姓，嫁韩侯为妻，故称韩姞。相攸：观察合适的地方。相，视；攸，所。

訏（xū）訏：广大貌。

鲂（fáng）鱮（xù）：两种鱼名，今名鳊、鲢。甫甫：大貌。

麀（yōu）鹿：母鹿。噳（yǔ）噳：鹿多群聚貌。

令居：美好居所。

燕誉：安乐高兴。

溥（pǔ）：广大。韩城：韩国都城。

燕师：平安时候的人众。周制，各诸侯国都城建筑面积、城垣高度等规格及其常备军人数，据爵位高低而定。韩侯受命为北地方伯，故扩建韩城。

时：犹"司"，掌管、统辖。百蛮：古时对异族土著部落统称蛮、夷，百是概数，言其多。

追、貊（mò）：北方两个少数民族名称。

奄：完全。

伯：诸侯之长。

实：是，乃。墉：城墙，此做动词。壑：壕沟，此作动词。

亩：田亩，此作动词，指划分田亩。藉：征收赋税，正税法。

貔（pí）：一种猛兽名。

262 江汉

江汉浮浮，武夫滔滔。匪安匪游，淮夷来求。

既出我车，既设我旟。匪安匪舒，淮夷来铺。

江汉汤汤，武夫洸洸。经营四方，告成于王。

四方既平，王国庶定。时靡有争，王心载宁。

江汉之浒，王命召虎：式辟四方，彻我疆土。

匪疚匪棘,王国来极。于疆于理,至于南海。
王命召虎:来旬来宣。文武受命,召公维翰。
无曰予小子,召公是似。肇敏戎公,用锡尔祉。
釐尔圭瓒,秬鬯一卣。告于文人,锡山土田。
于周受命,自召祖命。虎拜稽首:天子万年!
虎拜稽首:对扬王休,作召公考,天子万寿!
明明天子,令闻不已。矢其文德,洽此四国。

注释　江汉:长江与汉水。
　　　　浮浮:水流盛长貌。
　　　　武夫:指出征淮夷的将士。滔滔:顺流而下貌。
　　　　匪:同"非"。
　　　　来:语助词,含有"是"的意义。求:通"纠",诛求,讨伐。
　　　　旟(yú):画有鸟隼的旗。
　　　　舒:徐,缓行。
　　　　铺:止,驻扎。
　　　　汤(shāng)汤:水势大的样子。
　　　　洸(guāng)洸:威武的样子。
　　　　庶:庶几。
　　　　载:则。
　　　　浒(hǔ):水边。
　　　　式:发语词。辟:开辟。
　　　　彻:治。
　　　　疚(jiù):病,害。棘:"急"的假借。
　　　　极:准则。
　　　　于:意义虚泛的助词,其词义取决于后面所带之词。
　　　　旬:"巡"的假借。
　　　　召(shào)公:文王之子,封于召。为召伯虎的太祖,谥康公。维:是。翰:桢榦。
　　　　予小子:宣王自称。
　　　　似:"嗣"的假借。
　　　　肇敏:图谋。戎:大。公:通"功",事。
　　　　用:以。锡:赐。祉(zhǐ):福禄。
　　　　釐(lí):赏赐。圭瓒(zàn):用玉做柄的酒勺。

秬(jù)：黑黍。鬯(chàng)：一种香草，即郁金，姜科，多年生。卣(yǒu)：带柄的酒壶。

文人：有文德的人。

周：岐周，周人发祥地。

自：用。召祖：召氏之祖，指召康公。

稽(qǐ)首：古时礼节，跪下拱手磕头，手、头都触地。

对：报答。扬：颂扬。休：美，此处指美好的赏赐册命。

考："簋(guǐ)"的假借。簋，一种古铜制食器。

明明：勉勉。

令闻：美好的声誉。

矢："施"的假借。

263 常武

赫赫明明，王命卿士。南仲大祖，大师皇父。
整我六师，以脩我戎。既敬既戒，惠此南国。
王谓尹氏，命程伯休父：左右陈行，戒我师旅：
率彼淮浦，省此徐土。不留不处，三事就绪。
赫赫业业，有严天子。王舒保作，匪绍匪游。
徐方绎骚，震惊徐方。如雷如霆，徐方震惊。
王奋厥武，如震如怒。进厥虎臣，阚如虓虎。
铺敦淮濆，仍执丑虏。截彼淮浦，王师之所。
王旅啴啴，如飞如翰，如江如汉，如山之苞，
如川之流。绵绵翼翼，不测不克，濯征徐国。
王犹允塞，徐方既来。徐方既同，天子之功。
四方既平，徐方来庭。徐方不回，王曰还归。

注释 赫赫：威严的样子。明明：明智的样子。

卿士：周朝廷执政大臣。

南仲：人名，宣王主事大臣。大祖：指太祖庙。

大师：职掌军政的大臣。皇父：人名，周宣王太师。

整：治。六师：六军。周制，王建六军。一军一万两千五百人。

脩我戎：整顿我的军备。脩，习；戎，武。

敬：借作"儆"。

惠：爱。

尹氏：掌卿士之官。

程伯休父：人名，宣王时大司马。

陈行：列队。

率：循。

省：察视。徐土：指徐国，故址在今安徽泗县。

不：二"不"字皆语助词，无实义。留：占"刘"字，杀。处：安。

三事：三司，指军中三事大夫。事与"司"通。绪：业。姚际恒《诗经通论》："谓分主六军之三事大夫，无一不尽职以就绪也。"

业业：高大的样子。

有严：严严，神圣的样子。

舒：舒徐。保：安。作：起。

绍：急也。游：与"绍"对文，指缓。

绎：络绎。骚：骚动。

霆：炸雷。

奋厥武：奋发用武。

虎臣：猛如虎的武士。

阚（hǎn）如：阚然，虎怒的样子。虓（xiāo）：虎啸。

铺：韩诗作"敷"，大。敦：屯聚。濆（fén）：高岸。

仍：就。丑虏：对敌军的蔑称。

截：断绝。

所：处。

啴（tān）啴：人多势众的样子。

翰：指鸷鸟。

苞：指根基。

翼翼：整齐的样子。

濯（zhuó）：大。

犹：通"猷"，谋略。允：诚。塞：实，指谋略不落空。

来庭：来王庭，指朝觐。

回：违。

264 瞻卬

瞻卬昊天，则不我惠。孔填不宁，降此大厉。邦靡有定，士民其瘵。

蟊贼蟊疾，靡有夷届。罪罟不收，靡有夷瘳。

人有土田，女反有之。人有民人，女覆夺之。此宜无罪，女反收之。
彼宜有罪，女覆说之。

哲夫成城，哲妇倾城。懿厥哲妇，为枭为鸱。妇有长舌，维厉之阶。
乱匪降自天，生自妇人。匪教匪诲，时维妇寺。

鞫人忮忒，谮始竟背。岂曰不极？伊胡为慝！如贾三倍，君子是识。
妇无公事，休其蚕织。

天何以刺？何神不富？舍尔介狄，维予胥忌。不吊不祥，威仪不类。
人之云亡，邦国殄瘁。

天之降罔，维其优矣。人之云亡，心之忧矣。天之降罔，维其几矣。
人之云亡，心之悲矣！

觱沸槛泉，维其深矣。心之忧矣，宁自今矣？不自我先，不自我后。
藐藐昊天，无不克巩。无忝皇祖，式救尔后。

注释　卬（yǎng）：通"仰"。昊（hào）天：广大的天。

惠：爱。

填：通"尘"，长久。

厉：祸患。

士民：士人与平民。瘵（zhài）：病。

蟊（máo）：伤害禾稼的虫子。贼、疾：害。

夷：平。届：至、极。

罟（gǔ）：网。罪罟，刑罪之法网。

瘳（chōu）：病愈。

覆：反。

说：通"脱"。

哲：智。

懿（yì）：通"噫"，叹词。

枭（xiāo）：传说长大后食母的恶鸟。鸱（chī）：恶声之鸟，即猫头鹰。

阶：阶梯。

匪：不可。教诲：教导。

寺：昵近。寺人：内侍。

鞫（jū）：穷尽。忮（zhì）：害。忒：变。

谮（zèn）：进谗言。竟：终。背：违背，自相矛盾。
极：狠。
伊：语助词。慝（tè）：恶、错。
贾（gǔ）：商人。三倍：指得到三倍的利润。
君子：指在朝执政者。识：通"职"。
公事：即功事，指妇女所从事的纺织蚕桑之事。
刺：指责、责备。
富：福祐。
介：大。狄：通"逖"，远。
忌：怨恨。
吊：慰问、抚恤。
类：善。
云：语助词。
殄（tiǎn）、瘁（cuì）：两字皆训"病"。
罔（wǎng）：通"网"。
优：厚。
几：危殆。
觱（bì）沸：泉水上涌的样子。
藐（miǎo）藐：高远貌。
巩：固，指约束、控制。
忝（tiǎn）：辱。
式：用。

265 召旻

旻天疾威，天笃降丧。瘨我饥馑，民卒流亡。我居圉卒荒。
天降罪罟，蟊贼内讧。昏椓靡共，溃溃回遹，实靖夷我邦。
皋皋訿訿，曾不知其玷。兢兢业业，孔填不宁，我位孔贬。
如彼岁旱，草不溃茂，如彼栖苴。我相此邦，无不溃止。
维昔之富不如时，维今之疚不如兹。彼疏斯粺，胡不自替？职兄斯引。
池之竭矣，不云自频。泉之竭矣，不云自中。溥斯害矣，职兄斯弘，不烖我躬？
昔先王受命，有如召公，日辟国百里，今也日蹙国百里。
於乎哀哉！维今之人，不尚有旧。

注释　旻（mín）天：《尔雅·释天》："秋为旻天。"此泛指天。

疾威：暴虐。

笃：厚，重。

瘨（diān）：灾病。

居：国中。圉（yǔ）：边境。

罪罟（gǔ）：罪网。

昏椓（zhuó）：昏，乱；椓，通"诼"，谗毁。靡共：不供职。共，通"供"。

溃溃：昏乱。回遹（yù）：邪僻。

靖夷：想毁灭。靖，图谋；夷，平。

皋皋：欺诳。訿（zǐ）訿：谗毁。

孔：很。填（chén）：长久。

贬：指职位低。

溃：《毛传》："遂也。"

苴（chá）：枯草。

相：察看。

止：语气词。

时：是，此，指今时。

疚：贫病。

疏：程瑶田《九谷考》以为即稷，高粱。粺（bài）：精米。

替：废，退。

职：主。兄（kuàng）："况"的假借。斯：语助词。引：延长。

频（bīn）：滨。

溥（pǔ）：同"普"，普遍。

弘：大。

烖（zāi）：同"灾"。

先王：指文王、武王。

召（shào）公：周武王、成王时的大臣。

蹙（cù）：收缩。

於（wū）乎：同"呜呼"。

颂·周颂

266 清庙

於穆清庙,肃雍显相。济济多士,秉文之德。
对越在天,骏奔走在庙。不显不承,无射于人斯。

注释　於(wū):赞叹词。穆:庄严、壮美。清庙:清静的宗庙。
　　　肃雍(yōng):庄重而和顺的样子。显:高贵显赫。相:助祭的人,此指助祭的公卿诸侯。
　　　济济:众多。多士:指祭祀时承担各种职事的官吏。
　　　秉:秉承,操持。文之德:周文王的德行。
　　　对越:犹"对扬"。对是报答;扬是颂扬。在天:指周文王的在天之灵。
　　　骏:敏捷、迅速。
　　　不(pī):通"丕",大。承(zhēng):借为"烝",美盛。
　　　射(yì):借为"斁",厌弃。斯:语气词。

267 维天之命

维天之命,於穆不已。於乎不显,文王之德之纯!
假以溢我,我其收之。骏惠我文王,曾孙笃之。

注释　维:语助词。一说"思念"。
　　　於(wū):叹词,表示赞美。穆:庄严粹美。不已:不止。指天道运行无止。
　　　不(pī):借为"丕",大。一说发语词。显:光明。
　　　德之纯:言德之美。纯,大,美。
　　　假以溢我:以嘉美之道戒慎于我。假,通"嘉",美好。
　　　骏惠:顺从的意思。
　　　曾孙:后代子孙。孙以下后代均称曾孙。

268 维清

维清缉熙,文王之典。肇禋,迄用有成,维周之祯。

注释　维:语助词。
　　　典:法。
　　　肇(zhào):开始。禋(yīn):祭天。
　　　迄:至。
　　　祯:吉祥。

269 烈文

烈文辟公,锡兹祉福,惠我无疆,子孙保之。
无封靡于尔邦,维王其崇之。
念兹戎功,继序其皇之。无竞维人,四方其训之。
不显维德,百辟其刑之。於乎前王不忘!

注释　烈:武功。一说"光明"。文:文德。
　　　辟(bì)公:指助祭诸侯。
　　　锡(cì):赐。兹:此。祉(zhǐ):福。
　　　惠:爱。一说"顺"。无疆:无穷。
　　　保:守住。
　　　封:大。靡(mí):累,罪恶。一说"封"指专利敛财,"靡"指奢侈。
　　　崇:立。一说"尊重"。
　　　戎:大。
　　　继序:继承祖业。序,通"叙",业。皇:光大。
　　　竞:强。一说"争"。维:丁。
　　　训:服从。一说"效"。
　　　不(pī):通"丕",大。
　　　百辟(bì):众诸侯。刑:通"型",效法,模范。
　　　於(wū)乎:叹词。前王:指周文王、周武王。

270 天作

天作高山，大王荒之。彼作矣，文王康之。
彼徂矣岐，有夷之行。子孙保之。

注释 作：生，造就。
高山：指岐山，在今陕西岐山东北。
大王：即太王古公亶父，周文王的祖父。荒：开荒垦田。
作：治理。一说始。
康：安康。
徂（cú）：往，指百姓来归附。
夷：平坦易通。行（háng）：道路。
保：守住。

271 昊天有成命

昊天有成命，二后受之。成王不敢康，夙夜基命宥密。
於缉熙！单厥心，肆其靖之。

注释 昊天：苍天。成命：既定的天命。
二后：二王，指周文王与周武王。受之：指承受天命。
成王：即姬诵，武王子。康：安乐，安宁。
夙（sù）夜：日夜，朝夕。基：谋划。命：政令。宥（yòu）密：宽仁宁静。
於（wū）：叹词，有赞美之意。缉熙：光明。
单：通"殚"，竭尽。厥（jué）：其，指成王。
肆：巩固。靖：安定。

272 我将

我将我享，维羊维牛，维天其右之。仪式刑文王之典，日靖四方。
伊嘏文王，既右飨之。我其夙夜，畏天之威，于时保之。

注释　我：周武王自称。将：奉。
　　　享：献祭品。
　　　右：通"佑"，保佑。
　　　仪式：法度。刑：通"型"，效法。典：典章制度。
　　　靖：平定，治理。
　　　伊：语助词。嘏（gǔ）：福。一说通"假"，伟大。
　　　既：尽。右：助。飨（xiǎng）：享用祭品。
　　　夙夜：早晚，指勤政。
　　　于时：于是。

273 时迈

时迈其邦，昊天其子之，实右序有周。
薄言震之，莫不震叠。怀柔百神，及河乔岳，允王维后！
明昭有周，式序在位。载戢干戈，载櫜弓矢。
我求懿德，肆于时夏，允王保之！

注释　时：语助词，犹言"现时""今世"。
　　　邦：国。此指武王克商后封建的诸侯邦国。
　　　昊（hào）天：苍天，皇天。子之：以之为子，谓使之为王也。即视诸侯邦国为自己的儿子。
　　　实：语助词。一说指"实在，的确"。右：同"佑"，保佑。序：顺，顺应。有周：即周王朝。有，名词字头，无实义。
　　　薄言：犹言"薄然""薄焉"，发语词，有急迫之意。震：震动，指以武力震动威胁。之：指各诸侯邦国。
　　　震叠：即"震慑"，震惊慑服。叠，通"慑"，恐惧、畏服。
　　　怀柔：安抚。怀，来；柔：安。百神：泛指天地山川之众神。此句谓祭祀百神。
　　　及：指祭及。河：黄河，此指河神。乔岳：高山，此指山神。
　　　允：诚然，的确。王：指周武王。维：犹"为"。后：君。
　　　明昭：犹"昭明"，显著，此为发扬光大的意思。
　　　式：发语词，无实义。序：顺序，依次。序在位，谓合理安排在位的诸侯。
　　　载：犹"则"，于是，乃。戢（jí）：收藏。干，盾。干戈，泛指兵器。
　　　櫜（gāo）：古代盛衣甲或弓箭的皮囊。此处用为动词。此两句指周武王偃武修文，不再用兵。
　　　我：周人自谓。懿（yì）德：美德，指文治教化。
　　　肆：施，陈列，谓施行。时：犹"是"，这、此。夏：中国。指周王朝所统治的天下。
　　　保：指保持天命、保持先祖的功业。

274 执竞

执竞武王，无竞维烈。不显成康，上帝是皇。自彼成康，奄有四方，斤斤其明。钟鼓喤喤，磬筦将将，降福穰穰。降福简简，威仪反反。既醉既饱，福禄来反。

注释 执：借为"鸷"，猛。竞：借为"勍（qíng）"，强。
竞：争。维：是。烈：功绩。
不（pī）：通"丕"，大。成：周成王，周武王子。康：周康王，周成王子。
上帝：指上天，与西方所言的上帝不同。皇：美好。
奄：覆盖。
斤斤：明察。
喤（huáng）喤：声音洪亮和谐。
磬（qìng）：一种石制打击乐器。筦（guǎn）：同"管"，管乐器。将（qiāng）将：声音盛多。
穰（rǎng）穰：众多。
简简：大的意思。
威仪：祭祀时的礼节仪式。反反：谨重。
反：同"返"，回归，报答。

275 思文

思文后稷，克配彼天。立我烝民，莫菲尔极。
贻我来牟，帝命率育。无此疆尔界，陈常于时夏。

注释 思：语助词。一说为"思念"。
文：文德，即治理国家、发展经济的功德。后稷：周人始祖，姓姬氏，名弃，号后稷。舜时为农官。
克：能够。配：配享，即一同受祭祀。
立：通"粒"，米食，一说"养育"。此处用如动词，养育的意思。烝（zhēng）民：众民。
极：最，极至，此指无量功德。
贻：遗留。来牟：亦作"麳（lái）麰（móu）"，小麦。一说来是小麦，牟是大麦。
率育：普遍养育。
疆、界：都是指疆域。
陈：布陈，遍布。常：常法，常规，此指种植农作物的方法。时：此。夏：中国。

276 臣工

嗟嗟臣工，敬尔在公。王釐尔成，来咨来茹。
嗟嗟保介，维莫之春，亦有何求，如何新畲。
於皇来牟，将受厥明。明昭上帝，迄用康年。
命我众人：庤乃钱镈，奄观铚艾。

注释 嗟：发语语气词，嗟嗟，重言以加重语气。臣工：群臣百官。
敬尔：尔敬。尔，第二人称代词；敬，勤谨。在公：为公家工作。
釐：通"赉（lài）"，赐。成：指成法。
咨：询问、商量。茹：调度。
保介：田官。介者界之省，保介者，保护田界之人。一说为农官之副，一说为披甲卫士。
莫（mù）：古"暮"字，莫之春即暮春，是麦将成熟之时。
又：有。求：需求。
新畲（yú）：耕种二年的田叫新，耕种三年的田叫畲。
於（wū）：叹词，相当于"啊"。皇：美盛。来牟：麦子。
厥（jué）明：厥，其，指代将熟之麦。
明昭：明明，谓明智而洞察。
迄用：终于。康年：丰年。
众人：庶民们，指农人。
庤（zhì）：储备。钱（jiǎn）：农具名，掘土用，若后世之锹。镈（bó）：农具名，除草用，若后世之锄。
奄观：尽观，即视察之意。铚（zhì）艾（yì）：铚，农具名，一种短小的镰刀；艾，"刈"的借字，古代一种芟草的大剪刀。铚、艾二字在这里转做动词，指收割作物。

277 噫嘻

噫嘻成王，既昭假尔。率时农夫，播厥百谷。
骏发尔私，终三十里。亦服尔耕，十千维耦。

注释 噫嘻：感叹声，"声轻则噫嘻，声重则呜呼"，兼有神圣的意味。成王：周成王。
昭假（gé）：犹招请。昭，通"招"；假，通"格"，义为至。尔：语助词。
时：通"是"，此。

骏：通"畯"，田官。私：一种农具"耜（sì）"的形误。
终：井田制的土地单位之一。每终占地一千平方里，纵横各长约三十一点六里，取整数称三十里。
服：配合。
耦：两人各持一耜并肩共耕。一终千井，一井八家，共八千家，取整数称十千，结对约五千耦。

278 振鹭

振鹭于飞，于彼西雍。我客戾止，亦有斯容。
在彼无恶，在此无斁。庶几夙夜，以永终誉。

注释 振：鸟群飞之状。鹭：白鹭，水鸟，白色，故又谓之白鸟。
雍（yōng）：水泽。一说为辟雍。
客：指夏、商之后。周王以客待之，而不敢以为臣，故称"客"。戾（lì）：到。止：语助词。
斯容：此容，指白鹭高洁的仪容。
恶：恶感，怨恨。
无斁（yì）：不厌弃。斁，厌倦，厌弃。
庶几：差不多，此表希望。夙（sù）夜：指早起晚睡，勤于政事。
永：长。终誉：即"盛誉"，恒久的荣誉。终，与"众"通，盛也。

279 丰年

丰年多黍多稌，亦有高廪。万亿及秭，
为酒为醴，烝畀祖妣。以洽百礼，降福孔皆。

注释 丰年：丰收之年。
黍（shǔ）：小米。稌（tú）：稻子。
高廪（lǐn）：高大的粮仓。
万亿及秭（zǐ）：周代以十千为万，十万为亿，十亿为秭。
醴（lǐ）：甜酒。此处是指用收获的稻黍酿造成清酒和甜酒。
烝（zhēng）：献。畀（bì）：给予。祖妣（bǐ）：指男女祖先。
洽（qià）：配合。百礼：指各种祭祀礼仪。
孔：很，甚。皆：普遍。

280 有瞽

有瞽有瞽，在周之庭。设业设虡，崇牙树羽。应田县鼓，鞉磬柷圉。既备乃奏，箫管备举。喤喤厥声，肃雍和鸣，先祖是听。我客戾止，永观厥成。

注释 瞽（gǔ）：盲人。这里指周代的盲人乐师。
庭：指宗庙的前庭。
业：悬挂乐器的横木上的大板，为锯齿状。虡（jù）：悬挂编钟编磬等乐器的直木架，上有业。
崇牙：古代乐器架横木上刻的锯齿，用以悬挂乐器。树羽：在崇牙上装饰的五彩鸟羽。树，插。
应：小鼓。田：大鼓。县（xuán）："悬"的本字。
鞉（táo）：一种立鼓。一说为一柄两耳的摇鼓。磬（qìng）：玉石制的板状打击乐器。柷（zhù）：木质的打击乐器，状如漆桶。音乐开始时击柷。圉（yǔ）：即"敔"，打击乐器，状如伏虎，背上有锯齿。以木尺刮之发声，用以止乐。
备：安排就绪。
箫：古箫如今之排箫，是以小竹管排编成的。管：管乐器，即笛子之类的乐器。
喤（huáng）喤：乐声大而和谐。
肃雍（yōng）：声音和谐舒缓。
戾（lì）：到达，到来。
永：终，一直。成：指一曲终了。或解为乐之一阕。一说此指祭礼完毕。

281 潜

猗与漆沮，潜有多鱼。有鳣有鲔，鲦鲿鰋鲤。以享以祀，以介景福。

注释 猗（yī）与：赞美之词。漆沮（jù）：两条河流名，均在今陕西渭河以北。
潜：积柴水中以捕鱼。
鳣（zhàn）、鲔（wěi）：鱼名。
鲦（tiáo）、鲿（cháng）、鰋（yǎn）：鱼名。
享：祭献。
介：助，一说祈求。景：大。

282 雍

有来雍雍,至止肃肃。相维辟公,天子穆穆。
於荐广牡,相予肆祀。假哉皇考,绥予孝子。
宣哲维人,文武维后。燕及皇天,克昌厥后。
绥我眉寿,介以繁祉。既右烈考,亦右文母。

注释 有:语助词。来:指前来祭祀的人。雍(yōng)雍:和谐貌。
至止:到达。肃肃:严肃恭敬貌。
相:助。这里指助祭的人。维:是。辟公:指诸侯。
穆穆:容止端正肃穆貌。
於(wū):赞叹声。荐:进献。广:大。牡:指大公牛等雄性牲口。
相:助。予:周天子自称。肆祀:陈列祭品而祭祀。肆,陈列。
假:大。皇考:对已死去父亲的美称。
绥:安,用如使动。予孝子:主祭者自称。
宣哲:明达聪智。人:臣也。
后:君主。
燕:安。指周国治民安,上天无灾异降临。
克:能。昌:兴盛。厥后:其后,指后代子孙。
绥:安。一说同"赉(lài)",赐予。眉寿:长寿。
介:助,佑。繁祉(zhǐ):多福。
右:通"侑",劝酒食之意。一说即"佑",指受到保佑。烈考:对已故父亲的美称。烈,言其功。一说光明。
文母:指有文德的母亲。旧以为指周文王之妃太姒。

283 载见

载见辟王,曰求厥章。龙旂阳阳,和铃央央。
鞗革有鸧,休有烈光。率见昭考,以孝以享。
以介眉寿,永言保之,思皇多祜。
烈文辟公,绥以多福,俾缉熙于纯嘏。

注释 载（zài）：始。
辟王：君王。指周成王。
曰：同"聿"，发语词。厥：其。章：典章法度。指车服礼仪之文章制度。
龙旂（qí）：画有蛟龙图案的旗，旗竿头系铃。阳阳：鲜明。一说即"扬扬"，旗飘动飞扬之貌。
和：挂在车轼（扶手横木）前的铃。铃：挂在旂上的铃，一说挂在车衡上的铃。央央：铃声和谐。
鞗（tiáo）革：马缰头的铜饰。有鸧（qiāng）：鸧鸧，铜饰美盛貌。一说铜饰相击之声。
休：美。有：同"又"。烈光：光亮。
率：带领。昭考：皇考。此处指周武王。
孝、享：都是献祭的意思。
永言：即"永焉"，长久貌。言，语助词。
思：发语词。皇：大。祜（hù）：福。
烈文：辉煌而有文德。烈，有武功。辟公：指诸侯公卿。
绥：安抚。一说赐也。
俾（bǐ）：使。缉熙：光明、显耀。纯嘏（gǔ）：大福，美福。

284 有客

有客有客，亦白其马。有萋有且，敦琢其旅。有客宿宿，有客信信。
言授之絷，以絷其马。薄言追之，左右绥之。既有淫威，降福孔夷。

注释 客：指宋微子。周既灭商，封微子于宋，以祀其先王，微子来朝祖庙，周以客礼待之，故称为客。
亦白其马：亦，语助词。白为纯洁之色，殷商尚白，以白马为美，故来朝做客也乘白马。一说白马是客人带来的礼物。
有萋有且（jū）：即"萋萋且且"，形容随从众多的样子。
敦琢：意为雕琢，有选择美好之意。雕琢本为治玉之名，这里形容其随从众臣都是贤者。
旅：通"侣"，指伴随微子的宋国大夫。
宿宿：住一夜谓之"宿"，宿而又宿，则是两夜。
信信：住两夜（再宿）谓之"信"。或谓宿宿为再宿，信信为再信，亦可通。
言：语助词。授之絷（zhí）：给他绳索。絷，绳索。
絷：本义为绳索，用作动词。此处是说给他绳索，绊住马足，表示要留住客人。

薄言：发语词。追：意为饯行，也可以解为追送。
左右：指天子之左右群臣。绥之：安抚客人。
淫：盛，大。威：德。淫威，意谓大德，含厚待之义。
孔：甚，很。夷：大。

285 武

於皇武王，无竞维烈。允文文王，克开厥后。
嗣武受之，胜殷遏刘，耆定尔功。

注释　於（wū）：叹词。皇：光耀。
竞：争，比。烈：功业。
允：信然。文：文德。
克：能。厥：其，指周文王。
嗣：后嗣。武：指周武王。
遏：制止。刘：杀戮。
耆（zhī）：致，做到。尔：指周武王。

286 闵予小子

闵予小子，遭家不造，嬛嬛在疚。於乎皇考，永世克孝。
念兹皇祖，陟降庭止。维予小子，夙夜敬止。於乎皇王，继序思不忘。

注释　闵：通"悯"，怜悯，《郑笺》说是"悼伤之言"。予小子：成王自称。小子，年少。对先祖也可自称"小子"。
不造：不幸，不善。此指遭周武王之丧。
嬛（qióng）嬛：同"茕茕"，孤独无所依靠貌。疚：忧伤。
於（wū）乎：同"呜呼"，表感叹。皇考：指武王。
永世：终身。克：能。
兹：此。皇祖：对已故祖父的美称。此指周文王。
陟（zhì）降：上下，升降。庭：直。止：语气词。
夙（sù）夜：原意为早夜。此指朝夕，日夜，即天天，时时。敬：谨慎。止：语助词。
皇王：这里指先代君主，兼指文王、武王。
序：通"绪"，事业。思：语助词。忘：忘记。

二三四

287 访落

访予落止,率时昭考。於乎悠哉,朕未有艾。将予就之,继犹判涣。
维予小子,未堪家多难。绍庭上下,陟降厥家。休矣皇考,以保明其身。

注释 访:谋,商讨。落:始。
止:之。一说语气词。
率:遵循。时:是,这。昭考:指武王。
於(wū)乎:感叹词。悠:远。
将:助。就:接近,趋向。
判涣:分散。
家多难:指国家多灾难。
绍:继承。
陟(zhì)降:提升和贬谪。厥(jué)家:指群臣百官。
休:美。皇考:指武王。
明:勉励。

288 敬之

敬之敬之,天维显思,命不易哉。无曰高高在上,陟降厥士,日监在兹。
维予小子,不聪敬止。日就月将,学有缉熙于光明。佛时仔肩,示我显德行。

注释 敬:通"警",警戒。之:语气词。
维:是。显:明察,明白。思:语气助词。
命:天命。易:变更。此句谓天命不是一成不变的。
陟(zhì)降:升降。《尔雅》:"陟,升也。"厥:其。士:庶士,指群臣。一说士,通"事"。
日:每天。监:察,监视。兹:此,指人间。
小子:年轻人,周成王自称。
不、止:皆为语词。聪:聪明,此处意为听从。
日就月将:日有所得,月有所进。就,成就;将,进。
缉熙:积累光亮,喻掌握知识渐广渐深。
佛(bì):通"弼",辅助。一说指大。时:通"是",这。仔肩:责任。
示我显德行:言指示我以显明的德行。

289 小毖

予其惩而毖后患，莫予荓蜂，自求辛螫。
肇允彼桃虫，拼飞维鸟。未堪家多难，予又集于蓼。

注释　予：成王自称。其：语助词。惩：警戒。
　　　毖：谨慎。
　　　荓（píng）蜂：微小的草和蜂。
　　　辛：酸痛。螫（shi）：敕的假借字，勤劳。
　　　肇：始。允：信。也有人说，允是语助词。桃虫：即鹪鹩，一种极小的鸟。
　　　拼飞：鸟飞动貌。拼，通"翻"，翻飞。
　　　蓼（liǎo）：草本植物。

290 载芟

载芟载柞，其耕泽泽。千耦其耘，徂隰徂畛。
侯主侯伯，侯亚侯旅，侯彊侯以。
有嗿其馌，思媚其妇，有依其士。
有略其耜，俶载南亩。播厥百谷，实函斯活。
驿驿其达，有厌其杰。厌厌其苗，绵绵其麃。
载获济济，有实其积，万亿及秭。为酒为醴，烝畀祖妣，以洽百礼。
有飶其香，邦家之光。有椒其馨，胡考之宁。
匪且有且，匪今斯今，振古如兹。

注释　载芟（shān）载柞（zé）：芟，割除杂草；柞，砍除树木。载……载……，连词，又……又……。
　　　泽泽：通"释释"，土解。
　　　千耦：耦，二人并耕；千，概数，言其多。耘：除田间杂草。
　　　徂（cú）：往。隰（xí）：低湿地。畛（zhěn）：高坡田。
　　　侯：语助词，犹"维"。主：家长，古代一国或一家之长均称主。伯：长子。
　　　亚：叔、仲诸子。旅：幼小子弟辈。
　　　彊：同"强"，强壮者。以：雇工。

啖（tǎn）：众人饮食声。有啖，啖啖。馌（yè）：送给田间耕作者的饮食。

思：语助词。媚：美。

依：壮盛。士：《毛传》训"子弟也"，朱熹《诗集传》训"夫也"。

有略：略略。略，锋利。耜（sì）：古代农具名，用于耕作翻土，西周时用青铜制成锋利的尖刃，是后世犁铧的前身。

俶（chù）：始。载：读作"菑"，用农具把草翻埋到地下。南亩：向阳的田地。

实：种子。函：含。斯：乃。活：活生生。

驿驿：《尔雅》作"绎绎"，朱熹《诗集传》训"苗生貌"。达：出土。

厌：美好。杰：特出之苗。

麃（biāo）：谷物的穗。

亿：十万。秭（zǐ）：一万亿。

醴（lǐ）：甜酒。

烝：进。畀（bì），给予。祖妣：祖父、祖母以上的祖先。

洽：合。以洽百礼，谓合于各种礼仪的需用。

有苾（bì）：苾苾，苾通"苾"，芬芳。

椒：以椒浸制的酒。

胡考：长寿，指老人。

匪（fěi）：非。且：此。上"且"字谓此时，下"且"字谓此事。

振古：终古。

291 良耜

畟畟良耜，俶载南亩。播厥百谷，实函斯活。

或来瞻女，载筐及筥，其饟伊黍。

其笠伊纠，其镈斯赵，以薅荼蓼。荼蓼朽止，黍稷茂止。

获之挃挃，积之栗栗。

其崇如墉，其比如栉。以开百室，百室盈止，妇子宁止。

杀时犉牡，有捄其角。以似以续，续古之人。

注释 畟（cè）畟：形容耒耜的锋刃快速入土的样子。耜（sì）：古代一种像犁的农具。

俶（chù）：开始。载："菑（zī）"的假借。菑，初耕一年的土地。南亩：古时将东西向的耕地叫东亩，南北向的叫南亩。

实：百谷的种子。函：含，指种子播下之后孕育发芽。斯：乃。

女（rǔ）：同"汝"，指耕地者。
筐：方筐。筥（jǔ）：圆筐。
饟（xiǎng）：此指所送的饭食。
纠：指用草绳编织而成。
镈（bó）：古代锄田去草的农具。赵：锋利好使。
薅（hāo）：去掉田中杂草。荼（tú）蓼（liǎo）：荼和蓼，两种野草名。
朽：腐烂。止：语助词。
挃（zhì）挃：形容收割庄稼的摩擦声。
栗栗：形容收割的庄稼堆积之多。
崇：高。墉（yōng）：高高的城墙。
比：排列，此言其广度。栉（zhì）：梳子。
百室：指众多的粮仓。
妇子：妇女孩子。
犉（chún）：黄毛黑唇的牛。
捄（qiú）：形容牛角很长。
似：通"嗣"，继续。
古之人：指祖先。

292 丝衣

丝衣其紑，载弁俅俅。自堂徂基，自羊徂牛，鼐鼎及鼒，兕觥其觩。旨酒思柔。不吴不敖，胡考之休。

注释 丝衣：神尸所穿的丝质白色的祭服。
紑（fóu）：洁白鲜明貌。
载：借为"戴"。弁（biàn）：古代贵族戴的鹿皮帽子。俅（qiú）俅：形容冠饰美丽的样子。一说恭顺貌。
堂：庙堂，或以为即明堂。徂（cú）：往，到。基：通"畿（jī）"，门内、门限。
鼐（nài）：大鼎。鼒（zī）：小鼎。觩（qiú）：形容兕觥弯曲的样子。
旨酒：美酒。思：语助词，无实义。柔：指酒味柔和。
吴：大声说话，喧哗。敖：通"傲"，傲慢。
胡考：即寿考，长寿之意。休：美誉，一说指福禄。

293 酌

於铄王师，遵养时晦。时纯熙矣，是用大介。
我龙受之。蹻蹻王之造。载用有嗣，实维尔公允师。

注释 於（wū）：叹词。此处表赞美。铄（shuò）：通"烁"，光明辉煌。王师：王朝的军队。
遵：率领。养：攻取。时：是。晦：晦冥，黑暗。
纯：大。熙：兴，光明。
是用：是以，因此。介：助。
龙：借为"宠"。荣，荣幸。
蹻（jiǎo）蹻：勇武之貌。造：诣，到。一说借为"曹"，众，指兵将。
载（zài）：乃。用：以。有嗣：有司，官之通称。
实：是。尔：指周武王。公：通"功"，事业。一说指周公、召公。允（tǒng）：借为"统"，统领；一说信。师：武王之师。

294 桓

绥万邦，娄丰年。天命匪解，桓桓武王。
保有厥士，于以四方，克定厥家。於昭于天，皇以间之。

注释 绥：和。万邦：指天下各诸侯国。
娄（lǚ）：同"屡"。
匪解（fēi xiè）：非懈，不懈怠。
桓桓：威武的样子。
保：拥有。士：指武士。
于：往。以：有。有四方，即征服四方之国而拥有天下。
克：能。家：周室，周王宗室。
於（wū）：叹词。昭：光明，显耀。
皇：皇天。间（jiàn）：通"瞷"，监察。

295 赉

文王既勤止，我应受之。敷时绎思，我徂维求定。时周之命，於，绎思！

注释　赉（lài）：赐予。

　　既：尽。勤：勤苦，辛劳。止：语气助词。一说勤止，是停止勤劳，即不在世的意思。

　　我：周武王自称。

　　敷（pǔ）时：普世，指天下所有诸侯。一说敷，是给予、布施的意思。时，世。绎（yì）：寻绎，思考，理出头绪。一说"续"。思：语气助词。

　　徂（cú）：往，指往伐商纣。定：共定天下。

　　时：是。一说通"侍"，承受。

　　於（wū）：叹词。

296　般

於皇时周，陟其高山，堕山乔岳，允犹翕河。

敷天之下，裒时之对，时周之命。

注释　般（pán）：乐名，是巡狩四岳河海的一种歌乐。《郑笺》："般，乐也。"

　　於：赞美词。皇：伟大。时：是，此。

　　陟（zhì）：登高。

　　堕（duò）：低矮狭长的山。乔：高。岳：高大的山。

　　允：通"沇（yǎn）"，沇水为古济水的上游。犹：通"沈（yóu）"，沇水在雍州境内。

　　翕（xī）：汇合。一说通"洽（hé）"。洽水又作郃水，流经陕西部阳东注于黄河。河：黄河。

　　敷（pǔ）：同"普"，遍。

　　裒（póu）：包聚。时：世。对：封国，疆土。一说配合。

　　时：通"侍"，承受。

颂·鲁颂

扫码听朗诵

297 驷

驷驷牡马，在坰之野。薄言驷者，有骄有皇，有骊有黄，以车彭彭。
思无疆，思马斯臧。
驷驷牡马，在坰之野。薄言驷者，有骓有駓，有骍有骐，以车伾伾。
思无期，思马斯才。
驷驷牡马，在坰之野。薄言驷者，有驒有骆，有骝有雒，以车绎绎。
思无斁，思马斯作。
驷驷牡马，在坰之野。薄言驷者，有駰有騢，有驔有鱼，以车祛祛。
思无邪，思马斯徂。

注释　驷（jiōng）驷：马健壮貌。
坰（jiōng）：野外。
薄言：语助词。
骄（yù）：黑身白胯的马。皇：鲁诗作"騜（huáng）"，黄白杂色的马。
骊（lí）：纯黑色的马。黄：黄赤色的马。
以车：用马驾车。彭彭：马奔跑发出的声响。
思：句首语助词。下句"思"字同。
斯：其，那样。臧（zāng）：善，好。
骓（zhuī）：苍白杂色的马。
骍（xīng）：赤黄色的马。骐：青黑色相间的马。
伾（pī）伾：有力的样子。
驒（tuó）：青色而有鳞状斑纹的马。骆：黑身白鬃的马。
骝（liú）：赤身黑鬣的马。雒（luò）：黑身白鬣的马。
绎绎：跑得很快的样子。
斁（yì）：厌倦。
作：奋起，腾跃。
駰（yīn）：浅黑间杂白色的马。騢（xiá）：赤白杂色的马。

骗（diàn）：黑身黄脊的马。鱼：两眼长两圈白毛的马。
祛（qū）祛：强健的样子。
徂（cú）：行。

298 有駜

有駜有駜，駜彼乘黄。夙夜在公，在公明明。
振振鹭，鹭于下。鼓咽咽，醉言舞。于胥乐兮！
有駜有駜，駜彼乘牡。夙夜在公，在公饮酒。
振振鹭，鹭于飞。鼓咽咽，醉言归。于胥乐兮！
有駜有駜，駜彼乘駽。夙夜在公，在公载燕。
自今以始，岁其有。君子有穀，诒孙子。于胥乐兮！

注释　駜（bì）：马肥壮貌。
　　　乘（shèng）黄：四匹黄马。古者一车四马曰乘。
　　　夙夜在公：从早到晚，勤于公务。公：官府。
　　　明明：通"勉勉"，努力貌。
　　　振振：鸟群飞貌。鹭：鹭鸶，古人用其羽毛做舞具。
　　　咽咽：不停的鼓声。
　　　于胥（xū）乐兮：言一起欢乐。于（xū），通"吁"，感叹词；胥：相。
　　　乘牡：驾在车中的四匹公马。
　　　駽（xuān）：青骊马，又名铁骢。
　　　载：则。燕：通"宴"。
　　　岁其有：《毛传》："岁其有丰年也。"
　　　穀（gǔ）：福禄，一说"善"。
　　　诒（yí）：遗留，留给。孙子：子孙。

299 泮水

思乐泮水，薄采其芹。鲁侯戾止，言观其旂。
其旂茷茷，鸾声哕哕。无小无大，从公于迈。
思乐泮水，薄采其藻。鲁侯戾止，其马蹻蹻。

其马跷跷，其音昭昭。载色载笑，匪怒伊教。
思乐泮水，薄采其茆。鲁侯戾止，在泮饮酒。
既饮旨酒，永锡难老。顺彼长道，屈此群丑。
穆穆鲁侯，敬明其德。敬慎威仪，维民之则。
允文允武，昭假烈祖。靡有不孝，自求伊祜。
明明鲁侯，克明其德。既作泮宫，淮夷攸服。
矫矫虎臣，在泮献馘。淑问如皋陶，在泮献囚。
济济多士，克广德心。桓桓于征，狄彼东南。
烝烝皇皇，不吴不扬。不告于讻，在泮献功。
角弓其觩，束矢其搜。戎车孔博，徒御无斁。
既克淮夷，孔淑不逆。式固尔犹，淮夷卒获。
翩彼飞鸮，集于泮林。食我桑黮，怀我好音。
憬彼淮夷，来献其琛。元龟象齿，大赂南金。

注释　泮（pàn）水：水名。
　　　　思：发语词。
　　　　薄：语助词，无实义。芹：水中的一种植物。
　　　　戾：临。止：语尾助词。
　　　　言：语助词，无实义。旂（qí）：绘有龙形图案的旗帜。
　　　　茷（pèi）茷：飘扬貌。
　　　　鸾：通"銮"，古代的车铃。哕（huì）哕：铃和鸣声。
　　　　无小无大：指随从官员职位不分大小尊卑。
　　　　公：鲁公，亦指诗中的鲁侯。迈：行走。
　　　　藻：水中植物名。
　　　　跷（jiǎo）跷：马强壮貌。
　　　　昭昭：指声音洪亮。
　　　　色：指容颜和蔼。
　　　　伊：语助词，无实义。
　　　　茆（mǎo）：即今言莼菜。
　　　　旨酒：美酒。
　　　　锡：同"赐"，此句相当于"万寿无疆"意。
　　　　道：指礼仪制度等。

丑：恶，指淮夷。

穆穆：举止庄重貌。

敬：努力。

允：信，确实。

昭假：犹"登遐"，升天。烈：同"列"，列祖，指周公旦、鲁公伯禽。

孝：同"效"。

祜（hù）：福。

明明：同"勉勉"。

淮夷：淮水流域不受周王室控制的民族。攸：乃。

矫矫：勇武貌。

聝（guó）：古代为计算杀敌人数以论功行赏而割下的敌尸左耳。

淑：善。皋陶（yáo）：相传尧时负责刑狱的官。

桓桓：威武貌。

狄：同"剔"，除。

烝（zhēng）烝皇皇：众多盛大貌。

吴：喧哗。扬：高声。

讻（xiōng）：讼，指因争功而产生的互诉。

角弓：两端镶有兽角的弓。觩（qiú）：弯曲貌。

束矢：五十支一捆的箭。搜：多。

孔：很。博：宽大。徒：徒步行走，指步兵。御：驾御马车，指战车上的武士。敦（yì）：厌倦。

淑：顺。逆：违。此句指鲁国军队。

式：语助词。无实义。固：坚定。犹：借为"猷"，谋。

获：克。

鸮（xiāo）：鸟名。

怀：归，此处为回答意。

憬（jǐng）：觉悟。

琛（chēn）：珍宝。

元龟：大龟。象齿：象牙。

赂（lù）：通"璐"，美玉。

300 闷宫

闷宫有侐，实实枚枚。赫赫姜嫄，其德不回。
上帝是依，无灾无害。弥月不迟，是生后稷。

降之百福：黍稷重穋，稙稚菽麦。奄有下国，俾民稼穑。

有稷有黍，有稻有秬。奄有下土，缵禹之绪。

后稷之孙，实为大王。居岐之阳，实始翦商。

至于文武，缵大王之绪。致天之届，于牧之野。

无贰无虞，上帝临女。敦商之旅，克咸厥功。

王曰叔父，建尔元子，俾侯于鲁。大启尔宇，为周室辅。

乃命鲁公，俾侯于东。锡之山川，土田附庸。

周公之孙，庄公之子。龙旂承祀，六辔耳耳。

春秋匪解，享祀不忒。皇皇后帝，皇祖后稷。

享以骍牺，是飨是宜。降福孔多，周公皇祖，亦其福女。

秋而载尝，夏而楅衡。白牡骍刚，牺尊将将。毛炰胾羹，

笾豆大房。万舞洋洋，孝孙有庆。俾尔炽而昌，俾尔寿而臧。

保彼东方，鲁邦是常。不亏不崩，不震不腾。三寿作朋，如冈如陵。

公车千乘，朱英绿縢，二矛重弓。公徒三万，贝胄朱綅。

烝徒增增，戎狄是膺，荆舒是惩，则莫我敢承。

俾尔昌而炽，俾尔寿而富。黄发台背，寿胥与试。

俾尔昌而大，俾尔耆而艾。万有千岁，眉寿无有害。

泰山岩岩，鲁邦所詹。奄有龟蒙，遂荒大东。

至于海邦，淮夷来同。莫不率从，鲁侯之功。

保有凫绎，遂荒徐宅。至于海邦，淮夷蛮貊。

及彼南夷，莫不率从。莫敢不诺，鲁侯是若。

天锡公纯嘏，眉寿保鲁。居常与许，复周公之宇。

鲁侯燕喜，令妻寿母。宜大夫庶士，邦国是有。既多受祉，黄发儿齿。

徂来之松，新甫之柏，是断是度，是寻是尺。

松桷有舄，路寝孔硕，新庙奕奕。奚斯所作，孔曼且硕，万民是若。

注释 閟（bì）宫：神宫。閟，闭门也。

侐（xù）：清净貌。

实实：广大貌。枚枚：细密貌。

姜嫄（yuán）：周始祖后稷之母。

回：邪。

依：助。

弥月：满月，指怀胎十月。

后稷（jì）：周之始祖，名弃。后，帝；稷，农官之名，弃曾为尧农官，故曰后稷。

百：言其多。

黍（shǔ）：糜子。稷：谷子。重穋（tóng lù）：两种谷物，通"穜稑"，先种后熟曰"穜"，后种先熟曰"稑"。

稙穉（zhí zhì）：两种谷物，早种者曰"稙"，晚种者曰"稚"。菽（shū）：豆类作物。

奄：包括。

俾（bǐ）：使。稼穑：指务农，"稼"为播种，"穑"为收获。

秬（jù）：黑黍。

缵（zuǎn）：继。绪：业绩。

大（tài）王：即"太王"，周之远祖古公亶父。

岐：山名，在今陕西。阳：山南。

翦（jiǎn）：灭。

文武：周文王、周武王。

届：诛讨。

牧之野：即"牧野"，地名，殷都之郊，在今河南淇县西南。

贰：二心。虞（yú）：误。

临：监临。

敦：治服。旅：军队。

咸：成，备。

叔父：指周公旦，周公为武王之弟，成王叔父。王，指成王，武王之子。

元子：长子。

侯：为侯。

启：开辟。

锡：音意并同"赐"。

附庸：指诸侯国的附属小国。

周公之孙、庄公之子：均指鲁僖公。

承祀：主持祭祀。

辔（pèi）：御马的嚼子和缰绳。古代四马驾车，辕内两服马共两条缰绳，辕外两骖马各两条缰绳，故曰六辔。耳耳：华丽貌。

解（xiè）：通"懈"。

享：祭献。贰：变。

骍（xīn）：赤色。牺：纯色牺牲。

宜：肴，享用。

周公皇祖：即皇祖周公，此倒句协韵。

尝：秋季祭祀之名。

楅衡（fú hēng）：防止牛抵触用的横木。古代祭祀用牲牛必须是没有任何损伤的，秋祭用的牲牛要在夏天设以楅衡，防止触折牛角。

牡：公牛。刚：通"犅"，小牛。牺尊：酒尊的一种，形为牺牛，凿背以容酒，故名。将（qiāng）将：音意同"锵锵"，器物相碰的声音。

毛炰（páo）：带毛涂泥燔烧，此是烧小猪。胾（zì）：大块的肉。羹（gēng）：指大羹，不加调料的肉汤。

笾（biān）：竹质的献祭容器。豆：木质的献祭容器。大房：大的盛肉容器，亦名夏屋。

万舞：舞名，常用于祭祀活动。洋洋：盛大貌。

臧（zāng）：善。

常：长。

三寿作朋：古代常用的祝寿语。三寿，《养生经》："上寿百二十，中寿百年，下寿八十。"朋，并。

朱英：矛上用以装饰的红缨。绿縢：将两张弓捆扎在一起的绿绳。縢（téng）：绳。

二矛：古代每辆兵车上有两支矛，一长一短，用于不同距离的交锋。重弓：古代每辆兵车上有两张弓，一张常用，一张备用。

徒：步兵。

贝：贝壳，用于装饰头盔。胄（zhòu）：头盔。綅（qīn）：线，用于编缀固定贝壳。

烝（zhēng）：众。增增：多貌。

戎狄：指西方和北方在周王室控制以外的两个民族。膺（yīng）：击。

荆：楚国的别名。舒：国名，在今安徽庐江。

承：抵抗。

黄发台背：皆高寿的象征。人老则白发变黄，故曰黄发。台，同"鲐"，鲐鱼背有黑纹，老人背有老人斑，如鲐鱼之纹，故云。

胥：相。试：比。

耆（qí）、艾：皆指年老。

有：通"又"。

眉寿：指高寿。

岩岩：山高貌。

詹（zhān）：至。陈奂《诗毛氏传疏》："言所至境也。"

龟、蒙：二山名。

荒：同"抚"，有。大东：指最东的地方。

淮夷：淮水流域不受周王室控制的民族。同：会盟。

保：安。凫、绎：二山名，凫山在今山东邹县西南，绎山在今邹县东南。

徐：国名。宅：居处。
蛮貊（mò）：泛指北方一些周王室控制外的民族。
南夷：泛指南方一些周王室控制外的民族。
诺：应诺。
若：顺从。
公：鲁公。纯：大。嘏（gǔ）：福。
常、许：鲁国二地名，《毛传》谓为"鲁南鄙北鄙"。
燕：通"宴"。
令：善。
宜：适宜。
祉（zhǐ）：福。
儿齿：高寿的象征。老人牙落后又生新牙，谓之儿齿。
徂（cú）来：也做徂徕，山名，在今山东泰安东南。
新甫：山名，在今山东新泰西北。
度：通"剫"，伐木。寻、尺：皆度量单位，此做动词用。
桷（jué）：方椽。舄（xì）：大貌。
路寝：指庙堂后面的寝殿。孔：很。
新庙：指閟宫。奕奕：美好貌。
奚斯：人名，鲁国大夫。
曼：长。
若：顺。

颂·商颂

扫码听朗诵

301 那

猗与那与,置我鞉鼓。奏鼓简简,衎我烈祖。汤孙奏假,绥我思成。
鞉鼓渊渊,嘒嘒管声。既和且平,依我磬声。於赫汤孙!穆穆厥声。
庸鼓有斁,万舞有奕。我有嘉客,亦不夷怿。自古在昔,先民有作。
温恭朝夕,执事有恪,顾予烝尝,汤孙之将。

注释　猗(ē)与那(nuó)与:犹"婀欤娜欤",形容乐队美盛之貌。与,同"欤",叹词。
置:植,竖立。鞉(táo)鼓:一种立鼓。
简简:象声词,鼓声。
衎(kàn):欢乐。烈祖:有功烈的祖先。
汤孙:商汤之孙。奏假:祭享。假,"格"的假借。
绥:赠予,赐予。思:语助词。成:成功。
渊渊:象声词,鼓声。
嘒(huì)嘒:象声词,吹管的乐声。管:一种竹质吹奏乐器。
磬:一种玉质打击乐器。
於(wū):叹词。赫:显赫。
穆穆:和美庄肃。
庸:同"镛",大钟。有斁(yì):即"斁斁",乐声盛大貌。
万舞:舞名。有奕:即"奕奕",舞蹈场面盛大之貌。
亦不夷怿(yì):意为不亦夷怿,即不是很快乐吗。夷怿,怡悦。
作:指行止。
执事:行事。有恪(kè):即"恪恪",恭敬诚笃貌。
顾:光顾。烝(zhēng)尝:冬祭为烝,秋祭为尝。
将:佑助。

302 烈祖

嗟嗟烈祖,有秩斯祜。申锡无疆,及尔斯所。既载清酤,赉我思成。

亦有和羹，既戒既平。鬷假无言，时靡有争。绥我眉寿，黄耇无疆。
约軝错衡，八鸾鸧鸧。以假以享，我受命溥将。自天降康，丰年穰穰。
来假来飨，降福无疆。顾予烝尝，汤孙之将。

注释　烈祖：功业显赫的祖先，此指商朝开国的君王成汤。
　　　有秩斯祜（hù）：马瑞辰《毛诗传笺通释》云："有秩即形容福之大貌。"祜，福。
　　　申：再三。锡：同"赐"。
　　　及尔斯所：陈奂《诗毛氏传疏》云："及尔斯所，犹云'以迄于今'也。"
　　　清酤（gū）：清酒。
　　　赉（lài）：赐予。思：语助词。
　　　戒：齐备。
　　　鬷（zōng）假：集合大众祈祷。
　　　绥：安抚。眉寿：高寿。
　　　黄耇（gǒu）：意同"眉寿"。
　　　约軝（qí）错衡：用皮革缠绕车毂（gǔ）两端并涂上红色，车辕前端的横木用金涂装饰。
　　　错，金涂。
　　　鸾：通"銮"，一种饰于马车上的铃。鸧（qiāng）鸧：同"锵锵"，象声词。
　　　假（gé）：同"格"，至也。享：祭。
　　　溥（pǔ）：大。将：王引之《经义述闻》释为"长"。
　　　顾：光顾，光临。指先祖之灵光临。烝（zhēng）尝：冬祭叫"烝"，秋祭叫"尝"。
　　　汤孙：指商汤王的后代子孙。
　　　将：奉祀。

303 玄鸟

天命玄鸟，降而生商，宅殷土芒芒。古帝命武汤，正域彼四方。
方命厥后，奄有九有。商之先后，受命不殆，在武丁孙子。
武丁孙子，武王靡不胜。
龙旂十乘，大糦是承。邦畿千里，维民所止。肇域彼四海，
四海来假，来假祁祁。景员维河，殷受命咸宜，百禄是何。

注释　玄鸟：黑色燕子。传说有娀氏之女简狄吞燕卵而怀孕生契，契建商。
　　　商：指商的始祖契。

二五〇

宅：居住。芒芒：同"茫茫"，广大的样子。
古：从前。帝：天帝，上帝。武汤：即成汤，汤号曰武。
正（zhēng）：同"征"。又，修正疆域。
方：遍，普。后：上古称君主，此指各部落的酋长首领（诸侯）。
奄：拥有。九有：九州。传说禹划天下为九州。
先后：指先君，先王。
命：天命。殆：通"怠"，懈怠。
武丁：即殷高宗，汤的后代。
武王：即武汤，成汤。胜：胜任。
糦（chì）：同"饎"，酒食。宾语前置，"大糦"做"承"的前置宾语。承，奉，进献。
邦畿（jī）：封畿，疆界。
止：停留，居住。
肇域四海：始拥有四海之疆域。兆域，即疆域。开辟疆域以至于四海。
来假（gé）：来朝。假，通"格"，到达。
祁祁：纷杂众多之貌。
景：景山，在今河南商丘，古称亳，为商之都城所在。景，广大。员，幅员。
咸宜：谓人们都认为适宜。
百禄：多福。何（hè）：通"荷"，承受，承担。

304 长发

濬哲维商，长发其祥。洪水芒芒，禹敷下土方。
外大国是疆，幅陨既长。有娀方将，帝立子生商。
玄王桓拨，受小国是达，受大国是达。
率履不越，遂视既发。相土烈烈，海外有截。
帝命不违，至于汤齐。汤降不迟，圣敬日跻。
昭假迟迟，上帝是祗，帝命式于九围。
受小球大球，为下国缀旒，何天之休。
不竞不絿，不刚不柔，敷政优优，百禄是遒。
受小共大共，为下国骏厖，何天之龙。
敷奏其勇，不震不动，不戁不竦，百禄是总。
武王载旆，有虔秉钺。如火烈烈，则莫我敢曷。

苞有三糵,莫遂莫达。九有有截,韦顾既伐,昆吾夏桀。

昔在中叶,有震且业。允也天子,降予卿士。实维阿衡,实左右商王。

注释　长:长久。发(fā):兴发。

濬(ruì)哲:明智。濬,"睿"的假借。商:指商的始祖。

祥:福祥。

芒芒:茫茫,水盛貌。

敷:治。下土方:"下土四方"的省文。

外大国:外谓邦畿之外,大国指远方诸侯国。疆:疆土。句意为远方的国都归入疆土。

辐陨(yǔn):幅员。长:广。

有娀(sōng):古国名。将:壮,大。

帝立子生商:根据"玄鸟生商"的神话,称为玄王。桓拨:威武刚毅。

达:开,通。受小国、大国是达,二句疏释多歧。

率履:遵循礼法。履,"礼"的假借。

遂视既发:视,巡视;发,施。旧解多歧。

相土:人名,契的孙子。契生昭明,昭明生相土,是商的先王先公之一。烈烈:威武貌。

海外:四海之外,泛言边远之地。有截:截截,整齐划一。

汤:成汤,帝号天乙,商王朝的建立者,他以武力推翻夏桀的统治,建立商王朝。齐:齐一,一样。

降:降生。

跻:升。

昭假(gé):向神祷告,表明诚敬之心。迟迟:久久不息。

祗(zhī):敬。

式:法,执法。九围:九州。

球:一说球为玉器,小者尺二寸,大者三尺;一说通"捄",训"法"。兹取前一说。

下国:下面的诸侯方国。缀旒(liú):表率、法则。

何:同"荷",承受。休:"庥"的假借,庇荫。

捄(qiú):急。

优优:温和宽厚。

遒:聚。

共:历代训释不一,一说通"珙",璧;一说通"拱",法;一说通"供",为祭名或祭物,均可通。

骏厖(páng):骏,大。

龙:"宠"的假借,恩宠。

敷奏:施展。

不震不动：《郑笺》："不可惊惮也。"
戁（nǎn）、竦：恐惧。
总：聚。
武王：成汤之号。载：始。旆：旌旗，此做动词。
有虔：威武貌。秉钺：执持长柄大斧。钺是青铜质大斧，国王近卫军的兵器，国王亲征秉钺。
曷（è）：通"遏"，阻挡。
苞有三蘖（niè）：苞，本，指树干；蘖，旁生的枝丫嫩芽。
遂：草木生长之称。达：苗生出土之称。
九有：九州。截：整齐。
韦：国名，在今河南滑县东，夏桀的与国。顾：国名，在今山东鄄城东北，夏桀的与国。
昆吾：国名，夏桀的与国，与韦、顾共为夏王朝东部屏障。
中叶：中世。商朝立国从契始，到十世成汤建立王朝，从开国历史年代说正值中世。
震：威力。业：功业。
允：信然。
降：天降。
实维：是为。阿衡：即伊尹，辅佐成汤征服天下建立商王朝的大臣。他原来是一个奴隶，成汤发现他的才干，破格重用。
左右：在王左右辅佐。

305 殷武

挞彼殷武，奋伐荆楚。罙入其阻，裒荆之旅。有截其所，汤孙之绪。
维女荆楚，居国南乡。昔有成汤，自彼氐羌，莫敢不来享，莫敢不来王。曰商是常。
天命多辟，设都于禹之绩。岁事来辟，勿予祸适，稼穑匪解。
天命降监，下民有严。不僭不滥，不敢怠遑。命于下国，封建厥福。
商邑翼翼，四方之极。赫赫厥声，濯濯厥灵。寿考且宁，以保我后生。
陟彼景山，松伯丸丸。是断是迁，方斲是虔。
松桷有梴，旅楹有闲，寝成孔安。

注释 挞（tà）：勇武貌。
荆楚：即荆州之楚国。
罙（shēn）：同"深"。

裒（póu）："捊"之别体，通"俘"，俘获。
汤孙：指商汤的后代武丁。绪：功业。
女（rǔ）：通"汝"，你。
乡（xiàng）：通"向"。
自彼氐羌：自，犹"虽"；氐、羌，散居在今西北陕西、甘肃、青海一带的边远民族。
常：长。"常"是"尚声"字，与"长"字古音同部，故可释为"长"。
多辟（bì）：众多诸侯国君。
绩：通"迹"。
来辟：犹言"来王""来朝"。
祸适：通"过谪"，意为谴责。
解（xiè）：通"懈"。
严（yǎn）：通"俨"，敬谨。
不僭（jiàn）不滥：《毛传》："赏不僭、刑不滥也。"
封：《毛传》："大也。"
商邑：指商朝的国都西亳。翼翼：都城盛大貌。
极：准则。
濯（zhuó）濯：形容威灵光辉鲜明。
后生：犹言后代子孙。
景山：陈奂《诗毛氏传疏》："考今河南偃师县有缑氏城，县南二十里有景山，即此诗之景山也。"
丸丸：形容松柏条直挺拔。
方：是，乃。斲（zhuó）：通"斫"，砍。
桷（jué）：方形的椽子。梴（chān）：木长貌。
旅：当依毛传释为"陈列"。有闲：闲闲，大貌。
寝：此指为殷高宗所建的寝庙。古时的寝庙分两部分，后面停放牌位和先人遗物的地方叫"寝"，前面祭祀的地方叫"庙"。孔：很。

图书在版编目（CIP）数据

诗经风物图典 / 诗经风物图典编写组编著 . -- 北京：人民日报出版社 , 2018.7
ISBN 978-7-5115-5608-0

Ⅰ . ①诗… Ⅱ . ①诗… Ⅲ . ①《诗经》—诗歌研究 Ⅳ . ① I207.222

中国版本图书馆 CIP 数据核字 (2018) 第 171911 号

书　　名：诗经风物图典（原文及注释）
作　　者：诗经风物图典编写组

出 版 人：董　伟
责任编辑：王慧蓉
书籍设计：潘焰荣

出版发行：人民日报出版社
社　　址：北京金台西路 2 号
邮政编码：100733
发行热线：（010）65369509　65369527　65369846　65363528
邮购热线：（010）65369530　65363527
编辑热线：（010）65369533
网　　址：www.peopledailypress.com
经　　销：新华书店
印　　刷：北京盛通印刷股份有限公司

开　　本：880mm×1230mm　1/32
字　　数：200 千
印　　张：8.625
印　　次：2018 年 11 月第 1 版　2018 年 11 月第 1 次印刷

书　　号：ISBN 978-7-5115-5608-0
定　　价：168 .00 元（全二册）